Les Hommes de proie

Du même auteur
dans la même collection

Aucune bête aussi féroce (n° 127)
La Bête contre les murs (n° 174)
La Bête au ventre (n° 225)

Edward Bunker

Les Hommes de proie

Traduit de l'américain par
Freddy Michalski

Collection dirigée par
François Guérif

Rivages/Noir

Titre original : *Dog eat dog*

106, boulevard Saint-Germain – 75006 Paris

ISBN : 2-7436-0586-3
ISSN : 0764-7786

à
Bill Styron,
Blair Clark
et Paul Allen,
amis et conseillers.

Préface
de
William Styron

Est-il vrai que, pour un écrivain, ne devrait exister aucun champ d'expérience dépassant les limites de son imagination ? En tant que romancier, pour m'être aventuré bien loin à découvert en territoire inconnu, j'ai toujours eu le sentiment qu'il est de la prérogative de l'écrivain de traiter de lieux et d'événements dont il ne possède pas nécessairement une connaissance de première main. L'imagination est souveraine et c'est sa seule puissance, quasiment autonome, selon ma théorie, qui devrait être à même de transformer le moindre sujet en objet d'émerveillement impressionnant, si l'écrivain est suffisamment doué, de sorte que son univers apparaîtra plus réel au lecteur que celui d'un écrivain en familiarité totale avec son milieu mais de moindre talent. Il existe incontestablement des exemples de ces incursions triomphales en *terra incognita*. Stephen Crane n'avait pas la moindre connaissance de ce que pouvait être l'art de la guerre, néanmoins sa description des horreurs du combat dans *La Conquête du courage* reste l'un des grands récits de fiction sur la guerre de Sécession et, partant, sur toute guerre. Son auteur n'avait jamais mis les pieds en Afrique, et pourtant *Le Faiseur de Pluie*, le roman de Saul Bellow sur le Continent noir, a tout le miroitement de l'authenticité.

Existe-t-il, en ce cas, un domaine de l'expérience humaine dont il faudrait décourager l'accès à l'écrivain peu familier avec ses réalités ? Une fois encore, j'allais répondre non, mais je crois qu'un tel domaine existe de fait, à savoir le monde de la pègre américaine moderne, ce paysage habité par le criminel endurci. C'est là un territoire de notre société tellement éloigné des faits et gestes du lecteur de la classe moyenne, un lieu d'une corruption, d'une violence telles, peuplé d'êtres humains tellement différents de vous et moi tant ils sont grotesques et imprévisibles, que seul un écrivain y ayant séjourné peut en décrire les habitants, leur comportement et les formes effrayantes qu'il suscite. Edward Bunker y a séjourné. Il y a un peu plus de vingt ans, Bunker, qui allait sur la quarantaine, voyait le terme d'une série d'incarcérations quasi ininterrompue depuis son onzième anniversaire, dans les pénitenciers d'État comme dans les prisons fédérales. Pendant les années qui ont suivi sa libération, dans son rôle de témoin de la pègre de Los Angeles, Bunker a produit une série de récits douloureusement élaborés, des récits durs, secs, grinçants et sans complaisance, qui ont révélé mieux que n'importe quel romancier contemporain l'anatomie de l'esprit criminel.

Pareil en cela à tant de criminels, Bunker était le produit d'une famille désunie et alcoolique. Il a grandi à Los Angeles et, à l'adolescence, dans les années qui ont suivi la Seconde Guerre mondiale, il s'est laissé entraîner à de petits délits faciles et répétés qui l'ont conduit à la maison de redressement. Libéré à l'âge de seize ans, il a repris une carrière criminelle considérablement plus dangereuse, pratiquant en professionnel vol à l'étalage et trafic de drogue. Son arrestation pour une affaire de drogue lui a valu un an à la prison du comté de Los Angeles, d'où il s'est rapidement évadé. Il a été repris et condamné à deux peines confondues de six mois à dix ans à San Quentin. Il était bien sûr encore adolescent. C'est lors de son séjour à San Quentin, où il a purgé une peine de quatre ans et demi, que Bunker a changé d'attitude et s'est détourné du comportement de la plupart des jeunes détenus : il s'est découvert une passion qui, au bout du compte, lui a sauvé la vie – bien que son salut ne lui soit venu qu'après bien des années encore derrière les barreaux. Il a découvert les livres. Il est devenu lecteur acharné, mettant à mal la bibliothèque de la prison dans sa fringale, nouvellement née, de mots imprimés ; son enthousiasme le transforma en aspirant écrivain qui gribouillait infatigablement dans la retraite de sa cellule, avec un plaisir immense bien que sans aucun succès de publication.

Lorsque Bunker fut libéré sous condition de San Quentin, à l'âge de vingt-trois ans, il entra dans une phase de son existence dont la nature frustrante, d'une frustration sinistre, allait fournir la clé de ses œuvres à venir. *Aucune bête aussi féroce*, le puissant premier roman de Bunker publié bien des années plus tard, met en scène un jeune ex-taulard, séduisant, prometteur, impatient de faire son chemin dans la société, et qui, du simple fait de son casier judiciaire, voit toutes les portes se fermer devant lui, les unes après les autres. Pareil à son héros de fiction, Bunker essaya désespérément de s'adapter à ce nouveau monde et à ses règles de rigueur toutes nouvelles, faisant d'innombrables efforts pour obtenir des emplois licites, mais l'ombre de San Quentin était trop grande, sa présence trop insistante : la société lui avait fermé ses portes. Une fois de plus, il se tourna vers le crime (mise au point de cambriolages, extorsion sous couvert de protection auprès de macs et de maquerelles, faux chèques), fut capturé, reconnu coupable et réexpédié à San Quentin, condamné à une peine d'une durée maximale de quatorze ans. Ce fut sa plus longue peine d'un seul tenant et il en purgea la moitié. Ce furent sept années de souffrances. Il a décrit ces années comme une période de quasi-folie (une tendance profondément ancrée à la rébellion lui valut plus souvent qu'à son tour d'endurer les affres du « Trou » – l'emprisonnement en solitaire) mais la furieuse histoire d'amour avec le monde de l'écrit qui le tenait, de lectures en écriture, lui procura une sorte de sauvetage spirituel ainsi que, plus concrètement, quatre romans non publiés et des dizaines de nouvelles. Il ressurgit de derrière les barreaux, animé d'une fringale de réussite comme romancier.

Mais nul ne devrait s'étonner, vu le destin de tant d'ex-détenus en Amérique, que la nouvelle liberté de Bunker eût été de courte durée. Une fois encore, son casier judiciaire lui fut une malédiction. Après avoir rédigé deux cents demandes pour des emplois licites sans recevoir la moindre réponse, arpenté les rues jusqu'à en avoir des ampoules aux pieds, répondu, semaine après semaine, aux petites annonces pour se voir toujours éliminé, Bunker reprit une nouvelle fois le chemin du crime. Il força un coffre dans un bar et fut capturé à l'issue d'une tumultueuse poursuite en voiture. Il fut libéré sous caution dans l'attente du jugement mais se trouva alors pris par ce qu'il conviendrait d'appeler un trop-plein de confiance euphorique. Il décida de cambrioler ce qu'il a lui-même décrit comme « une petite banque prospère de Beverly Hills ». Pas un instant il n'aurait pu imaginer que des agents des stupéfiants avaient fixé un émetteur radio sur sa voiture, croyant qu'il allait conclure une vente de drogue. C'est ainsi qu'un Bunker armé jusqu'aux dents se trouva filé jusqu'à la banque où il fut arrêté à la pointe du fusil avant d'être sévèrement passé à tabac. Il fut jugé sur inculpation fédérale, condamné à six ans et transféré au pénitencier de McNeil Island sur Puget Sound dans l'État de Washington.

À McNeil Island, l'esprit de révolte qui a toujours animé Bunker lui attira de nouveaux ennuis. Furieux d'être incarcéré dans une cellule de dix détenus, il se mit en grève et se retrouva, pour son arrogance, expédié dans la centrale la plus effrayante du pays, la prison de haute sécurité de Marion, Illinois. C'est là qu'en dépit de restrictions et de handicaps monstrueux, il fit montre de son mépris invincible du système en continuant à écrire de la fiction. Et c'est l'écriture, naturellement – cette volonté d'écriture passionnée, engagée – qui au bout du compte, a sauvé Bunker.

Aucune bête aussi féroce fut accepté par un éditeur, alors que Bunker attendait son procès pour le cambriolage de la banque de Beverly Hills, et publié en 1973 pendant son incarcération à Marion. Le livre eut droit à une couverture critique généralement élogieuse et gagna à son auteur une large audience qui vint s'ajouter à la réputation brillante qu'il s'était graduellement acquise comme porte-parole littéraire, étonnamment maître de son discours, en rédigeant des essais éloquents sur la vie en prison et ses conditions dans diverses revues, dont *Harper's* et *The*

Nation. Lorsqu'il mit le point final à son second roman, *La Bête contre les murs*, dans sa cellule à Marion, Bunker avait, dans le vaste cosmos national des prisons, une réputation qui brillait avec tant d'éclat qu'elle contribua de toute évidence à sa remise en liberté finale sous condition.

Sa dernière libération remonte à 1975. Depuis cette date, il mène la vie d'un citoyen paisible, établi dans sa Los Angeles natale où il s'est marié, a eu un fils et continue à écrire des œuvres de fiction (son troisième roman, *La Bête au ventre*, est sorti en 1982) tout en poursuivant parallèlement une fructueuse carrière de scénariste. En 1978, fut produite une adaptation cinématographique d'une puissance remarquable (bien que mystérieusement négligée) de son roman *Aucune bête aussi féroce*, sur un scénario de Bunker, et sous le titre *Straight Time – Le Récidiviste*, avec en vedette Dustin Hoffman, dans une interprétation tendue et superbement centrée d'un Eddie Bunker archétype. Le personnage est un ex-détenu désespéré, dont les aspirations à l'honnêteté se voient contrariées par une société cherchant inexorablement à nier aux individus de son genre tout droit à la réhabilitation et à la rédemption.

Dans les romans de Bunker, à l'échec de la quête d'une rédemption, s'ajoute un autre schéma constant : l'abomination que représente l'enfance abandonnée. Ce thème, qui dérive de toute évidence de l'expérience personnelle de Bunker, amère et traumatisante, est un élément récurrent dans son œuvre romanesque comme en témoigne *Les Hommes de proie*, son quatrième roman, dont le protagoniste est Troy Cameron, l'exclu rejeté par la société. Pareil en cela à Bunker, il a fait ses classes à la maison de redressement et, au fil de cette narration brute, implacable, d'une brutalité parfois terrifiante à mesure qu'on le suit dans son cheminement, son échappée sans foi ni loi en compagnie de deux autres diplômés de la maison de redressement, Diesel Carson et Mad Dog McCain, on perçoit que l'infratexte de cette œuvre, comme de tout ce qu'a pu écrire Bunker, est celui de la perpétuation de la violence et de la cruauté. Pour Bunker, le crime se nourrit aux berceaux de l'institution et ceux auxquels il est fait violence, ceux qui se voient spirituellement mutilés dans leur prime jeunesse, au sein de leur famille, dans le foyer d'adoption ou la maison de correction, grandissent pour devenir les maraudeurs sanglants de la société. *Les Hommes de proie* est un roman d'une authenticité atroce, d'une grande résonance morale et sociale, et il ne pouvait être écrit que par Edward Bunker qui sait de quoi il parle : il l'a vécu.

1

Deux nuits en solitaire dans une chambre avec pour seule compagnie deux flacons d'une once pleins de cocaïne pharmaceutique étaient pour Mad Dog McCain l'occasion de mériter pleinement son surnom. La cocaïne était de meilleure qualité que celle qui se revendait dans la rue. Elle provenait d'une mallette de médecin qu'il avait dérobée dans une voiture garée dans le parking d'un bâtiment médical. Au départ il avait eu l'intention de la revendre après en avoir prélevé une petite partie pour usage personnel, mais lorsqu'il avait contacté les rares individus qu'il connaissait à Portland, ceux-ci avaient voulu obtenir un crédit ou alors ils avaient tourné sa cocaïne en ridicule, la qualifiant de « paranoïa en poudre » ou de « vingt minutes pour la folie ». Ils voulaient tous de l'héroïne, une drogue qui les calmait plutôt que de les rendre fous furieux.

Une petite dose l'avait fait se sentir super, aussi en avait-il pris un peu plus, et il avait maintenant les crochets du serpent plantés dans sa chair. D'abord, il avait haché menu les flocons à l'aide d'une lame de rasoir, formant des lignes qu'il avait aspirées par le nez. C'était bon. Mais il connaissait la manière de s'exploser plus fort encore. La sacoche du médecin contenait un paquet de seringues jetables avec aiguilles. Il suffisait de quelques gouttes d'eau pour dissoudre la cocaïne pure. On y ajoutait une boulette de coton grosse comme une tête d'allumette à travers laquelle on aspirait le liquide avant d'enfoncer l'aiguille dans la crête dure de la veine, sur la face interne du coude. Difficile de rater son coup. Il avait maintenant le bras noir et bleu, croûté des cicatrices d'injections précédentes. Son maillot de corps était sale de crasse, le bas marqué de traces visibles, là où il s'en était servi pour essuyer le sang de son bras. Ça n'avait pas d'importance. Rien n'avait d'importance, hormis le flash. Lorsque l'aiguille pénétra la veine, le sang rouge jaillit dans la seringue. Il enfonça légèrement le piston, avant de laisser le sang revenir dans la seringue.

Lorsque la chaleur de l'euphorie commença sa course dans son organisme, il pressa un peu plus. Quel pied ! Si seulement... il pouvait... simplement... maintenir... ce flash... cette euphorie... Oh mon Dieu ! Ohhh... Que c'était bon... Putain mais que c'était bon de la sentir lui traverser le corps et le cerveau.

Stop. Laisser revenir dans la seringue, une nouvelle fois. Et renfoncer le piston un peu plus.

Répéter la chose, jusqu'à ce que la seringue soit vide.

Il ferma les yeux, gémissant doucement tandis qu'il savourait son extase. Il était maintenant le roi du monde.

Il prit un mégot dans le cendrier sur la table de nuit. Tandis qu'il le redressait afin de l'allumer, il vit la lettre de Troy, expédiée de San Quentin, posée sur une pile de courrier non ouvert. Bonnes nouvelles.

Troy connaissait sa date de libération conditionnelle, à trois mois de là. Dès que Troy serait libre, ils deviendraient riches ensemble. Troy était le criminel le plus intelligent que Mad Dog connaissait, et il en avait connu des milliers. Troy savait la manière de planifier les choses. Quelle superbe idée : braquer des fourgueurs de came et des apprentis gangsters, tous des trouducs qui ne pourraient pas crier à la flicaille. Ce serait super d'avoir plein d'argent. Il offrirait à Sheila tous les vêtements qu'elle passait son temps à regarder dans les revues et catalogues féminins. Il irait peut-être même jusqu'à lui payer une Mustang décapotable. Elle le méritait bien. C'était une chouette nana. Pas si laide, en plus, presque jolie si elle perdait huit ou dix kilos. De son côté, faut dire qu'il n'était pas exactement Tom Cruise. L'idée le fit rigoler, de ce rire creux et sans âme qu'autorise la cocaïne. Il avait une dentition incomplète, un trou à l'endroit où il avait jadis porté un dentier partiel fourni par la prison, jusqu'au jour où une bouteille de Budweiser dans un bar à bouseux de l'Oklahoma le lui avait effacé de la figure. Naturellement la soirée ne s'était pas terminée là. À la fermeture du Tulsa Club, il avait attendu dans le parking, un poignard de plongée dans la manche. Quand l'artiste de la bouteille avait déverrouillé sa voiture, Mad Dog était sorti de l'ombre les mains nues, comme pour une bagarre aux poings. Une fois au contact du type, la tête sur sa poitrine, Mad Dog avait laissé le poignard glisser dans sa paume. Il l'avait enfoncé dans les tripes du mec à deux ou trois reprises avant que le gus comprenne et se mette à courir en essayant de contenir ses entrailles à l'intérieur de son ventre.

Tout à ses souvenirs, Mad Dog eut un large rictus. Ça lui apprendrait, à cet enfoiré, à ne pas déconner avec n'importe qui – s'il avait survécu. C'était la raison pour laquelle Mad Dog était parti pour Portland, où il avait rencontré Sheila.

Il regarda la pièce autour de lui. Elle était située au premier et surplombait la volée de marches descendant jusqu'à la rue. Un vrai foutoir de camé enragé. Des journaux, des chaussettes, des vêtements, des morceaux de kapok étaient éparpillés dans tous les coins. Il avait arraché la literie lorsque le matelas avait commencé à se consumer parce qu'il y avait fait tomber sa cigarette. Il regardait les Trailblazers mettre la pâtée aux Lakers lorsqu'il avait senti la fumée. L'eau du bocal à poissons rouges n'avait pas suffi à éteindre le feu. Il avait dû éventrer le matelas et en arracher le coton en train de brûler à petit feu. Le trou était maintenant couvert d'une serviette, mais l'odeur emplissait toujours la pièce. Que dirait Sheila lorsqu'elle rentrerait ?

Qui pouvait bien en avoir quelque chose à branler ? Qu'elle aille se faire foutre... cette grosse salope. Où était-elle ? Elle était censée rentrer ce soir en compagnie de sa petite boulotte de fille.

Mad Dog se renifla l'aisselle. Moite, poisseuse, nauséabonde. La drogue lui ressortait par les pores avec une puanteur âcre. Il avait besoin d'une douche. Merde, il avait besoin d'un tas de choses. Mais pour l'instant, il avait besoin d'une nouvelle dose de coke.

Trente minutes et deux shoots plus tard, il avait éteint les lumières et apercevait la nuit pluvieuse entre la fenêtre et le store. Lorsqu'il avait commencé sa virée cocaïne, un shoot l'emportait dans les nuages pendant une demi-heure ou plus, avant de le laisser redescendre tout doux, bien gentiment. Maintenant le cycle était plus rapide. La joie durait à plein tant que l'aiguille restait en place. En quelques minutes, le désir violent d'en reprendre se faisait sentir, semant avec lui les graines de l'effroi, de la paranoïa, du mépris de soi. Le seul remède était un nouveau shoot.

Il inspecta la rue depuis sa vieille maison à ossature en bois, bâtie au flanc d'une colline près d'un pont de chemin de fer. À cause de la pente et du mur de soutènement, il lui était impossible de voir le trottoir de son côté de la rue, hormis à l'endroit où commençait l'escalier.

Une voiture passa ; ensuite plus rien, rien que la pluie sombre, dont les gouttes s'illuminaient un bref instant aux lueurs d'un lampadaire. Le désir violent de cocaïne s'était transformé en hurlement derrière ses yeux. Il avait retardé le moment aussi longtemps que possible, essayant de le faire durer, durer un peu plus. Il n'en restait presque plus. Plus de cinquante grammes de cocaïne pharmaceutique en quarante heures. C'était de l'encamage de légende. Avec l'héroïne, il se serait replié dans une sorte de stupeur comateuse. L'héroïne avait une limite, mais la cocaïne était différente : on en voulait *toujours* plus.

Il trouva une veine et regarda le sang monter. Au lieu de procéder comme à son habitude, presser un peu et arrêter, avant de reprendre en pressant un peu plus, il s'oublia et injecta le tout en une seule fois.

La drogue lui traversa le corps comme une décharge électrique. Instantanément, tout le contenu de son estomac jaillit de sa bouche. Oh Seigneur ! Son cœur ! Son cœur ! S'était-il donné la mort ? Il pivota et se mit à marcher, se cognant à un fauteuil, se fracassant contre un mur puis contre la commode. Oh merde ! Oh Seigneur ! Oh ! Oh ! Oh !

Le flash se dissipa, et avec lui, la terreur de Mad Dog. Il ferma les yeux et savoura la sensation. Plus jamais comme ça, jura-t-il.

Un éclair de phares balaya le store. Mad Dog alla à la fenêtre. Une voiture avait fait demi-tour pour se ranger contre le trottoir. Le mur de soutènement lui en masquait la vue à l'exception du pare-chocs et des phares. Mais putain de merde, qui ça pouvait être à cette heure de la nuit ?

Il éteignit la lumière et regarda.

La voiture en contrebas s'éloigna. Un taxi. Sheila et sa fille de sept ans, Melissa, ainsi prénommée d'après une chanson, apparurent au bas de l'escalier. Il vit le visage blanc de Sheila lorsque celle-ci releva la tête. Mad Dog se figea, certain qu'elle ne pouvait voir qu'une fenêtre noire. Elle se dirait qu'il devait être sorti puisque sa voiture n'était pas à sa place contre le trottoir. La bagnole attendait dans l'atelier de la station-service Chevron du quartier qu'il vienne payer le nouvel alternateur, mais Sheila n'en savait rien. Pas si mal, après tout. Il aurait le temps de s'injecter le reste de la cocaïne avant d'être forcé d'écouter ses conneries de récriminations. Oubliée, la bouffée d'affection qu'il avait éprouvée plus tôt. Au lieu de quoi il songea à la manière dont elle l'emmerdait pour la cocaïne, et tout le reste aussi.

Mad Dog entendit la porte d'entrée qui s'ouvrait puis leurs mouvements au rez-de-chaussée. Il entendait les pas rapides de la petite, puis la porte de derrière qui s'ouvrait et se refermait. Elle devait certainement donner à manger au chat. La plupart du temps, c'était une bonne à rien, cette petite punaise. Elle ne l'aimait pas et refusait de faire ce qu'il lui demandait jusqu'à ce qu'il promette de lui botter le derrière si elle ne s'alignait pas. Lorsqu'elle obéissait, c'était toujours à contrecœur, résolument boudeuse, à faire la moue et traîner des pieds. La seule chose à mettre à son crédit était son amour pour le chat. Elle était toujours généreuse avec lui, aux petits soins pour l'animal ; elle avait un jour dépensé son dernier dollar pour une boîte de nourriture. Mad Dog éprouvait une affection bourrue pour une telle loyauté.

Lorsqu'il entendit les rires en boîte à la télé au rez-de-chaussée, il alluma la lampe de chevet ; une flaque de lumière jaune éclaira l'attirail nécessaire au rituel de l'aiguille. Il vida une petite quantité d'eau, directement de la seringue dans le flacon ; puis il remit le couvercle et secoua. De cette manière, il ne perdrait rien. Il réaspira le tout par l'aiguille. Il tint la seringue en l'air et pressa très délicatement, jusqu'à faire apparaître une goutte à la pointe. Ce qui signifiait que tout l'air avait été évacué. Il prit son temps pour se piquer, savourant l'opération aussi longtemps que possible. Si seulement il pouvait conserver cette sensation indéfiniment ; ce serait vraiment le paradis.

En l'espace de quelques minutes, la joie fut émoussée, effrangée par l'angoisse, l'auto-apitoiement, indistincts, indéfinis. Pourquoi moi, Seigneur ? Pourquoi la vie a-t-elle été aussi merdique depuis le tout début ? Son souvenir le plus lointain remontait à l'âge de quatre ans, lorsque sa mère avait essayé de le noyer dans la baignoire. Sa sœur de six ans, qui avait par la suite viré gouine et pute camée jusqu'aux yeux, lui avait sauvé la vie en hurlant à n'en plus pouvoir jusqu'à l'arrivée des voisins. Ces derniers avaient empêché la mère de poursuivre son œuvre et appelé la police, qui avait emmené les enfants au centre des mineurs. Le juge avait alors expédié sa mère au Napa State Hospital pour observation. Une autre fois, l'infirmière scolaire lui avait trouvé des meurtrissures sur le corps, aux endroits où sa mère l'avait pincé, enfonçant pouce et index dans la chair avant de tordre. La douleur était abominable et il restait toujours un hématome. Le simple fait de s'en souvenir aujourd'hui, trois décennies plus tard, lui donnait la chair de poule.

Après ça, elle était partie à Napa à deux reprises, une fois pour huit mois, avant de mourir alors qu'il avait onze ans. À ce moment-là, il était déjà séparé d'elle – enfermé en maison de redressement. L'aumônier l'avait appelé pour lui apprendre la nouvelle ; puis il avait consulté sa montre et dit au gamin qu'il était qu'on lui accordait vingt minutes, seul dans le bureau, pour laisser libre cours à son chagrin. À l'instant où la porte se refermait derrière l'aumônier, Mad Dog était debout, et ouvrait les tiroirs. Il cherchait des cigarettes, le produit le plus précieux dans l'économie de la maison de redressement.

Rien dans les tiroirs. Il alla jusqu'au placard. Bingo ! Dans une poche de veste, il trouva un paquet de Lucky Strike à peine entamé. L.S.M.F.T. Sans déconner ! Il les prit, il se sentait bien. Il fourra le paquet dans sa chaussette et se rassit. C'est dans cette position que l'aumônier le trouva à son retour. Il voulait lui parler ; il regarda le dossier, fronça les sourcils et dit quelque chose à propos de « ... ton père... »

Mad Dog se leva et secoua la tête. Il ne voulait pas en parler. En fait, il n'avait rien à dire. Il ne savait rien de son père, il ne connaissait même pas son nom. Lequel n'apparaissait pas sur l'acte de naissance. Sa sœur, qui avait, elle, un nom sur son acte de naissance, l'appelait « bébé miché ». Lorsqu'il regarda dans le miroir, il vit qu'il était laid et ne ressemblait à personne de la famille. Aussi disparate qu'elle fût, ses membres avaient tendance à être de grande taille, le teint pâle, le cheveu filasse, alors que lui était court sur pattes et basané, les cheveux bouclés serré au point d'en être presque frisés. Un jour, un gars plus âgé, une grande gueule, lui avait même demandé si le fautif n'était pas le Négro que sa maman planquait derrière le tas de bois [1]. Ah, ah, ah ! La brute était trop balèze et trop vicieuse à défier, mais une fois les lumières du dortoir éteintes, tandis que la brute ronflait, Mad Dog avait rampé jusqu'à elle et lui avait réduit la tête en purée à l'aide d'une batte. La victime avait survécu, mais n'avait plus jamais été le même homme ; son élocution resta à jamais déficiente, tout comme sa cervelle. C'est à cette occasion que Gerry McCain s'était gagné le surnom de « Mad Dog », le chien enragé. Un surnom qu'il s'était efforcé de mériter au mieux de ses capacités au cours des années qui avaient suivi.

Son dernier shoot commençait à s'émousser ; la migraine battait derrière ses yeux. De l'aspirine. Nan. L'aspirine n'y ferait rien. Qui plus est, l'aspirine était au rez-de-chaussée et il voulait éviter les miches râleuses de Sheila aussi longtemps que possible. Sa voix de crécelle crissait sur son cerveau comme des ongles sur un tableau noir. S'il avait un peu de pognon, il ferait ses valises et partirait attendre Troy en Californie, peut-être même à Sacramento. Les choses avaient dû se tasser avec le temps. Il avait même quelques coups en tête, mais il détestait travailler seul et le seul partenaire criminel dans la région était Diesel Carson. Mad Dog connaissait Diesel depuis la maison de redressement. Ils avaient même monté un coup ensemble. C'était d'ailleurs la

1. « Le Négro dans le tas de bois » : à l'origine, image raciste pour expliquer la disparition du bois de chauffe, devenue synonyme de coupable, responsable. (*N.d.T.*)

raison pour laquelle il ne ferait rien avec Diesel tant que Troy ne serait pas réapparu parmi les vivants.

Son mal de crâne était abominable et il sentit soudain les relents nauséabonds de son propre corps. La gnôle et la cocaïne avaient une odeur détestable quand on commençait à les suer. La cocaïne était la pire des drogues. Une horreur, cette merde. Il détestait ça. Et pourtant, dans le même temps, il aspirait à une nouvelle dose pour repousser à plus tard les heures d'enfer qui approchaient vite. Ce dont il avait réellement besoin, c'était un shoot d'héroïne. C'était le remède parfait contre le hurlement gris de la dépression qui s'installait dans son cerveau. La retombée commençait. Si seulement il pouvait dormir jusqu'à en voir la fin...

C'est alors qu'il se rappela les cachets de Valium. Les gros. Les bleus. Il en restait peut-être huit dans le flacon. Il sombrerait dans le sommeil, comme assommé au merlin, s'il les prenait tous. Il se souciait peu des suées nocturnes et des rêves terribles. Il alla jusqu'à la commode et ouvrit le tiroir. Au milieu de stylos bille, briquets à gaz vides, cachets de Pepto-Bismol et autres objets divers, il trouva le petit flacon marron. Il en ôta la capsule et vida le contenu dans sa paume. Six ! *Six !* La salope était passée par là.

La colère ne fit qu'aggraver sa migraine. Il avala les cachets bleus à l'aide d'une tasse de café froid. Il balança le flacon vide dans la poubelle et s'apprêta à s'allonger.

À cet instant, la porte s'ouvrit et la lumière du plafonnier illumina la chambre de ses cent watts de puissance. Sheila apparut, les yeux en soucoupe devant le spectacle qu'il offrait. Elle lâcha un petit cri de surprise et porta le poing à la bouche.

– Qu'est-ce que tu fabriques ici ? demanda-t-elle.

– Qu'est-ce que tu crois, putain ? Fiche-moi le camp d'ici et laisse-moi tranquille.

Il la regarda, plein de haine pour ce visage de lune à la peau marquée. Comment avait-il pu un seul instant la trouver jolie ? Ce devait être parce qu'il sortait de prison, une femelle crocodile lui aurait paru belle.

– Je t'ai dit de jamais entrer ici sans frapper.

– Je ne savais pas que tu étais à la maison, dit-elle. Ta voiture n'est pas en bas et tu n'es pas descendu me dire bonjour. Où est ta voiture ?

– À la station-service. En réparation.

– Ne prends pas ce ton avec moi. Je n'aime pas ça.

– Elle n'aime pas ça, la singea-t-il avec mépris. C'est-y pas dommage, hein ?

Il se pencha en avant, la dominant de sa présence menaçante.

– J'en ai vraiment rien à cirer de ce que t'aimes ou pas, salope !

Le sang qui lui cognait dans la tête lui donnait des vertiges. Il lui aurait bien allongé un revers de main si la voix de la gamine n'avait pas retenti, criant :

– Mam-man ! Mam-man !

Un bruit de pas précéda l'apparition de la fillette dans l'embrasure de la porte. Elle alla vers sa mère. Lorsqu'elles se tournèrent toutes deux pour lui faire face, elles avaient l'air de jumelles.

– Descendons, ma chérie, dit Sheila, un bras autour des épaules de sa fille qu'elle fit pivoter pour l'accompagner hors de la pièce.

– Je peux regarder *Star Trek* ? Ça vient de commencer.

– Bien sûr. À condition que tu te couches tout de suite après. Vas-y.

Elle fit sortir la petite et se retourna vers Mad Dog McCain. Elle avait recouvré son sang-froid.

– Il faut que tu partes. Je ne veux plus de toi ici.

– Super. Dès que j'aurai sorti ma bagnole du garage, c'est comme si j'étais plus là.

– Ne pense surtout pas à régler ta réparation avec ma carte de crédit. En fait, rends-la-moi, cette carte.

Elle tendit la main et claqua des doigts.

– Hé, si tu veux que je m'en aille... faut d'abord que je récupère ma voiture.

– Non. Donne-la-moi. Ici. Tout de suite.

Il voyait bien qu'elle n'avait pas peur. Pourquoi ? Parce qu'elle en savait trop sur le vol de la paie du navire marchand. Elle travaillait dans les bureaux d'une compagnie maritime et lui avait dit que les marins de la marchande étaient encore payés en liquide à la fin d'un voyage. Elle lui avait dit quel bateau, quand et où. Lui et Diesel Carson avaient piqué quatre-vingt-quatre bâtons. Sheila savait tout, et bien qu'elle fût complice, les autorités renonceraient certainement à l'inculper si elle acceptait de témoigner contre Diesel Carson et Mad Dog McCain, duo de criminels endurcis. Ouais, la salope croyait bien le tenir par les couilles. Putain de bordel, pourquoi lui avait-il fait confiance ?

Il sortit la carte Chevron de son portefeuille et la lui balança à la figure. Elle tomba par terre.

– Fumier ! dit Sheila, en la ramassant avant de sortir, claquant violemment la porte.

Il cligna des yeux vers la porte, précipité dans sa vrille inéluctable, vers l'enfer d'une chute cocaïne. À l'intérieur de lui, le désespoir hurlait en silence tandis que grandissait une furie brutale. Sans la carte de crédit, il ne pourrait pas récupérer sa voiture et sans sa voiture, il ne pourrait jamais se faire le moindre argent. Il était coincé. Il pourrait se retrouver sans toit. Il disposait d'un Python .357 et d'un AK-47 avec chargeur de trente balles, puissance de feu suffisante pour braquer pratiquement n'importe quoi – mais il ne pouvait pas se déplacer à pied. Il avait besoin d'une caisse, pas d'une bagnole qu'il serait obligé de piquer. Ça, c'était bon pour les jeunes Négros qui ne savaient rien voler qui en valût la peine. Et il avait pourtant grand besoin d'une caisse, bien plus que quiconque ne saurait l'imaginer. C'était à la limite de l'obsession, presque de la paranoïa.

Derrière la porte fermée, il entendit Sheila et la petite entrer dans la chambre voisine. L'heure du dodo de Melissa. Les cloisons minces laissaient filtrer suffisamment de bruits pour qu'il visualise ce qui se déroulait. La môme faisait ses prières. Putain de Christ – il haïssait la religion. Il haïssait Dieu. Il préférait le mal au bien, le mensonge à la vérité. Il décida qu'il allait récupérer la carte de crédit sur-le-champ.

Lorsqu'il ouvrit sa porte en jetant un œil dans le couloir, celle de la chambre à sa droite était entrouverte. Elles étaient là, à l'intérieur, toutes les deux. L'escalier était sur la gauche. Il veilla à ne faire aucun bruit en descendant les marches. D'habitude Sheila laissait son sac à main dans le vestibule de l'entrée, tout à côté de la porte, mais pas ce soir.

La cuisine. Il s'y dirigea et, il n'y avait pas à se tromper, le sac était sur l'évier. Il l'ouvrit, en sortit le portefeuille. Huit dollars. Pas de carte Chevron. Il replaça le portefeuille dans le sac et regarda autour de lui. Où avait-elle bien pu la mettre après être descendue ?

Il repéra son chandail sur le dossier d'une chaise. Elle le portait en entrant dans sa chambre. Il prit le chandail et palpa la poche. Pas de doute, la carte était bien là.

Il tâtonnait pour trouver la poche lorsque Sheila apparut sur le seuil. Il sortit la carte de crédit.

– Déconne pas avec moi, Sheila. Faut que je récupère ma bagnole.

– Pas déconner avec toi ! C'est avec *moi* qu'y faut pas que tu déconnes ! Donne-moi ça !

Une fois encore, elle tendit la main et claqua des doigts. Le geste à lui seul lui fut comme une gifle en pleine figure, et il réagit avec fureur. Il plongea de l'avant. Elle ouvrit la bouche pour hurler juste avant que la main gauche de Mad Dog ne s'écrase sur le côté de sa tête en l'étourdissant.

Mad Dog lança la main droite, ses doigts se refermèrent sur la gorge de Sheila.

Elle lui donna un coup de pied et se libéra d'une torsion. Il la gifla à nouveau, à pleine main, suffisamment fort pour l'expédier contre une table qui glissa sur le sol. Un vase de fleurs tomba et se fracassa par terre.

Sheila se rua sur lui, battant l'air de ses deux bras en fléaux, les yeux fermés. Un poing osseux s'écrasa sur la bouche du Dog, lui ouvrant la lèvre sur une dent. Il sentit le goût salé de son sang. Il se plia en deux pour le recracher loin de lui, là où il ne risquerait pas de salir ses vêtements.

Sheila utilisa cet instant de répit pour pirouetter sur place et partir en courant vers le vestibule et le téléphone. Elle avait des haut-le-cœur. Les doigts du Dog lui avaient écrasé la gorge. Elle avait mal. Son indignation avait disparu, elle était terrifiée.

Dans la cuisine, il ouvrit brutalement un tiroir et chopa un couteau de boucher. Elle entendit le cliquetis de métal tandis qu'il fouillait le contenu du tiroir ; puis le bruit du tiroir qu'on reclaque. Le téléphone était à cadran. Il fallut de bien précieux battements de cœur pour que le neuf revînt en place avant de la laisser composer le un. Elle n'arriva jamais au troisième et dernier chiffre [1]. « Hé, toi, la salope cafteuse », dit-il, debout dans l'embrasure de la porte, le cordon du téléphone sectionné à la main. Le grand couteau était masqué, collé contre sa jambe.

Elle laissa tomber le combiné et se mit à courir. Deux foulées et son pied glissa sur un tapis posé sur le plancher en bois dur. Elle fit le grand écart et tomba sur une main.

Il lui bondit sur le dos, comme un chat sur sa proie. Ses doigts étaient des griffes, entortillées dans sa chevelure, qui lui tordaient la tête de manière à exposer la gorge. Il leva le couteau de boucher et l'enfonça à la jonction du cou et de l'épaule.

On aurait cru qu'il venait de poignarder une outre à vin. Lorsqu'il dégagea la lame, un flot rouge et épais jaillit comme un geyser, giclant sur le poignet et l'avant-bras de la main qui empoignait la chevelure. Mad Dog essaya de changer de position afin d'éviter le flot d'hémoglobine. On aurait pu croire qu'il avait ouvert un tuyau d'arrosage ; le sang giclait maintenant sur le devant de son pantalon.

Sheila continuait pourtant à se débattre sauvagement, lui cognant la cuisse du coude, à coups répétés, luttant pour sa vie qui s'écoulait hors d'elle en un flot tumultueux.

Il frappa de nouveau. Cette fois Sheila para la lame de l'avant-bras, qui s'en trouva sectionné jusqu'à l'os au niveau du poignet. Elle parvint à dévier le coup dirigé vers son cœur, mais le couteau entailla son sein droit et ouvrit la chair sur les côtes. Lorsque la lame toucha l'os, Mad Dog perdit prise sur son arme tant le manche s'était couvert de liquide

1. Le 911 est le numéro des urgences aux USA. (*N.d.T.*)

poisseux. Sa main glissa sur la lame et il s'entailla profondément les doigts. Il lâcha le couteau et se recula.

À bout de forces, Sheila tomba au sol comme une chiffe molle. Elle eut un spasme violent et une minute plus tard, elle expirait. Elle gisait, dans une mare, presque un lac, de son propre sang artériel.

Baissant les yeux, Mad Dog vit qu'il était pieds nus dans la même flaque. Il leva un pied. Le sang faisait ventouse. Comme une mouche, se dit-il. Il fit un pas, puis un autre, avant de s'asseoir dans le fauteuil près du téléphone, à contempler ses empreintes de pas sanguinolentes. Il allait devoir les nettoyer. Elles devaient être identifiables, comme des empreintes digitales.

Toujours assis à contempler l'horreur, il sentit monter en lui une énorme vague de lassitude. Sa terreur grandit comme une houle. Quelque chose n'allait pas. S'était-elle débrouillée pour l'empoisonner ?

– Mam-man ! Mam-man !

Les marches bruyantes y allèrent de leur couinement. La fillette descendait.

– Mam-man... tu vas bien ?

– Reste en haut, là où t'es ! beugla-t-il en se redressant d'un bond.

Trop tard. Il vit ses jambes ; puis sa tête lorsqu'elle se pencha en avant pour regarder. Il se rua vers l'escalier. Il avait espéré laisser dormir Melissa pendant qu'il cacherait le corps et nettoierait le foutoir. Et puis demain, il serait allé enterrer Sheila quelque part dans les vastes forêts du nord-ouest. Si des questions venaient à se poser, il s'en tirerait au flan, avec arrogance.

Maintenant la situation était différente. La petite avait vu la vérité. Il monta les marches quatre à quatre et la suivit dans la chambre. Elle était de l'autre côté du lit.

– T'as tué ma mère ! hurla-t-elle.

Alors qu'il avançait vers elle, elle tenta de s'esquiver latéralement. Il fut trop rapide, lui agrippant le poignet d'une main tandis que l'autre cherchait à se saisir d'un oreiller.

Elle hurla. Il la tira pour la rapprocher de lui. Ses hurlements furent étouffés lorsqu'il lui colla l'oreiller sur la figure. Elle se débattait en tous sens, agitant bras et jambes, tandis qu'il lui pressait la tête, de toute sa force. Puis il mit les deux mains sur l'oreiller et se redressa, comme pour faire une pompe, écrasant l'oreiller sur le visage de la petite, dont les pieds battaient contre ses jambes. On aurait pu croire qu'ils appartenaient à un papillon.

– Meurs ! S'il te plaît, meurs ! supplia-t-il.

Cela lui parut durer une éternité mais finalement la lutte prit fin. À ce stade, il vacillait, luttant pour ne pas sombrer dans l'inconscience, avec dans l'idée qu'il était en train de mourir lui aussi. Puis il se rendit compte qu'il s'agissait du Valium qu'il avait pris, pas de poison. Il était défoncé, il n'était pas en train de mourir. Avoir compris ce qu'il en était lui fit abandonner la bataille. Le Valium l'avait tiré vers ses profondeurs. Il ferma les yeux et s'endormit sur le lit à côté du cadavre de la petite fille.

Au matin, à son réveil, la tête prise dans l'étau d'une migraine lancinante, il crut un instant n'avoir fait qu'un cauchemar. Puis il vit le petit cadavre d'un blanc cireux parce que tout le sang s'était déposé par gravité dans les parties inférieures du corps. La vérité se révéla bien pire que le cauchemar.

Il se redressa, assis sur le lit, et vit ses empreintes de pas sanglants sur le sol. Il avait beaucoup de ménage à faire. Il fallait qu'il cache les corps quelque part jusqu'à ce qu'il puisse partir pour les montagnes et les enterrer là où on ne les retrouverait jamais.

De l'argent. Il lui fallait aussi de l'argent. Les cartes de crédit. Bien sûr. Il connaissait les numéros de la Master Card, il pourrait retirer quinze cents dollars en liquide. Il pourrait aussi prendre des commandes, à la moitié du prix, de marchandises qu'il pouvait acheter avec la carte. Dieu merci, il avait un peu d'argent. Ce qui lui épargnerait des actes désespérés, comme le vol. De cette manière il pourrait partir pour Sacramento et y attendre Troy.

Il se leva. Lorsqu'il se déplaçait, la migraine empirait. Il chercha de l'aspirine, puis descendit au rez-de-chaussée jeter un œil à Sheila. La flaque de sang s'était coagulée. Il n'en croyait pas ses yeux, qu'un corps pût contenir autant de sang.

Est-ce qu'elle commençait à sentir ? Il renifla l'air. Il n'en était pas tout à fait sûr – mais il savait que cela ne tarderait pas. Les cadavres viraient au putride vite fait à température ambiante.

2

À l'antenne locale des Camionneurs, tout le monde considérait comme un fait acquis que Charles Carson, dit « Diesel », s'était gagné son surnom parce qu'il pesait cent vingt kilos et que, dans une bagarre, pareil à une locomotive, rien ne semblait pouvoir l'arrêter. En réalité, il s'était gagné son sobriquet à la maison de redressement, lors d'un match de football, quand il avait joué sans casque. On avait commencé à l'appeler Dieselhead, Tête à Diesel. Le surnom lui allait comme un gant, il lui était resté. On l'avait un peu raccourci en « Diesel ». Son épouse l'appelait Charles.

Dix-neuf années après la maison de redressement, trois ans après sa libération en conditionnelle de San Quentin, Diesel Carson en était quitte avec sa liberté sous condition. Il avait une épouse, Gloria, un gamin, Charles Jr, et une maison avec trois chambres dans un lotissement des faubourgs de San Francisco. Il appartenait aux Camionneurs, et c'était un des préférés des responsables de l'antenne locale. Il leur rendait des services, comme de casser la figure à quiconque n'était pas d'accord avec la manière dont les choses se faisaient. Il était loyal. Qui d'autre aurait donné un boulot à un ex-taulard, même un boulot merdique, encore moins un boulot digne de ce nom ?

Diesel acceptait aussi les contrats (pas les contrats de meurtres) de Jimmy la Figure et d'autres. Il était d'accord pour déclencher un incendie, ou casser un bras, mais il refusait d'assassiner pour de l'argent (poinçonner le ticket était le terme qui avait cours) parce qu'il s'agissait automatiquement d'une peine de mort et il ne pouvait jamais être sûr que l'individu qui l'envoyait au turf serait capable de fermer son clapet si la police le collait seul dans une petite arrière-salle, quelque part, à lui répéter aux oreilles qu'il pourrait rentrer chez lui s'il acceptait simplement de confirmer ce que la police savait déjà. Impossible de savoir ce qu'on irait jusqu'à dire dans ces cas-là. Chez certains le meurtre taraudait l'esprit. Ils voulaient absolument passer aux aveux. Bobby Butler avait avoué un meurtre commis en prison deux ans après les faits. On l'avait emmené et il s'était ramassé une condamnation à perpétuité. Il la méritait, ce foutu imbécile. Les fondateurs de la Fraternité aryenne avaient, eux aussi, perdu la boule. Trois ans après sa sortie de Folsom, Jack Mahone, l'un de leurs membres, était entré dans un poste de police et avait déclaré aux flics : « Je veux vous causer de c'te meurtre que moi et Tank Noah on a commis y'a huit ans de ça. » Le pauvre Tank s'était retrouvé dans le couloir de la mort à cause de ça. Diesel n'avait pas peur de la prison, mais la chambre à gaz le rendait nerveux. C'était presque stupide, tout bien considéré, vu le faible nombre de ceux qui y passaient effectivement, même si un bon paquet de condamnés attendaient d'avoir épuisé tous les recours en appel. Diesel pouvait très bien tuer quelqu'un, mais il ne ferait jamais assez confiance à quiconque pour partager le secret – à l'exception de Troy, cependant. Il avait confiance en Troy, totalement.

Diesel sortit de la douche et enfila sous-vêtements propres et pantalon de lin frais repassé. La vie était super maintenant. Il commençait à oublier les valeurs de l'orphelinat catholique, des services de délinquance juvénile, de la maison de redressement et de la prison. Rester hors de prison trois ans durant était déjà un succès, même sans un rond en poche, mais posséder une nouvelle voiture et être propriétaire de sa maison faisait de lui une réussite monumentale. Il avait des costumes Hickey-Freeman, aux pieds des chaussures Johnston Murphy – et des places au premier rang lors des combats de boxe. La semaine prochaine, le secrétaire général prendrait ses dispositions pour le faire payer en surnombre dans le cadre des garanties syndicales de l'emploi. Tandis que les remorques de camions chargées de nouvelles autos traversaient le pays sur des wagons de chemin de fer à plate-forme, lui touchait un salaire de camionneur, avec heures supplémentaires. Seuls les mecs qui étaient dans la manche du syndicat avaient droit à des trucs comme ça.

Jimmy la Figure avait fait les présentations, il l'avait introduit. En retour, il lui rendait de petits services, à la Figure. Ce soir, il partait pour Sacramento incendier quelques camions. Un quelconque imbécile voulait enlever le marché contre la Figure sur un contrat de transport. Quand Diesel en aurait terminé avec lui, l'imbécile serait en faillite, son entreprise envolée.

Diesel sortit du placard son attaché-case, posé sur une étagère, et le déverrouilla. À l'intérieur se trouvaient ses armes de poing. Le .45 était réservé aux fusillades d'importance mais il était trop lourd à porter sur soi. Il déformait et déséquilibrait ses vêtements. Le deuxième pistolet était un Colt Woodsman .22 au canon fileté à son embouchure pour le silencieux qui reposait dans sa niche tout à côté. Avec des balles à forte charge et un silencieux, c'était une arme parfaite pour le meurtre. Elle ne faisait pratiquement aucun bruit et la balle restait à l'intérieur du crâne au lieu de faire gicler sang et os sur tout le mur. La dernière arme était un revolver Smith & Wesson à cinq balles, calibre .38, à canon court. Assez léger et petit pour être porté sur soi, sa puissance de frappe était néanmoins suffisante pour faire le boulot. C'était l'arme de protection personnelle idéale. Il vérifia que le revolver était bien chargé, puis il agrafa l'étui à l'intérieur de son ceinturon. Il était peu probable qu'il en eût l'usage, mais mieux valait l'avoir et ne pas s'en servir que d'en avoir besoin et ne pas l'avoir. Aucun bon citoyen sûr de son bon droit n'allait lui tomber sur le râble pendant l'exécution d'un coup criminel et l'arrêter au nom de la loi – sauf s'il trouvait la vie plus belle avec du plomb dans l'estomac.

Il remit l'attaché-case dans le placard et sortit une veste de cuir beige et des mocassins Bally. Il les emporterait avec lui et peut-être qu'il s'arrêterait en ville ensuite. Pas de bol de manquer les combats de boxe de la soirée, mais les rencontres terminées, les mecs au parfum bien sapés se retrouveraient chez Charlie, dans Mission.

Il enfila des Reebok basses et remonta la fermeture éclair de son coupe-vent. Dans le miroir il ne vit aucun renflement. Tout était bien à sa place et il s'assura que rien ne risquait de tomber lorsqu'il escaladerait la clôture. La chose s'était produite un jour et l'avait bigrement gêné. Il traîna encore un instant devant le miroir. Il avait de l'allure, genre beau mec costaud et bien en chair, à l'image d'un grand flic irlandais. Ce qui le fit sourire. Il leva les mains, en position de garde de boxe, y ajouta le rythme des changements d'appui et lâcha quelques crochets courts. Il boxait en souplesse pour un mec de sa taille. Au gymnase, ils disaient toujours qu'il bougeait comme un poids moyen, mais le gymnase n'avait rien à voir avec l'arène. Quand la foule criait, au retentissement du gong, il oubliait tout ce qu'il savait de la boxe. Il donnait de grands coups de fléau des deux bras comme un sauvage et se faisait tanner le cul. Ce qui avait mis un terme à tous ses rêves d'être un jour le grand espoir blanc et de se ramasser des millions sur le ring. Il s'en était retourné à la conduite des poids lourds et au vol pour assurer sa subsistance.

L'heure était maintenant venue d'aller commettre un crime.

Il inspecta la chambre. Il n'avait rien oublié. Le tournevis affûté, le marteau à décoffrer et le bidon de Javel plein de kérosène se trouvaient dans le coffre de sa voiture. Ses gants étaient dans la boîte à gants.

Lorsqu'il ouvrit la porte de la chambre, il fut assailli par le tempo martelé et lancinant de la musique rap.

– Arrête-moi ces trucs de Négro, hurla-t-il à l'adresse de la cuisine.

N'obtenant pas de réponse, il piqua une rogne et se précipita dans le couloir, en marmonnant que ça faisait trop de boucan, putain de merde, il n'arrivait même plus à s'entendre.

La cuisine était vide. Par la fenêtre arrière, il vit Gloria occupée à étendre des chemises sur la corde à linge. Junior était assis dans une poussette.

Diesel alla jusqu'à la porte de derrière.

– Qu'est-ce qui va pas avec ce putain de séchoir ? demanda-t-il.

– « Putain » de séchoir. Honnêtement, Charles. Ton fils...

– Rien à fout' de tout ça. Y sait pas encore dire un mot.

– Il apprendra vite.

– Ouais, O.K., bon, j'y vais. Dis, comment ça se fait que t'écoutes ces merdes de rap ? J'arrive pas à croire à quel point cette merde en barre peut être stupide. Ç'a autant à voir avec la musique qu'une série de pets.

Elle lui adressa un geste, moitié congé, moitié salut, et retourna vaquer à ses occupations. Elle se redressa sur la pointe des pieds, les muscles de ses jambes s'accentuèrent, et lorsqu'elle leva les bras, ses seins tendirent le tissu de sa chemise. Quels que soient ses autres défauts, elle avait un corps superbe. Avait-il le temps pour un petit coup vite fait ? Nan.

– Comment ça se fait que t'utilises pas le séchoir ?

– J'ai amidonné tes chemises comme tu les aimes. Le séchoir enlève tout l'empesage.

– C'est logique. Je m'en vais, poupée.

– Quand est-ce que tu seras de retour ?

– Ce soir, je ne sais pas à quelle heure.

– Sois prudent.

– Je suis toujours prudent, poupée.

– Passe-moi un coup de fil si tu rentres après minuit.

– Promis, dit-il, en ajoutant pour lui-même : Si je m'en souviens.

Tandis qu'il descendait l'allée vers sa nouvelle décapotable rouge Mustang GT, Diesel se sentait bien. Depuis le jour où il s'était enfui du Foyer pour garçons des sœurs de la Pitié, à l'âge de dix ans – et son tout premier passage au tribunal pour mineurs le jour où on l'avait capturé en train de pénétrer par effraction dans une boutique papy-mamy – il n'avait jamais connu plus de six mois de liberté entre deux arrestations. Toutes n'avaient pas des crimes pour motifs, et toutes n'avaient pas conduit à des condamnations, mais pour sûr que c'était bien de foutues arrestations quand il se retrouvait derrière les barreaux. C'est-à-dire, jusqu'à aujourd'hui. Avait-il dépassé le stade de la prison ? Il connaissait des hommes qui ne vivaient que par le crime ; ils se faisaient beaucoup de fric et ne se retrouvaient jamais en pénitencier. Peut-être que lui aussi était capable de faire ça, en particulier si c'était Troy qui préparait le détail des coups et distribuait les rôles. Diesel sourit, en se disant que Troy allait apprécier la manière dont il lui avait préparé les choses. Dans le garage se trouvaient ses outils pour le crime : des oscilloscopes qu'ils utiliseraient pour les alarmes électroniques anti-effraction, un scanner de fréquences pour suivre les appels de la police et même un chalumeau oxyacétylénique portable des surplus de l'armée.

Diesel monta dans sa voiture, démarra le moteur et descendit la capote. Il sortait en marche arrière lorsque la porte d'entrée s'ouvrit. Gloria passa la tête au-dehors. Il freina.

– Téléphone, cria-t-elle.

– Qui est-ce ?

– McCain.

– Mad Dog ?

Elle acquiesça.

– Qu'est-ce qu'il veut ?
– Il ne l'a pas dit.
– Dis-lui que tu n'as pas pu me joindre.

Gloria ferma la porte et Diesel continua sa route. Tout en s'éloignant, il se demanda à haute voix :

– Pourquoi cet enfoiré malade du ciboulot m'a appelé ?

La dernière fois qu'il avait parlé à Mad Dog remontait à un an, lorsqu'ils avaient braqué la paie du navire marchand. Parce que la petite amie de Mad Dog travaillait pour la compagnie maritime et que c'était elle qui leur avait indiqué le coup, au moment du partage de l'argent, Mad Dog avait demandé une part pour elle. Il n'en avait jamais parlé auparavant.

– Bien sûr, avait dit Diesel, et moi, je prends une part pour Gloria.
– Qu'est-ce que tu veux dire ?
– Si Sheila a droit à une part, pourquoi pas Gloria ?
– C'est de la connerie, mec.

Ils s'étaient affrontés, de part et d'autre d'une table de cuisine. Le moment avait été tendu. Diesel s'était à moitié levé de sa chaise pour se pencher en avant. Il était plus lourd que Mad Dog, de plus de cinquante kilos. Le pistolet de Mad Dog était à l'étui. Jamais il n'aurait le temps de le dégainer, Diesel lui aurait déjà brisé la mâchoire. Mad Dog avait cédé le pas lors de leur affrontement, mais Diesel savait qu'une graine de haine avait été plantée dans un esprit déjà fertile en folie. Depuis ce jour, il s'était tenu à distance de McCain. Troy disait qu'il était capable de tenir les rênes du petit fou furieux. Le temps montrerait si Troy avait raison. Troy devait obtenir sa libération en conditionnelle dans environ deux mois, et il avait un plan : une équipe de trois mecs qui se spécialiserait dans les braquages de maquereaux, trafiquants de drogue et gangsters, tous dans l'impossibilité d'aller se plaindre à la police. Diesel eut une seule et unique pensée gratifiante à l'égard de Mad Dog :

– Au moins c'est pas une balance. Mais pourquoi est-ce qu'il m'appelle ?

* * *

Trois heures plus tard, Diesel était posté dans l'ombre d'un chêne au milieu d'un champ d'herbe sèche. À trente mètres de distance se trouvait la voie surélevée de la Southern Pacific. Au-delà s'étirait un talus en pente qui se terminait à la clôture de Star Cartage. À la lueur de la lune entrant et sortant des nuages, il vit les silhouettes des gros camions et les cabanes en préfa des bureaux. Les fenêtres étaient dans l'obscurité. Jimmy la Figure s'était arrangé pour que le veilleur de nuit se porte pâle. Encore une fois, on aurait dit que la Figure avait raison.

Au-delà de l'entreprise de poids lourds s'étirait la U.S. 99. Il y avait peu de circulation, pour l'essentiel des camions chargés de produits agricoles roulant dans la nuit. À quelques centaines de mètres sur la route, une enseigne au néon signalait un magasin de spiritueux. Ça paraissait facile.

Diesel roula le sac de toile contenant outils et kérosène. Il était plus facile de le tenir sous le bras que de le porter suspendu à une main. Ployé vers l'avant pour diminuer sa silhouette, il traversa le champ au petit trot et franchit les rails de chemin de fer. Le gravier roula sous ses pieds tandis qu'il se laissait glisser sur la pente du talus en direction de la clôture.

Il avait des pinces coupantes dans le sac, mais en regardant tout autour, il était évident qu'il lui serait plus facile d'escalader la clôture que de la sectionner. Outre que cela ne présentait pas non plus de danger dans la mesure où les bâtiments masquaient la clôture depuis la route. Il balança le sac par-dessus le grillage et bondit, crochetant les doigts au sommet.

La clôture se mit à claquer sur toute sa longueur. Aucune importance. Il n'y avait personne dans le coin pour prêter l'oreille. Il se laissa tomber au sol et s'immobilisa en position accroupie, à l'affût du moindre signe d'un remue-ménage ou d'une alarme.

Rien. Que le silence, hormis un camion de passage qui changeait de vitesse. Oh ouais ç'allait être facile. Il avait pris trois gélules de Dexamyl et une douce chaleur l'envahissait. Il resta à l'abri des bâtiments qui le séparaient de la route en se dirigeant vers les camions.

À nouveau, il s'immobilisa ; à nouveau pas d'alarme. Il se saisit du gros tournevis affûté. Lequel perça sans difficulté les réservoirs à carburant. Même pas besoin de marteau. Le fuel s'écoula en cercles sombres et humides sur le sol. Tandis qu'il vidait les réservoirs des cinq camions rassemblés là, Diesel versa du kérosène entre les flaques de manière à relier entre elles les mares de liquide inflammable. Il était un peu essoufflé. Trop de foutues Marlboro, se dit-il.

Il sortit les allumettes. Est-ce qu'il y aurait une explosion ?

Si ça explose, ça explose. Rien à foutre. Il craqua une allumette sur l'ongle du pouce et la lança dans le kérosène.

Tandis que la flamme bleuâtre rampait sur le sol, Diesel partit au pas de course dans la direction opposée.

Pas d'explosion, mais l'incendie fut rapide. Il vit les flammes gagner alors qu'il escaladait la clôture, et le brasier faisait rage lorsqu'il parvint au chêne.

Il se trouvait sur la route, à huit cents mètres de là, lorsque les camions de pompiers toutes sirènes hurlantes et tous phares allumés passèrent en sens inverse. En usager respectueux de ses devoirs, il se rangea et les regarda s'éloigner.

– Bonne chance, les gars, dit-il avec un grand sourire.

Sur la route inter-États, il était extatique devant ce qu'il avait fait. La pression avait disparu. Jimmy la Figure apprécierait son ouvrage. Diesel aimait bien les boulots-crame. C'était facile. Le problème était de trouver des clients auxquels faire confiance. Il ne pouvait pas faire sa propre pub dans les annonces classées : INCENDIAIRE À LOUER. Pas de bol.

C'était un don, cette chose-là. Un cadeau du ciel. Qu'est-ce que Troy dirait ? « Un nid d'oiseau posé à même le sol. » Suffisait de se baisser pour le ramasser.

* * *

Il était trois heures et demie du matin. Diesel était rentré chez lui et mangeait des corn flakes au lait dans la cuisine. Le téléphone sonna. Il regarda la pendule.

– Putain de merde, c'est qui... ?

Il décrocha.

– Allô ?

– C'est moi, Mad Dog.

– Qu'est-ce qu'il y a, mec ?

Gloria apparut à la porte.

– Il a appelé trois fois.

– J'ai besoin d'aide, mon frère, dit Mad Dog. J'ai de gros ennuis, mec. Je me retrouve au trou. Une merdouille, pas grand-chose, une histoire de carte de crédit, mais si je ne suis pas libéré sous caution d'ici lundi, le responsable de conditionnelle va me coller un ordre de détention sur le dos. Tu sais comment ça se passe.

Diesel comprenait.

– La caution, combien ?

– Rien que quinze cents. Cent cinquante pour le prêteur de caution et la garantie.

– Et Sheila, elle fait quoi ?

– Elle est au Colorado, elle visite sa famille. Je n'ai pas le numéro. J'ai quinze billets dans ma piaule.

– Envoie le prêteur de cautions. Il va se faire du pognon. Balance-lui un petit bonus.

– Non, mec, je n'ai pas confiance dans les prêteurs de caution. Et s'il volait le fric en disant qu'il ne l'a pas trouvé ?

Diesel ne dit rien. Il acceptait mal ce qu'on lui imposait même s'il savait qu'il céderait lorsque Mad Dog en viendrait à le supplier. Ce qui ne tarda pas.

– Écoute, mec, je te jure que j'ai le blé dans ma piaule. Je te raconterais pas de conneries là-dessus. Je te rembourserai ce que t'auras avancé et je te donnerai tout ce que tu voudras.

– Tu l'as, c'est sûr, d'accord ?

– Ouais, mon pote, juré devant Dieu.

– C'est *ça* qui me pousse vraiment à te croire. Ha, ha, ha...

– Hé, mec, me chambre pas. Je t'en prie, mec, me laisse pas au trou.

Diesel aurait bien laissé Mad Dog McCain pourrir en prison – mais qu'est-ce que Troy voudrait le voir faire ? Il lui dirait d'avancer la caution.

– Il me faut cinq cents sacs pour mes frais.
– Tu les as, mec. Dès que je sors du trou.
– Ne déconne pas avec moi, Dog. Si jamais tu me racontes des conneries, on va avoir tous les deux un putain de gros problème à régler, si tu vois ce que je veux dire.
– Ouais, D. On se connaît. J'irais jamais déconner avec toi.
– O.K. La cavalerie se met en marche. Je décarre tout de suite. Je devrais pouvoir te faire sortir d'ici demain.
– Je compte sur toi.
– Hé, si je te dis : la fourmi est prête à tirer la charrue, toi, tu ne te poses pas de questions, tu lui colles le harnais autour du cou. C'est une question de confiance.

3

Le compteur oscillait entre cent quarante et cent cinquante tandis que la Mustang filait à toute vitesse vers le nord sur la I-5. Les vignobles luxuriants et le paysage vallonné de la Napa Valley cédèrent la place à un terrain plus accidenté lorsque la route commença à monter dans les Sierras. Les pneus couinaient dans les virages et les poids lourds géants qui gravissaient les côtes au ralenti se voyaient doublés à la vitesse de l'éclair. En longeant Lake Shasta, Diesel regarda les alignements de péniches amarrées aux pontons. Ce serait chouette, ça. Lorsque Troy se serait trouvé une petite amie, peut-être qu'ils pourraient en louer une pour quelques jours, et explorer les kilomètres de cours d'eau ainsi offerts. Il était sûr que Gloria aimerait ça. En revanche, ce n'était peut-être pas l'idéal pour Troy, qui préférait les lumières scintillantes et les lieux qui bougeaient.

Il aimait vraiment son ami. « Mon meilleur pote », marmonna-t-il, en songeant qu'il suivrait son copain partout, jusqu'à franchir les portes de l'enfer si Troy disait qu'il y avait un coup à y faire. Troy avait été le chef, dès leur première rencontre à la prison pour délinquants juvéniles ; ils avaient fait la belle en sautant la clôture quelques jours plus tard. De tous les criminels que connaissait Diesel, Troy était le seul dont l'ambition était de vivre hors la loi.

– Je n'ai rien d'un héritier, avait-il dit un jour, et je n'ai pas l'intention d'être une non-entité dans la horde.

– C'est quoi une entité ? avait demandé Diesel.

Troy avait éclaté d'un rire sonore et étreint son ami. À ce souvenir, Diesel éprouva une bouffée d'affection. Il ferait pratiquement n'importe quoi pour Troy, et en grande partie, la raison de ce voyage était de savoir que c'était exactement ce que Troy attendait de lui.

* * *

La pluie quotidienne sur les étendues vertes du nord-ouest commença à tomber à l'approche de Grants Pass, Oregon. La route mouillée le ralentit de sorte que la nuit était pratiquement tombée lorsqu'il arriva sur Portland. Les gélules de Dexamyl avaient fini de faire effet et il avait commencé à somnoler à son volant. Il s'arrêta et baissa la capote. L'air froid le garderait éveillé. Aussi longtemps que la voiture roulerait, le pare-brise empêcherait la pluie de le mouiller.

À Portland, les panneaux de signalisation et les feux tricolores l'obligèrent à remettre la capote en place. Qu'est-ce qu'il fallait qu'il fasse, maintenant ? Les prêteurs de cautions restaient ouverts vingt-quatre heures sur vingt-quatre, mais il était trop fatigué pour s'occuper de son affaire. Devant lui apparut le néon vert d'un Travelodge. Il s'engagea dans l'allée à voitures qui y menait.

Une fois dans sa chambre, il s'assit sur le lit et ôta ses chaussures ; puis il se laissa tomber en arrière et ferma les yeux, dans l'intention de faire un petit somme avant d'étudier les Pages jaunes en quête d'officines de prêts. Le sommeil le fit sombrer très vite, encore tout habillé. En moins d'une minute, ses ronflements s'entendaient de l'autre côté de la porte.

Lorsque Diesel ouvrit les yeux, les sens instantanément en éveil comme un prédateur des bois, il vit un ciel noir par la fenêtre et crut que le jour n'était pas levé. Bon Dieu. Est-ce qu'il avait dormi toute la journée ?

Sa montre-bracelet disait six heures cinquante. Elle marchait. Il alla à la fenêtre. Le ciel n'était qu'une masse de nuages et la ville était mouillée, alors même que la pluie ne tombait pas.

Il arracha des Pages jaunes la liste des officines de prêts et alla au téléphone. Le premier nom de la liste, A.A.A. Bail Bonds, 24 heures sur 24, s'avéra un service répondeur. Ils voulaient un numéro à rappeler.

Le suivant était Byron's Bail Bonds, État, Fédéral, Comté, 24 heures sur 24, Byron vous fait sortir sur caution 365 jours par an.

Diesel composa le numéro. Le téléphone sonna une fois.

– Byron's Bail, Byron à l'appareil. En quoi puis-je vous être utile ?

– Très bien, mec, dit Diesel. Je veux faire sortir un pote à moi. Il est bouclé ici, à Portland.

– Sur quelle accusation ?

– Je suis pas sûr, une histoire de carte de crédit.

– Ça pourrait être un délit ou un crime.

– Je pencherais plutôt pour un crime.

– Avez-vous de l'argent ?

– J'ai une carte de crédit gold Citibank Visa.

– Ça, c'est de l'argent. Quel est le nom de votre copain ?

– Euh, McCain.

– Prénom ?

– Je... euh... ne le connais pas.

– C'est un copain et vous ne connaissez pas son prénom ?

– Je connais juste son surnom, dit Diesel, en ajoutant pour lui-même : « Je vais quand même pas te dire que c'est “ Mad Dog ”. »

– McCain suffira, je suppose. Ce n'est pas un nom si fréquent. Savez-vous dans quelle prison il se trouve ?

– Non.

– Je peux trouver ça. Quand a-t-il été arrêté ?

– Je suis presque sûr que c'est vendredi.

– Vous venez vous présenter avec l'argent ?

– Naturellement. Sauf que je ne sais pas comment on arrive chez vous. Je connais que dalle à Portland.

– Où êtes-vous ?

– Je suis au Travelodge qu'on voit de la I-5.

– Bien. Revenez sur la I-5 et traversez le pont direction nord. Prenez la première sortie...

Byron continua à expliquer l'itinéraire ; c'était facile. Un changement de direction après la sortie.

Il régla la note du motel et se mit en route. C'était dimanche et il y avait peu de circulation avec ce temps sinistre. Alors qu'il s'engageait dans la rue de bâtisses en briques à un étage, la pluie se mit à tomber. Ses phares illuminèrent une Jaguar XJS garée devant lui. Au-delà de son pare-brise et d'une vitrine de boutique brouillés de pluie, il aperçut la petite enseigne au néon : Byron's Bail Bonds.

Tandis qu'il se dépêchait vers la porte, il remarqua la plaque minéralogique de la Jaguar, affichant BAIL BND. La voiture luxueuse reluisait sous la pluie à la lueur du lampadaire. Le commerce des prêts sur caution rapportait du fric, sans déconner – quand on pouvait se résoudre à mettre la main au collet des gens et à les conduire en prison. Tel qu'il était, il était bien capable de tuer un gus, mais le conduire en prison, ça, c'était cafter. Ce n'était pas cafter si un flic faisait le boulot, ou même un bon citoyen réglo. Ça faisait partie du jeu. Mais un prêteur sur caution était comme qui dirait entre deux chaises, mi-cave, mi-truand.

À l'intérieur, derrière un bureau balafré de marques, un mètre cinquante derrière un comptoir nu, Byron parlait au téléphone tout en prenant des notes sur un bloc de papier légal jaune. Le bureau portait des corbeilles de paperasses et de documents.

Diesel s'appuya sur le comptoir. Il sentait une odeur de cigare ; il ne se trompait pas, quelques mégots traînaient dans un cendrier sur le bureau.

Byron dit au revoir et raccrocha.

– Vous êtes...

– J'ai appelé, à propos de McCain.

– C'est vrai... c'est vrai. Je n'ai pas bien saisi votre nom.

– Charles Carson.

Diesel sortit son portefeuille, avant d'en extraire le morceau de plastique doré. C'était cinq bâtons qu'il avait dans la main. L'argent disait tout ce qu'il était nécessaire de dire.

– D'accord, monsieur Carson. J'ai fait quelques petites recherches. Votre copain se trouve à la prison du comté Multnomah. Il est soupçonné d'avoir violé le Code du commerce et des professions de l'Oregon, Section un-huit-cinq-trois, sous-section A – quoi que ça puisse être. Un truc sur les cartes de crédit. Il n'y a pas de caution fixée pour l'instant, mais la caution recommandée habituellement est de quinze cents. Je peux obtenir l'acte de remise en liberté signé d'ici une demi-heure. J'ai déjà trouvé le juge de garde. Il est à son domicile et j'ai parlé à son secrétaire judiciaire.

– Très bien. Vous connaissez votre boulot. Et la douloureuse pour tout ça ? Combien ?

– Trois cinquante pour délivrer l'acte, dix pour cent de caution comme prime, et la garantie, qui vous sera restituée lorsqu'il se présentera devant le tribunal.

– À vous de jouer, champion.

Diesel poussa la carte vers l'avant, avant de s'interrompre.

– Une chose. Lorsque la caution sera restituée, c'est à moi que revient l'argent. Pas à lui. Pigé ?

– Pas de problème.

Il prit la carte de crédit et alla au téléphone passer un coup de fil, afin de s'assurer qu'elle était valide.

– Asseyez-vous, dit-il.

Diesel s'assit et prit un numéro de *Sports Illustrated* comportant un article sur le procès pour viol de Mike Tyson. Putain de Négro débile, se dit Diesel, avec un sentiment de compassion bien plus que de mépris. Diesel était certain que la « victime » avait joué du jeune queutard fringant comme d'un poisson au bout d'une ligne. Elle avait toujours su ce qu'il allait faire, et ce qu'elle, de son côté, ferait ensuite. Ce qui donna à Diesel le sentiment de n'être pas si bête. Il était ignorant pour bien des choses, mais il en avait dans le crâne quand il s'agissait des petits jeux qui se pratiquaient couramment.

Byron reposa le téléphone et se leva. C'était un petit mec. Il dessina un O du pouce et de l'index, et refit un clin d'œil.

– Aussi bon que de l'or, dit-il, en récupérant un imperméable posé sur le dossier d'un fauteuil. Je vais faire immédiatement signer l'avis de remise en liberté. Vous avez une voiture, non ?

– Ouais.

– Vous allez passer le prendre ?

Diesel acquiesça. Sûr qu'il allait passer le prendre. Il avait de l'argent à récupérer auprès de Mad Dog. Le petit fou furieux n'aurait pas d'arme en sortant de prison, et Diesel allait faire en sorte qu'il n'en obtienne pas jusqu'à ce que l'argent soit versé. S'il ne l'a pas... Diesel interrompit sa réflexion à cet endroit, exactement, ne voulant s'engager en rien, même en esprit.

Byron consulta sa montre.

– Je peux faire enregistrer la caution et faire un saut à la prison dans environ une heure. Mais on ne le laissera pas sortir tant que les procédures d'incarcération ne seront pas terminées. Pour les prises de la journée. Vous pigez ? Les prises... Le nouveau fretin...

Diesel grogna et eut un demi-sourire. C'était tout le rire que la blague méritait.

– Et alors...

– Alors pourquoi ne pas repasser à la prison vers dix heures, dix heures et quart. C'est l'heure à laquelle on commence à relâcher les libérés sous caution.

– Ça me paraît correct. Où est-ce ?

Byron cligna une nouvelle fois de l'œil, au point que Diesel voulut lui demander s'il était affecté d'un tic nerveux. Il sortit une carte ronéotée de la ville et de ses rues marquées d'une série de flèches montrant l'itinéraire à suivre depuis le « Bureau de Byron » jusqu'à la « Prison du comté ».

Byron enclencha alors son répondeur et accompagna Diesel à la porte.

* * *

Diesel mangea dans un Denny's, en faisant le vœu qu'on ne l'y reprendrait plus. À dix heures passées de quelques minutes, il passait devant la prison du comté de Multnomah. C'était une forteresse dix-neuvième siècle, bâtie de blocs de granit, qui lui rappela Folsom. Les fenêtres étaient en verre translucide, garnies de barreaux, derrière lesquelles il aperçut des ombres en mouvement.

Il continua à tourner dans le quartier sous la pluie pendant une quinzaine de minutes et revint sur ses pas. Il repassa lentement devant la prison. Pas de place pour se garer en bordure du trottoir.

À environ cinquante mètres de l'entrée, il trouva un emplacement disponible devant une bouche à incendie. Pas de problème. Il ne quitterait pas sa voiture. Il pourrait partir si un camion de pompiers arrivait. Il voyait la porte de la prison.

Il mit la radio et fit le tour des stations, cherchant un poste diffusant les bons vieux succès du passé. Mais il s'arrêta en entendant une retransmission sportive. Du basket-ball. On aurait dit un match des Trailblazers. Il continua sa recherche. Natalie Cole. Ça lui convenait bien. Il régla la station au plus clair et se renfonça dans son siège pour regarder la pluie tomber.

La prison donnait l'impression d'être une boîte à biscuits. Elle était peut-être à sécurité maximale à l'intérieur, mais vue de là où il était, elle paraissait bien facile à forcer. Elle possédait sans aucun doute quelques pièces à usage de trou bien méchant, au fin fond de ses entrailles. Les établissements sécurité minimale avaient, eux aussi, dans un coin ou dans un autre, des cellules de détention maximale, mais même pour le cave moyen, la sécurité ici paraissait bien légère. Toutes les prisons ayant des fenêtres ouvrant sur l'extérieur n'avaient que ce qu'elles méritaient. On pouvait y faire entrer n'importe quoi, on pouvait en sortir n'importe quoi. Un barreau qu'on coupe, et c'est un corps qui peut passer.

Des phares frappèrent l'arrière de la Mustang. La lumière brutale inonda la voiture au passage d'un bus qui vira dans l'entrée, un bus cellulaire avec fenêtres grillagées et vagues éclairs livides de visages blancs au regard tourné vers le dehors.

– Pauvres connards, marmonna Diesel, avant d'ajouter : Je préfère que ce soit vous que moi.

Une Jaguar vint bientôt se ranger en double file devant l'entrée éclairée. Le conducteur se dépêcha de sortir et courut sous la pluie vers l'entrée. Diesel quitta sa Mustang et avança à pas rapides sur le trottoir.

– Byron ! Hé, Byron !

La grille d'entrée bourdonna et Byron entra. Diesel remonta l'allée piétonnière et s'arrêta tout à côté de la porte. Fallait-il attendre là où il était ? Le surplomb le protégeait du plus gros de la pluie. C'est alors qu'il vit la caméra en circuit fermé. Dès qu'il l'eut regardée, une voix sortit d'un haut-parleur : de toute évidence, quelqu'un surveillait le moniteur.

– Dites ce qui vous amène, monsieur.

– J'attends un prêteur sur caution. Il vient d'entrer.

– Désolé, monsieur. Il vous faudra attendre sur le trottoir. Nul n'est autorisé à rester là où vous êtes.

– O.K., c'est bon.

Diesel sourit de son plus grand sourire irlandais et se toucha le front en guise de salut décontracté. Il retourna à sa voiture et baissa la vitre pour mieux voir l'entrée.

Une minute plus tard, deux adjoints sortirent avant de monter dans une voiture garée plus près de l'allée. Diesel se rangea à leur place. Lorsque Byron sortit à son tour, Diesel fit un appel de phares avant de quitter son siège et de s'avancer.

– Voilà, dit Byron. Votre copain sera là dans un petit moment. Je lui ai parlé, je lui ai dit que vous l'attendiez.

– Super, dit Diesel. Merci.

– Je lui ai dit, mais je vais vous le répéter. Il doit se présenter au tribunal jeudi, Division II. Rappelez-lui... si vous voulez récupérer l'argent.

– Je lui rappellerai, dit Diesel.

– Faut que je me sorte de cette pluie, dit Byron. Bonne chance.

– À vous aussi.

Ils se serrèrent la main et Byron se dépêcha vers sa voiture. Le moteur de la Jaguar gronda avec un ronron régulier et puissant lorsqu'elle prit la route, ses feux arrière s'embrasant au freinage devant un panneau de stop au coin de la rue. Elle tourna et disparut.

Une demi-heure plus tard, des hommes commencèrent à sortir de la prison toutes les deux minutes. Il était évident pour Diesel, lorsque passèrent devant lui les deux premiers sortants, qu'il s'agissait de détenus qu'on libérait – l'un d'eux portait un maillot de corps sans manches sous la pluie.

Une demi-douzaine de prisonniers eurent le temps de sortir avant que Diesel reconnût Mad Dog McCain. Il faisait trop sombre, il était trop loin pour discerner le visage, mais Diesel connaissait la manière dont un corps parlait par sa démarche. Il fit un appel de phares et ouvrit la porte.

– Hé, la fiotte ! gueula-t-il. Y a ton homme qui t'attend !

Il espérait que la baratin convenu des taulards apaiserait ce qui restait d'hostilité en suspens depuis leur dernière rencontre. Alors que la petite silhouette tout en os s'approchait et montait dans la voiture, Diesel essaya de lire ce que cachait le visage. Il voulait un grand rictus, toutes dents dehors. Au lieu de quoi il n'eut droit qu'à un filet de sourire.

– Taillons-nous en vitesse avant qu'ils changent d'idée, dit Mad Dog. Comment tu vas ?

– Je pète le feu. Je casse les gueules et je prends les noms.

Une fois la voiture en chemin, Mad Dog dit :

– Merci de me sauver les miches, mec.

– Où on va ? demanda Diesel.

– Faut que je récupère ma bagnole à la fourrière. T'as du blé sur toi ?

– Non, mec. J'ai donné tout ce que j'avais au prêteur, mentit Diesel. Faut que tu me refiles mon fric. Je ne peux pas me payer l'essence pour rentrer chez moi sans ça.

– Ouais, O.K. Tu sais comment aller à la maison ?

– Pas vraiment. Pas d'ici, en tout cas.

– Tourne à droite au deuxième feu.

Pendant le trajet, Mad Dog lui apprit qu'il avait été arrêté à la station-service lorsqu'il était passé récupérer sa voiture. Il avait essayé de payer avec la carte Chevron de Sheila.

– Elle avait déclaré qu'elle l'avait perdue, cette saleté de carte.

– Elle peut bien régler le problème, non ?

– Ouais... bien sûr... quand elle voudra bien rentrer.

Diesel n'était pas intéressé par ce que Mad Dog avait à dire. Il détestait Mad Dog et en dépit du fait qu'il aurait montré les dents si quelqu'un l'avait accusé d'avoir peur, la vérité était que Mad Dog le mettait mal à l'aise. Ce mec était trop paranoïaque et imprévisible. À San Quentin, lui et un autre fou furieux avaient lardé un gars d'une douzaine de coups de surin parce que Mad Dog avait cru que le gars en question le dévisageait. Les chirurgiens du pénitencier étaient parvenus à sauver la vie du mec, mais la tuyauterie du gus ne serait plus jamais la même. Diesel connaissait nombre de tueurs qui n'en avaient rien à branler qu'il tombe des merdes d'un ciel couvert de nuages, mais au moins, on pouvait prévoir leurs réactions. Des fous furieux du genre de Mad Dog étaient susceptibles de disjoncter pour la moindre raison – ou sans raison aucune. Sans Troy, qui se disait capable de tenir Mad Dog à sa main, Diesel n'aurait jamais rien eu à faire avec lui. L'argument final de Troy, un argument de grand poids il est vrai, se résumait à : « Au moins, tu n'as jamais à te demander s'il va te balancer. »

– Tourne ici, dit Mad Dog.

Diesel vira. Il reconnaissait maintenant la rue. Les vieilles maisons à ossature de bois s'étageaient sur une pente, surélevées par rapport au niveau de la rue, avec les garages en sous-sol creusés dans le flanc de la colline. Il se gara en dessous de la maison.

– Tu veux attendre ici ou tu montes ?

Diesel eut la vision d'un Mad Dog sortant par la porte arrière avant d'escalader une clôture tandis qu'un gros imbécile attendait dans la voiture.

– Ça va bien. Je monte avec toi.

– Comme tu veux.

Mad Dog sortit du véhicule et Diesel le suivit dans l'escalier. Mad Dog contourna la maison par le côté jusqu'au perron arrière, où il sortit une clé de sous les marches et ils entrèrent. Ils passèrent à côté d'un réfrigérateur-congélateur installé sous l'auvent du vieux perron et pénétrèrent dans la cuisine. Mad Dog alluma la lumière. La cuisine était immaculée ; elle rappela à Diesel que Mad Dog était un « Monsieur Tout Propre », appellation donnée par les taulards aux obsédés de la propreté. C'était un trait de caractère fréquent chez ceux qui portaient un lourd fardeau de culpabilité.

Ils traversèrent la cuisine et le vestibule ouvrant sur le salon.

– Attends ici, dit Mad Dog.

Diesel fut sur le point de dire qu'il l'accompagnait, mais c'eût été faire montre d'irrespect et de faiblesse. On aurait pu croire qu'il avait la trouille de se faire arnaquer.

– Vas-y, dit-il.

Il s'assit sur le canapé décrépit. Il entendit grincer les marches de l'escalier à l'avant de la maison tandis que Mad Dog montait au premier.

Diesel éprouva le besoin d'uriner pendant qu'il attendait. Il se rappela le cabinet de toilette à côté de la cuisine. Entrant dans la salle de bains, il entendit Mad Dog sur l'arrière de la maison qui descendait l'étroite volée de marches menant à la cuisine. Cet enfoiré fait ses coups en douce, maintenant, se dit-il, les oreilles à l'affût. S'il entendait s'ouvrir la porte arrière, il sortirait au pas de charge et collerait une branlée de première à ce petit empaffé. Il se rapprocha doucement de la porte de cuisine. Il voyait Mad Dog sur le perron arrière qui soulevait le couvercle du congélateur. Il récupère l'argent, se dit Diesel, en se masquant à sa vue.

Il retourna au salon. Une minute plus tard, Mad Dog apparaissait, avec à la main une liasse de billets.

– Deux bâtons, dit-il. Tu veux compter ?

– Je te fais confiance.

– Tu vas me conduire à la fourrière, que je puisse récupérer ma voiture ?

– Bien sûr. Allez, ça roule.

Ils sortirent par l'avant de la maison et descendirent l'escalier jusqu'à la voiture. Mad Dog lui indiqua le chemin jusqu'au garage de la fourrière. Une fois sur place, il fut obligé de remplir un formulaire et d'attendre son tour.

– Je taille la route, Dog, dit Diesel. Tu n'as plus besoin de moi.

– Non. Je peux me débrouiller à partir d'ici. Merci, mon frère.

Il tendit la main et sourit. Lorsque Diesel lui serra la main, il plongea son regard dans celui de Mad Dog. Les yeux étaient plats et d'une certaine manière, pleins de vide. Si les yeux étaient les fenêtres de l'âme, alors ceux de Mad Dog ouvraient sur le néant.

– À te revoir quand Troy sortira du trou, dit Mad Dog.

– Ouais – et alors on sera tous riches.

En s'éloignant, il vit Mad Dog McCain qui fumait une cigarette devant la porte du bureau de la fourrière. Faut-il vraiment que je le fasse ? se disait-il. Qu'est-ce que j'ai à y perdre ? Son amitié ? Ce n'était pas une perte. Je serai peut-être obligé de le tuer ? Douteux.

Il arrivait à l'intersection où il allait devoir prendre une décision. À gauche vers l'inter-États 5 direction sud, ou bien tout droit, jusqu'à la vieille maison et l'argent dans le congélateur.

Le feu était vert. Il continua sa route droit devant.

Il passa devant la maison, tourna au coin de la rue et se gara. Mieux valait parcourir à pied un demi-bloc que de risquer de voir Mad Dog revenir et repérer sa voiture. Il sortit de la boîte à gants le .38 et une torche. Il quitta sa voiture et revint sur ses pas.

Diesel remonta les marches avec une vitesse et une agilité surprenantes pour un homme de sa corpulence. S'il y avait vraiment un gros paquet de pognon, il pouvait attendre et dessouder Mad Dog lorsque celui-ci reviendrait.

Il contourna la maison. Une fois sur l'arrière, aucune hésitation. La clé. La volée de marches à remonter jusqu'au perron arrière. Il faisait sombre et il ne voulait pas allumer de lumière. La fenêtre d'un voisin offrait un éclairage suffisant pour délimiter formes et contours. Il alla droit à l'endroit où Mad Dog avait regardé, au congélateur. Il souleva le couvercle d'une main et tint la torche de l'autre, balayant l'intérieur de son faisceau.

Le rond de lumière illumina le visage de Sheila et ses yeux ouverts, figés en bloc couvert d'une couche de givre.

Il sentit le poil se hérisser sur sa nuque, chose dont il n'avait encore jamais fait l'expérience. Il poussa un cri et se recula d'un bond, lâchant le couvercle qui retomba avec fracas. Son cœur battait la chamade et il tremblait de la tête aux pieds. Seigneur Dieu. Pas étonnant que l'enfoiré voulait sortir de taule à tout prix – avant que quelqu'un n'aille jeter un coup d'œil dans le congélateur.

Et la môme alors ?

Diesel aperçut un torchon à vaisselle passé dans la poignée de porte du réfrigérateur. Il s'en saisit et l'utilisa pour soulever une nouvelle fois le couvercle du congélateur. Cette fois il savait à quoi s'attendre. Il ne s'était pas trompé, l'enfant se trouvait sous la femme, un morceau de bras visible.

– Saloperie de pourriture d'enfoiré, marmonna-t-il.

Il pouvait accepter l'idée qu'un adulte mérite de mourir pour une raison ou pour une autre, mais une petite gamine... Son estomac était noué, de douleur et de dégoût. L'espace d'un instant, il songea à quelque chose qu'il n'avait encore jamais envisagé de toute son existence : glisser une pièce dans une fente de téléphone public et cafter. Il effaça immédiatement l'idée de son esprit.

Il lui fallait sortir de là. Et l'argent ? Rien à foutre de l'argent. Il n'avait aucune idée de l'endroit où le fric se trouvait. Mad Dog était passé inspecter les corps, pas sa planque à pognon.

Diesel essuya le couvercle du congélateur à l'aide de sa serviette. Il avait laissé des empreintes partout dans la maison, mais il n'existait aucun moyen de s'en débarrasser. Seul le congélateur avait véritablement de l'importance, et ça, c'était réglé.

Il sortit, verrouilla la porte et se dirigea vers sa voiture. Pendant le long trajet qui le ramena vers la zone de la Baie, il ne cessa de voir et de revoir le visage couvert de givre de Sheila. Il ne voulait pourtant pas le voir. Il voulait l'oublier.

Une fois chez lui, le souvenir de cette horreur lui pesait avec tant de poids que Gloria lui demanda s'il avait des problèmes. Il faillit tout lâcher, de but en blanc, mais il secoua la tête et dit :

– Tout baigne.

* * *

Quelques semaines plus tard, Mad Dog McCain appelait Diesel pour lui dire qu'il était reparti à Sacramento. Il laissa son numéro de téléphone et lui annonça qu'il avait déjà écrit à Troy en lui laissant l'adresse.

– Il sort dans pas longtemps, pas vrai ?

– Quatre ou cinq semaines.

– Mec, je suis fin prêt. On va se transformer en vague de crimes à nous tout seuls.

Diesel tremblait en raccrochant. Qu'est-ce que Troy dirait en apprenant les meurtres ? Peut-être pourrait-il expliquer comment on pouvait être capable de tuer une petite gamine. C'était une chose qui dépassait l'entendement de Diesel.

– Junior, viens ici ! s'écria-t-il en se saisissant de son fils avant de le soulever dans ses bras.

4

Au contraire de la plupart des détenus de San Quentin, Troy Augustus Cameron était né dans une bonne famille de la haute bourgeoisie. Son père était un riche urologue de Beverly Hills, sa mère avait été élue « reine » de sa promo à l'université. Les douze premières années de sa vie, Troy les avait passées dans une maison à un étage de Benedict Canyon et il avait fréquenté une école privée à la clientèle choisie ; ses résultats scolaires étaient parfaits et les tests lui donnaient un Q.I. de 136. Contrairement aux apparences les plus manifestes, sa vie était rien moins qu'idyllique. Son père était alcoolique, il s'enivrait périodiquement et battait son épouse. Une ou deux fois par an, ses soûleries se terminaient par un épisode psychotique. Il buvait jusqu'à se changer en animal, aveugle et brutal, qui, immanquablement, se mettait à cogner son épouse tout en l'accusant d'infidélité.

À l'âge de douze ans, poils pubiens et testostérone à l'appui, un garçon se prend pour un homme qui se doit de défendre sa mère, même contre son père. En s'interposant entre ses parents, Troy s'était vu balancé de l'autre côté de la pièce d'un revers de main. Il avait sorti un .22 d'un placard du premier, il l'avait chargé et collé trois balles dans le dos de son père.

Son père avait survécu, ce qui avait probablement rendu les choses bien pires pour Troy, car sa mère avait nié ce que Troy avait décrit. Ce qui soulevait la question de savoir s'il était sain d'esprit ; les psychiatres avaient néanmoins déclaré que légalement, il avait toute sa tête, qu'il était extrêmement intelligent et très rationnel – mais en même temps extrêmement sociopathe. Ses valeurs, ses convictions, ce qu'il considérait comme le bien et le mal, étaient atypiques. Ils avaient également argumenté en jargon psychologique de complexe d'Œdipe non résolu. En dépit de quoi, il aurait très bien pu ne pas être offert en pâture à la Bête s'il n'avait gravement blessé un jeune Noir qui lui avait volé ses chaussures. Le môme noir était plus âgé de deux ans et Troy lui rendait bien quinze kilos. Alors qu'ils se trouvaient au réfectoire, Troy s'était saisi d'un essoreur à serpillière dans un seau et l'avait frappé violemment à l'arrière du crâne. Le môme resta étendu au sol, ses orteils pointés vers le plafond dans leurs chaussures de sport luxueuses. Troy affichait un large rictus : il songeait à la Méchante Sorcière de l'Est [1]... Les autorités de l'établissement avaient trouvé son rictus tout particulièrement condamnable. Il lui avait valu d'être expédié à l'École de garçons Fred C. Nelles.

La maison de redressement fut pour Troy plus difficile que pour la plupart des autres pensionnaires, au départ tout au moins. Fils unique de la bourgeoisie aisée, il détonnait parmi les autres adolescents, toutes races confondues, généralement issus de

1. La méchante sorcière du *Magicien d'Oz.* (*N.d.T.*)

classes sociales défavorisées. Il parlait sans fautes, avec une syntaxe parfaite au pays des vulgaires et des incapables du verbe. Il avait fait des études; la plupart de ses codétenus étaient analphabètes. Il lui suffit de quelques mois, cependant, pour se fondre dans la couleur du monde qui l'entourait, faisant siens l'argot, l'arrogance et les codes de ce qui était vertueux et de ce qui ne l'était pas. Ses rêves, cependant, prenaient naissance dans l'univers des livres, vers lequel il s'échappait autant que faire se pouvait, Zane Grey, Jack London, Rudyard Kipling. Troy était en pénurie d'influences civilisatrices et se trouvait étranger à la position que les Parques lui avaient attribuée dans le monde. Il était incapable de respecter le onzième commandement. Tu t'adapteras.

Même alors il aurait peut-être pu se fondre à nouveau dans l'univers qui avait été jadis le sien, s'il ne s'était trouvé frappé d'ostracisme. Les filles qu'il avait connues enfant se voyaient maintenant interdire toute tentative de renouer avec lui. Il était aussi marqué que Caïn par ce qu'il avait fait à l'âge de douze ans. Le mythe chrétien du pardon et de la rédemption incarné par le Fils prodigue n'était que de la connerie pure et simple. D'une certaine façon il était heureux que ce ne fût que conneries; l'hypocrisie lui fournissait son autojustification – et l'autojustification est tout ce qu'il est nécessaire d'avoir pour entreprendre.

Si la bourgeoisie l'avait rejeté, le monde souterrain de la pègre l'accueillit à bras ouverts. À l'âge de seize ans, il avait déjà cambriolé plusieurs supermarchés, investi l'argent en marijuana première qualité du comté de Humboldt, pour se retrouver Roi de l'Herbe de tout Hollywood Ouest. Il s'était fait coincer une nouvelle fois lorsqu'un travesti convaincu et convaincant s'avéra un agent des stups de l'État. Une fois au poste, Troy avait contemplé l'agent en question, mascara, rouge à lèvres, talons, un mètre quatre-vingt-sept qui ne trompait personne, pour finir par secouer la tête, tout bonnement. Qui aurait cru ça, putain de merde ? Un narco transformé en drag queen ? Cela lui valut d'être remis sous la tutelle des Autorités de Délinquance juvénile jusqu'à son vingt et unième anniversaire. À ce stade, il était criminel endurci, aussi acquis au crime qu'un novice était dévoué à Rome.

Il leur fallut cinq années pour lui remettre la main dessus. Au cours desdites années, il termina son apprentissage et devint voleur accompli. Il cassait les coffres au chalumeau à acétylène et mettait au point des cambriolages à main armée pour Diesel Carson et Bobby Dillinger. Les vols à main armée comprenaient le braquage de camions de cigarettes et de whiskey, de coffres de supermarchés (avant qu'on introduise dépôts bancaires vingt-quatre heures sur vingt-quatre et doubles clés) et de vendeurs de billets de loterie. Lors de sa première rencontre avec Carson et Dillinger, ceux-ci se faisaient les petites épiceries 7/11. C'était risqué, d'un rapport minable. Il leur offrit gîte, couvert, argent, se mit en chasse et leur trouva des établissements à voler, consacrant du temps à étudier la manière de procéder, l'endroit où on gardait l'argent, à quel moment il s'y trouvait, et qui en était responsable. Il les prit sous son aile, les accompagna pas à pas, les obligeant à répéter, chose qui ne leur déplaisait pas, bien au contraire. Ils se récupéraient soixante-quinze pour cent de bien plus que les quelques centaines de dollars qu'ils se faisaient auparavant. Ils couraient également beaucoup moins de risques, parce que les braquages étaient soigneusement planifiés, et non laissés à la va-comme-je-te-pousse avec toujours l'éventualité de tomber sur quelque surprise. Et, en fait, Diesel s'était retrouvé à San Quentin après avoir essayé de braquer de son propre chef une salle de poker à Sacramento. En sortant de la salle, le parking s'était illuminé avec le même éclat que le Yankee Stadium lors d'un match en nocturne.

– Bouge plus !

Il n'avait plus bougé.

– De cinq ans à perpétuité, avait dit le juge.

Il avait rejoint Mad Dog et d'autres à San Quentin.

Deux ans après que Diesel eut été expédié en prison, un agent des stups, Division d'Hollywood, avait agrafé Troy pour possession d'une once de cocaïne. Soit vingt-huit grammes, petite quantité de drogue, mais celle-ci se présentait sous forme de « bonbonnes »[1] d'un gramme, « prêtes à la revente » en jargon légal, ce qui faisait un crime du simple délit, avec incarcération obligatoire derrière les barreaux pour un temps donné.

Troy fut libéré sous caution, offrant comme garantie sa part de la maison de sa mère. Quelques semaines avant le procès, celle-ci dut subir une mastectomie ; elle devait mourir pendant l'emprisonnement de Troy. Le jour prévu pour sa comparution devant la cour, Troy arriva devant le juge avec un Browning 9 mm dans sa botte. Il attendit que tout le discours légal fût terminé, sentence passée, le juge déclarant que « la caution était maintenant libérée de toute garantie ». Dès l'instant que la maison de sa

1. Désigne un morceau de plastique du type sac-poubelle, replié sur lui-même et soudé à la flamme d'un briquet, servant à conditionner les doses de cocaïne. Ce système permet au dealer d'avaler la dose en cas de contrôle. (*N.d.T.*)

mère ne se trouva plus en danger d'être saisie, il dégaina son pistolet et sortit de la salle d'audience à reculons. Dans le couloir, il passa au pas de course devant un policier en civil qui n'était pas de service. Le policier le suivit au bord de la cage d'escalier, se pencha à la rambarde et fit feu. Une balle fracassa la cheville de Troy qui dégringola jusqu'au palier suivant où il se retrouva allongé au sol, impuissant.

Il fut inculpé de tentative d'évasion avec violences, mais l'inculpation fut ramenée après accord des deux parties à évasion simple, soit de six mois à cinq ans, au lieu de cinq à vingt ans. Ils le tenaient pour l'histoire de drogue, soit dix ans, auxquels s'ajoutaient les cinq, soit quinze au total. Ce qui semblait une éternité.

La Commission des Conditionnelles déterminait la peine incompressible telle que les statuts l'y autorisaient. Dans le cas de Troy, la peine en question pouvait aller de un à quinze ans. Troy s'attendait à rester emprisonné de cinq à six ans car la moyenne des peines pour des délits de cet ordre se situait aux environs de trente mois – et il savait que ce qu'il avait fait était deux fois plus grave que l'évasion standard. Il passa les premières années à étudier et à se réhabiliter. Il s'attendait à être libéré sous condition. Ses projets et ses rêves commencèrent à prendre la poussière et à s'atrophier à mesure que s'accéléraient les anniversaires, la trentaine passée. La Commission des Conditionnelles était apparemment d'avis que son évasion était un grand nombre de fois plus grave que l'évasion standard; elle lui refusa sa remise en liberté, année après année. Après cinq années parfaites aux dires de son dossier médical, sa mère perdit la bataille contre le cancer; on n'autorisa pas Troy à assister à ses funérailles. Se trouva ainsi enterré avec elle son dernier lien avec une société respectueuse des lois. Plus jamais il n'envisagea d'être autre chose qu'un voleur.

Après dix années derrière les barreaux, sa peine incompressible fut fixée à douze ans et trois ans supplémentaires en conditionnelle. Il avait souri et dit : « Merci », mais au plus profond de lui-même, son cœur était de pierre. De manière irrévocable, il était engagé à devenir un criminel d'exception. Il n'avait rien qui fût investi dans la société. Celle-ci l'avait rejeté d'entre ses rangs, attendant de lui qu'il se contente d'un sous-emploi minable comme le prix à payer pour rester hors des murs de la prison. La vraie liberté s'accompagne de choix ; sans argent, les choix n'existent plus. Après onze années et demie passées à San Quentin, Troy n'était plus un novice. Depuis longtemps ordonné, il était à tout le moins monsignor de la pègre américaine. Il adorait le crime. Jamais, à aucun moment, il ne se sentait plus vivant que lorsqu'il perçait un trou dans le toit d'un magasin avant d'aller casser son coffre. C'était lui, le léopard prédateur. Eux n'étaient que des chats domestiques – dont on avait aussi, pour l'essentiel, coupé les griffes.

Six mois pour se préparer. Il avait toujours pratiqué l'exercice physique avec modération, il accéléra dès lors le tempo. Il courait ses circuits dans la Cour inférieure, bouclant le hors-champ au petit trot avant de terminer par un sprint le long de la ligne du champ gauche qui menait au monticule. Les jours passèrent plus vite.

À l'heure du déjeuner, pendant que la plupart des détenus attendaient en rangs dans la Grande Cour, lui restait dans le gymnase, à soulever la fonte afin de durcir des muscles déjà fermes. Tout en exécutant ses flexions, il se rappela un voleur d'origine britannique qui lui avait expliqué la manière dont eux, Anglais, se préparaient pour un coup. À Londres, personne n'était armé, pas plus les voleurs professionnels que les flics dans la rue – de sorte que, si on pouvait les gagner de vitesse, ou les gagner de puissance à la bagarre, il y avait de fortes chances de s'en tirer. Être en bonne forme physique était une exigence essentielle pour le voleur londonien. C'était utile aussi, en Amérique, bien que Smith & Wesson y fût d'une utilité au moins égale. Toutes choses étant, il préférait courir pour s'échapper plutôt que de se frayer un passage en tiraillant.

Troy Augustus Cameron se sentait parfaitement justifié à être voleur. Le fondement même de sa justification était la conviction qu'il n'avait nul besoin de se justifier. Dostoïevski, par la voix d'Ivan Karamazov, l'avait énoncé de manière succincte : S'il n'est pas de Dieu, alors toutes choses sont permises. Les parents de Troy n'avaient jamais fréquenté l'église, pas plus que lui. Enfant, il avait cru en Dieu et en Jésus parce que tout un chacun semblait y croire et personne ne prétendait le contraire. Par la suite, il avait souhaité avec ferveur qu'il y eût un Dieu, mais jamais il ne put en trouver la moindre preuve. L'idée paraissait absurde d'un Dieu créant l'univers voici quelques milliards d'années, avant d'attendre 99.9 pour cent de son existence pour y placer des créatures « faites à sa propre image » sur une planète minuscule à l'extrémité d'une galaxie de moindre importance. Exactement comme si quelqu'un allait sur une plage, ramassait un simple grain de sable, et disait : « Voilà, je vais mettre mon image sur ceci. » Dieu était défendable lorsque l'humanité croyait que la terre était vieille de dix mille ans et qu'elle occupait le centre de l'univers. Francis Bacon avait commencé la révolution contre Dieu, et c'était Darwin qui avait finalement porté le dernier coup de dague au cœur de Dieu. Seuls les ignorants et les peureux (qui plongeaient dans la foi sans se soucier des faits) croyaient aujourd'hui en Dieu.

Troy avait passé bien des nuits à vouloir croire – mais il était bien plus épris de vérité que de paix intérieure. Sa position était la seule à coller aux faits. Aux yeux de Troy, il n'y avait pas plus de Dieu dans un crucifix que dans un poteau totémique ou une étoile de David. L'homme était libre de fabriquer Dieu – et c'est ce qu'il faisait.

Il notait sur le calendrier le décompte de ses six derniers mois, jour après jour. Il lui restait vingt-deux jours lorsque, du guichet des laissez-passer, on le fit prévenir au gymnase où il était affecté, qu'il avait une visite.

Une visite ! Il n'avait plus reçu de visite depuis que sa mère était tombée trop malade. L'idée ressemblait à une plaisanterie, de savoir que s'il se faisait tuer et enterrer sous la Grande Cour, personne au monde ne viendrait s'enquérir de son destin. Il emprunta une chemise propre, se peigna, et renonça à se raser. Il se dépêcha de remonter les marches en béton usé jusqu'à la Grande Cour avant de prendre la route qui menait au Bureau du capitaine. Les détenus allaient et venaient. Avec les rares d'entre eux qu'il connaissait, il échangeait un hochement de tête ou autre forme de salut – les taulards étaient très sensibles au moindre signe d'irrespect. Le gardien du bureau de cour lui fit signe d'avancer. Il contourna le Jardin de Beauté. C'était le début de l'été, et ce jardin incongru, on ne peut plus classique, avec son motif d'allées que les détenus n'étaient pas autorisés à emprunter, éclatait d'une débauche de fleurs.

Au guichet des laissez-passer, le sergent lui donna un carton visiteur. Lequel portait son nom et son matricule. « Visite » s'y trouvait tapé à la machine ; et à la suite, un tiret, suivi de « avct ». Un avocat. Quel avocat ? Quelqu'un l'attaquait-il en justice pour dommages ? Y avait peu de chances, bon Dieu. Ce serait à peu près aussi rentable que de coller un coup de pied à un cheval mort pour le faire avancer.

Il se dirigea vers la porte d'accès d'Entre les Grilles. À son approche de la grille, le garde qui se trouvait posté à l'intérieur l'inspecta de la tête aux pieds et le laissa entrer. Une fois passée la fouille rapide, une autre porte s'ouvrit et il pénétra dans la salle des visites. C'était un jour de semaine, les visiteurs étaient rares. Les détenus étaient assis d'un côté des longues tables, derrière des cloisons s'arrêtant à hauteur de menton ; les visiteurs, de l'autre. Son regard balaya la salle mais il ne reconnut personne. Un homme aux cheveux gris se leva alors et lui fit signe d'approcher. Troy se dirigea vers lui, le front plissé. Le visiteur souriait, toutes dents dehors. Arrivé face à lui, Troy le reconnut. C'était Alexander Aris, surnommé « le Grec » ou « El Greco ». La dernière fois que Troy l'avait vu, le Grec avait les cheveux noirs. Aujourd'hui ils étaient prématurément blancs. Quelle différence peut faire une décennie !

Greco était tout sourires.

– Salut, vieux... t'es surpris ?

– Et un ours, ça chie dans les bois, tu crois ? Putain de merde, mais qu'est-ce que tu fiches ici ? Comment t'as fait pour entrer ?

– Tout ce qu'il faut ici, c'est la bonne pièce d'identité. J'en ai une qui dit que j'ai le droit d'exercer dans les tribunaux de Californie.

– Je vais avoir besoin de pièces d'identité.

– Ça, c'est facile. Je connais un Mexicain à Tijuana. Le jeu complet, permis de conduire, cartes de crédit, tout le toutim... cinq cents.

– Bon Dieu, quand je suis arrivé ici, c'était seulement cent cinquante.

– L'inflation, mon frère, l'inflation. T'as l'air super.

– Toi aussi, sauf les cheveux.

– Hé, imbécile, ça, c'est le look distingué. Je vais te dire un truc, la flicaille ne vient pas chercher de crosses aux vieux messieurs à cheveux gris.

– Je me suis laissé dire que c'est toi qui dirigeais, là-dehors. Et puis t'as disparu.

– Je suis revenu. Dans le circuit de l'herbe. J'ai quelques Mexicains givrés qui sont aux premières loges.

– À fourguer ?

Greco acquiesça.

– Tu connais.

– À grosse échelle ?

– Je sais pas, dit Greco en haussant les épaules. J'en transporte pas des tonnes...

– T'as appris pour Big Joe ?

– Non.

– Ils l'ont transféré à Pelican Bay. Il a un cancer. Ils lui ont refusé sa conditionnelle pour qu'il suive un traitement médical.

– Bon Dieu, mais je suis allé le voir en prison l'année dernière, quand il est tombé sur sa citation à comparaître. Il avait l'air en pleine forme. Tu sais, c'est peut-être bien le mec le plus dur que j'aie jamais rencontré. Dans sa tête, je veux dire.

– Merde, mec. C'est là que ça compte.

Greco se pencha plus près et baissa la voix.

– Qu'est-ce que tu vas faire une fois sorti d'ici ?

– Je vais essayer de me faire un peu de pognon, qu'est-ce que tu crois ?

– T'as quelque chose de prévu ?

Troy secoua la tête et eut un grand sourire.

– Après dix ans au trou, qu'est-ce que je peux bien avoir de prévu ? Ce que je veux, c'est me faire un peu de blé et me tirer de ce pays avant qu'il devienne complètement fasciste sans le savoir.

– Hé, mon frère, tu ne vas pas me faire le coup du mec qui a viré révolutionnaire en prison, non ?

– Bon Dieu, non. Je suis capitaliste à fond. Mais en dix ans, la population carcérale est passée de trente mille détenus à presque cent mille. Et ça va empirer, mec. Crains, mon gars, crains.

– C'est les Négros qui leur ont foutu la trouille.

– Ouais, mais ils ne peuvent pas rédiger de lois disant « pour Négros seulement », tu le sais, non ? Qui plus est, pour eux, je suis qu'un vieux Négro blanc. Quinconque a un casier se transforme automatiquement en Négro.

– Hé, mon frère, à t'entendre, t'es un peu... comme qui dirait, bizarro.

Troy sourit et opina du chef.

– Putain, mais à quoi peux-tu t'attendre après douze ans dans une poubelle ? Mais je ne suis pas *complètement* givré. Tout ce qu'il faut faire, c'est connaître un peu d'histoire et regarder les faits bien en face, droit dans les yeux... Mais rien à foutre de tout ça... Je sais que t'as pas fait six cents bornes et trouvé le moyen d'entrer ici en les arnaquant au passage pour avoir mon opinion sur l'état de la nation. Alors, qu'est-ce qui se passe ?

– Je vais te remettre aux affaires, et tu vas pouvoir te ramasser un paquet de pognon.

– Je ne fourgue pas la came. Ça ressemble un peu trop... aux affaires.

– Rien à voir avec ça. J'ai un avocat qui est spécialisé dans la défense des gros trafiquants de drogue. Il nous les désignera pour qu'on les piège et qu'on leur pique leur fric.

– Merde, dis-m'en plus, grand chef.

– T'auras besoin d'un complice.

– J'en ai deux qui m'attendent.

– Je les connais ?

– Je ne pense pas. Diesel Carson et Mad Dog McCain.

Greco secoua la tête.

– Ils viennent du nord, San Francisco et Sacramento. Ils sont O.K. Y en a un qui est cinglé, mais qu'est-ce qu'y en a à foutre, hein ?

– Rien. Voici le marché avec le baveux. Il veut vingt-cinq pour cent.

– Vingt-cinq pour cent ! Conneries ! Si je cédais sur vingt-cinq, il faudrait que je le vole ensuite, sinon j'aurais l'impression d'être un foutu imbécile ! Lui sera au pieu avec sa bourgeoise pendant que moi, je risquerai mes miches.

Greco eut un geste à l'adresse de Troy pour apaiser le délire furieux de celui-ci. Lorsque Troy en eut terminé, il dit :

– C'est à nous que revient le premier décompte... et il n'a aucune idée de ce qu'on aura *effectivement* empoché. Nous lui donnons vingt-cinq pour cent du chiffre choisi par nous. On pourrait se faire – disons cinq fois cette somme-là.

– Ça, tu ne l'avais pas dit.

– Tu ne m'en as pas laissé le temps, enfoiré.

– Tu sais que je n'aime vraiment pas la triche et la tromperie. J'aime bien réussir un coup les mains propres, sans idées derrière la tête.

– Je le sais bien. C'est pour ça que je suis ici. J'en connais certains qui sont déjà dehors, occupés à tailler et à trancher dans le tas... J'ai pas à attendre qu'ils sortent de San Quentin. Le problème, c'est que...

– Tu as la trouille de leur confier autant de pognon. Le genre à peut-être bien tuer quelqu'un au lieu de lui donner sa part.

– Ça fait un paquet de fric sur la table, sourit Greco, les yeux scintillants. Mais j'ai confiance en toi à cent pour cent.

– Tu connais mon palmarès.

– Alors il te reste combien à tirer ?

– Vingt et un jours et un réveil.

Greco enregistra l'info dans un coin de sa mémoire et acquiesça.

– T'es en conditionnelle sur L.A. ?

– Non. À Frisco.

– Tu viens de L.A. T'es né ici, t'as grandi parmi les riches et les célèbres. Je me souviens de ce que tu avais gratté dans le mur de la prison pour mineurs – Troy de Beverly Hills.

Le souvenir les fit rire l'un et l'autre, si fort que le garde à l'autre bout de la salle fronça les sourcils à leur adresse.

– Faut que tu rentres au comté d'où t'es arrivé. Et moi, je me suis fait épingler à Frisco, dit Troy. Y a le maton qui continue à nous reluquer méchamment.

– Vaut mieux que j'y aille avant qu'ils me bouclent parce que je rigole un peu trop à San Quentin. Je vais te donner un numéro où tu pourras laisser des messages.

– Je peux le mémoriser là, tout de suite – mais faudra que je le note dès que je serai sorti de la salle des visites.

– Vaudrait mieux que je te l'adresse par courrier, dit Greco en se levant. Je laisserai de côté le code région.

– Ils n'y prêteront pas attention. Note-le comme si c'était le numéro de tante Maude, ou quelque chose.

Troy se leva face au Greco. Il tourna la tête vers l'autre garde, qui hocha la tête, les autorisant à se serrer la main.

– Heureux que tu sois venu, mon frère, dit-il.

– Moi aussi, je suis heureux d'être venu. Je crois que je vais me faire un peu de blé grâce à ce voyage.

Greco se dirigea vers la sortie, avant de se retourner et de saluer Troy du geste tandis que le garde tournait la clé et lui ouvrait la porte d'une poussée. Troy lui offrit un petit salut et songea au Grec baigné par les néons de North Beach lorsque la nuit tomberait sur San Francisco.

– Nom de Dieu, dit-il, avant de reprendre la direction de la Grande Cour.

5

Lorsque Troy Augustus Cameron sortit du lit au matin de sa libération, sa cellule était déjà dégarnie. Les quelques objets qu'il emportait avaient été déposés au greffe. Il les récupérerait dans un sac en papier marron cacheté à la cire, garantie qu'on n'y avait rien ajouté après fouille et emballage. Ce qu'il laissait derrière lui, il l'avait déjà distribué : son *Webster's Collegiate Dictionary*, son dictionnaire analogique, et une *Columbia Encyclopedia* dont quelque bon citoyen avait fait don à la prison – et que l'employé de la bibliothèque avait refourguée en douce contre bon argent.

Il s'était rasé la veille. En cet instant, tandis qu'il se brossait les dents, il entendait le bloc de cellules qui s'éveillait. Des chasses d'eau qu'on tirait, quelqu'un qui réclamait sur la passerelle qu'on lui apporte le *Chronicle* au débouclage, et l'imbécile de la cellule voisine, qui se trouvait être noir, avait déjà allumé sa télé. Troy avait cédé la sienne la semaine précédente, ainsi que le voulait la pratique. Les détenus étaient autorisés à acheter des Sony trente et un centimètres, et il était exigé qu'ils en fassent don lors de leur libération conditionnelle. L'acheteur pouvait en faire cadeau à un détenu précis, mais lorsque celui-ci partait à son tour, il lui fallait en faire don à la prison, afin qu'elle fût attribuée à un prisonnier sans ressources. Au fil des dix années qui avaient vu l'autorisation des télés en cellule, le nombre de postes ainsi récupérés était suffisant pour que chacun pût en avoir une, tout au moins parmi ceux qui en éprouvaient le désir.

L'employé de passerelle arriva, traînant le lourd bidon d'eau avec son long bec qui servait à verser l'eau chaude à travers les barreaux. Les lavabos des cellules ne délivraient que l'eau froide. Les toilettes étaient alimentées par l'eau de la baie, et il arrivait de temps à autre qu'un petit poisson flottât dans la cuvette.

– C'est bien fini, hein ? dit l'employé de passerelle.

L'homme était maigrelet, de race blanche, vêtu d'un T-shirt, ses bras pâles couverts de tatouages de taulard. Il avait une quarantaine d'années, ce qui faisait de lui un ancêtre, vu l'âge moyen de la population carcérale, et c'était son troisième séjour pour des délits sans grande importance.

– Ouais. Je serai à Baghdad près de la Baie cet après-midi.

– Bonne chance.

Il tendit le bras à travers les barreaux pour une poignée de main avant de poursuivre son chemin sur la passerelle, à verser son eau chaude.

Le débouclage du matin commença, passerelle supérieure en premier, par une salve de claquements violents, quatre-vingts portes de cellules qu'on rabattait avec fracas. Les ordures se mirent à pleuvoir à mesure que les détenus se traînaient en direction des escaliers, chassant à coups de pied ce qu'ils avaient balayé de leurs cellules.

Troy prit la boîte à chaussures contenant brosse à dents, dentifrice et quelques lettres, et attendit que se levât la barre de sécurité.

Au lieu d'aller prendre le petit déjeuner, il quitta la file dans la Grande Cour et attendit tandis que se vidaient les réfectoires. Bientôt arrivèrent ses quelques rares amis pour une dernière accolade et poignée de main avec tous leurs vœux de bonne chance.

À huit heures, retentit le coup de sifflet annonçant le début du travail ; les mouettes quittèrent leurs perchoirs sur les toits et la grille de cour s'ouvrit. Les détenus s'avancèrent en foule, direction leurs emplois respectifs. Troy s'éloigna sur la route conduisant à l'Entre Grilles. Le Greffe était situé en face de la salle des visites.

Un vieux sergent, sec comme un coup de trique, les épaules voûtées et les yeux chassieux, répondant au sobriquet d'Andy Gump que lui avaient donné les prisonniers, prit la pièce d'identité de Troy, trouva ses papiers dans une petite pile de paperasses et les tendit à l'un des détenus-employés. Le détenu apporta le cintre portant la tenue de sortie. Les deux autres prisonniers à être libérés ce jour-là étaient déjà occupés à se changer. Tous avaient droit à la même tenue : pantalon kaki, chaussures noires modèle Marine, et chemisette blanche. Seule différait la couleur du coupe-vent.

Les deux autres hommes étaient noirs. Tandis qu'ils s'apprêtaient, l'un d'eux échangea avec Troy un regard accompagné d'un signe de tête que Troy lui retourna avec un sourire. À l'issue de quoi il n'y eut plus la moindre communication entre Troy et ses compagnons, alors même qu'ils se parlaient l'un à l'autre, l'un d'eux allant marmonner à quel point leur tenue les faisait ressembler à des clowns. L'homme était nerveux, les doigts malhabiles sur la boucle du ceinturon et les boutons de chemise ; son regard se concentrait sur ses vêtements, mais son souci véritable était ce passage d'un univers à un autre. La peur de se voir libéré après des années derrière les barreaux est semblable à la peur qui saisit à l'entrée en prison la toute première fois. Troy reconnut les symptômes et cela le fit sourire.

Au bâtiment administratif, on leur attribua un « pécule grille », leurs papiers de conditionnelle et des tickets de bus. De là un garde les accompagna jusqu'à une camionnette de la prison avant de les conduire à la gare routière Greyhound de San Rafael. Le garde les suivit du regard tandis qu'ils y pénétraient avant de repartir. C'est à cet instant qu'ils se trouvèrent libres. Les deux Noirs repérèrent le magasin de spiritueux tout à côté et allèrent s'offrir deux carafons de vin.

Troy resta là, à regarder par la fenêtre. C'était une sensation étrange. Douze années, c'était long, tellement long. D'y avoir été confronté au quotidien avait donné à tout ce temps une illusion de vie, mais là, en cet instant, au terme de toutes ces années maintenant terminées, ce n'était plus que passé, un passé de peu d'importance. Non, ce n'était que partiellement la vérité. Douze années de vie monastique dans le pénitencier de San Quentin étaient plus que cela. C'était là qu'il avait appris ces mots, des mots comme monastique, année après année, au fil des nuits passées à arpenter les univers de l'écrit, au long des jours consacrés à étudier la nature humaine mise à nu, toutes façades disparues, dans un monde de voleurs et de tueurs, de fous furieux et de lâches. En dépit de quoi, ce temps était aujourd'hui derrière lui et il se refusait à regarder en arrière excepté pour guider ses pas vers l'avant sur la route qui s'ouvrait.

Devait-il sortir sur le trottoir et y attendre Diesel ? Le bar de l'autre côté de la rue n'avait pas l'air mal. Non, il pourrait risquer de rater le mastard s'il faisait ça. Où est-ce qu'il est, cet idiot ? se demanda-t-il pour la forme.

Une décapotable bleue tape-à-l'œil, la capote baissée, vint se ranger contre le bord du trottoir. Diesel se trouvait au volant. Avant même qu'il eût quitté son siège, Troy sortait par la porte de la gare routière.

– Hé, gamin !

Diesel se fendit d'un large sourire et se pencha pour ouvrir la portière passager. Troy s'approcha, reluqua la voiture bleu pâle avec sièges en cuir blanc, et se recula pour un jugement appréciateur.

– C'est quoi, ça, mon pote ?

– La toute nouvelle putain de Mustang GT. Cinq putains de litres de cylindrée. Du jus à revendre. Ça te botte le cul et ça déménage. Monte.

Troy se glissa dans le siège passager, notant au passage que les avant-bras de Diesel offraient aux regards des myriades de tatouages bleus sur toute leur longueur et sur le dos des mains. Une telle entreprise de revendication destructrice de sa propre apparence était pratiquement un rituel du passage en maison de redressement. Troy avait toujours évité d'user de son corps comme d'un graffiti ambulant. Il se rappelait maintenant pourquoi. Il dirait plus tard à Diesel de porter des chemises à manches longues. Tous les flics de Californie savaient que les tatouages à l'encre bleue venaient de la prison. C'était autant de signes annonçant à la cantonade : « Je suis truand. »

– Balance ces trucs sur la banquette arrière, dit Diesel, en montrant le paquet de papier kraft et la boîte à chaussures cerclée d'une ficelle.

Troy s'exécuta. Il reprit sa position et boucla sa ceinture.

– On est partis, dit Diesel. Vise-moi un peu la caisse !

Il appuya sur le champignon et relâcha l'embrayage. Les cinq litres des huit cylindres en V les collèrent à leur siège et la voiture laissa de la gomme sur l'asphalte en se catapultant au milieu de la circulation.

– Eh bien, Silver ! dit Diesel, les hommes masqués reprennent la route.

Il indiqua la boîte à gants.

– Ouvre. C'est ton cadeau de retour au bercail.

Ce que fit Troy. À l'intérieur de la boîte à gants se trouvait un automatique à l'acier bleuté dans un étui-agrafe. Troy dégaina l'arme et l'inspecta. Browning .380. Neuf balles – dix si on en collait une dans la chambre en en rajoutant une autre au chargeur. C'était une arme de prix.

– Et il est propre, dit Diesel. Impossible de remonter jusqu'au proprio. Les munitions sont aussi dans la boîte à gants.

Troy sortit les deux paquets plats, durs et transparents. Des balles de forte puissance chemisées d'un alliage capable de transpercer un gilet pare-balles.

– Merci, dit Troy, en plaçant l'arme à l'intérieur de la taille, l'agrafe de l'étui fixée au ceinturon.

Il en éprouva un sentiment de puissance.

– Où tu m'emmènes ? demanda-t-il.

– Je me disais qu'on irait en ville te trouver quelques fringues.

– Qu'est-ce qui t'arrive ? T'as honte de moi ?

– Non... mais je me souviens que t'as toujours aimé être super sapé. T'as pas changé, dis-moi ?

– Non.

– Alors c'est ce qu'on va faire. Et après ça on va s'offrir un bon steak, boire un coup et penser à l'avenir. Mettre quelques projets sur pied. J'ai des tas de choses à te raconter.

– Ça me paraît chouette. Mais faudra que je trouve un moment pour appeler le Grec.

– On peut faire ça tout de suite.

D'entre les sièges baquets en cuir blanc, Diesel sortit un téléphone cellulaire.

– Cellulaire, dit-il en appuyant sur le bouton. Tu composes le numéro, c'est tout. Je l'ai fait installer hier.

– J'attendrai, dit Troy. On va d'abord faire quelques courses. Qu'est-ce que tu as au programme ? T'as des trucs à faire ?

– Non, non. Je suis à ta disposition.

– Comment vont bobonne et le gamin ?

– Lui, il est super... elle, c'est une garce et une chieuse, ça change pas. « Où tu vas ? Qu'est-ce que tu vas faire ? Fricote pas avec ce mec-là. Il va t'attirer des ennuis. »

Troy éclata de rire devant les couinements de Diesel en train d'imiter la voix de sa femme. Diesel tourna la tête vers lui, le visage barré d'un grand sourire.

– Mec, qu'est-ce que je suis content de te voir sorti.

– Moi aussi.

– Le Grec est venu te voir.

– Ouais. Il s'est fait passer pour un avocat. Avec les papiers, et tout. Il est entré comme une fleur.

– J'ai demandé à Tony Citrino...

– Qu'est-ce qu'il fait ?

– Il est barman dans le quartier de Mission. On y passera si tu veux.

– J'aimerais bien voir Tony. C'est le brave mec.

– Il a raccroché les gants. Y disait qu'il était plus capable de tenir la distance. Ce que j'étais sur le point de te dire, c'est que le Grec a plein de fric à ce qu'on raconte, à fourguer sa camelote. Elle part vite. Et je crois qu'il a un labo et que c'est lui qui fabrique.

– Y a un tas de pognon à se faire dans les métamphétamines, en particulier quand on fabrique. Nom de Dieu, ça chlingue quand on la cuisine. Ça sent à un kilomètre.

– J'ai jamais eu l'occasion de bien connaître le Grec. Tout le monde dit que c'est le mec réglo.

– Ouais, c'est vrai. Solide comme un roc. Et il nous a trouvé une liste de trafiquants de came à dépouiller. Qu'est-ce que tu penses de ça, comme projet d'avenir ?

– Ça me plaît bien... des enfoirés qui ne peuvent pas aller crier aux flics. Tout ce qu'ils veulent faire, c'est tuer le cave – et pour sûr, y a rien de neuf là-dedans. Toute ma vie y z'ont essayé de me tuer. J'espère que c'est des Négros.

– Non, non, mon frère. Pas de discrimination. À égalité.

– Ouais. À égalité. Ça me plaît bien.

Au-devant d'eux, à travers une ouverture dans le vallonnement de collines, les énormes piliers orange du Golden Gate se reflétèrent un instant sous le soleil de midi. Quelques minutes plus tard, ils étaient sur la pente qui menait au pont.

Une fois en ville, Diesel laissa la voiture dans un garage près de Union Square et ils se dirigèrent vers la London Men's Shop, un des meilleurs magasins de San Francisco, qui diffusait les costumes de Brioni, Cornelini, Raffalo et Hickey-Freeman. Pour les chaussures : Bally, Cole-Haan et Ferragamo. La mode masculine avait changé lors de la décennie perdue de Troy. Elle était passée de costumes droits aux pantalons étroits sans plis à des pantalons amples à plis et vestes croisées avec revers larges et dos rigide. On aurait pu se croire en 1950.

– Quand est-ce que t'as commencé à te saper ? demanda Troy. Dans le temps, tu donnais dans le jean – T-shirt sans manches.

– Hé, mon frère, c'était pas si mal.

– Pas si mal ? J'ai des photos.

Troy éclata de rire devant le coup de fard de Diesel et lui pressa le bras d'un geste plein d'affection.

– Comment t'as trouvé cet endroit ?

– C'est les mecs du syndicat. Ils adorent se saper. C'est toujours à celui qui aura les plus belles fringues.

Troy regarda le portant de vestes taille 54. Les prix avaient considérablement augmenté pendant son absence. Ç'allait lui coûter bien plus que prévu pour s'habiller à son goût. Après avoir essayé plusieurs vestes, il choisit un modèle italien bleu foncé (sans fente dans le dos), un blazer droit en cachemire et un pantalon de flanelle gris perle. Il lui mettrait des revers. Comme chaussures de ville, il prit une paire de mocassins à pompons en cuir de chez Cole-Haan. Il y ajouta un chandail en laine bordeaux à col cheminée, plus une chemise écrue, tissu oxford à trame très serrée et col à pointes non boutonnées, et une cravate recommandée par le vendeur. La tenue complète coûtait seize cents dollars. Face au miroir, il était la personnification élégante d'une lithographie de Princeton. Personne n'irait jamais le regarder en se disant qu'il avait un truand devant les yeux. Il essaya son sourire juvénile. Souvent il s'était demandé pour quelle raison ceux qui vivaient en marge de la loi affichaient un style qui les marquait aussi visiblement. Même aujourd'hui les jeunes loubards portaient des pantalons trop amples pour eux et des chemises lâches, coiffés qu'ils étaient de casquettes, visière à l'envers, en laissant leurs chaussures délacées. Les enfants de la bourgeoisie copiaient la mode, une mode dont les origines remontaient aux maisons de redressement, où les vêtements étaient toujours trop grands, et aux yeux de la police, elle éveillait la même hostilité soupçonneuse que costumes zazous et coiffures en queue de canard deux générations auparavant. Troy préférait avoir l'allure d'un habitant de Newport, Palm Beach, ou du Upper East Side de Manhattan. Ceux dont il voulait qu'ils sachent sans ambiguïté qu'il était criminel le connaissaient personnellement ; tous les autres, qu'ils croient donc qu'il était républicain et nouveau chrétien. Ou tout au moins, riche. Et c'était cela qu'il voyait dans le miroir.

Une fois prises les mesures pour les retouches (il ferait les revers lui-même), Diesel sortit un gros rouleau bien dodu de billets de cent dollars et régla en liquide. Le directeur du magasin prit l'argent, mais il laissa traîner aussi le regard sur les tatouages de Diesel, et Troy eut la certitude qu'il les prenait pour des trafiquants de drogue. Personne ne réglait de telles sommes en liquide. Chèque ou cartes de crédit, c'est ainsi que procédaient les bons citoyens respectueux de la loi. Il allait falloir qu'il se trouve la grosse carte verte American Express, songea Troy, et une Visa ou une Master Card. Elles étaient indispensables pour compléter la façade.

À leur sortie sur la rue ensoleillée, il portait les vêtements sur cintre dans un sac. Il serait assez classe pour tous les lieux qu'ils auraient à fréquenter

– l'image de la réussite, se dit-il avec un sourire. S'il n'avait nulle part où afficher une tenue aussi luxueuse, il n'hésiterait pas à arborer ces mêmes vêtements pour faire ses coups. Un talisman ? Pas tout à fait. Lorsqu'il était à la maison de redressement et déjà à moitié engagé par conviction dans la voie du crime, il avait vu une photographie de son idole, Legs Diamond, lorsque le gangster s'était fait tuer. Le visage et le crâne avaient volé en morceaux, mais l'élégance de son costume trois-pièces Glen Plaid était évidente – et les bottines étaient en peau de kangourou. Très confortables, très chères. C'est alors que Troy avait décidé de se saper au plus élégant avant de partir exécuter un coup. S'il se faisait choper, il ne débarquerait pas en prison comme un clodo. Plus précisément encore, il n'en ressortirait pas avec, aux pieds, les godillots ringards, modèle « hot dog », dont les bouts remontaient comme des saucisses de Francfort, attribués au moment de la remise en liberté. Ceux qui se retrouvaient à leur sortie déguisés en tenue de taulard obligée se faisaient tourner en ridicule et accueillir par des ricanements.

Dans un Macy's, il se servit en vêtements de tous les jours, pantalons en serge et chemises chambray, chandails et chaussures confortables Rockport. Ils se dirigeaient vers le quartier de Mission lorsqu'ils s'arrêtèrent pour offrir à un mendiant sans domicile le paquet de vêtements du taulard libéré.

– T'as faim, mon frère ? demanda Diesel.

– Ouais.

– Tu te souviens de Paul Gallagher ?

– Il était tombé pour avortements clandestins ?

– C'est bien lui. Il tient un restau pas loin.

– Ça me paraît pas mal.

– Et il refusera qu'on paie.

– Ça me paraît encore mieux.

Le filet de bœuf se tranchait de lui-même sous la légère pression du couteau à steak, lui remémorant les tranches d'entrecôte servies en prison, une fois l'an. Déjà dures au départ, elles étaient cuites jusqu'à atteindre une texture rappelant celle du cuir, mais elles avaient néanmoins beaucoup de succès. Des gardes en renfort prenaient position dans le réfectoire pour empêcher les détenus de refaire la queue pour un second service – et lorsque les cuisines se retrouvaient à court de viande avant que tout le monde eût été servi, la tension montait vite. Si les derniers servis n'appréciaient pas les steaks de jambon offerts en remplacement, les plateaux en acier inoxydable se mettaient à voler à travers le réfectoire comme un nuage de Frisbees. Savourant une nouvelle bouchée, Troy se rappela sa préférence pour les côtes de porc lorsqu'il était jeune – avant de savoir ce qu'il en était.

– Super, le steak, hein ? dit Diesel.

– Très bon.

– Laisse-moi te dire ce que ça fait d'avoir grandi à la charge de l'État. J'avais toujours cru que les steaks, ça devait se servir bien cuit. Il a fallu que j'attende une bonne année après ma sortie pour comprendre.

– Qui est-ce qui t'a pris sous son aile pendant ta conditionnelle ?

– Jimmy la Figure.

– Comment vous vous entendez tous les deux, toi et le vieux mafioso ?

– On est comme les deux doigts de la main. Je colle des branlées aux mecs qu'y me désigne, et y me donne de l'argent pour ça.

Diesel jeta un œil autour de lui pour s'assurer que personne ne pouvait l'entendre ; puis il inclina la tête et s'approcha.

– Y a environ un an de ça, il m'a donné un contrat. Je crois que c'est des mecs de l'Est – Brooklyn ou Jersey – qui lui ont envoyé. Le mec était libéré sous caution sur une accusation de corruption et de racket, et ils avaient la trouille que les fédés ne l'obligent à s'allonger et à cracher le morceau comme Valachi. D'une certaine manière, ç'a été facile, parce que je me suis verrouillé la tête, putain, j'y ai plus repensé à deux fois. Mais une fois l'affaire faite, ça m'a bousillé l'existence pendant deux semaines. Bobonne a même remarqué à quel point j'étais à cran, putain.

Diesel s'interrompit. Troy observa le gros visage bien en chair en face de lui et il sentit que Diesel n'avait jamais soufflé mot de ses soucis à quiconque. À qui d'autre aurait-il bien pu se confier ?

– J'en ai bousillé un paquet, de gugusses, poursuivit-il. Y a ce mec à qui j'ai fait vraiment mal, le Négro qui avait essayé de m'aligner en taule. Aujourd'hui, il se trimbale encore avec une allure de poivrot. Mais celui que je te cause, c'est le premier que j'aie vraiment effacé du tableau. Ils avaient tout réglé, il est tombé dans le panneau. L'ont convoqué. J'attendais dans le parking avec un .22 et un silencieux. Il est arrivé, il a frappé à la porte. Il n'y avait personne. Quand il est retourné à sa voiture, je suis arrivé derrière lui et je lui en ai collé une dans la tête. Il est tombé. Boum !

Diesel claqua des doigts pour illustrer la rapidité de la chute.

– Après je lui ai mis un sac plastique sur la tête pour qu'il n'aille pas m'en coller partout dans le coffre. Il est là-bas, dans les montagnes, sous la terre, avec un sac de chaux. Doit plus en rester lourd, sauf peut-être les dents. Après ça, j'ai commencé à me dire que j'allais me retrouver en enfer... toutes ces conneries de merde de givré que ces putains de prêtres et de nonnes m'avaient foutues dans la tête. Je sais que c'est des conneries... mais c'est dur de s'en débarrasser.

Par-dessus l'épaule de Diesel, Troy vit Paul Gallagher approcher et il fut heureux de l'interruption. Ça la fichait bien mal, selon les protocoles de la pègre, de parler de ses propres crimes lorsque ceux-ci n'étaient pas résolus, et c'était encore plus vrai du meurtre, pour lequel il n'y avait pas de prescription. Quand on ne savait rien, personne ne pouvait se demander si on allait cafter. Troy préférait ne rien savoir à moins de se trouver personnellement impliqué, et le contrat accompli par Diesel pour Jimmy Fasenella ne tombait pas dans cette catégorie. Il indiqua du regard que quelqu'un approchait. Diesel cessa de parler lorsque arriva Paul Gallagher, un grand sourire aux lèvres.

– On n'a pas de steaks comme ça au pénitencier. Comment va, grand T ?

– Ça va super aujourd'hui, mon gars. C'est un joli rade que t'as là.

– Ouais... mais la viande rouge n'a plus le succès qu'elle avait dans le temps.

– On dirait bien que les affaires marchent, pourtant. Toutes les tables sont pleines.

– C'est la première fois depuis des semaines. On n'a fait que vingt couverts hier soir.

– Comme je te l'ai dit, intervint Diesel, si les choses tournent vraiment mal, on peut toujours se refaire les peintures.

– Qu'est-ce qu'un coup de peinture a à faire avec le commerce ? demanda Troy, ce qui fit sourire les deux autres. O.K., mettez-moi au parfum, dit-il.

– Dis-lui, dit Gallagher.

– T'achètes la peinture et le diluant et tu commences à peindre – et il se produit un accident qui déclenche un incendie. Tu ouvres la porte pour laisser s'échapper la fumée. Une bâche goudronnée tombe sur un dessus de fourneau brûlant, un bidon de diluant se trouve renversé. Et tout d'un coup, ça devient trop sérieux pour pouvoir être maîtrisé. Et y a pas moyen de prouver que c'était délibéré. Super, non ?

Troy hocha la tête et demanda :

– C'est toi qui y as pensé ?

– Bon Dieu, non ! Les truands font ça tout le temps, là-bas, dans l'Est... alors pourquoi pas ici ?

– Ça me paraît gagnant à tous les coups, dit Troy.

Et c'était bien vrai. Sans aveux, il n'y avait aucun moyen de dénoncer l'accident. C'était bien mieux que de déclencher un incendie en pleine nuit. La police était capable de prouver ça en cinq minutes.

Gallagher insista pour leur faire servir dessert et café. Troy se dit que c'était le meilleur café qu'il avait jamais goûté.

– Mec, dit Diesel, je me souviens comment tu descendais ton café instantané. C'était quoi, ce que tu préférais ? Nestlé ou Maxwell ?

– Maxwell. Mais après celui-ci, je ne sais pas si je pourrai un jour en reboire.

– Bon sang, dit Gallagher, ils te vendent aujourd'hui du café qui *n'existait* même pas à l'époque.

– Je sais. Le goût est splendide.

– De la Noisette d'Hawaii.

Diesel consulta sa montre et lâcha une exclamation.

– Qu'est-ce qu'il y a, mon frère ? demanda Troy.

– Eh merde. Bobonne attendait mon coup de fil il y a deux heures de ça.

– Va l'appeler. Dis-lui que c'est de ma faute.

– C'est même pas la peine. Elle trouvera toute seule que c'est de ta faute. T'es sûr que tu ne veux pas revenir à la maison avec moi ? Attends de voir le gamin. Putain qu'il est grand, mec. Et puis c'est un petit dur et méchant comme une teigne...

Diesel parlait avec fierté, être dur et teigneux étaient des vertus dans la vision qu'il avait du monde. C'était ce qu'on lui avait enseigné une vie durant.

– Je le verrai, dit Troy, mais pas ce soir. Comme qui dirait, j'ai envie de lâcher la bride. Me balader en ville. Tu connais Gigolo Perry ?

– Ouais, ouais. Je le connais de réputation, mais il a quitté la taule bien avant que j'y arrive. Il possède une boîte de l'autre côté de Market, je me trompe ?

– Ouais, je n'y ai jamais mis les pieds mais je connais l'adresse.

– Tu veux que je t'y dépose ?

– Non. Je pensais à l'Holiday Inn de Chinatown. Je peux marcher jusqu'à North Beach.

– Hé, mon frère, North Beach, c'est plus ce que c'était.

– Rien n'est plus comme c'était. À quelle heure peux-tu passer me chercher demain ?

– À toi de me le dire.

– Il faut qu'on aille à Sacramento et qu'on reprenne contact avec Mad Dog.

– Faut *absolument* qu'on le fasse, c'est bien ça, hein ?

L'inflexion particulière de la voix de Diesel n'échappa pas à Troy. Il regarda le masque dur qui figeait les traits de Diesel et commença à poser des questions, mais Gallagher arriva. Le repas leur était offert par la maison, mais c'était à eux de régler le pourboire de la serveuse. Il les raccompagna à la porte et offrit une accolade affectueuse à Troy en guise d'au revoir.

Le long crépuscule estival baignait encore la ville. Une horloge dans une vitrine de joaillier disait dix-neuf heures trente. À San Quentin, le repas du soir était terminé. On était en train de déboucler les douches, et dans les cellules, les détenus regardaient le match Giants contre Dodgers sur les petits postes de télévision que les autorités de la prison utilisaient comme pacificateurs mentaux. Certains prisonniers laissaient l'appareil allumé pendant la nuit, lorsque la mire occupait l'écran, jusqu'aux premières heures du matin, avant l'aube, pour les rapports agricoles sur la culture d'agrumes. Troy avait un jour fracassé la télé d'un codétenu. L'imbécile en question ne la fermait jamais ; il faisait une véritable fixation sur « Jeopardy », « La Roue de la Fortune » et autres programmes avec participation du public, à tel point qu'il se sentait obligé de répondre aux questions à haute voix, pour se tromper la plupart du temps dans la réponse. Troy était incapable de se concentrer. Les commentaires subtils se révélant totalement inutiles, Troy avait finalement attendu le débouclage des cellules, transporté le poste de télévision hors de la cellule et l'avait balancé par-dessus la rambarde de la passerelle.

– Si tu ne te débrouilles pas pour changer de cellule d'ici demain, tu prends le même chemin que ta télé.

– Hé, mec, je savais pas que tu prenais ça aussi à cœur.

Son codétenu avait déménagé, mais Troy s'était baladé, un surin à la main et des revues sur le corps en guise d'armure, pendant les quelques jours qui avaient suivi, au cas où l'affaire n'aurait pas été terminée. Il regrettait d'avoir ainsi perdu son sang-froid. Il regardait films et retransmissions sportives, football, basket-ball et boxe, et programmes généraux sans sponsors. Lorsqu'il faisait le décompte des heures ainsi passées, il se disait qu'elles n'étaient pour l'essentiel qu'un gâchis, de la nourriture-camelote pour l'esprit. Combien de livres supplémentaires aurait-il pu lire ? Non pas que la parole écrite fût la panacée, la plupart des romans populaires étaient eux aussi des niaiseries. Au cours de la décennie qu'il avait passée en prison, ses goûts avaient changé, sans commune mesure avec ce qu'ils étaient.

À regarder par la fenêtre de la voiture la ville de San Francisco, probablement la plus belle cité d'Amérique, Troy fut surpris par le nombre de sans-domicile. C'était pour lui une nouveauté. Lorsqu'il était enfant, les quelques créatures dépenaillées à traîner et tendre leurs mains sales étaient immanquablement des Blancs âgés, la cervelle noyée dans un brouillard permanent d'alcool ou de folie. Aujourd'hui le moindre coin de rue était occupé par un quidam avec pancarte ou vaporisateur à la main, prêt à nettoyer les pare-brise, et c'était, pour la plupart, de jeunes Noirs.

Un panneau publicitaire affichait un chien occupé à tirer la couverture d'un homme dans un lit. Lui revint une nouvelle fois en mémoire :

– Faut qu'on voie Mad Dog demain ou après-demain.

– Faut que je te dise quelque chose, dit Diesel. Quelque chose que j'ai jamais dit à personne. Et je voulais pourtant, pasque ça m'a disjoncté le ciboulot.

– Vas-y, lâche le morceau.

– Il y a deux mois de ça, Mad Dog a appelé là où je crèche. Il a appelé deux ou trois fois et il a eu Gloria. C'était un vendredi et je rendais un petit service à Jimmy la Figure. Quand j'ai pu finalement lui parler, il était au trou à Portland pour une merdouille, une histoire de traficotage de carte de crédit. Mais s'y réussissait pas à se faire libérer sous caution avant le lundi matin, son responsable de conditionnelle allait voir son nom sur la liste des mecs emprisonnés et il allait lui coller sur le dos un ordre de détention. Y voulait que je vienne le sortir de là en réglant sa caution.

Diesel poursuivit le récit en y insérant à un moment donné la scène de la dispute à propos du partage à l'issue du vol de la paie des marins. Tandis qu'il la racontait, il la revivait dans son esprit. Il conclut sur l'ouverture du congélateur.

– ... mes cheveux se sont dressés sur ma tête. Je te le jure. Je me suis tiré les miches de là. J'ai ouvert l'œil pour savoir si on n'avait pas fini par retrouver les corps quelque part, mais je crois pas. Quand on veut s'en donner la peine, c'est facile de coller un cadavre là où personne va le retrouver – sauf peut-être un cinglé d'archéologue dans cinq cents ans.

– Il ne sait pas que tu es au courant ? demanda Troy.

– Impossible. Ch'suis sorti de là tellement vite...

– Très bien.

– Je ne lui ai pas reparlé depuis ce jour-là.

Troy voyait clairement les corps de la mère et de l'enfant morts, comme deux blocs gelés. Il se sentit frissonner en son for intérieur. Il n'avait jamais tué, en partie parce qu'il comprenait la gravité de prendre ainsi la vie, en partie parce que les circonstances ne s'y étaient pas prêtées, mais il savait combien la chose était commune depuis Caïn et Abel, et il en connaissait, des hommes qui avaient tué. Il avait des amis qui avaient tué, souvent sous le coup de la colère, à l'issue d'une querelle ou par vengeance, quelques-uns dans le lot ayant descendu un flic ou un commerçant lors d'une fusillade, quelques-uns encore pour de l'argent dans un meurtre sur contrat – mais les tueurs fous et obsessionnels échappaient à sa sphère d'expérience. Il savait à quoi s'en tenir sur la nature paranoïaque de Mad Dog. Était-il trop dangereux pour l'avoir avec soi ? Serait-il trop dangereux de s'en séparer ? Est-ce que cela ne stimulerait pas toutes ses idées paranoïaques ?

D'un autre côté, Troy savait que Mad Dog le respectait plus que quiconque au monde. Il se rappelait ce soir à la maison de redressement, bien des années auparavant.

– Tu sais quoi, dit Troy, je sais comment m'y prendre avec lui.

– Il me fiche un peu la trouille. Tu ne sais jamais ce qu'il a en tête. Tu te souviens de ce qu'ils ont fait, Roach et lui, à ce mec du Bloc est ? C'était quoi son nom déjà ? Carrigan ou quelque chose. Ils étaient tous copains comme cochons. Tu te souviens ? Ils l'ont bien suriné une vingtaine de fois, non ?

– Ouais, mais il avait menacé Roach, il l'avait insulté. Il aurait dû savoir qu'ils n'étaient plus amis.

– Ce sera comme tu voudras, Troy, je suis avec toi. Mais je voulais que tu saches ce qui se passait avec ce mec.

– Je suis content que tu me l'aies dit. Je sais qu'il est givré. On surveillera ses miches de près. S'il fait des trucs trop dingues...

Troy haussa les épaules, petit signe qui ne disait rien et signifiait pourtant tout.

– T'es prêt à aller à L.A. ?

– Il suffit que tu dises.

– Dans un ou deux jours. Je ne vais même pas me présenter au responsable de conditionnelle. On ne te recherche même plus quand tu te défiles de ta conditionnelle. On attend que tu te fasses ramasser...

– Ou que quelqu'un te balance.

– Ouais, ça aussi – mais personne va aller me balancer. Je me fais juste contrôler, j'ai des pièces d'identité qui tiendront le coup, non ?

– Ouais, c'est sûr. Elles tiendront le coup sans problème, sauf si on vérifie tes empreintes.

Diesel engagea la voiture au fil des rues étroites et sinueuses de Chinatown pour venir s'arrêter sous l'auvent du grand Holiday Inn.

Un portier se présenta immédiatement.

– À quelle heure tu seras ici ? demanda Troy.

– Dix... Onze heures... à toi de me dire.

– Appelle-moi quand tu partiras de chez toi.

– Ça marche.

Ils se serrèrent la main et Troy sortit.

Diesel s'éloigna.

6

Seul dans sa chambre au onzième étage du Holiday Inn, Troy ôta chaussures et chaussettes. C'était la première fois depuis son arrestation qu'il marchait pieds nus sur une moquette – ou sur autre chose, hormis le béton froid. Il éteignit les lumières, s'assit sur le lit et enfouit les orteils dans l'épaisse et douce moquette tandis qu'il contemplait, le visage dans l'air frais de la nuit, par une fenêtre ouverte, les collines de San Francisco au lointain et la baie obscure semée des lumières des navires et des bouées. Que ressentait-il à se retrouver aujourd'hui libre, après tant d'années passées en cage au milieu de tous ces hommes à matricule ? D'une certaine manière, la sensation était moins surprenante qu'il ne l'avait anticipée. On lui avait parlé de frayeurs étranges, d'éclairs insolites de confusion et de panique. Il n'éprouvait rien de tout cela, mais il se sentait effectivement envahi par un sentiment d'irréalité. Il contemplait le monde et le voyait déformé, comme s'il avait devant les yeux quelque peinture abstraite de Dali ou Picasso.

La télé de la chambre offrait des films en circuit fermé. Il en commanda un de la chaîne Playboy. Il n'existait pas de télé câblée à San Quentin et il n'avait jamais rien vu de pareil. Ces actrices n'avaient rien de traînées de bas étage au cul plein de boutons. Les femmes de Playboy avaient l'élégance et la beauté de vedettes de cinéma, longues jambes, seins arrogants, chevelure soyeuse, peau de velours et cul rond et plein. La bouffée de désir qui l'envahit fut si intense qu'il en eut le vertige. Se passer de sexe des années durant était plus facile que ne l'imaginait le commun des mortels – et restait toujours la masturbation comme activité libératrice. C'était des femmes comme celles-ci qui peuplaient ses fantasmes. Une chose était sûre, il savait qu'il pouvait s'offrir de la chatte. Il avait de l'argent, et il savait où aller.

Il revêtit sa nouvelle tenue et il apprécia l'image que lui renvoya le miroir. Ce complet ample et lâche, au drapé souple, lui remit en mémoire les films de l'époque où Robert Mitchum, Burt Lancaster et Kirk Douglas étaient des jeunes gens. Son premier souvenir précis de la mode masculine était celui de pantalons tuyau de poêle qui faisaient ressortir ses pieds comme une paire de palmes, et de vestes aux épaules et aux revers étroits. Il préférait ce qu'il voyait aujourd'hui, la souplesse du pantalon à plis marqués et la veste ample à épaulettes (il était ainsi plus facile de masquer la présence d'un pistolet).

Devait-il emporter son arme ? Ouais, pourquoi pas. Quand on se veut criminel, autant l'être vingt-quatre heures sur vingt-quatre. C'est le Greco qui lui avait dit cela – et le Greco appliquait son principe au quotidien.

– Faudra que je l'appelle un peu plus tard, marmonna Troy pour lui-même tandis qu'il glissait le pistolet dans son petit étui à agrafe sous sa ceinture au creux des reins. On ne le verrait pas, même veste déboutonnée, les deux pans ouverts et libres.

En sortant, il s'immobilisa dans le couloir. Avait-il oublié quelque chose ? Sa clé ? Non, il l'avait. Tandis qu'il tirait la porte derrière lui, il se rendit compte que c'était la première porte qu'il fermait lui-même depuis bien des années.

Il poussa le battant de l'entrée et s'arrêta sous l'auvent, où le portier chinois lui appela un taxi.

– Vous savez où se trouve le Fish & Shrimp ? demanda-t-il.

– Non.

– C'est de l'autre côté de Market, direction centre-ville. Peut-être bien sur Folsom.

Le taxi démarra et coupa la route à une autre voiture en s'accompagnant de l'avertisseur avant d'accélérer. Il allait trop vite. Le temps, c'était de l'argent pour le chauffeur ; pour Troy, le temps ne coûtait pas cher.

– Hé, dit Troy, ralentissez.

Le chauffeur tourna la tête, sourcils froncés. Il avait la peau sombre et sentait le curry. Troy se dit qu'il devait être indien.

– Allez-y doucement, dit Troy, et je double ce que vous aurez au compteur. Ce sera votre pourboire.

– Bien, monsieur.

Le taxi ralentit de manière significative. Avant de trouver le Fish & Shrimp, ils s'égarèrent au fil des rues obscures. Là encore, Troy ouvrit les yeux bien grand. La Californie lui avait toujours semblé un pays neuf et plein de lumière ; aujourd'hui, elle était râpée et minable, et s'effilochait de partout. Ses lectures l'avaient tenu au courant de la récession, de la dette publique, des services d'assistance sociale dont la trame se déchirait de toutes parts. À lire ce qu'il en était, il avait cru que c'était un lot de conneries, on criait au loup comme d'habitude, mais derrière la vitre, la réalité était bien nouvelle. À un feu rouge sur deux, lui semblait-il, se tenait un Noir prêt à nettoyer le pare-brise. Le chauffeur de taxi en chassa un du geste, en déclarant : « Pourquoi qu'y se trouve pas un boulot ? » dans un anglais approximatif. Troy eut envie de lui répondre que c'était peut-être les nouveaux immigrés qui avaient pris tous les boulots, mais il choisit d'être diplomate en répondant :

– Peut-être qu'ils ne savent rien faire.

– Ach. La plupart, y sont paresseux. C'est leurs femmes qui font le boulot. Elles faisaient le boulot en Afrique ; et elles font le boulot ici. Là-bas, les mecs, y restaient assis et y se racontaient des histoires de guerre avec les balloches à l'air et des plumes sur le crâne. Je l'ai vu dans *National Geographic*.

Troy gloussa malgré lui. Même un imbécile pouvait être drôle.

– On est arrivés, dit le taxi en se rangeant.

Troy inspecta les environs. Pas étonnant qu'ils l'aient raté. La façade étroite était carrelée couleur d'ébène, et à côté de la porte, un petit logo en néon bleu, poisson et crevette, portait le nom en fines lettres : Fish & Shrimp. Pas mal pour un vieux voleur et bringueur, se dit Troy. Le nom était du *rhyming slang*, de l'argot rimé [1], né dans la pègre londonienne au dix-huitième siècle, et rares aujourd'hui étaient les voleurs et les arnaqueurs qui le connaissaient encore. Il était bizarre de voir le Gigolo utiliser ce terme.

1. En argot rimé, *fish and shrimp*, poisson et crevette, correspond à *pimp*, maquereau. (*N.d.T.*)

Le compteur affichait trente et un dollars. Troy donna au chauffeur un billet de cinquante. C'était moins que ce qu'il avait promis, mais il soupçonnait le bonhomme de l'avoir baladé délibérément. Le chauffeur de taxi regarda le billet et se renfrogna.

– C'est tout ce que j'ai, dit Troy.

Il se demanda ce que dirait cet enculé raciste s'il se faisait marteler le crâne à coups de crosse. Le chauffeur de taxi hocha la tête et Troy ne dit plus rien. Lorsqu'on passait pour une poire, disait l'adage, mieux valait être une poire qui ne disait mot.

Un portier, cent vingt kilos au bas mot, l'inspecta des pieds à la tête. Il passa l'examen avec succès, car l'homme lui ouvrit la porte.

À l'intérieur, des miroirs en verre taillé reflétaient une douce lumière. Le bar courait dans l'enfilade de la salle, droit devant sur la droite. Les tabourets s'ornaient de plusieurs paires de longues jambes enchâssées de bas de soie. Il entraperçut des éclairs de cuisses dont il pouvait presque sentir l'odeur. Les jupes courtes étaient de retour, Dieu merci.

Le barman se trouvait à l'extrémité opposée du comptoir. Troy s'avança le long du bar. Dans le mur en miroir qui en occupait le fond, des yeux regardaient son reflet. Il partirait de là accompagné d'une femme, cela ne faisait aucun doute. Il pouvait payer.

Le barman le vit approcher et se détourna d'une jeune femme pour voir ce qu'il voulait.

– J'ai appelé il y a une demi-heure... Je cherche George Perry.

Le barman lui indiqua le box du fond, de l'autre côté de la salle. Troy se retourna. Gigolo l'avait vu et se levait. Il s'avança, un grand sourire aux lèvres et les bras ouverts. Il était presque octogénaire, mais paraissait vingt ans de moins. Comment était-ce possible après une vie dissolue passée à brûler la chandelle de toutes les manières connues jusqu'à une quinzaine d'années de cela ? Le seul changement que Troy remarqua fut la chevelure et le bouc qui, de grisonnants, étaient aujourd'hui complètement blancs. Il était sapé comme un prince, veste en poil de chameau sur pantalon de flanelle. Il étreignit le jeunot d'une accolade à pleins bras.

– Bon Dieu, je croyais pas que t'allais sortir un jour.

– Moi non plus.

– Et c'était quand ?

– Aujourd'hui.

– Et t'as pas encore eu ta dose de chatte ?

– Hé non.

– Regarde derrière moi ; tu verras ce que je te tiens en réserve dans le box.

Troy regarda. Deux femmes étaient installées dans le box. L'une avait la cinquantaine, sinon plus. Tirée à quatre épingles, l'allure classe, elle était malgré tout trop âgée. La première chose qu'il remarqua concernant celle qui l'accompagnait fut la crinière luxuriante de cheveux roux.

– Elle n'a rien d'une pétasse de trottoir qui te suce une pine en échange d'une bouffée de crack. C'est une courtisane... tu vois ce que je veux dire ?

Troy acquiesça, les yeux toujours sur la fille. Celle-ci avait des yeux bleus brillants et un léger semis de taches de rousseur autour du nez. Il ne voyait pas son corps mais le visage était incontestablement joli. Elle remarqua son regard et sourit. Il y avait si longtemps qu'il n'avait pas adressé la parole à une jolie femme qu'il se sentit instantanément envahi par une bouffée de timidité embarrassée en se faisant l'effet d'un bel imbécile. C'était risible, non ?

Lui, l'ex-taulard, le dur de dur, qui n'avait peur de quasiment rien ni personne à la surface de cette terre – et qui se retrouvait complètement désarçonné par un sourire. Il fut sur le point de dire à Gigolo d'oublier ça, mais c'eût été encore plus gênant. Gigolo n'aurait pas manqué de le vanner en accusant la prison de lui avoir fait virer sa cuti pour les jeunes garçons.

– Avant que je te présente, dit Gigolo, souviens-toi d'une chose.

– Et c'est quoi ?

– Ne tombe pas amoureux.

– Ne tombe pas quoi ?

– A... mou... reux.

– C'est complètement cinglé, ce que tu dis là, mec. T'as finalement atteint l'âge où t'es devenu simplet ?

George Gigolo Perry secoua la tête.

– Tu sais que c'est vrai si tu y réfléchis un peu. Un mec sort de taule, ou même il quitte l'armée, là où il n'a pas vraiment fréquenté de femmes de près depuis des années, et la première qui lui donne un peu de chatte en lui faisant un bécot sur l'oreille, il en tombe amoureux aussi sec. La nana peut avoir cinq loupiots qui se traînent encore sur la moquette, elle peut être aussi grosse que Roseanne, ç'a pas d'importance. Il se retrouve au pied, à la merci d'un peu de chatte. Celle que tu vois ici, il est difficile de trouver mieux. Attends de voir comment elle est faite. Si j'avais cinquante ans, j'essaierais bien de me la faire. En tout cas, je t'aurai prévenu.

– Te fais pas de bile, mon frère. Je suis assez grand.

– Je le sais bien. Tu ne vas pas te laisser entraîner par ta queue. Allez, viens.

Ils se dirigèrent vers le box et George fit les présentations. Elle s'appelait Dominique Winters, et

Troy se demanda si c'était là un nom choisi pour l'exercice de sa profession de prostituée de haut vol. Elle avait un visage aussi frais et avenant qu'une meneuse de claque lors des matchs de lycée.

George s'installa à côté de la femme plus âgée, qui répondait au nom de Pearl, et Troy s'assit tout près de Dominique. Celle-ci était discrètement parfumée mais il y avait si longtemps que Troy n'avait rien senti d'aussi agréable qu'il en éprouva un effet étonnamment puissant.

George leva la main à l'adresse d'une serveuse qui passait. Celle-ci changea de cap immédiatement ; il était le propriétaire.

– Encore une tournée. Que veux-tu boire ? demanda-t-il à Troy.

– Une vodka-tonic m'irait très bien.

George adressa un signe d'acquiescement à la serveuse, qui s'éloigna. Tandis qu'ils attendaient leurs boissons, George interrogea Troy sur des amis mutuels encore emprisonnés en Californie.

– Comment va Big Joe ?

– Morgan ? demanda Troy.

– Ouais. Est-ce qu'il va sortir un jour, tu crois ?

Troy secoua la tête.

– Il est à Pelican Bay. Oh, laisse-moi te raconter une histoire. C'est lui qui me l'a racontée. Il est venu à Quentin pour raisons médicales. Ils avaient collé un maton devant sa porte à l'hôpital, mais le maton m'a autorisé à le voir.

« Imagine-toi un peu, poursuivit Troy. Quelqu'un l'a assigné à comparaître à L.A. l'année dernière. Il a eu droit au grand cinéma – deux voitures, six matons, armes automatiques, tout le tralala à la con. Ils ne lui disent pas où ils l'emmènent. Ils ne veulent pas qu'il sache. Ils débarquent, l'embarquent, le font déshabiller, ils lui prennent sa jambe de bois, lui font enfiler une combinaison blanche, et le déposent comme un paquet sur la banquette arrière.

« Et les voilà sur la route, deux voitures, six flics – et Joe qui n'a plus qu'une jambe. À un moment donné, sur la 99, il leur annonce qu'on ne l'a pas prévenu assez longtemps à l'avance et qu'il faut qu'il pisse un bock. On lui répond de se retenir et il dit alors au flic que s'ils ne s'arrêtent pas, il va pisser sur le siège, dans la voiture. Et il s'agit de la voiture personnelle de l'agent.

« Et donc les flics communiquent par radio avec l'autre voiture pour finalement s'arrêter dans une station Mobil. Ils forment le périmètre, armes prêtes à tirer, comme s'ils s'attendaient à voir jaillir une centaine de membres de la mafia mexicaine à la rescousse de Joe. Ils inspectent les toilettes pour s'assurer qu'on n'y a pas caché de pistolet sous le lavabo et finalement, ils le laissent entrer.

« Pendant qu'il se trouve dans les chiottes, un frère de couleur débarque dans la station-service au volant de sa vieille camionnette et sort de la voiture pour faire le plein. Il ne voit pas ce qui se passe aux alentours jusqu'à ce qu'il commence à se servir en essence. Et c'est alors qu'il aperçoit tous ces Blancs en costard et lunettes sombres, l'Uzi à la main, qui forment le périmètre derrière les voitures, devant la porte des toilettes. Tu peux imaginer ce qui lui vient à l'esprit. Bordel de merde, mais qui c'est, ça ?

« La porte s'ouvre, et Joe sort, à cloche-pied sur sa bonne jambe, enveloppé dans une tonne de chaînes. Le mec en oublie qu'il est en train de pomper l'essence. Le carburant se met à couler par terre. Et il dit : " Mec, tu dois être l'enfoiré le plus méchant qui a jamais vu le jour ! " »

George explosa de rire.

– Ça, c'est drôle, mec.

– Joe était plié en deux en me racontant ça. Et Paul Allen ? Qu'est-ce qu'il devient ? Ça fait trois ans qu'il est sorti. C'est difficile à croire.

– Paul est mort, mec. On l'a retrouvé dans une chambre d'hôtel à Hollywood, il y a environ un mois de ça.

– Paul ! Nom de Dieu, ça, c'est dégueulasse. Je le connais depuis presque vingt ans et je ne l'ai jamais vu ailleurs qu'en prison.

– Au moins il était dehors quand il est mort.

– C'est vrai.

– C'est Willy Hart qui m'a appris la nouvelle.

– Willy ? Qu'est-ce qu'il fabrique ? Comment va-t-il ?

– Il va bien sauf qu'il n'est plus le joueur de paume qu'il était, vicieux et sec comme un coup de trique. Il se trimbale un gros bide à force de boire de la bière. Je crois qu'il vend des auvents en aluminium.

– Il fait le camelot dans la quincaille. Avec sa tchatche.

– Ouais, et en plus, il est plutôt doué.

– Dieu sait s'il a parfois du mal à fermer son clapet.

Le souvenir mutuel fit rire les deux hommes.

– Qui d'autre ? demanda George. Où est T.D. ?

– Il est enterré, à Leavenworth ou à Marion.

– Probablement à Marion. Est-ce qu'il ne s'est pas ramassé une ardoise pour meurtre pendant qu'il était au trou ?

– Ouais. Un imbécile s'était fichu de lui sans savoir le genre de bonhomme avec lequel il déconnait.

– J'ai entendu dire que Marion était le bordel absolu.

– Comme Pelican Bay – sorti tout droit de Kafka.

– Ça ne peut pas être pire qu'à l'époque où je me suis retrouvé en taule. Les matons se trimbalaient des cannes plombées. Quand on s'alignait pour le bouclage, ils se baladaient le long de la file. Si tes orteils dépassaient d'un centimètre de l'alignement, ils t'éclataient le pied d'un coup de canne plombée. Saloperies d'enfoirés. À l'époque, y en avait certains qui ne savaient même pas lire.

– Ils ne sont pas beaucoup plus intelligents aujourd'hui, mais il est sûr que la paie est bien meilleure. C'est le plus gros syndicat d'employés de l'État. Ils ont résolu tous les problèmes une bonne fois pour toutes. Ils tirent au laser dans la cellule avant d'entrer. Ils t'injectent deux cents milligrammes de Thorazine... avant de te coller une branlée. Et *une fois* qu'ils ont fini de faire ça, ils te rédigent un rapport en déclarant qu'ils ont fait usage du minimum de force requise après avoir été agressés par toi.

– Et après ils se demandent ce qui transforme les pauvres poires en asociaux.

– Ça me surprend toujours qu'il n'y ait pas plus de mecs qui cherchent à se défouler sur les vieilles dames.

– Je me souviens quand je suis allé en taule en 35. À l'époque, le public ne haïssait pas les voleurs comme aujourd'hui. Merde, mec, là-bas, dans l'Oklahoma, un mec comme Pretty Boy Floyd [1] était apprécié. Il y a vingt-huit ans qu'on ne m'a pas arrêté. Et si je rédige un faux chèque, ils me collent

1. Voleur de banque célèbre des années 30 que les fermiers de l'Oklahoma, dépossédés par les banques, avaient protégé de la police. (*N.d.T.*)

perpète sous couvert de leur connerie de tu-tombes-trois-fois-t'es-fini. Tu sais ce que je crois ?

– Dis-moi.

– Il y a deux raisons à ça. La première, c'est les Négros. Avant, ils étaient pas aussi nombreux à faire des conneries, et ceux qui étaient voleurs savaient comment monter une arnaque, ou un fric-frac. Ils connaissaient la partie et ils avaient de quoi faire. Les jeunes Négros, aujourd'hui, y savent rien de rien, et y n'en ont rien à branler. Y croient que de tuer quelqu'un, ça fait d'eux des hommes, d'une certaine façon. Là où ils étaient quinze, vingt pour cent au trou dans le temps, aujourd'hui y sont à soixante pour cent.

– C'est quoi, la deuxième raison ?

– C'est la violence. Écoute, dit George, à l'époque où je volais, je n'avais jamais de flingue sur moi, sauf pour un braquage. Je volais l'arme au poing si le coup en valait la peine. Mais s'il y avait des blessés dans l'affaire, c'était un fiasco. L'idée, c'était de ne pas faire de vagues, de travailler sans accrocs. Aujourd'hui, je suis un vieil homme et le soir j'ai la trouille d'aller dans des tas d'endroits si je n'ai pas un pistolet en poche pour me protéger. Le monde a bien changé en vingt ans.

Tout ce qu'il disait était vrai, songea Troy. Non pas que ce fût important, en rien. Il pourrait peut-être bien se retrouver à la morgue, mais il n'irait pas en prison. Plus jamais, jamais plus. Contrairement à la plupart des citoyens de la pègre, son enfance lui avait permis d'entrevoir la différence que faisait l'argent dans l'existence, les expériences qu'un individu avait à vivre, la marge de liberté possible, lorsqu'on pouvait se la permettre. Il n'avait aucune aspiration à la richesse : l'aisance financière des gros pontes arrivés leur était une contrainte. Ce qu'il lui fallait, c'était assez d'argent pour se trouver une ville ensoleillée en bord de mer où il pourrait vivre, dans une petite maison à flanc de coteau, avec une femme qui lui ferait cuisine et ménage. Quelques centaines de milliers de dollars suffiraient, merci beaucoup, et il n'avait rien d'autre à investir que sa propre existence.

Dominique se pencha plus près et murmura :

– Tu veux y aller ?

– Bien sûr.

– Je reviens. Excuse-moi.

Elle se glissa hors du box et se faufila nonchalamment entre les tables en direction d'une pièce latérale signalée par un panneau « toilettes ».

Difficile de faire autrement que de regarder et suivre son corps des yeux, la démarche telle qu'il était impossible de s'en détourner.

– Bon Dieu, mais qu'est-ce que t'as l'air sérieux, dit George, en se penchant au-dessus de la table pour lui allonger une petite tape joyeuse. Souris, mon beau pigeon. Regarde-moi ce cul. Bon Dieu, qu'est-ce que je donnerais pour avoir à nouveau soixante ans.

Troy ne put s'empêcher de sourire. Il aurait bien aimé avoir de l'existence la vision qu'en avait George.

– Alors combien de temps vas-tu rester ici ? demanda George.

– Un jour... peut-être bien deux.

– Et ta conditionnelle, alors ?

– Impossible. Je ne suis pas capable d'aller au bout d'une conditionnelle. Je ne vais même pas me présenter à mon responsable.

– J'ai mené à terme une conditionnelle. Je ne sais pas comment j'ai réussi à aller au bout. Ça n'avait jamais été dans mes intentions. J'ai rattrapé le droit chemin comme qui dirait à petits pas, en vacillant. Un pied devant l'autre, un jour après l'autre. J'ai même fait deux jolis coups il y a bien longtemps – et je m'en suis sorti sans égratignure. J'ai l'impression d'avoir quitté la table avant que la partie ait vraiment commencé.

– Sûr que c'est ça, dit Pearl, si tu oublies les seize années que tu as passées en prison.

– Tu n'y penses plus une fois que c'est fini, dit George. Pas vrai ? demanda-t-il à Troy.

Troy acquiesça, mais le cœur n'y était pas tout à fait. Le souvenir était encore trop proche.

Pearl prit son sac à main.

– Il est temps pour moi de rentrer. Tu viens ? demanda-t-elle à George.

– Qu'est-ce que je peux faire d'autre ? Je suis venu dans ta voiture.

– Allons-y.

George eut un grand sourire.

– Écoute bien, mec, dit-il à Troy. Je suis censé exploiter les femmes – Perry le Gigolo, c'est moi. Et me voilà maison de repos pour une pute.

– Arrête de baratiner et allons-y, dit Pearl.

– Tu vois, mec, tu vois, dit George.

Dominique réapparut. Tout le monde se leva et récupéra ses affaires.

– T'as besoin de blé ? demanda George.

– Non, non, ça va.

– On est garés derrière, dit George.

Les deux hommes se serrèrent la main. Troy promit de passer un coup de fil une fois arrivé à L.A. Il transmettrait les amitiés de George au Greco.

Troy se sentit le cœur léger en suivant Dominique vers la porte. À suivre des yeux son corps qui se mouvait sous ses vêtements, il l'imaginait aisément nue, ouvrant les jambes, et il eut une érection.

Sur le trottoir, Dominique s'arrêta :

– Qu'est-ce qu'on fait ? On prend une chambre ?

– J'en ai une à l'Holiday Inn de Chinatown.

– Pas de voiture ?

Il secoua la tête.

– J'ai laissé la mienne à la maison.

Un taxi passait dans l'autre sens. Elle mit deux doigts à ses lèvres et lâcha un sifflement strident.

Troy la regarda.

– Nom d'un chien, poupée.

– J'ai vécu deux ans à New York.

Le chauffeur de taxi regarda et fit demi-tour.

– Où on va ?

– À l'Holiday Inn de Chinatown.

Pendant le trajet, le tangage de la voiture fit se cogner leurs deux corps au fil des virages et des changements de voie. À chaque contact, Troy sentait monter en lui une bouffée d'excitation et d'imagination. Il regardait le profil de Dominique, et confirmait ainsi la beauté raffinée de la jeune femme. Parce qu'elle était silencieuse et parce que son sourire était doux, l'imagination de Troy offrait à sa personnalité des attributs qu'il trouvait désirables, ajoutant ainsi une tendresse affectueuse au désir. Il aimait les putes, c'était un fait ; la plupart de ces dernières avaient connu des moments difficiles et avaient de l'existence une vision fataliste, mais avec celle-ci, il n'éprouvait que pitié. Elle était trop jolie et trop gentille pour être une pute. Il se demanda pourquoi ; avant de rire en lui-même. C'était la question bateau de tous les michés.

Ils traversèrent le hall et prirent l'ascenseur. Comme il ouvrait la porte pour la laisser entrer, il lui demanda si elle voulait boire quelque chose. Elle sourit doucement et secoua la tête. Elle regarda l'appartement, entrouvrit la porte de la salle de bains dont elle alluma la lumière, avant d'éteindre l'éclairage de la chambre. Par la fenêtre leur arrivaient, remontant la rue, les bruits lointains et étouffés de la ville.

Dominique savait la manière d'attiser la flamme d'un homme et elle commença à se dévêtir en excitant la convoitise de Troy. Ses yeux brillants rivés aux siens, elle déboutonna lentement son chemisier en accompagnant son geste d'un léger roulis des épaules. Son sourire était une invite tentatrice. Elle entrouvrit le chemisier, lui montra ses seins, petits mais arrogants; avant de refermer les deux pans de tissu pour se retourner et finir de se libérer d'un roulement d'épaules en laissant voleter le vêtement jusqu'au sol.

Elle se tortilla afin de s'extraire de la jupe collante, en gestes fluides et gracieux pleins de provocation. Une fois la jupe sur la moquette, elle l'enjamba et resta là un instant, en slip, talons hauts, bas blancs brillants et porte-jarretelles. Il se dit qu'elle avait le plus beau cul qu'il eût jamais vu, rond et lisse. Le corps était ferme et bien fait – elle devait être danseuse ou alors faire de l'exercice, et bien qu'aux yeux des hommes elle représentât l'incarnation de l'attrait sexuel, elle n'était pas assez filiforme pour la mode du moment. Elle posa un pied sur une chaise et s'apprêta à défaire le porte-jarretelles.

– Non, dit-il.

– Oh, ça te plaît, ça, alors, dit-elle, haussant le sourcil.

– Oui, dit-il, avec des jambes... comme les tiennes.

Il sentit son visage s'ouvrir en sourire; la passion lui avait fait momentanément perdre un peu la tête jusqu'au vertige. Allait-il s'évanouir devant cette chatte offerte avant même d'y toucher? Il se sentait comme un collégien excité entre les griffes d'une ménagère luxurieuse. Il eut envie de se moquer de lui-même, en riant aux éclats, mais il avait encore plus envie de mettre ses mains sur Dominique.

– Tu baises tout habillé? demanda-t-elle.

– Euh. Non... non, non.

Il se débarrassa vite de ses chaussures et faillit arracher les boutons de sa chemise en les défaisant.

Le pistolet! Il s'en souvint lorsqu'il commença à se débarrasser de sa chemise. Trop nombreuses étaient les femmes qui réagissaient bizarrement devant une arme à feu. Ôtant sa chemise, il se retourna pour masquer de son geste l'arme qu'il défit ainsi que son étui-agrafe de sa ceinture pour les poser sous sa veste sur la chaise. Dominique tirait le couvre-lit, elle n'avait rien vu. Très bien. Même une pute pouvait se piquer une tremblote en voyant un calibre.

Lorsqu'il enleva ses chaussettes, il se souvint que de les arborer en cet instant serait la chose la moins romantique de la terre.

Dominique ôta le couvre-lit et redonna du moelleux aux oreillers. Ses seins dansaient au rythme de ses gestes.

Elle sortit un objet de petite taille de la table de nuit et se tourna vers Troy. Lorsqu'elle traversa la pièce, nue hormis porte-jarretelles, bas et talons hauts, il fut hypnotisé par la chaleur dont son corps irradiait; il la sentit à deux mètres de distance. Il n'avait pas le moindre désir de parler. Il était par trop séduit, aussi aveuglé par le désir que Samson.

Elle tendit le bras et se saisit de lui à l'entrejambe en une pression si parfaite qu'il se mit à trembler – puis, avec la dextérité d'un fermier préparant un étalon à la saillie de la jument, elle enfila le pénis dans le préservatif en latex. Il se souciait peu de ce qu'elle pouvait faire, pourvu qu'elle écartât les jambes et qu'il pût se glisser en elle. Jamais de toute son existence il n'avait voulu baiser une femme comme il voulait baiser celle qu'il avait devant lui.

Elle lui prit la main et le conduisit vers le lit. Les putes lui avaient enseigné la manière de donner du plaisir à une femme. Il n'y avait là rien de quelque secret ésotérique sorti du *Kama Sutra*; il s'agissait simplement de frôlements et de caresses, patientes et prolongées, de la pointe de la langue et de mains douces. Le corps d'une femme demandait bien plus longtemps pour être prêt à baiser, et c'était là une vérité que les jeunots excités avaient bien des difficultés à apprécier.

Troy éprouva cette fois la même difficulté. Ses doigts frôlèrent la peau chaude et soyeuse à l'intérieur des cuisses et il éprouva un véritable vertige lorsque Dominique écarta les jambes comme les ailes d'un papillon qui se pose.

– Tu veux que je te lèche ? demanda-t-il.

– C'est gentil... Et j'adore ça... mais ce coup-ci est pour toi. Je vais te baiser à te laisser sur le carreau. Viens...

Elle lui prit la main et remua pour s'ouvrir à lui. Elle taillait sa toison en forme de V bien dessiné. La pointe inférieure désignait clairement le bon endroit.

Elle le guida à l'intérieur d'elle. Elle était un peu étroite, mais elle parvint à le prendre en elle et très vite, son corps se décontracta. Elle planta ses talons dans les fesses de Troy et remonta le pelvis pour se presser contre lui et l'avoir totalement en elle.

– Baisons, dit-elle.

Il resta bras tendus tandis qu'il la baisait, loin au-dessus d'elle, les yeux baissés sur son visage qui le regardait depuis le creux de l'oreiller. Il ne voyait plus rien hormis ce visage, le contact de sa chatte et des cuisses qui l'enserraient.

Elle ajusta son rythme sur le sien et commença à le diriger de la voix.

– Allez, viens, mon bébé, viens me prendre... viens me prendre, mon coco. Ohhh, baise-moi bien.

Il se laissa aller vers son orgasme. Qui montait... montait... jusqu'au cerveau en tension... et lorsqu'il atteignit son apogée, il retomba, en une série de convulsions. Il avait mal aux bras et dégoulinait de sueur.

Dominique sourit tel le chat du Cheshire. George l'avait payée généreusement, mais c'était plus qu'une simple passe contre argent comptant. Ce n'était pas de l'amour, mais une bien agréable partie de jambes en l'air. Elle prenait plaisir à l'extase si visible qu'elle lui avait offerte. Certaines femmes avaient le pouvoir de mener les hommes par la queue ; Dominique était du nombre, et elle jouissait de ce pouvoir. Elle s'était exercée de manière à avoir la maîtrise des muscles de son vagin. Elle était capable de pétrir de sa chatte un pénis d'homme aussi sûrement que ses doigts pouvaient traire une vache. Il suffit de quelques minutes pour que Troy se sentît à nouveau excité.

Son second orgasme prit plus longtemps et il se retrouva lessivé, véritable lavette affalée sur le lit à côté d'elle, trempé de sueur.

Dominique laissa glisser un doigt sur sa poitrine en sueur.

– Ça te gêne si je fume ? demanda-t-elle.

– Fume, je t'en prie.

– Tu en veux une ?

– Non.

À la voir craquer son allumette et allumer sa cigarette, le visage un instant auréolé de lumière, Troy se sentit plein d'une chaude affection, protecteur et tendre. Est-ce qu'elle avait un mec dans sa vie ? Il faudrait qu'il demande à Gigolo Perry. Et il se rendit compte alors des idées qui lui couraient dans la tête, et se rappela l'avertissement de George lui recommandant de ne pas tomber amoureux. Il se mit à rire. Doux Jésus, il comprenait maintenant ce que George voulait dire.

7

Diesel balança chaussettes et sous-vêtements dans le petit sac de voyage. Gloria était debout, dans l'embrasure de la porte de salle de bains, bras croisés, le regard furieux, tapotant le sol du pied. La mèche était courte, l'explosion n'était pas loin ; Gloria était prête à éclater à tout instant. Il le savait et détournait les yeux. Peut-être parviendrait-il à filer avant qu'elle soit complètement remontée.

Il ferma la glissière du sac, attrapa la valise posée à côté du lit et se dirigea vers la porte.

– J'ai vu que tu avais pris ton arsenal, dit-elle.

– Et alors ?

– Je veux savoir où tu vas.

En disant ces mots, elle s'écarta du chambranle de la porte et bloqua le passage juste comme il arrivait sur elle. Il était obligé de s'arrêter, ou de lui passer sur le corps. Il n'était pas prêt à cela – pas encore. Il leva les yeux au ciel, simulacre d'un appel à Dieu pour un peu de patience. Puis il battit en retraite devant son épouse.

– S'te plaît, laisse-moi partir, poupée. Je veux pas me battre.

Il était aussi sincère qu'il l'avait jamais été. Il était capable de se payer une baston en ravalant son propre sang. Il était capable de combattre n'importe qui – mais de se bagarrer avec Gloria lui fichait la trouille. Il lui en imposait physiquement, il était capable de l'aplatir comme une crêpe d'un coup de poing. Il avait plus du double de son poids. Il était prêt à tout et n'importe quoi plutôt que de la frapper ; et malgré tout, elle allait l'aiguillonner jusqu'à ce qu'il se soumette ou qu'il l'envoie paître, en lui faisant dégager le chemin, physiquement parlant. La chose lui était arrivée une fois – et lorsqu'il avait passé la porte, elle était arrivée derrière lui et lui avait sauté sur le dos. Quelle scène ! Et lui qui tournoyait sur place pour essayer de la déloger ! Les rideaux avaient remué aux fenêtres des voisins. Ç'avait dû en faire cancaner, des langues ! Et lui voulait l'anonymat.

– Ou bien tu me le dis... ou bien c'est la bagarre. Écoute, Carl, tu as un fils. Tu ne peux plus aller et venir à ta guise chaque fois que tu en as envie. Grandis un peu, mec.

Il regarda de toute sa hauteur ce visage aux maxillaires qui jouaient en crêtes de muscles durs. Il décida de lui dire. Troy désapprouverait, mais Troy n'en saurait jamais rien.

– Nous allons à Sacramento récupérer Mad Dog.

– Mad Dog ! Mais tu m'as dit qu'il était cinglé.

– Ouais... Ben, y a des tas de gens qui sont cinglés. Moi aussi, je suis cinglé.

– Mais tu ne l'aimes même pas, ce mec !

– Troy a donné son feu vert.

– Oh, alors, ça te suffit, un point c'est tout... Le feu vert de Troy. Mais putain, s'il est aussi intelligent que ça, comment ça se fait qu'il a passé tant d'années au pénitencier ?

– T'as voulu savoir, je t'ai répondu. Ne pousse pas le bouchon trop loin... n'essaie pas de me dire ce que je dois faire...

Il s'interrompit, redressant la tête, le corps en arrière, à la regarder de haut, ses yeux bleus vitreux et mouchetés de rouge. Gloria se mordit la lèvre et ne dit mot. Il continua à parler pour l'amadouer.

– Quand on en aura fini à Sacramento, on va probablement aller à L.A.

– Y a quoi à L.A. ?

– Un avocat que Troy doit voir.

– Tu resteras absent combien de temps ?

– Peut-être cinq jours... au grand maximum.

C'était un mensonge. Il leur faudrait bien dix jours minimum.

– Si tu te fais choper et que tu retournes en prison, ne compte pas sur moi ou sur Junior pour être là quand tu sortiras. Le corps que t'as devant toi va pas se dessécher à attendre un imbécile.

– Ouais, tu m'as déjà dit ça cinquante fois.

– Et on dirait que t'en as rien à branler.

Le ton méprisant de Gloria lui fit monter la moutarde au nez. Sans réfléchir, il laissa retomber son sac et fit un pas en avant pour l'agripper par son chemisier. Il s'arrêta de lui-même, mais elle comprit qu'il était temps pour elle de s'écarter du chemin. Ce qu'elle fit. Il récupéra son sac et sortit, ouvrant d'un coup d'épaule la porte-moustiquaire qu'il laissa claquer derrière lui.

Gloria le suivit des yeux jusqu'à la décapotable, au volant de laquelle Troy attendait. Diesel balança son sac sur la banquette arrière et monta. Il n'eut pas un regard en arrière après que Troy eut démarré.

– C'est Troy qui tient les rênes, c'est lui le grand chef, maintenant, marmonna-t-elle, en sentant le vide de la crainte s'installer en elle.

Son mari était perdu.

– Non, dit-elle, en secouant la tête.

Elle ne voulait rien penser qui pût porter la guigne à Diesel ou lui diminuer ses chances de réussite.

Elle referma la porte d'entrée et alla dans la cuisine. Quoi qu'il pût arriver, la vie continuait – et il lui fallait préparer à dîner pour son fils. Peut-être son enfant ferait-il quelque chose de sa vie, qui sait ? Elle l'espérait, en tout cas. En ouvrant le réfrigérateur, elle en contempla le maigre contenu et songea :

– Pourquoi ne suis-je pas née riche ?

Avant de sourire à son bref apitoiement sur elle-même. En sortant le biberon, elle espéra que Carl l'appellerait régulièrement. Ces temps derniers, il avait fait des progrès sur ce plan. Peut-être qu'un miracle se produirait et qu'il reprendrait le droit chemin. Ouais... et peut-être aussi qu'ils gagneraient le gros lot du Loto.

* * *

Cent trente kilomètres-heure était une vitesse suffisante, même pour de longues routes plates et vides. Une vitesse supérieure risquait d'attirer sur eux l'attention de la Patrouille de l'autoroute. Cent dix était encore préférable s'il y avait la moindre circulation. Rester sur la file de gauche et garder ses distances. Cent dix représentait le meilleur rapport qualité-prix – plus vite, on se récoltait un P.-V., plus lentement, on perdait du temps. Il se souvenait d'avoir lu ça il y a bien longtemps. Était-ce vrai aujourd'hui ? Il verrait bien.

– Je conduis comment ? demanda-t-il à Diesel.

– Super, mec, surtout depuis le temps.

– C'est comme baiser. Une fois que t'as appris, t'oublies jamais.

– Mec, c'était qui la nana sur qui je suis tombé ?

– Une nana avec laquelle Gigolo Perry m'a arrangé le coup.

– Je m'offrirais bien un peu de chatte avec elle.

Troy se surprit à éprouver une bouffée soudaine de possessivité, et donc de colère devant la banale remarque de Diesel. C'était une chose sans importance dans le monde qui était le leur. Il ne s'agissait ni d'une épouse ni d'une amante, et ce n'était même pas une vanne blessante selon le code des voleurs des rues. Après tout, elle gagnait bien sa vie en vendant sa chatte. Si George ne lui avait pas fait cette judicieuse observation sur les réalités de l'existence, Troy aurait bien pu se demander s'il n'était pas à moitié amoureux. Dieu sait que d'être avec cette fille pouvait être agréable, et il reprendrait peut-être bien contact avec elle à leur retour de L.A. Elle était assez ravissante pour qu'il pût l'afficher à son bras en allant dîner dans les endroits chics.

Ils franchirent le Golden Gate à minuit. À l'ouest, une moitié de disque orange sombrait derrière l'horizon et dessinait un andain enflammé à la surface des eaux, transformant un court instant les piliers du pont en monuments flamboyants. La route suivait des canyons dont les fonds étaient déjà dans l'obscurité. Lorsqu'ils sortirent des collines, le soleil avait disparu et le ciel était d'un noir d'encre. Toutes les voitures avaient les phares allumés, double fleuve aux couleurs opposées, blanc et rouge rubis.

Une voiture de la Patrouille des autoroutes les doubla sur la droite.

– Mon permis tiendra le coup s'ils le passent au contrôle ? demanda Troy.

– Tu veux dire s'ils se renseignent par radio? Ouais, sans problème.

– Al Leon Klein. Né le quinze douze cinquante-neuf. Denver, Colorado.

Troy s'assurait qu'il connaissait son pedigree et le tenait prêt. Il se souvenait de Boonie qui était tombé parce qu'il avait été incapable d'épeler le nom qui lui servait de nom d'emprunt sur son permis de conduire. Pour être tout à fait juste, il faut dire que c'était un nom polonais. Mais, malgré tout, il aurait dû être capable d'épeler le nom dont il se servait.

– C'était qui, ce mec? demanda-t-il. Tu le sais?

– Ouais. Ce sont ses papiers d'identité. On a juste changé la photo. C'était une choute. Il est mort à l'hospice des Gays. Il avait attrapé cette saloperie.

– Le cancer?

– Cancer, mon cul. Le sida!

– Ouais, je sais, dit Troy. Tu as même du mal à prononcer le nom, pas vrai?

– Ça me fout la trouille, mec. Ça te tue les enfoirés de tas de manières. Y en a qui meurent de façon horrible. Des saloperies qui leur poussent dans la gorge, qui leur bouffent la cervelle. Combien y a de gus qui l'ont attrapé en taule?

– Ch'sais pas. Je dirais qu'y en a quelques centaines qui sont infectés sans être malades...

– Ils finiront par l'être au bout du compte.

– Comme nous tous.

– Ouais, t'as raison.

– Tous ceux qui se retrouvent séropositifs, on les colle en secteur réservé.

– Et les gus ont la trouille, je parierais.

– Tu l'as dit, ajouta Troy. Y en a certains qui en ont une trouille à chier. Tu sais à quel point ils sont stupides. Et tu serais surpris de voir certains des gus qui ont chopé ça. Ceux qui sont déjà malades sont essentiellement des pédés, mais la plupart de ceux qui sont infectés sont des camés. J'en ai connu des tas depuis la maison de redressement. Jimmy Villa, Don Wilcox, Wedo Karate. Et des mecs dont je connais pas les noms.

– Al Leon Klein, dit Diesel.

– Ouais, et maintenant tu fais de moi une choute morte.

– Mieux vaut ça que d'être un fugitif bien en vie.

– Vaudrait mieux que t'arrêtes de déconner avec moi. Sinon, ton gros cul va avoir mal.

– Vraiment ?

– Ouais.

Troy tendit la main droite et empoigna un morceau de chair dodue à l'intérieur de la cuisse entre quatre doigts et la paume de la main. La douleur fut si grande que Diesel s'en figea sur place.

– Oh, mon Dieu ! Je suis désolé ! J'arrête ! supplia Diesel. Lâche, mon frère. S'il te plaît !

– Appelle-moi Papa.

– Oui, Papa. Je t'en prie, Papa.

Troy relâcha sa prise. Diesel leva un poing fermé en parodie de Jackie Gleason [1].

– Un de ces quatre... Un de ces quatre...

– Si jamais tu *rêves* seulement de me tomber sur le paletot, mieux vaudrait te réveiller et remettre tes idées en place.

– Oh, ouais ?

– Ouais. Pssst.

Il fit signe à Diesel de baisser les yeux.

Diesel regarda. Dans la main gauche, Troy tenait un pistolet.

1. Célèbre comique de la télé et acteur, aujourd'hui décédé. C'est lui qui interprète Minnesota Fats dans *L'Arnaqueur* avec Paul Newman. (*N.d.T.*)

– Qu'est-ce que tu dis de ça ? demanda Troy.

– Je laisse tomber, dit Diesel. Range-moi ça.

Troy remit le pistolet en place, sous sa cuisse, là où il pouvait s'en saisir instantanément. Il était peu probable qu'il aurait besoin de le sortir ici, sur la route. Et si le besoin s'en révélait vraiment fondé, la probabilité était que son arme serait inutile. Il lui faudrait s'en servir au seul cas où la Patrouille des autoroutes, ou un quelconque flic du coin, les obligerait à s'arrêter et se ranger. Et depuis une décennie ou même plus, pratiquement tous les flics portaient des gilets pare-balles sous leurs uniformes, ou sous une partie de leurs uniformes. Tête, bras et jambes restaient toujours à découvert, mais c'était des cibles moins aisées à atteindre et, la tête exceptée, il était peu probable qu'une balle touchant là pût immobiliser instantanément son individu. Au moment extrême, l'instinct était de tirer sur la plus grosse cible, à savoir le corps. Il allait devoir s'entraîner au tir. Jadis, il s'était montré extrêmement doué avec diverses armes de poing, le pistolet tout particulièrement. C'était il y a bien longtemps ; ses talents de tireur avaient dû se détériorer au moins de moitié.

Diesel jouait avec l'autoradio. Les stations préréglées étaient prévues pour la péninsule de San Francisco, et non pour l'East Bay. Il était obligé de trouver ce qu'il voulait en recherche manuelle. Il voulait tomber sur de bons vieux succès de jadis, mais lorsqu'une voix se mit à lire les informations, Troy lui dit de se caler là une minute.

Le Congrès se dépêchait de passer une loi sur l'aide en milieu urbain... un avion de Mather Field avait disparu dans les Sierras... La police de Sacramento avait fait une descente dans un bar où les filles servaient seins nus... une voiture avait été braquée et détournée à Oakland, deux des quatre criminels avaient été capturés après une fusillade à Berkeley... Les Palestiniens faisaient des ennuis aux Israéliens sur la Rive Ouest... Les Services de Naturalisation et d'Immigration accentuaient la pression le long de la frontière... la Cour d'appel avait confirmé la loi sur les « trois récidives ».

– Mets un peu de musique, dit Troy. Toutes ces conneries sont trop déprimantes.

– Tu entres dans le cadre des trois récidives ? demanda Diesel.

– Tout dépend s'ils peuvent utiliser mon casier comme mineur. Je ne pense pas qu'une juridiction d'appel retiendrait cette partie-là. Un délinquant juvénile ne bénéficie pas des protections constitutionnelles – pas d'avocat, pas de procès avec jury, pas de présomption d'innocence, pas de confrontation avec les témoins, rien de toutes ces conneries. Et donc, constitutionnellement parlant, on ne peut pas s'en servir comme délit criminel à rajouter au casier a posteriori.

– Si tu le dis.

– Et toi, alors ? T'en es où ?

– Mort et enterré. Une merdouille d'inculpation pour possession d'arme à feu, et je me ramasse perpète. Rien à foutre de tout ça. C'est sur place, et tout de suite, que je rendrai mon jugement.

– Ouais, tous les crimes sont devenus justiciables de la peine de mort.

– Mais comment y vont faire, Troy ? Je veux dire par là, bon Dieu, où est-ce qu'ils vont les mettre, tous ces connards ? Comment y vont faire pour les passer en jugement ? Ça me paraît de la folie.

– C'est de la folie. Mais ils ont la trouille.

– Ça, je le comprends parfaitement. Moi aussi, il m'arrive d'avoir la trouille, et je suis un gros grizzly de cent vingt kilos armé jusqu'aux dents. Ces jeunes Négros, on dirait qu'ils sont en plein voyage dans l'espace. J'ai lu justement hier, ils avaient décidé de braquer un gugusse. Le mec leur a montré son portefeuille vide, alors ils l'ont abattu de six balles. C'est quoi, ces conneries? Qu'est-ce qu'y z'ont dans le crâne?

– Qui sait?

– Des connards de Négros ignorants, rien d'autre, tel fut le jugement de Diesel. Tout ce qu'ils savent faire, c'est vendre de la came et faire mal aux gens. On a dit qu'ils apprennent toutes ces saloperies dans les films à la télé.

– Ils les apprennent bien quelque part. Ce qu'on sait, on l'apprend tous quelque part. C'est peut-être la télé. Il n'y a personne pour leur enseigner quoi que ce soit – en tout cas, il y en a un paquet à qui personne n'a jamais rien enseigné. Ils sont des tas à grandir dans le ghetto, sans rien pour les civiliser.

– Comme dans ce film, *Sa Majesté des Mouches*.

– L'analogie n'est pas mal... sauf qu'au départ, c'était un livre.

– Je ne l'ai pas lu, mais j'ai vu le film. Qu'est-ce que tu penses des Négros? Tu les hais?

– Non, dit Troy. Pas s'ils ne me haïssent pas d'abord.

– C'est comme ça que je le ressens... s'y veulent être pleins de haine, alors tu leur en fous plein le cul. S'ils me respectent, je les respecte. S'ils vibrent méchants quand ils me voient, je leur envoie illico mes vibrations de petit Blanc bien péquenot. Je leur ai rien fait, à ces enfoirés. Mais putain de merde, j'ai été baisé aussi méchamment qu'eux. Et toi aussi. C'est quoi, toutes ces histoires de haine dans le gangsta rap? Et ils appellent cette merde de la musique.

– Duke Ellington doit se retourner dans sa tombe.
– Sans déconner.

Lumières, immeubles et circulation se firent plus denses à mesure qu'ils pénétraient dans les faubourgs de Sacramento. La nuit était tombée. Diesel refit le plein dans une station-service pendant que Troy allait téléphoner. Le numéro correspondait à un téléphone payant commun dans le hall d'une pension de famille. Une fille répondit.

– Allô ?
– Salut. Dites, pourriez-vous aller frapper à la porte de Larry Jones et voir s'il est là ?
– C'est Troy ou Diesel à l'appareil ?
– Euh... J'appelle de leur part.
– Larry m'a dit de leur dire qu'il jouait au poker à l'Onyx Club.
– Comment vous appelez-vous ?
– Jinx la Poisse. Je suis la nana de Larry.
– Où est-ce que vous êtes allée pêcher un nom comme la Poisse ?
– C'est Larry qui m'a appelée comme ça. Je me suis approchée un jour qu'il tenait un full – et il a perdu. Il a dit que je lui avais porté la poisse. Mais il ne croyait pas vraiment ce qu'il disait.
– Où se trouve l'Onyx ?
– Vous connaissez le centre-ville de Sacramento ?
– Non.
– Très bien. Je vais vous indiquer l'itinéraire. Vous venez de la Baie, exact ?
– Ouais.

Elle lui indiqua l'itinéraire, la sortie à prendre sur la voie express, les routes à suivre, les changements de direction. Ce fut relativement simple et il mémorisa les indications. Diesel avait dégagé sa voiture à l'écart des pompes et attendait au volant. Tandis qu'ils s'engageaient à nouveau dans le flux de la circulation, Troy commença à expliquer comment rejoindre l'Onyx. Diesel connaissait l'endroit. Quelques instants plus tard, le grand gaillard claquait le plat de la paume sur le volant.

– Il a une nouvelle gonzesse. Putain, j'espère que celle-ci n'a pas de môme.

– À l'entendre, c'est elle le bébé.

Ce qu'ils savaient l'un et l'autre mit un terme à toute conversation pendant le reste du trajet.

* * *

Une fois l'Onyx repéré, tandis qu'ils cherchaient un emplacement pour se garer, Troy dit :

– T'excite pas quand tu le verras. Le vibre pas méchant.

– Je ne m'exciterai pas. Je n'ai aucune envie de lui remuer sa parano contre moi. Ça me rendrait parano moi aussi. Et deux paranos face à face...

L'Onyx offrait un long comptoir à trois mètres duquel une séparation en tubes de laiton délimitait le secteur des jeux d'argent, une demi-douzaine de tables proposant différentes sortes de poker : stud à sept cartes, Lowball, Texas Hold' Em, Pai Gow. Seules deux tables étaient occupées, tout contre le mur opposé.

La zone du comptoir était dans la pénombre, mais l'éclairage brillait crûment au-dessus des tables de poker. La lumière s'accrochait aux dos luisants des cartes à mesure que celles-ci glissaient sur le velours vert. La partie se jouait à six, et Mad Dog était du nombre. C'était un joueur de cartes médiocre mais, comme la plupart des amateurs peu doués, il se croyait un talent qu'il n'avait pas – et lorsqu'il perdait, il était convaincu que c'était un manque de veine. Pour le moment, les cartes le confortaient dans ses illusions. Il traversait une soudaine passe de chance. La partie était un stud à sept cartes, et il ne pouvait pas rater le coche. À trois reprises, lui et un autre joueur avaient reçu un flush, et à chaque fois, le sien l'avait emporté. Par deux fois, il avait eu deux paires contre une suite, et deux fois encore, il avait reçu un full sur la dernière carte. Sa passe de veine le chauffait trop pour qu'il quitte la table, même pour retrouver Troy et Diesel, et il avait donc téléphoné à Jinx et laissé le message.

Il venait de remporter un nouveau petit pot et empilait ses jetons lorsqu'il releva les yeux et vit le regard de Troy posé sur lui. Mad Dog eut un grand sourire et salua. Troy hocha la tête, le visage impassible. Ce qui suffit pour déclencher l'inquiétude chez Mad Dog. Qui commença à rassembler ses jetons.

– C'est fini pour moi, les gars.

Une fois sur la route, Troy demanda :

– Comment ça se fait que tu aies donné mon nom à cette poule ?

– Tu veux parler de Jinx. Je lui ai donné ton nom, moi ?

– Elle a demandé si j'étais Troy ou Diesel.

– Oh, merde, dit Diesel.

– Combien de temps faudrait-il pour que les flics nous identifient si elle leur donnait nos noms, « Diesel » ou « Troy » ? Il ne faudrait pas une heure pour qu'ils lui rapportent nos photos anthropo.

Par instinct, Mad Dog avait tendance à nier et à se défendre, mais cette fois, il savait à quoi s'en tenir, et donc il présenta ses excuses.

– Je suis désolé, mon frère. Je n'ai pas réfléchi.

– Ouais... O.K. Souviens-toi juste de ce que je vais te dire. Personne ne devrait jamais chercher à savoir ce qu'il n'a pas à savoir. Et je sais que, pour moi, c'est le cas.

– Je vois ce que tu veux dire, ajouta Diesel. J'étais une bleusaille à Vacaville quand je suis parti en taule. Il y avait là quatre ou cinq gus qui se connaissaient – Gary Jackson, Danny Trejo, Bulldog, et Red Howard. Red sciait les barreaux de sa cellule. Il nous l'avait dit, on était juste quatre ou cinq à savoir. Quelqu'un l'a balancé et il s'est fait choper. Je me suis senti vachement mal, bordel, et Gary Jackson m'a dit la même chose. L'un comme l'autre, on aurait bien voulu rien savoir du tout, comme ça l'idée serait même pas venue à Red que ç'avait pu être l'un de nous.

– Et tu as trouvé qui c'était ? demanda Mad Dog.

– Ouais, il s'agissait du gus qui lui avait refilé la lame de scie. Mais après ce coup-là, quand quelqu'un commençait à me raconter quelque chose, et si ça me concernait pas, je voulais pas en entendre parler. Comme ça, si quelque chose tourne mal, y aura pas de question à se poser sur ma bonne réputation.

– Je sais comment ça marche, dit Troy.

– Je ferai attention à ce que je dirai, dit Mad Dog.

– Je le sais. T'es prêt à rouler ?

– J'ai fait mes bagages... mais ma putain de bagnole est au garage. Elle ne sera pas prête avant demain.

– Est-ce que c'est la même voiture que celle que tu avais à Portland ? demanda Diesel.

– Ouais, la vieille GTO. C'est une voiture de collection, mec.

– Ce serait mieux si c'était une voiture de collec' en état de marche.

– Elle marchera, dit Mad Dog, d'un ton neutre de défi – et Troy sentit la tension entre ses acolytes.

– On va se faire assez de blé pour que tu puisses t'offrir une Jaguar si t'en as envie.

– Bon Dieu, pas question, dit Diesel. Elles sont plus souvent au garage que cette vieille GTO.

– Tu récupères ta voiture demain ? demanda Troy.

– C'est ce qu'ils m'ont dit.

– Qu'est-ce qui va pas avec ta tire ?

– Une durite de radiateur.

– Ouais, ce sera réparé d'ici demain, dit Diesel.

– On pourrait aller dans un motel et attendre, dit Troy. Ou on peut prendre la route ce soir et tu viendras nous rejoindre quand t'auras récupéré la voiture. Comme ça, je pourrai voir Greco demain. Qu'est-ce que t'en dis ?

Mad Dog acquiesça.

– Ça me paraît ce qu'y a de mieux à faire, confirma Diesel.

– Comment je vous retrouverai là-bas ? dit Mad Dog. Compliquez pas le truc, pasque je me perds, moi, à L.A., bordel.

– On sera au Roosevelt Hotel sur Hollywood Boulevard, dit Troy. Sous le nom de Al Leon Klein.

– Al Leon Klein. Je vais juste penser à Jimmy Klein. Qu'est-ce qui lui est arrivé, à ce gus ?

– Il a balancé trop de monde, dit Diesel. Et la mafia mexicaine lui a lancé un contrat aux miches.

– C'est vrai, ça ? demanda Mad Dog. C'est devenu une balance ?

– Ouais, dit Troy. C'est un arnaqueur dans l'âme. Le genre de gus qui croit que tout le monde est cave ou bon pour une arnaque. C'est facile de se dire en toute logique : « Il est trop con, celui-là, y mérite qu'on le colle en prison. » Et c'est bien ce qui lui est arrivé.

– Jimmy Klein... une balance... Nom de Dieu... Ce mec était un sacré personnage, dit Mad Dog.

– Ça, c'est bien vrai... n'empêche que c'est une balance, dit Diesel. Tu veux retourner à l'Onyx ou quoi ?

– Non, non. Ramène-moi à l'appart. Je t'indiquerai le chemin.

Dix minutes plus tard, ils se rangeaient devant un immeuble d'appartements tout décrépit, à un étage. Mad Dog sortait de la voiture lorsque la porte s'ouvrit et Jinx apparut. Elle avait un visage d'enfant et le corps d'une femme. Impossible d'échapper aux présentations.

– Carl, Troy, je vous présente Jinx, ma nana.

– Salut les mecs. J'ai beaucoup entendu parler de vous.

Diesel était derrière son volant.

– J'aimerais bien savoir ce qui s'est dit un de ces quatre, mais on est un peu en retard, faut qu'on se dépêche.

Il offrit à la fille un bref sourire, à Mad Dog un demi-salut et il s'engagea dans la circulation. Dix minutes plus tard, la Mustang G.T. décapotable virait plein sud sur l'U.S. 99, direction L.A., distante de six cent cinquante kilomètres. À une époque lointaine, l'U.S. 99 avait été la principale voie terrestre de circulation nord-sud : elle empruntait la San Joaquin Valley et même si elle avait perdu sa première position comme axe de communication au profit de l'inter-États 5, la circulation y était malgré tout toujours importante. Ils traversèrent petites villes fermières et relais routiers. Parfois, des kilomètres durant, le monde était noir au-delà des voies de circulation, mais l'odeur des cultures trahissait clairement la richesse des terres.

Les phares illuminaient les panneaux. Bakersfield, cent soixante kilomètres, Los Angeles, trois cent trente. Troy contemplait la nuit et Diesel avait les yeux rivés à la ligne infinie de tirets blancs qui se déroulait devant ses phares.

– Radio ? demanda Diesel.

– Pourquoi pas ?

Dans la Central Valley, tout ce que la radio parvint à capter fut une station de musique country et une autre dévidant ses informations jour et nuit.

– Laquelle ? demanda Diesel.

– Écoutons les infos, dit Troy.

Il avait beau avoir été lecteur vorace à San Quentin, les nouvelles du monde au quotidien ne présentaient guère d'intérêt à ses yeux. Qu'est-ce qu'un détenu dans le ventre de la Bête peut bien avoir à faire d'une inondation dans le Tennessee, ou d'un ouragan à La Nouvelle-Orléans, ou encore des fluctuations du dollar au cours des changes ? Cela pouvait éventuellement présenter un intérêt théorique et culturel, comme Pompéi en 79 avant J.-C. Mais les soucis véritables étaient d'un ordre plus primaire : si les guerres raciales explosent encore une fois, il va falloir que je passe entre ces gros mastards sur la passerelle pour revenir à ma cellule. Pour nombre de détenus emprisonnés, les horizons du monde s'arrêtaient à l'enceinte de la prison. Les seuls événements extérieurs dont ils voulaient entendre parler se limitaient aux résultats des matchs de basket-ball, aux arrivées des courses hippiques et aux pronostics de Vegas pour les rencontres sportives du week-end.

Troy n'éprouvait pas l'indifférence d'une position aussi extrême, mais les années étaient venues s'ajouter à sa capacité naturelle à s'isoler et il n'avait guère prêté d'attention aux affaires du monde – jusqu'à ce qu'il apprenne qu'il était libéré, à l'issue de quoi son esprit se prit soudainement d'une faim dévorante de savoir tout ce qui se passait dans l'univers qu'il allait une nouvelle fois rejoindre.

« ... car l'ALENA crée d'étranges compagnons de lit. Les porte-parole de l'extrême droite comme de l'extrême gauche décrient l'un comme l'autre le libre-échange avec le Mexique, et le milliardaire dilettante Ross Perot déclare que le bruit d'aspiration que nous entendons est celui de tous les emplois qui passent au sud de la frontière... »

– Tu t'intéresses à ces conneries politiques? demanda Diesel.

– Ouais, quelquefois.

– La plupart du temps, je sais pas qui je dois applaudir, bordel. Ils racontent tous tellement de conneries. Ils mentent tous! Bon Dieu, qu'est-ce qu'ils peuvent mentir!

– Ouais, acquiesça Troy. Parfois il leur arrive de mentir alors que la vérité serait aussi bien.

– Tu sais pas quoi, mec, je crois que je préfère être voleur qu'homme politique. Au moins, de cette manière-là, je sais qui je suis. Y en a parmi eux quelques-uns qui ont des problèmes d'identité.

– Sans dec', tu peux en être sûr, admit Troy.

Il ajouta en son for intérieur qu'il existait tellement d'hommes hypocrites qui n'avaient même pas conscience de l'être. Il plaçait l'hypocrisie au rang du plus méprisable de tous les vices.

– Je commence à fatiguer, dit Diesel lorsqu'ils atteignirent les abords de Bakersfield.

Le centre-ville de L.A. était à moins de deux heures de route, et les limites désertiques au nord de L.A. étaient moitié moins loin. On pouvait passer une journée entière rien qu'à traverser L.A. si l'on n'empruntait pas l'autoroute.

– Bien sûr, mec, laisse-moi faire et passe-moi le manche.

– Fais attention aux patrouilles de police sur la Ridge Route. Elles se collent souvent là.

Ils s'arrêtèrent sur le bas-côté et Diesel s'allongea sur la banquette arrière tandis que Troy prenait le volant. La nuit était chaude et ils laissèrent la capote relevée. Tandis que la voiture commençait à gravir la route qui franchissait les montagnes, avec la San Fernando Valley de l'autre côté, Troy leva les yeux vers la voûte nocturne emplie d'étoiles, le corps rayonnant de l'énergie d'une planante aux amphétamines. Il se sentait merveilleusement bien. Ses réflexions étaient à l'unisson de la joie qu'il avait dans le corps. Il songeait à son projet : se spécialiser dans les braquages de maquereaux, books, aspirants gangsters et trafiquants de came. Les victimes seraient enragées. Tous ces mecs chercheraient à le tuer – mais comment sauraient-ils qui il était, ou comment le retrouver s'ils parvenaient à apprendre son nom ? Qui plus est, tous autant qu'ils étaient, ils saignaient comme tout le monde et il était sûr qu'il n'avait pas peur d'eux. Il avait peut-être peur de la police et craignait de retourner en prison, mais il n'avait rien à foutre d'un roi de la came de Compton complètement illettré ou de tous les Négros estropiés [1] de la terre. C'était des prédateurs, aucun doute là-dessus, mais lui était le prédateur qu'ils n'avaient même jamais imaginé, à surgir comme il le ferait, soudain, jaillissant de nulle part. Une fois la chose faite, jamais ils n'imagineraient la vérité... L'idée le fit rire tandis

1. Référence, peut-être légende, au fondateur du gang des Crips, un Afro-Américain estropié. (*N.d.T.*)

qu'il y réfléchissait. Si Compton n'éveillait aucune crainte, il se pourléchait les babines en songeant à tous ces jeunes Blancs à la chair tendre en train de fourguer leurs kilos de came sur le Westside, ou avec les bruits du ressac du Pacifique en arrière-plan. Il serait plus malin que tous les méchan-an-ants vicieux Négros, il se montrerait plus dur que les Blancs. Il y avait un danger : que l'un d'eux ait comme allié un flic corrompu, ce qui pourrait finir par présenter des risques. Ah, dans la vie, on n'avait rien qui vaille vraiment la peine sans risques. Qu'est-ce qu'avait dit Helen Keller : « La vie était une aventure dangereuse – ou rien du tout... » ?

Voler des trafiquants de drogue présentait d'autres avantages et le montant du butin éventuel n'en était pas le moindre. Il était tout à fait possible qu'ils puissent soulever pour un million de dollars de drogue lors d'un braquage. Il était des plus improbables qu'ils puissent voler un million de dollars en liquide à une banque, ou même à un camion blindé. Même si cela devait se produire, on verrait des légions d'agents du FBI affectées à l'affaire. Les autres manières de ramasser de gros butins, diamants et puces d'ordinateurs, présentaient des désavantages spécifiques. L'un comme l'autre étaient faciles à vendre, mais l'abattement sur le prix était à proprement parler du vol. Il avait attaqué une bijouterie et les journaux avaient proclamé que les pertes estimées se montaient à 1,3 million de dollars. 1,3 million au prix de détail. Le prix de gros équivalait à la moitié, soit six cent cinquante bâtons. Le prix de revente standard des marchandises volées se monte à un tiers du prix de gros, soit deux cents bâtons et quelques. Une fois le partage en trois effectué, sa part approchait les soixante-dix mille dollars. Pas mal pour dix minutes chez un bijoutier, mais abominable s'il s'était retrouvé en prison pour dix ans. Dix, merde, vingt-cinq. Troisième récidive, il était bon. Tant qu'à commettre des crimes, il avait une bien meilleure idée que les bijoutiers classe ou les voitures blindées. Il avait également pour allié un des meilleurs avocats de L.A. spécialisé dans les affaires de drogue : l'avocat en question lui passerait le mot concernant les grands dealers, à savoir qui, quoi et où. Au contraire des diamants, l'héroïne et la cocaïne se dépréciaient très peu lorsqu'il s'agissait de marchandises volées.

À force de peser le pour et le contre, tous arguments confondus, il préférait risquer la mort plutôt que de retourner en prison. Peut-être gagnerait-il la partie en se payant un gros coup, pour finir le restant de ses jours sur une plage ensoleillée en quelque lieu lointain, comme Gauguin ou Rimbaud. Il se rendait bien compte qu'à trente-huit ans, il était usé, à bien des égards. Il avait brûlé la chandelle par les deux bouts, comme s'il s'agissait d'un chalumeau. Ses expériences l'avaient déformé et bien qu'il parlât la langue commune, il lui manquait quelques traits communs. L'un d'eux était la peur : son seuil de crainte était bien plus élevé que chez la moyenne des gens. Tout ce qu'il sentait alentour, c'était la peur – peur de la violence, peur de la censure, peur du rejet, de la désapprobation, de la pauvreté, peur de tout. Mais celui qui survit à une décennie à San Quentin peut atteindre à un stoïcisme au-delà de la peur. Les coups qu'il avait pris étaient de ceux qui poussent les hommes à la folie, au suicide ou dans les bras de Jésus-Christ. Il s'en était trouvé endurci. Il avait effectivement peur de la mort, ou tout au moins de l'agonie finale. La suite était facile. Dans une certaine mesure, il est un fait que la mort était un moyen assuré d'échapper à la douleur. Mais s'il pouvait se gagner quelques années de paisible solitude, voire se trouver une fille douce et tendre à la peau brune pour lui tenir chaud, cela valait la peine de s'asseoir à la table du crime et de jouer la partie une dernière fois. « Distribue les cartes », murmura-t-il à l'adresse de Dieu. Il jouerait ce qu'on lui servirait. Il était dans la partie depuis trop longtemps – deux décennies – pour quitter la table aujourd'hui.

* * *

La Mustang quitta la Ridge Route pour s'engager sur le réseau autoroutier de L.A. dans l'obscurité qui précède l'aurore. Diesel était assis à côté de Troy, bouche béante, les yeux rouges de fatigue. L'habituel torrent de véhicules n'était plus qu'un filet, une poignée d'automobilistes et un nombre plus important de poids lourds géants prévoyants, désireux d'arriver à destination aux premières heures de la matinée. Lorsqu'il était parti en prison, les vastes tentacules de L.A. atteignaient l'extrémité nord de la San Fernando Valley. Quelques avant-postes de la civilisation, au nombre desquels Magic Mountain, se trouvaient dans le désert au-delà des crêtes qui fermaient la vallée. C'était aujourd'hui la Santa Clarita Valley, et elle couvrait le désert de ses champs de caravanes, ses stations-service Arco, ses cafétérias Denny's. Il fut sidéré de voir ce spectacle.

À mesure qu'ils filaient sur la voie rapide, le terrain devint plus familier. Un sentiment d'excitation saisit Troy aux tripes. Il revenait à la maison. Au loin sur la gauche, il voyait la croix au sommet du mausolée de Forest Lawn où les dépouilles de vedettes de cinéma reposaient dans leurs tombes. Griffith Park s'étirait en bordure de l'autoroute. Il avait dix fois la taille du Central Park de Manhattan. Lorsqu'il était enfant, Troy avait loué des chevaux de selle pour parcourir les myriades de pistes cavalières de Griffith Park. Lorsqu'il était adulte, on y avait retrouvé le corps d'un de ses amis, tué d'une balle dans le crâne sur une de ces routes. Le meurtre n'avait jamais été élucidé. Un panneau annonçait : WESTERN HERITAGE MUSEUM DE GENE AUTRY – FILE DE DROITE. Ça, c'était nouveau. Avant qu'un autre panneau vienne remuer les souvenirs et leurs émotions : DODGER STADIUM, 1 MILE.

La route inter-États 5 virait sur la gauche et coupait L.A. Est. Troy resta sur la droite et remonta la pente qui menait à l'autoroute de Pasadena, direction centre. Celle-ci entaillait les collines de Elysian Park, où l'Académie de Police avait élu domicile, et au sortir des collines, elle surplombait le centre-ville de L.A. sur fond de ciel à trois kilomètres de distance. Ce que vit Troy différait complètement de ce qu'il avait gardé en mémoire. Toute sa vie, les vingt-cinq étages de l'Hôtel de Ville s'étaient dressés bien haut au-dessus des lignes basses de L.A. Aujourd'hui, le bâtiment se trouvait presque caché par une forêt de grands gratte-ciel, pratiquement tous construits pendant son absence. La ville avait-elle changé autant que son image sur l'horizon ?

Ils quittèrent la voie express au niveau de la 4e Rue. Le Westin Bonaventure était installé près du bas de la rampe. En dépit de l'heure, portier et chasseurs mexicains bondirent sur leurs maigres bagages et furent reconnaissants du pourboire.

Dans l'ascenseur, Diesel ferma les yeux et s'appuya contre la cloison, et dès que la porte de la chambre s'ouvrit, il s'affala sur le lit et se mit à ronfler. À le voir ainsi, Troy pensa à un petit enfant. Lui aussi avait envie de dormir, mais il avait des choses à faire d'abord. Il n'avait pas de numéro de téléphone direct pour joindre Greco mais il savait où laisser ses messages. Il appela le numéro que Greco lui avait donné. Après deux sonneries, une voix répondit :

– Bar de Sherry.

– Alex le Grec m'a dit d'appeler chez vous.

– Il a fait ça, hein ?

– Ouais. Je vais vous laisser un numéro où il pourra me joindre.

– Bien sûr. Je ne sais pas quand je le verrai, mais dès qu'il passe...

– C'est tout ce que je peux demander. Je suis au Bonaventure, chambre 817.

Après son coup de fil, Troy s'endormit. Deux heures plus tard, le téléphone sonnait. Il roula sur lui-même et décrocha.

– Si c'est un foutu fasciste de Grec à l'appareil...

– Hé... Un fasciste grec *libéral*...T'es sorti quand, idiot ?

– Quand ta mère, elle m'a laissé sortir, espèce de cave.

– Ta mère, c'est ma mère, eh, mon con. Tu veux qu'on cause d'elle ?

Ils éclatèrent de rire tous les deux.

– Hé, mec, c'est bon d'entendre ta voix, dit Greco. Je me demandais si t'allais sortir un jour.

– Comment tu vas ? demanda Troy.

– Poulet un jour, plumes le lendemain. Ça va, ça vient. Ces putains d'avocats se prennent tout le pognon.

– J'ai appris que tu t'étais fait choper.

– Ça ne tiendra pas. La perquisition a été si mal faite qu'ils ne peuvent même pas s'en tirer en racontant des craques. Et naturellement, ils m'ont encore surévalué – une caution de deux cents bâtons. Plus ce putain d'avocat qui s'en est déjà pris une part. L'avocat et les prêteurs sur caution me maquereautent. Ha, ha, ha... T'es au Bonaventure, hein ?

– Moi et le Grand Diesel.

– T'as cet enfoiré de cinglé avec toi, hein ? C'est un vieux dur et un balèze.

– Où est-ce que t'es ? Quand est-ce qu'on se retrouve ?

– J'ai quelques affaires à régler avant. Jusqu'à, disons, midi. Tu seras là ?

– J'y serai sans y être – mais si je sors, je ne resterai pas parti plus d'une demi-heure à la fois.

– T'as besoin d'un peu de blé ?

– Si l'avocat te laisse quelque chose.

– Je me garde toujours un peu d'argent pour mon champion. J'ai un bon coup pour toi.

– Oh, ouais.

– Ouais, ouais. Je t'en parlerai en détail quand je te verrai. Tu seras dans le coin ?

– Ouais.

Troy ajouta pour lui-même qu'il n'allait pas retenir son souffle à attendre Alex Aris alias Greco. Alex avait la réputation d'être toujours en retard. Une fois, la police s'était mise en planque devant un motel, attendant l'arrivée d'Alex. Celui-ci avait pris un tel retard que les flics avaient abandonné et refermé la souricière sur ceux qui attendaient. Alex était passé au volant de sa voiture, alors même que se déroulait la rafle. Au lieu de rejoindre le motel, il avait continué sa route. L'aventure n'avait rien ajouté à sa ponctualité.

Troy et Diesel dormirent jusqu'à midi, se firent monter le petit déjeuner dans la chambre, se douchèrent, se rasèrent, tout en attendant le coup de fil d'Alex Aris. Troy voulait sortir.

– Faut que je voie ma ville, dit-il. Il y a bien longtemps que je ne l'ai pas regardée.

– Et le coup de téléphone, alors ?

– Il arrivera bien en temps et heure, quand il l'aura décidé. Je ne vais pas l'attendre.

– Il ne fera pas la tronche si tu n'es pas là ?

– Bon Dieu, non ! Comment pourrait-il jouer à l'indigné, bordel de merde ?

Troy appela le standard de l'hôtel.

– Si quelqu'un nous demande, dites-lui que nous serons de retour vers dix-huit heures trente.

Troy et Diesel empruntèrent l'ascenseur sous bulle de verre à l'extérieur du bâtiment, passant d'un soleil brillant à l'ombre des canyons en contrebas. Les trottoirs de Figueroa regorgeaient d'hommes en costume trois-pièces/cravate et de femmes en tailleur. La rue était différente de celle qu'il avait gardée en mémoire. Il avait l'impression que tous les immeubles avaient poussé pendant son absence – trente, quarante, cinquante étages, aussi beaux que tous les gratte-ciel qu'il avait pu voir, même s'ils étaient nombreux à porter des noms japonais. Il avait lu que la moitié des immeubles de bureaux du centre-ville étaient la propriété de compagnies japonaises. Non que l'idée le tracassait : personne n'allait déménager lesdits immeubles de l'autre côté du Pacifique.

– Quel côté on va ? demanda Diesel.

– Tourne à gauche. On va remonter jusqu'à Broadway.

Broadway s'étirait sur sept blocs, direction est. Quand Troy était enfant, c'était l'artère principale de L.A. À l'époque, au milieu de la chaussée, circulaient des tramways jaunes sur rails. Il arrivait parfois que plusieurs d'entre eux se retrouvent bloqués aux intersections, à charger et décharger leurs passagers. Les tramways rouges de la Pacific Electric couvraient les zones de banlieue. Troy avait lu que General Motors, Firestone et autres avaient pris le contrôle des compagnies de tramways dans le but délibéré de les liquider, afin de pouvoir vendre pneus et bus au public. Qu'y avait-il de plus immoral, cela ou le braquage de trafiquants de drogue ?

– Tu sais une chose, Big D, un gus peut justifier à peu près tout et n'importe quoi le concernant... et c'est bien la seule chose qui importe finalement, pas vrai ? Je ne pense pas que quiconque ait le sentiment, en son for intérieur, de faire le mal.

– Me demande pas, mon frère. Je ne pense pas à ces conneries-là. Je pense à me faire un peu de pognon. Je veux dire, y a certaines choses que je refuserai toujours de faire, mais elles sont de moins en moins nombreuses quand l'enjeu en argent devient de plus en plus important.

Troy éclata de rire et allongea une tape dans le dos de son copain. Diesel en éprouva un grand plaisir. L'opinion de Troy à son égard était plus importante que celle de quiconque.

Alors qu'ils traversaient la 7e et Olive, Troy se souvint du fourreur installé, jadis, au coin. Un soir de pluie, alors qu'il était adolescent, il avait balancé un parpaing dans la vitrine. Au milieu des hurlements d'alarmes, il avait passé un manche à balai par le trou et sorti un manteau de vison de la devanture. Le fourreur n'existait plus depuis bien longtemps, et le moindre commerce à avoir des marchandises de valeur possédait aujourd'hui volets métalliques et grille repliable en acier.

À chaque nouveau bloc le long de leur promenade, le nombre des costumes-cravates diminuait, celui des enseignes en espagnol augmentait. Chaque coin de rue avait son mendiant, pour la plupart des Noirs sales en guenilles, un gobelet en polystyrène à la main, avec de temps à autre un Blanc qui venait faire tache dans le lot. C'était là une nouveauté pour Troy. Lorsqu'il était parti, les choses en allaient différemment. À moins de deux kilomètres à l'est se trouvaient les missions d'aide et de secours pour les sans-domicile. À cette époque, ceux qui s'offraient leurs services s'aventuraient rarement très loin, et certainement pas vers les immeubles de bureaux à l'ouest. Un Noir aux yeux chassieux était assis sur un seuil de porte, un chien à ses pieds. Troy se palpa les poches et se tourna vers Diesel.

– Donne-moi quelques billets d'un dollar.

– J'ai qu'un billet de cinq.

– Donne-le-moi.

Troy tendit les cinq dollars au Noir avec le chien lorsqu'ils passèrent devant lui.

– Dieu te bénisse, mec, fut sa récompense.

– Je me dis une chose, expliqua Troy à Diesel, si un pauvre connard sans domicile est capable de s'occuper d'un chien, faut que je fasse quelque chose pour lui. Et en plus – il eut un large rictus en pensant à la chose – ça peut peut-être me donner un bon karma.

Il n'y croyait pas vraiment – à cette idée que la destinée acceptait les contrats – mais pourquoi rendre les probabilités pires encore ?

Devant eux, Troy vit les enseignes : DIAMONDS AND GOLD – BOUGHT AND SOLD – diamants et or – achat et vente. Il s'agissait du marché diamantaire de la Côte Ouest, des bijouteries à la file, en veux-tu, en voilà, chacune scintillant d'or et de joyaux précieux. Nombre d'entre elles avaient aujourd'hui des gardes de sécurité qui tenaient salon dans les entrées. C'était nouveau, mais au moins, ce n'était pas aussi méchant qu'à New York, où les boutiques le long de la 5e et de Madison Avenue gardaient portes closes et ne laissaient entrer les clients qu'après inspection. C'était déjà comme ça lors de sa dernière visite quinze années auparavant. De ce qu'il en avait lu dans *Newsweek*, les choses ne s'étaient pas améliorées.

– Tu t'en es fait une de celles-là, non ? dit Diesel.

– Pas ici. Sur Wilshire Boulevard. Elle n'existe plus.

– T'as ramassé le paquet, non ?

– Pas une fois le partage effectué.

Ils atteignirent Broadway et tournèrent au nord en direction du centre administratif municipal distant d'une demi-douzaine de blocs. C'était une rue que Troy avait arpentée depuis son enfance. Entre les 3e et 9e Rues, Broadway offrait une demi-douzaine de cinémas, sans parler du Paramount de la 6e et du Warner's Downtown sur la 7e et Hill. Certains week-ends, il venait là et se promenait jusqu'à ce qu'une affiche de film excite son imagination. Troy regardait maintenant les cinémas, ou ce qu'il en restait, et se souvenait des films qu'il avait vus, dans celui-ci ou dans celui-là. Il n'y en avait plus que trois à diffuser des films, les autres s'étaient transformés en fripiers ou en églises. Les prêches chrétiens en langue espagnole avaient épargné le Million Dollar, l'un des premiers grands cinémas de L.A. Disparue, elle aussi, la maison mère des Grands Magasins Broadway sur la 4e Rue, mais ses descendants formaient une chaîne à travers toute la

Californie. De la même manière, le May Company et l'Eastern Columbia des origines n'étaient plus que de l'histoire ancienne. Qu'il était joli l'immeuble Art Déco vert qui les abritait.

La grande rue commerçante était aussi animée que jamais, mais les grands emplacements s'étaient vu transformer en bazars bon marché, les boutiques plus petites reconverties en devantures et étals ouverts, offrant des marchandises au rabais. Les Mexicains avaient toujours fait partie de la mosaïque de L.A. Toutes les enseignes étaient en espagnol, de même que la musique qui sortait des portes ouvertes.

– Nom de Dieu, t'es né ici, dit Diesel. C'est quoi, ça, L.A. ou T.J. ? (Il voulait dire Tijuana.) Ça ressemble pas au pays des Beach Boys.

Troy éclata de rire devant son cynisme. À une époque, la Californie du Sud n'était pas loin de ressembler au paradis ; aujourd'hui, elle donnait l'impression d'un avant-poste du tiers-monde – non pas à cause de la couleur des peaux mais par son analphabétisme, sa pauvreté, la disparité de ses classes sociales. La capacité de s'assimiler aux vertus de la petite bourgeoisie avait été battue en brèche. Sur la 4e et Broadway, ils s'arrêtèrent pour regarder à l'ouest. À un bloc de distance s'élevait une colline basse. Jadis, le célèbre funiculaire sur rails de L.A., Angel's Flight – le Vol de l'Ange–, remontait depuis Hill Street jusqu'au sommet, vers ce qui avait été par le passé des résidences victoriennes et s'était transformé, dans sa jeunesse déjà, en pensions de famille. Aujourd'hui, Angel's Flight avait disparu, tout comme les pensions de famille, remplacées par un assortiment de verre saumon et argent et d'aluminium étincelant au soleil brûlant de Californie du Sud, qui évoquait pour Troy, d'une certaine manière, la Cité d'Émeraude du *Magicien d'Oz*. Les immeubles étaient d'autant plus imposants qu'ils se dressaient au sommet d'une colline ; ce qui les faisait monter plus haut encore vers le ciel. Les tours étaient le symbole d'une richesse plus grande que jamais auparavant.

Elles contrastaient avec le rez-de-chaussée voisin, barré de planches, de la maison mère du Grand Magasin Broadway, vide, éventré, sans vie, hormis quelques rats dodus et un vagabond occasionnel. Dans sa jeunesse, les riches possédaient une Cadillac et les pauvres roulaient en Ford. Aujourd'hui, les riches se promenaient en limousines et les pauvres poussaient des caddies dans lesquels s'empilaient des boîtes de Coca-Cola recyclables.

– Putain de merde, marmonna-t-il.

– Qu'est-ce que t'as ? demanda Diesel.

– Je marmonne tout seul dans ma bière, mon frère.

Il passa un bras autour de Diesel en signe d'affection.

– Hé, mec, est-ce que tu sais à quel point le monde est foireux ?

– Ça me plaît bien. Quand tout aura complètement foiré, c'est là qu'on trouvera notre place.

– Sans dec', tu peux le dire.

Ils se dirigèrent vers le centre administratif, où costumes et cravates étaient moins rares ; puis ils tournèrent à l'est sur la 2e Rue pour se retrouver bien vite au milieu des pauvres sans domicile ; les missions d'aide étaient trop petites pour contenir tous les nécessiteux et ceux-ci se fabriquaient leurs propres apparts en copropriété au moyen de caisses en carton qu'ils alignaient sur le trottoir, généralement devant les clôtures des parkings ou dans une allée où personne n'irait les embêter. Devant les portes de la mission s'étiraient de longues files d'hommes noirs. Troy ne vit que des Noirs.

Ils passèrent à côté d'un homme vendant des cigarettes à l'unité, disposées sur un cageot à pommes couvert d'une serviette, et au coin de rue suivant, une Hispanique au visage sombre d'Indienne vendait dans des gobelets des tranches de mangue ou de cantaloup pour un dollar pièce.

– Vise un peu, dit Diesel lorsqu'ils passèrent devant l'embouchure d'une allée.

Troy regarda. Trois jeunes Noirs se repassaient une pipe de crack, qui libère habituellement une odeur puissante, mais celle-ci était masquée par l'une des puanteurs les plus agressives qui soient au monde – la puanteur humaine. La ville n'offrait pas de latrines ouvertes au grand public, et les toilettes des édifices publics et de Pershing Square étaient fermées aux sans-domicile, de sorte que les clochards en haillons pissaient dans les allées, donnant ainsi naissance à une puanteur qui fit détourner la tête à Troy.

– Sûr que ces petits caves ont du cran, dit Diesel en parlant du trio fumeur de crack.

– Ch'sais pas. Est-ce que tu irais jusque-là pour les cravater ?

Diesel éclata de rire.

– Ch'sais pas. Peut-être pas. Je tomberais probablement dans les pommes si je devais renifler cette merde.

– Comment ça se fait que la pisse de chien sente pas ? Alors que la pisse des humains pue bien pire que celle des chats ?

– Putain, et comment je pourrais savoir, moi ? C'est toi qui lis des bouquins.

– Je ne sais pas non plus... Mais ça donne à réfléchir.

– Et si on réfléchissait au moyen de se faire du fric. Peut-être qu'y faudrait qu'on retourne à l'hôtel. Au cas où le Grec se pointerait ?

Ils continuèrent leur marche dans Los Angeles où, sur plusieurs blocs, les boutiques se spécialisaient en habillement masculin. Magasin après magasin offraient costumes, chemises et cravates.

– Un gus pourrait s'offrir de belles fringues dans le coin.

– Ouais, s'il sait ce qu'il fait. C'est toujours très chouette en vitrine. Quand t'es passé une ou deux fois au nettoyage, c'est là que tu vois la vraie classe.

– Un peu comme la vie, on pourrait dire, dit Diesel.

– Nom de Dieu, mon frère, mais y a du philosophe en toi.

– C'est ce qui arrive à l'imbécile qui traîne ses guêtres avec toi.

Il éclata de rire.

– Vaut mieux tourner ici et rentrer à l'hôtel.

Ils tournèrent au coin de la rue. Devant eux se tenait un jeune homme aux yeux égarés, vêtu d'un sweat-shirt recoupé à une épaule. Il avait les avant-bras hâlés et crasseux, alors que la peau au-dessus des coudes était pâle et blanche. Elle était couverte, tout comme le cou et la joue, de plaies circulaires qui évoquèrent chez Troy des morsures de teigne. Le jeune gars tendait un gobelet en polystyrène blanc et arborait, pendue autour de son cou, une pancarte : SIDA. Les plaies étaient des lésions cancéreuses.

La plupart des piétons faisaient un détour avant de continuer leur chemin, mais une Noire trapue et lourde s'arrêta pour ouvrir son sac à main. Troy et Diesel virent au passage qu'elle tendait à l'homme un dollar et une petite brochure chrétienne.

– ... Louez Jésus, fut tout ce qu'ils entendirent.

– Tu crois en Dieu, mec ? demanda Troy à Diesel.

– J'ai pas envie d'y croire, mais j'y crois. Tu sais, c'est à cause de ces foutues nonnes qui se sont payé mes miches depuis le tout début jusqu'à l'âge de huit ans ou à peu près. Elles m'ont planté ça tellement profond que j'arriverai jamais à le déraciner, quoi que je fasse.

– Tu vas aller en enfer, hein ?

– Ouais, c'est bien ça.

– Tu crois ça ?

– Naturellement que j'y crois. J'ai beau savoir, mais croire, ça va plus profond que savoir, je me trompe ?

– Quand tu crois, tu crois.

– J'espère juste que l'enfer est bien loin de là où je suis aujourd'hui.

* * *

De retour dans la chambre d'hôtel, le signal lumineux des messages brillait sur le téléphone. La standardiste leur dit que l'appel venait de « Larry ». Il se trouvait en ville et les appellerait le lendemain matin.

Troy serait bien ressorti, mais Diesel avait mal aux jambes d'avoir trop marché, aussi décidèrent-ils de rester dans la chambre et commandèrent *Dracula* sur la chaîne câblée de l'hôtel.

La créature malfaisante se faisait chasser d'Angleterre lorsque le téléphone de la chambre sonna. C'était Alex Aris. Le Greco arrivait par la voie express du port.

– Vous voulez manger ? demanda-t-il.

– Je voudrais causer, ça, c'est sûr, dit Troy. Pour voir un peu ce qu'on va faire.

– Ça roule, mec. Où tu veux qu'on se retrouve ?

– Qu'est-ce que tu dirais du Pacific Dining Car ? Ce n'est pas loin de l'hôtel. On pourrait y aller à pied.

– Je n'irais pas me balader à pied dans le coin le soir. Plus aujourd'hui.

– J'ai passé ma vie à me balader par ici.

– Les choses changent... et ce quartier-là a vraiment changé.

– Qu'est-ce qui est arrivé à tous les vieux pensionnés ?

– Ils ne sont plus là. Laisse-moi te dire un truc, c'est le quartier le plus violent de tout L.A. Rien que des mecs d'Amérique centrale... pas les Chicanos qu'on connaissait dans le temps. Imagine-toi un pauvre connard du Nicaragua. Tous les matins, il sort de son village et y a trois ou quatre cadavres, les pouces attachés, et des mouches collées au trou qu'ils ont dans le crâne. Quand ils voient des saloperies comme ça à l'âge de cinq ou six ans, un flinguage par la portière d'une bagnole à L.A., c'est que dalle pour eux. Je sais que t'es capable de veiller sur toi comme un grand – mais si j'étais toi, je n'irais pas me balader à pied dans le quartier la nuit.

– O.K., tu m'as convaincu. Combien de temps avant que t'arrives ?

– Je passe Florence Avenue. Disons vingt minutes.

– O.K., je me prépare.

* * *

Le Pacific Dining Car, sur la 6e Rue, à quelques blocs à l'ouest de la voie express de Harbor, était un lieu obligé de L.A. qui remontait loin dans le passé. En 1921, lorsqu'il s'était ouvert, c'était un wagon de chemin de fer sur cales qui servait des repas. Au fil des années, il s'était agrandi pour devenir l'un des grands restaurants à steaks de L.A. Il était suffisamment proche de l'Hôtel de Ville et du centre pour que s'y traitent nombre de marchés magouillés et d'affaires douteuses, dans l'une de ses nombreuses salles. Il avait prospéré alors même que les quartiers environnants se transformaient en *colonia* d'immigrants d'Amérique centrale, connaissant le taux de criminalité le plus élevé de toute la ville. Le Pacific Dining Car était un avant-poste de richesse cerné par la pauvreté. Tous ses clients y arrivaient en automobile. Le parking était un lieu sûr, entouré de clôtures, où officiaient des chasseurs en gilet rouge.

Troy laissa sa voiture aux bons soins de l'employé et prit le ticket. En sortant du véhicule, il fit un inventaire mental rapide et décida qu'il n'y avait rien qu'un employé de parking pourrait voir. Diesel avait placé un 9 mm tenu par une agrafe sous le tableau de bord, mais le mec n'allait pas passer sa main là, même s'il jetait un œil à la boîte à gants. Piz the Whiz – l'Expert – plaçait les voitures dans un parking à Vegas, et il s'était servi de la clé pour ouvrir le coffre pendant l'absence du propriétaire. Le coffre contenait trois cent dix mille dollars répartis dans trois boîtes de carton. Piz quittait son poste vingt minutes plus tard. Il avait emporté les trois boîtes chez lui – et n'en avait jamais entendu parler. Jamais il n'avait demandé : « Et la Cadillac bleue, alors ? Le mec est reparti, et c'est tout ? » Personne au grand jamais ne s'était plaint, n'avait posé de question, ni ne s'était comporté comme si la chose s'était bien produite. Quelqu'un avait tout bonnement digéré la perte de trois cents bâtons sans une protestation. C'était complètement bizarre.

Troy se rappela l'histoire en entrant dans le restaurant, où un maître d'hôtel attendait près du guichet des réservations.

– Aris, dit Troy.

– Par ici, je vous prie.

Le maître d'hôtel lui fit franchir plusieurs salles jusqu'à une pièce sur l'arrière offrant deux boxes et deux tables. Alex s'était installé dans un box où la table était mise pour deux. Lorsqu'il vit Troy, il se leva et l'accueillit avec un grand sourire et les deux hommes se firent l'accolade. Leur amitié remontait à vingt ans, et en dépit de quelques disputes, ils savaient respectivement que l'autre était un ami à la vie à la mort, chose rare dans l'expérience des hommes de la bourgeoisie. Il n'existait ni façade ni besoin pour faire obstacle entre les deux hommes, pas plus qu'ils ne se jugeaient mutuellement pour quoi que ce soit ; ils étaient amis comme seuls les voleurs peuvent l'être.

– Hé mec, heureux de te voir, mon frère, dit Alex. Pour sûr qu'ils ne t'ont pas câliné les miches tout ce temps, pas vrai ?

– Je ne leur en veux pas, dit Troy. Ce n'était pas de la justice, mais ils savaient ce qu'ils faisaient, pasque je vais pas tarder à me farcir quelqu'un et à le nettoyer jusqu'à l'os.

– Assieds-toi, mec. Tu veux un verre ?

Troy s'assit et tourna la tête. Le garçon s'approcha immédiatement.

– Donnez-moi un café-cognac, dit Troy.

Le serveur s'en fut.

Ils se regardèrent de plus près. Troy vit des changements passés inaperçus lors de la visite du Greco. Des changements qui s'étaient produits au cours des quatre années écoulées, depuis que la Cour Suprême de Californie avait invalidé sa condamnation. Elle avait jugé à l'unanimité que la police n'avait pas le droit d'enfoncer sa porte afin de l'arrêter simplement parce qu'il était libéré sous condition et, en conséquence, privé de droits civiques. Aux termes de la section 844 du Code pénal, il leur fallait toujours frapper à la porte et annoncer leurs intentions. La perquisition sans mandat était une violation manifeste du Quatrième Amendement. Le juge le savait, mais il savait également que s'il rendait un avis en ce sens, il lui faudrait exclure des pièces à conviction les six kilos de cocaïne saisis par la police. La cocaïne éliminée comme preuve, l'État n'avait plus d'affaire ni d'inculpation. Le juge avait rendu un avis défavorable au Greco en sachant que son jugement était contraire à la loi, mais touchait au plus juste l'opinion publique. S'il avait exclu les pièces à conviction et rejeté les accusations, il aurait été susceptible de perdre son siège au barreau lors de la prochaine élection. L'affaire avait eu quelque retentissement. Il devait expédier Alexander Aris en prison, là où était sa place. La chose avait beau être contraire aux termes de la loi, il laissait ainsi toute liberté à une cour d'appel d'annuler son jugement et de relâcher l'inculpé.

Troy était en prison lorsque Greco était arrivé et il s'y trouvait toujours quatre années plus tard lorsque la plus haute instance judiciaire de Californie avait déclaré la perquisition illégale et renvoyé l'affaire devant le tribunal. Troy se souvenait de la forme splendide du Greco lorsque celui-ci était monté dans le car des Services du Shérif du comté de Los Angeles, pour être présenté à nouveau devant le tribunal.

Greco avait vieilli depuis. Troy ne l'avait pas revu jusqu'à sa visite, mais il avait entendu dire, par le téléphone arabe de la pègre, que Greco avait bien du mal à remonter la pente. Il avait perdu un chargement de soixante kilos lorsque son passeur s'était fait choper. Un pote du pénitencier avait mangé le morceau sur le lieu de la planque pour échapper à la prison sur une inculpation de conduite en état d'ivresse. C'est uniquement un coup de chance que Greco ne se soit pas trouvé sur les lieux lorsque la descente de police s'était produite. Il s'en était fallu d'un cheveu. Ce qui, ajouté aux déceptions, l'avait prématurément vieilli : ses cheveux étaient tout gris. Fut un temps où il était d'une élégance classique ; il avait toujours une allure distinguée, mais la vie et ses dures vicissitudes s'inscrivaient sur son visage hâlé en marques et plis creusés.

Greco regarda Troy.

– T'as l'air plutôt en forme.

– La prison préserve ses clients. Pas de gnôle, pas de drogue.

– Hé, mais c'est tout moi, ça.

– Ouais, bon, disons, un petit coup de gnôle maison. De temps à autre, une dose de came. Mais tu ne peux pas satisfaire tes mauvaises habitudes au pénitencier.

– Sauf quand tu t'appelles Vito. Tu te souviens ?

– Sûr que je me souviens de ce dingue d'enfoiré aux yeux verts.

– Il a réussi à devenir accro en taule. Il avait son réseau de distribution bien en place avant qu'ils le bouclent.

– Mec, de toutes les tuiles méchantes qui peuvent te tomber dessus, celle-là est la plus dure.

– Qu'est-ce que tu as entendu dire de Pelican Bay ?

– C'est à ne pas y croire. Ils leur injectent la haine à fortes doses. Ils fabriquent des monstres là-bas.

– C'est bien ce qu'ils veulent, ces imbéciles.

– Ils croient qu'ils peuvent arrêter le crime en leur cognant dessus.

– Je sais. Je n'arrive pas à y croire, cette manière qu'ils ont de construire des prisons. Ensuite ils les remplissent de foutus connards sur des inculpations de rien du tout pour trafic de came. Ce sont des fous furieux qu'ils fabriquent avant de les lâcher dans la société. Comme s'ils faisaient pousser des malades en furie sous serre.

– D'un certain côté tu ne peux pas en vouloir aux bons citoyens bien réglos. Le crime leur colle la trouille.

– Hé, mec, à moi aussi, ça me fiche la trouille, dit Alex. Tu me connais, tu sais que je ne suis pas armé quand je commets un crime. Pas de vol ni...

– Et ça me fait bien chier, l'interrompit Troy. Pasque je préférerais de loin t'avoir avec moi plutôt que Mad Dog McCain.

– C'est ce mec que t'as avec toi ?

– Ouais, acquiesça Troy.

– Oh, merde ! En tout cas, pour en revenir à ce que je disais. J'ai beau détester les armes à feu, il m'arrive de me balader avec un .38 à canon court quand je dois me rendre dans un coin méchant. Je ne ferais jamais ça si ces enfoirés se contentaient de prendre le fric. Les jeunes Négros, aujourd'hui, ils tirent dans le tas de toute façon. Ça leur donne du prestige quand ils dessoudent quelqu'un. Ç'a pas d'importance sur qui ils tirent, même si c'est une dame âgée ; ils y gagnent du respect malgré tout. Mais rien à foutre de tout ça. Comment tu te sens, mon frère ? T'es prêt à passer à l'action ?

– C'est la forme, dit Troy. Mais je me sentirai vraiment bien quand j'aurai de l'argent.

– C'est la raison de ma présence. Prends ça.

De la poche intérieure de sa veste, Alex sortit une enveloppe étroite gonflée de billets de cent dollars.

– Cinq bâtons, dit-il. Je les décompterai du butin quand on aura fait notre premier coup.

– Ça marche, dit Troy qui plia l'enveloppe avant de la mettre dans une poche latérale. Où ça en est, les braquages de came ? Est-ce que je vais voir l'avocat qui doit nous tuyauter ?

– Y veut rencontrer personne. Tu peux comprendre ça.

– Je ferais la même chose à sa place. Dis-moi un peu le genre de mec que c'est.

– C'est lui le grand expert dans les affaires de drogue. Ils se l'arrachent tous. Il en connaît plus sur les saisies, les fouilles et les perquisitions que n'importe qui. Il était adjoint du Procureur des États-Unis, il requérait dans les procès de drogue – mais il se ramassait des clopinettes pour sa peine alors que les avocats de la défense s'enrichissaient. Il a changé de camp.

« Il a commencé à se gagner du fric à la pelle et il a acheté une grande maison pour sa femme et ses mômes. Puis il s'est trouvé une petite poulette, un joli petit morceau de minette qu'il entretient dans un bel appart de Century City. La fille le tient par la queue, et elle aime ce qui est cher. Il a besoin d'argent pour que sa femme n'en sache rien... et donc il est prêt à manger le morceau et à aider à dévaliser ses clients.

– Penses-tu que cela soit couvert par son éthique professionnelle ?

– Quoi ?

Greco vit alors qu'il s'agissait d'une blague et gloussa.

– Je sais pas. Ç'a rien à voir avec ce qu'il fait devant le tribunal.

– C'est vrai, ça.

– Ce qu'il a comme infos, c'est toutes les conneries que lui adresse le gouvernement dans le cadre des communications légales de documents aux deux parties... alors il est au courant de tout, et en plus, il est bien introduit, ce qui fait qu'y en a certains qui laissent échapper des choses. Y a un Négro à Compton qu'on surnomme Moon Man, l'Homme-Lune. Avant, il avait pour sobriquet Balloon Head, Tête de Ballon, mais aujourd'hui, il a bien trop de came, alors on l'appelle Dieu. Il est fier d'être stupide. Il dit à l'avocat : « Si vous êtes aussi intelligent et moi tellement stupide, monsieur le Péquenot, comment ça se fait que j'ai vingt, trente millions, et que c'est vous qui travaillez pour moi ? » Tiens, voilà un autre truc, dit Alex en tendant la main sous lui pour sortir une chemise.

Elle contenait le dossier complet établi par le Service de Répression des Stupéfiants contre Tyrone Williams.

– Mon gars l'a obtenu dans le cadre d'une communication de documents aux parties.

Troy ouvrit la chemise. Au dos de la couverture était fixée une photo anthropo d'un jeune Noir au visage rond, tête relevée, menton redressé en signe de défi furieux. Il avait les yeux globuleux, état pathologique répondant à un nom que Troy connaissait mais dont il ne se souvenait plus. La raison de son surnom, l'Homme-Lune, sautait également aux yeux.

À feuilleter le dossier, Troy se forgea une impression plus qu'une image claire – et l'impression laissait précisément entrevoir ce que Troy s'attendait à trouver. Les prisons débordaient de jeunes Noirs qui avaient la même histoire, nés dans le ghetto de mère adolescente, élevés dans les lotissements de l'assistance, nourris grâce à des tickets d'alimentation, en échec scolaire total, première arrestation à neuf ans, et fréquemment ré-arrêtés par la suite. Il avait été expédié en maison de redressement pour avoir arrosé un chien d'essence à briquet avant d'y mettre le feu, renseignement qui ne fit qu'accroître le mépris de Troy, plus encore que s'il avait enflammé un être humain. Il avait été relâché à dix-huit ans, et au cours des quatre années écoulées depuis, avait été arrêté à deux reprises pour meurtre sans avoir été inculpé ni poursuivi, et accusé de possession de drogues à fins de revente. Le mandat de perquisition n'avait pas été établi dans les règles, les pièces à conviction avaient été supprimées du dossier au terme des règles de non-recevabilité, et, en conséquence, l'affaire avait été abandonnée.

– T'as besoin de récupérer ce dossier ? demanda-t-il.

– Non... mais tu colles cette merde aux chiottes et tu tires bien la chasse quand t'auras fini de la regarder. Voici quelques adresses. Il est en train de restaurer une vieille résidence dans le quartier de Lafayette Square. Tu sais où c'est ?

– Hé, mec, y a personne au monde qui connaît mieux L.A. que moi.

– Il a quatre voitures et le mec qui lui sert de chauffeur et de garde du corps fait dans les cent quarante kilos. Il aime se déplacer dans sa nouvelle Fleetwood Brougham, mais pas quand il se rend dans le ghetto. Il ne garde rien à son adresse de Lafayette. Il planque probablement ça à l'une de ses autres adresses. Y va falloir que tu trouves laquelle.

Troy acquiesça.

– Peux-tu nous trouver quelques uniformes de policiers ?

– Ouais. J'ai un mec qui bosse dans un entrepôt de location de costumes pour le cinéma. J'ai vu tout un rayon d'uniformes de policiers.

– Y va m'en falloir trois.

– Qui d'autre t'as avec toi – à part ce putain de fou furieux. Ça me gêne pas qu'un mec soit un peu bizarro. Putain de merde, ça explique pourquoi il est criminel, parce qu'il a la tête foirée. Mais ces gus paranos, y me rendent nerveux. Garde-le à bonne distance de moi.

– Je sais comment m'y prendre avec Mad Dog. Il m'aime.

– Ouais... bon, mais est-ce que quelqu'un de sacrément futé a pas dit que chaque homme tue ce qu'il aime.

– T'en fais pas... ce mec va pas me tuer... même pas en rêve. Mais il est sûr et certain qu'il tuera le premier venu si je le lui demande.

– Je crois qu'on ne peut pas prévoir ses réactions. Comme la nitroglycérine.

– Big Diesel Carson, de Frisco. Tu le connais, non ?

– Pas personnellement. Je l'ai vu combattre un Négro en taule. C'était rigolo.

– Je me souviens... Dans la cour inférieure.

– Ouais. Il a perdu son sang-froid et il a commencé à mouliner à grands coups comme un fou. Il s'est retrouvé asphyxié, à court de jus, et le Négro l'a arrêté. Tout le monde était écroulé de rire.

– Lui parle pas de ça. Le mec qu'il a combattu était une fiotte, en plus, sucer les bites, il adorait ça.

– Oh, ouais, c'est vrai. Diesel s'est fait charrier comme un malade à cause de ça.

– Il a voulu suriner le mec après ça. Mais il a un peu plus de jugeote aujourd'hui. Ça doit faire trois ans qu'il est sorti de taule, il a une nana et un bébé.

– Mec, c'est le seul gars, j'aurais parié qu'y serait pas resté dehors trois mois. Ça lui était jamais arrivé avant, non ?

– Non, c'est un enfant de l'assistance. Il a eu de la chance cette fois-ci, il est devenu membre des Camionneurs, et Jimmy la Figure s'est occupé de lui. Il a même réussi à se libérer de sa conditionnelle.

– C'est super. Tout baigne pour lui.

Puis Alex changea de sujet.

– T'auras besoin d'artillerie ? Je connais un mec qui a des M-16 tout automatiques.

– Pas vraiment. On est armés jusqu'aux dents. De toute façon, je préfère les fusils à pompe. Un truc qui pourrait bien me servir, c'est des menottes.

– Pas de problème. Combien t'en veux ?

– Une demi-douzaine de paires. Je veux dire... s'y va falloir arrêter des trafiquants de drogue, on aura besoin de menottes.

– Tu les as. Hé, tu voudrais pas des cartes de crédit, par hasard ? Visa.

– Non – non. Je passe.

– C'est du bon, mec. Aucun danger.

– Je sais. Mais je suis déjà fiché, et ces connards ont fait en sorte qu'une infraction aux cartes de crédit soit égale à un meurtre quand t'as un casier. Autant que je taille et que je tranche, plutôt que de donner dans la finesse.

– C'est la rue qui sera ton tribunal, pas vrai ?

– Autant ça, tu crois pas ? C'est trop tard pour laisser tomber, à moins que je veuille devenir un numéro anonyme et je ne peux pas faire ça.

– Écoute un peu, dit Alex, quand tu iras dans le ghetto, fais gaffe à toi.

– Je fais toujours gaffe.

– C'est bien plus dangereux que dans le temps. Ces putains de loubards se baladent avec des pistolets 9 mm. Un 9 mm, c'est tout ce qu'ils demandent.

– Où est-ce qu'ils trouvent l'argent ? Les bons 9 mm, ça coûte cinq, six cents dollars. Ça représente un chèque mensuel d'allocations de l'assistance.

Alex éclata de rire.

– L'assistance ! Tu te laisses vraiment pas démonter, mon frère. Ils ne touchent pas tous des allocs.

– Je le sais bien. Et pourtant, bordel de merde, où est-ce que des gamins peuvent trouver une telle quantité de blé ?

– Le crack et la poussière... la poussière d'ange. C'est ça qui les rend encore plus cinglés. Ils n'ont plus aucun sens de la réalité. C'est le fait de tuer quelqu'un qui leur donne du respect... en tout cas, c'est ce qu'ils croient.

Troy opina du chef, acceptant l'avertissement. Alex Aris avait suffisamment arpenté la Grande Cour de San Quentin. S'il disait que les rues de la ville étaient plus dangereuses que par le passé, Troy devait respecter sa recommandation de prudence.

Alex consulta sa montre.

– Faut que je me casse. La route est longue jusqu'à Laguna.

Troy accompagna Greco jusqu'au parking. L'employé amena une nouvelle Jaguar décapotable. Troy lâcha un sifflement. Alex lui fit un clin d'œil.

– Le salaire du péché, dit-il en montant dans la voiture.

8

Après avoir étudié le contenu de la chemise et pris quelques notes codées que nul, lui excepté, n'irait déchiffrer, Troy brûla la chemise et mit les cendres dans une boîte à chaussures qu'il vida sur la voie express d'Hollywood. Une règle première pour une criminalité réussie est de ne pas garder d'archives. De n'avoir pas suivi cette règle avait détruit la présidence de Richard M. Nixon. Mais bon Dieu, qu'est-ce qu'il pouvait bien avoir en tête en enregistrant la conspiration ? Pourquoi n'avait-il pas détruit les bandes lorsque la merde s'était mise à voler ?

Troy commença son enquête sur Tyrone Williams, alias Moon Man, autrefois Balloon Head. Le mépris de Troy était pour une part envie. Moon Man Williams avait vingt-deux ans et son revenu était estimé à un million de dollars par mois. Probablement exagéré, décida Troy ; la police (et tout un chacun) avait une tendance certaine à l'inflation, soit pour s'enrichir soit pour augmenter son importance. Toujours est-il que Moon Man avait sorti 800 000 dollars pour se défendre avec succès lors de sa dernière inculpation. Il avait aligné 500 000 dollars en liquide en une journée. Il apparaissait que Moon Man achetait sa cocaïne par lots de cinquante kilos dont une quarantaine étaient transformés en crack. Apparemment il disposait d'une vingtaine de lieutenants et de jeunes loups dans son équipe. Certains gardaient la came au frais, d'autres fabriquaient du crack à partir de la coke, d'autres encore revendaient, les derniers faisant les livraisons. Il était difficile de dire qui était qui par de simples filatures. Il était difficile d'aller traîner dans le ghetto pour surveiller leurs faits et gestes. La nuit tombée, les seuls visages de Blancs visibles appartenaient à la police.

Troy planqua devant différentes adresses à différents moments de la journée, en essayant de comprendre la logique des événements qui se déroulaient. Il fila également Moon Man, s'arrêtant à un bloc de son domicile pour le suivre dans le ghetto pourrissant de South Central L.A. Le troisième jour, Moon Man se dirigeait au sud sur Vermont lorsqu'il s'engagea soudain dans une allée. Troy fut sur le point de virer dans la même allée lorsqu'il redressa au tout dernier moment pour continuer sa route. Il regarda dans l'allée au passage. Pas de doute, elle était longue et rectiligne. L'autre voiture, une vieille Pontiac, s'était arrêtée à mi-chemin et Moon Man inspectait les environs à la recherche d'éventuels suiveurs.

Au cours de sa filature suivante derrière la vieille Pontiac, lorsque celle-ci s'engagea dans l'allée, Troy écrasa l'accélérateur jusqu'au coin suivant et fit le tour du bloc. Il ne s'était pas trompé, Moon Man et son garde du corps sortaient une minute plus tard. Après cela, ce fut facile. Moon Man le conduisit jusqu'à un quartier qui n'existait pas dans le dossier. Quitter la voie express de Santa Monica à Crenshaw, descendre jusqu'à Adams, à l'est jusqu'à Budlong, et à nouveau au sud. Des rues méchantes où les chiens et les gamins vivaient en sauvages. Les graffitis défiguraient toutes les surfaces planes et les barreaux aux fenêtres étaient aussi fréquents que les vitres. Chaque bloc avait son magasin de spiritueux avec l'attroupement habituel devant sa porte. Les sans-domicile avec leurs caddies de supermarché étaient plus que nombreux.

La voiture de Moon Man s'engagea dans une allée à voitures entre deux rangées de bungalows sur cour.

Troy jeta un coup d'œil en passant devant l'allée. Pauvreté. Des enfants noirs, pauvres, qui couraient et hurlaient en jouant à la balle au pied. À l'arrière se trouvait la Pontiac. Les deux hommes en sortaient. Troy sentit qu'il s'agissait là d'une planque. Il écrasa le champignon et s'engagea dans le virage suivant avec un couinement de pneus. Peut-être pourrait-il se faufiler jusque-là en douce et voir quelque chose.

Devant lui, contre le trottoir, il vit une place de stationnement. Il s'y rangea et regarda aux alentours avant de sortir. Le quartier était misérable, des terrains vagues, un bâtiment en tôle ondulée, un immeuble d'habitation tout délabré. La seule personne qu'il vit fut un vieillard promenant son chien au bout d'une corde. Jamais l'homme ne regarda Troy. En sortant de la voiture, Troy se sentit rassuré par le pistolet et son étui-agrafe dans sa ceinture, sous sa veste. Il avait aussi l'insigne. Jadis la simple association du pistolet et de l'insigne permettait de tenir n'importe quelle situation. Toujours chargés de pouvoir, ce n'était plus des talismans absolus. Greco avait dit la vérité en déclarant que les rues de L.A. avaient changé. Les Américains comparaient leur pays aux pays européens, mais certains secteurs de L.A. ressemblaient bien plus à un taudis de Rio qu'à ce qu'on pouvait trouver de l'autre côté de l'Atlantique.

Troy tourna au coin de la rue parallèle à celle dans laquelle Moon Man s'était engagé. Il regarda les toits sur sa droite ; il voulait arriver derrière les bungalows sur cour. Il passa devant des demeures minuscules qui s'étaient vendues pour deux mille cinq cents dollars, sans premier versement, lorsqu'on les avait construites il y avait bien longtemps, à l'époque où le logement à L.A. était l'un des moins chers du pays.

Il arriva à une allée sans revêtement, creusée d'ornières par les roues des camions. Elle courait tout à côté du bâtiment en tôle ondulée derrière les bungalows. Il s'y engagea. Des débris de verre à moitié pulvérisé crissèrent sous ses pieds. Il fut assailli par la puanteur de la pisse humaine et se mit à respirer par la bouche. La nuit tombait et il faisait sombre dans l'allée. Il trébucha contre quelque chose, qui se mit à bouger.

– Hé, 'foiré, dit une voix. Gaffe où t'mets les pieds.

– Désolé, mec, dit Troy.

Il aurait dû emporter une torche électrique. Il était à cran, sens en éveil, mais calme. Il réagissait une fois les choses faites, mais pendant le déroulement de l'action, il était froid comme une banquise.

L'allée tournait et continuait derrière le bâtiment en tôle ondulée. De l'autre côté s'affaissait une clôture faite de planches. Il voyait les toits des bungalows au-dessus d'elle.

Un chien aboya d'une voix puissante et furieuse, mais il se trouvait à plusieurs cours de distance. Personne n'y prêterait attention à moins qu'il continue. Comment allait-il pouvoir franchir la clôture ? Elle donnait l'impression d'être prête à s'effondrer à la première tentative d'escalade.

C'est alors qu'il vit les planches manquantes. Les marques au sol lui montrèrent que c'était bien de cette manière que la clôture se franchissait. Il s'y faufila. L'espace entre la clôture et un mur de bungalow était chichement éclairé par la fenêtre arrière d'un voisin. Des voix... le bruit d'un poste de télévision.

Au coin du bungalow, Troy s'agenouilla et passa la tête à l'angle du mur, le visage au ras du sol, pour repérer l'endroit où il risquait le moins de se faire remarquer. Il voyait une partie de la voiture et des enfants traversaient en courant son champ de vision. Un rideau se gonfla au sortir d'une fenêtre brisée. De l'intérieur du logement lui parvint la voix de James Brown : « ... noir et je suis fier... Unnh ! »

– J'en suis heureux pour toi, frère James, murmura Troy.

Il entendait les voix excitées des enfants en train de jouer.

– Je t'ai *eu* ! Je t'ai *eu* ! s'écria l'un d'eux.

Une partie de cache-cache. Et si jamais l'un d'eux s'était caché là-bas sur l'arrière ? S'il se faisait repérer, lui, le Blanc en train de rôder, Moon Man allait croire qu'il s'agissait de la police et il ne remettrait plus jamais les pieds ici. Troy était certain qu'un des bungalows servait de planque à came – oui, mais lequel ?

Troy traversa le passage entre les bungalows et alla jusqu'au coin. Un espace étroit courait entre le mur et une vieille clôture grillagée à moitié couverte de lierre. Troy avança le long du mur. Les ordures s'amoncelaient jusqu'à hauteur des genoux et s'enfonçaient à chacun de ses pas. Il racla le mur. La vieille peinture allait laisser des traces sur ses vêtements. Rien à foutre. Il arriva à une fenêtre barrée. Elle était dans l'obscurité. Devant lui se trouvait une autre fenêtre d'où la lumière filtrait au travers d'un rideau tiré et des persiennes. Il se plia en deux sous la première fenêtre et avança vers la suivante. Il ne pouvait rien voir à l'intérieur mais il entendit des bribes de conversation : « ... enfoiré... Négro... et seize kilos... » C'était bien la planque à came, aucun doute là-dessus.

L'heure de partir. Il revint sur ses pas, plaqué contre le mur. Il se montra moins prudent et son pied chassa une bouteille qui rebondit sur le mur.

La maison fit silence.

Troy jura entre les dents et avança plus vite en écrasant une boîte en carton. Au lieu de se diriger vers le trou dans la clôture, il escalada celle-ci au coin. Elle se mit à vaciller et à branler sans toutefois s'effondrer. Il se laissa tomber au sol et reprit le chemin de la rue.

– Espèce de putains de mômes, fichez le camp d'ici, s'écria une voix.

Troy se mit à rire sans bruit et continua sa route, accompagné par les aboiements du chien tout proche en fond sonore.

Tout en démarrant, il commença à battre et claquer des doigts en rythme.

– C'est très bien tout ça. On va se le faire ce Négro. Ouais, poupée, y vont faire une sacrée gueule. Eh ben, y peuvent se gratter le cul, ça leur fera le plus grand bien.

Et d'avance, il éclata de rire à cette idée.

9

Diesel s'étudia dans le miroir. Il portait l'uniforme des Services du Shérif du comté de Los Angeles, barrettes d'argent incluses. L'uniforme était de bonne taille, mais les cent vingt kilos de Diesel débordaient à la taille de la chemise cintrée. Il se tourna vers Troy :

– Qu'est-ce que t'en penses, mon frère ?

– T'aurais pas ta place dans *Gentleman Quarterly*, mais ils n'y verront que du flic, crois-moi.

Diesel acquiesça. Il éprouvait une bien étrange sensation de se retrouver en uniforme de policier, mais si Troy était d'avis que c'était au poil, cela lui suffisait.

Mad Dog sortit de la salle de bains. Lui aussi arborait un uniforme d'adjoint.

– Et moi, alors ? dit-il en fixant sa cravate-agrafe.

– T'as l'air super, affirma Troy.

– Ouais. Je sens que ça va me plaire d'arrêter un Négro, dit Mad Dog, en ponctuant sa déclaration d'un éclat de rire.

Se trouvaient étalés sur le lit menottes, gants de chirurgien, deux téléphones cellulaires, et la torche électrique encapuchonnée de rouge. Troy aurait voulu un gyrophare réglementaire mais Alex avait été incapable de s'en procurer un immédiatement et une lumière aussi puissante était susceptible d'éveiller l'attention d'un des hélicoptères de la police qui croisaient perpétuellement au-dessus du ghetto de L.A. South Central. Les éclairs réguliers de flashes bleus seraient visibles du ciel à des kilomètres de distance.

Troy se saisit d'un des téléphones cellulaires.

– O.K. Je pars. Et vous, les mecs, vous démarrez dans à peu près une demi-heure.

– Pas de problème, dit Mad Dog.

Une fois Troy parti, Diesel alluma la télé pour essayer de se décontracter en regardant « Monday Night Football ». La première moitié du match était presque terminée et Dallas était en pleine attaque. Il fut vite captivé par le jeu et ne prêta aucune attention à Mad Dog lorsque celui-ci revint de la salle de bains avec un verre d'eau ; il sortit alors un mouchoir sale enveloppant une seringue jetable avec aiguille ainsi qu'une cuillère pliée, au dessous calciné. Il dépliait une « bonbonne » de cocaïne lorsque Diesel tourna la tête vers lui. Diesel se leva, regardant par-dessus l'épaule de Mad Dog pour s'assurer qu'il ne se trompait pas.

– Putain de merde, qu'est-ce que tu fabriques ? demanda-t-il.

– Ç'a l'air de quoi, bordel, à ton avis ? Je me fais un shoot de coke.

– Seigneur Jésus ! Putain de merde ! La coke, ça va te rendre cinglé, mec. C'est la dernière des saloperies à se prendre avant de faire un coup.

– Hé, mec, tu fais à ta façon, moi, je fais à la mienne. Cette came fait de moi le roi, y a rien au-dessus.

– C'est juste l'idée que tu te fais, rien d'autre.

– Ça me suffit. Ça fait ce que ça veut, c'est mes putains d'oignons à moi, t'vois ce que je veux dire, mec ?

Diesel étouffa l'envie soudaine de claquer Mad Dog d'un revers jusqu'à l'autre bout de la pièce. Il savait qu'il lui faudrait tuer le bonhomme s'il faisait ça – sinon, Mad Dog le tuerait dès qu'il aurait le dos tourné.

– Fais ce que tu veux, mec – mais ne viens pas faire foirer le coup qui nous attend.

– Je tiendrai ma place et je ferai mon boulot. Occupe-toi du tien.

Diesel acquiesça. Il allait devoir toucher un mot à Troy de ce dingue. Mad Dog se remit au travail, à se préparer sa dose.

Diesel se retourna vers la télé. Dallas venait de réussir un *touch down* qu'il avait raté. C'était la mi-temps. Il avait les yeux rivés à l'écran sans rien y voir. S'il se retournait pour regarder Mad Dog, il risquait de perdre son sang-froid.

Ils ne s'adressèrent pas la parole en sortant, direction la Chevy blanche de location. On aurait dit une voiture de police. La plaque minéralogique, collée à l'adhésif sur la plaque d'immatriculation d'origine, avait été volée dans le parking longue durée de LAX. Même avec des coupe-vent par-dessus leurs uniformes de policiers, ils ressemblaient encore bien trop à des flics pour filer Moon Man. Celui-ci les repérerait certainement avant qu'ils ne soient prêts à passer à l'action. Le suivre était le boulot de Troy. Eux attendraient devant un film dans un drive-in tout au bout de Vermont, à dix minutes de l'endroit où ils espéraient pouvoir coincer Moon Man contre le trottoir. Lorsque Troy les appellerait sur le téléphone cellulaire, ils passeraient à l'action et se rabattraient sur la cible. Il leur dirait où se rendre. Ils savaient ce qu'ils avaient à faire une fois sur les lieux.

* * *

Troy connaissait plusieurs endroits où Moon Man était susceptible de se trouver. La soirée commençait à peine lorsqu'il se mit en route, aussi passa-t-il d'abord devant les maisons en duplex style ranch de Baldwin Hills, l'un des plus agréables quartiers noirs qui soient dans toute l'Amérique. Les lumières étaient allumées et la Mark VII de l'épouse se trouvait dans l'allée à voitures – mais pas de Cadillac. Il s'arrêta ensuite devant une salle de billard sur Crenshaw où se rendait parfois Moon Man. Alors que la Mustang s'engageait dans le parking sur l'arrière, deux jeunes Noirs le suivirent d'un regard farouche. Les Blandins n'étaient pas les bienvenus dans le secteur. Troy sourit et les salua du geste comme s'il les connaissait; avant de regarder dans le rétroviseur tandis que les jeunes Noirs se tournaient l'un vers l'autre en se demandant qui il pouvait bien être.

Remonter Crenshaw, à l'est sur Florence, en plein dans le territoire des éliminations motorisées de Californie. L'automobile omniprésente permettait sans problème de transporter à même le plancher un fusil d'assaut, invisible depuis la rue. Le premier groupe de jeunes venu en territoire ennemi était cible bonne à abattre.

À Western Avenue, Troy tourna au sud. Moon Man s'était rendu une fois dans une église située au milieu des devantures de magasins et arborant sur le toit une croix rouge en néon. Il avait décidé de faire un saut jusque-là parce qu'elle se trouvait sur le chemin de la planque de cocaïne.

À un bloc de la croix de néon, se trouvait un magasin de spiritueux en coin de rue avec un parking brillamment éclairé. Il y jeta un coup d'œil au passage. La Cadillac était là, luisant sous les lumières, et le garde du corps de Moon Man s'en approchait, un sac au creux du bras.

Moon Man se trouvait-il dans sa voiture ? Troy était bien obligé de s'en convaincre. Il continua sa route, mais il ralentit considérablement en gardant les yeux fixés sur le rétroviseur. Apparurent des phares, qui s'engagèrent sur Western Avenue pour prendre la direction opposée. Il était obligé de faire un demi-tour. Rien à foutre de la ligne blanche continue.

Il écrasa les freins et fit son demi-tour, reconnaissant au fait que Western Avenue fût une rue large. Au départ il fut incapable d'identifier les feux arrière appartenant à la Cadillac. Il appuya sur le champignon et se faufila entre les voitures. Un automobiliste joua de l'avertisseur en signe de protestation, qu'il ignora. Habituellement, il conduisait avec prudence parce qu'il ne commettait pas de petits crimes – et pourquoi courir le risque de se faire arrêter pour une infraction au code de la route ? Ce soir il écrasa l'accélérateur et les cinq litres du V8 Ford le collèrent contre son siège en lançant la voiture vers l'avant.

Il s'approcha suffisamment pour repérer sa proie dans le lot lorsque son clignotant se mit en marche et ses feux de stop s'allumèrent. Cinq secondes de plus, et il manquait sa cible. Il se saisit du téléphone cellulaire. L'heure était venue de faire démarrer les

« adjoints ». Il les guiderait jusqu'à un point de rencontre. Tout portait à croire que ç'allait marcher. Merde et Jésus, et hourra pour les Blancs.

* * *

Dans la Cadillac, Moon Man n'avait pas la moindre prescience d'un danger imminent. La voiture était *clean*, si l'on exceptait le 9 mm dont le chauffeur était chargé – et il était payé pour endosser toute la responsabilité s'il se faisait choper avec une arme sur lui. Dans tous les cas de figure, ce n'était qu'un délit. Les soucis de Moon Man ne concernaient en rien les flics ou d'éventuels braquages, il avait des problèmes avec son épouse, toujours à raconter ses craques et ses conneries. Elle voulait le divorce et de l'argent. La salope faisait jamais rien, elle passait son temps à traîner dans l'appart et à bouffer ses saloperies de sucreries en le faisant suer : « Où tu vas, quand est-ce que tu rentres ? » Elle le soupçonnait de traficoter avec cette superbe salope de Tylene... Oh, mec, qu'est-ce qu'elle était chouette. Sa queue devenait aussi dure que l'arithmétique chinoise dès qu'il pensait à elle. La garce avait pas inventé la poudre, mais qu'est-ce que sa chatte était de première...

– Hmmm, mmm, mmm, marmonna-t-il confusément d'un air appréciateur.

À vrai dire, un mecton comme lui dans sa branche, tendu comme jamais à jouer un jeu toujours serré, ça devrait changer de pétasse dès qu'elle commençait à être un peu usée.

Devant la voiture, le feu passa du vert à l'orange. La Caddy ralentit et s'arrêta. Moon Man était à l'avant, à côté du chauffeur. Il tendit le bras pour allumer la radio. Il tomba sur du gangsta rap. Il fit la grimace et commença à balayer les stations à la recherche d'une musique plus douce.

La voiture fut inondée d'une lumière rouge. Oh, merde ! La flicaille !

Il se pencha en avant et regarda. Un adjoint du shérif agitait une torche dans leur direction.

– Rangez-vous, dit l'adjoint en ponctuant son ordre d'un mouvement de torche.

Le chauffeur tourna la tête vers Moon Man. Leur voiture était une Caddy avec un moteur Northstar. Elle les laisserait sur place. Devait-il écraser le champignon lorsque le feu passerait au vert ?

– C'est que dalle, dit Moon Man. Rien que des flicaillons de bouseux qui veulent se faire un Négro avec sa grosse bagnole. On est *clean*, pas vrai ?

– Oh, ouais... rien que le calibre.

– Range-toi. Garde les mains bien en vue. Y z'ont la trouille, mais y sont dangereux. Leur donne jamais l'occasion de dessouder un Négro. Pour les mecs comme nous, y z'ont des permis de chasse.

Moon Man avait une conviction absolue dans la véracité de ses paroles. Elle correspondait parfaitement aux faits tels qu'il les connaissait, à travers le prisme de ses expériences.

Le chauffeur traversa le croisement et se rangea à l'oblique contre le trottoir de l'autre côté. La Chevy blanche se rangea derrière lui et coupa le projecteur rouge. Moon Man se servit du rétroviseur pour suivre les mouvements des adjoints sortant de la voiture. L'un d'eux lui fit penser à une version télévisée du flic irlandais au gros cul. L'autre était plus petit. Ils s'approchèrent, chacun d'un côté de la Cadillac. Le cœur de Moon Man se mit à battre la chamade, mais il était confiant, convaincu qu'il s'agissait d'un contrôle de routine. Les flics blancs cherchaient toujours à savoir pourquoi un Négro se trimbalait en Cad, ou en Jag, ou n'importe quel autre type de charrette de prix. S'il s'agissait d'un véritable serrage et si les flics savaient qui il était, ils auraient déjà été noyés sous le nombre par une flopée d'agents du Service de Répression des Stupéfiants.

Le chauffeur baissa sa vitre. Diesel arriva et se plia en deux pour être à même d'inspecter les occupants du véhicule.

– Quel est le problème, chef ? demanda Moon Man.

Il était capable de jouer le jeu aussi bien que le premier crétin venu. Les Négros s'attiraient toujours des ennuis à râler et bavasser chaque fois que la police les obligeait à se ranger pour leur coller un P.-V.

Diesel ignora la question.

– Avez-vous votre permis de conduire, monsieur ? demanda-t-il au conducteur.

Le chauffeur hocha la tête et tendit la main pour se saisir du permis californien fixé au pare-soleil. Il le gardait là précisément pour ce genre de situation.

Diesel vérifia le permis de conduire et le lui rendit. Il regarda Moon Man.

– Vous, monsieur, avez-vous une pièce d'identité ?

– Moi. J'ai pas besoin d'une pièce d'identité. Mec, c'est ce qu'a déclaré la Cour Suprême l'année dernière. L'a dit qu'on n'avait pas besoin de porter de pièce d'identité.

– Monsieur ! le coupa Diesel. Puis-je voir une pièce d'identité ?

– Je veux dire... qu'est-ce que vous... oh, et puis, merde ! conclut-il d'un air exaspéré, avant de mettre la main, d'un geste furieux, à son portefeuille dans sa poche revolver. Ses mains tremblaient tandis qu'il fouillait dans ses papiers pour en sortir son permis de conduire.

Mad Dog était sur le trottoir, à regarder filer les voitures dans les deux sens. Quelques Noirs commençaient à s'assembler pour assister au spectacle, comme des brins de limaille attirés par un aimant. De l'autre côté de la rue, plus loin sur le bloc, la Mustang était dans l'ombre et Troy surveillait la scène. Tout se déroulait au poil. Le seul risque était qu'une voiture de police vienne à passer. La terre entière exploserait en morceaux si cela se produisait.

Diesel tendit le permis de conduire à Mad Dog.

– Vérifie-moi ça aux Sommiers, dit Diesel.

Il avait vécu la même scène un nombre suffisant de fois pour la jouer réaliste.

Mad Dog prit la carte et retourna à la Chevy blanche. Debout près de la portière conducteur, il fit mine de passer un appel tout en regardant pardessus le toit du véhicule la dizaine d'Afro-Américains rassemblés sur le trottoir. La plupart étaient de jeunes gars, les plus vieux avaient une vingtaine d'années. Il se trouvait quelques jeunes femmes parmi eux. Tous observaient avec une hostilité silencieuse les deux flics blancs occupés à mettre la main au collet de frères de couleur dans une belle caisse. Mad Dog éprouva un sentiment de peur. Les Noirs éveillaient toujours en lui plus de peur que les Blancs ou les Mexicains – non pas une peur dont eux pourraient tirer avantage, mais plutôt de celles qui le rendaient, lui, plus dangereux qu'un cobra dressé, capuchon gonflé. Il reluqua les spectateurs.

– Laissez partir nos frères, s'écria une voix.

Quelqu'un ajouta quelque chose. Mad Dog n'entendit pas le commentaire, mais il devait s'agir d'une vanne d'humour ghetto, car toute la troupe éclata de rire en entendant ce qui s'était dit.

Mad Dog retourna à la voiture. Tout avait été prévu. Il fit signe à Diesel de s'écarter du véhicule, comme pour s'entretenir avec lui.

– Tu vois Troy de l'autre côté de la rue ? demanda Diesel.

– Ouais. On se prend le gars, dit Mad Dog. Je vais couvrir le chauffeur.

Diesel s'avança vers la portière passager et l'ouvrit.

– Voudriez-vous descendre de la voiture, monsieur ?

– Quoi ? Pour quoi faire ?

– Voudriez-vous sortir, s'il vous plaît, d'une voix plus dure.

Mad Dog s'était posté à la vitre du conducteur, comme s'il regardait par-dessus l'épaule du chauffeur. Dans sa main, collé à sa jambe, il tenait un poignard de plongée affûté comme un rasoir. Si le gros mec faisait un clin d'œil de travers, Mad Dog lui plongeait le couteau dans le cou.

Moon Man, plein de colère et de peur confusément mêlées, sortit de la voiture. Il savait qu'il allait en prison, sans avoir la moindre idée du motif.

– Face à la voiture, les mains sur la nuque, dit Diesel.

Moon Man s'exécuta, et se sentit sombrer lorsqu'une main lui replia le bras dans le dos pour y verrouiller une menotte, avant de replier l'autre bras.

– Hé, mec, vous pouvez me dire de quoi il s'agit ?

– L'ordinateur dit que vous avez un nombre impressionnant d'avis de recherche pour violations du code de la route.

– Aah, mec, tout ça, c'est des conneries.

– C'est ce que dit l'ordinateur.

Moon Man appela son chauffeur.

– Appelle bobonne, descends jusqu'à la prison avec un paquet de blé et sors-moi les miches de là.

Le chauffeur, fort de ses cent quarante kilos, était toujours assis, les mains sur le volant. Le 9 mm qu'il portait sans permis sous le bras lui faisait l'impression d'être gros comme un ballon de football. Il acquiesça à l'ordre reçu, heureux de n'avoir pas été sorti de la voiture et fouillé.

Diesel se saisit du bras de Moon Man au niveau du coude, ce même geste que la police lui avait infligé vingt fois et plus, et guida le seigneur de la came vers la Chevy, où Mad Dog attendait, portière arrière ouverte.

– Hé, l'vieux richard négro, s'écria l'un des spectateurs, t'aurais dû les payer, tes P.-V.

Les autres éclatèrent de rire.

Diesel fit baisser la tête de Moon Man suffisamment pour lui éviter de se cogner contre le toit. Diesel était bien content de voir la foule menée par un comique plutôt que par un agitateur.

Moon Man était dans la voiture. Diesel claqua la portière. Mad Dog était déjà installé au volant. Diesel monta et opina du chef.

La Chevy blanche se mit en route. Diesel et Mad Dog en oublièrent leur antipathie mutuelle, pour l'instant au moins. Le premier acte était terminé. Ils avaient le connard à leur main. S'agissait maintenant de lui faire cracher le morceau avant de le nettoyer.

* * *

Moon Man regarda par la lunette arrière et fronça les sourcils.

– Hé, mec, où qu'on va ? C'est pas la route du poste.

– La ferme, dit Mad Dog.

– Putain de merde, mec. Je peux quand même demander où je vais, non ?

– Non.

– Nom de Dieu !

– La ferme.

Moon Man, penché sur le côté ainsi que l'exigeaient les menottes dans son dos, commença à hocher la tête en signe de colère. Qu'est-ce que c'était que cette merde ?

La Chevy suivait la Mustang. Troy fit en sorte qu'ils restent collés à lui. À une occasion, il fut obligé de franchir un feu devant lequel ils se trouvèrent arrêtés par le rouge. Il attendit de l'autre côté de l'intersection. Une voiture pie passa en sens inverse. Allaient-ils remarquer les uniformes des Services du Shérif ?

Le feu passa au vert. La Chevy blanche et la voiture-pie se croisèrent. La Chevy dépassa Troy. Lequel surveillait l'autre voiture. Qui poursuivit sa route. Un peu de chance ne faisait jamais de mal. Troy redémarra et doubla la blanche.

Lorsque les deux véhicules commencèrent à s'engager dans des rues latérales, Moon Man sentit qu'il ne s'agissait plus d'une simple arrestation pour infractions au code de la route. Pas une seconde il ne mit en doute le fait qu'il s'agissait d'adjoints du shérif. Son imagination l'emportait plutôt vers les brigades de policiers-braqueurs. L'idée d'avoir affaire à une équipe de voleurs blancs endurcis ne lui traversa jamais l'esprit. Il se serait peut-être posé des questions face à deux Négros en uniforme, mais pas devant deux Blandins.

Troy se gara dans le parking d'une usine. S'y trouvaient une douzaine de voitures pour une cinquantaine d'emplacements. La voie rapide de Harbor était suffisamment proche pour que ses bourdonnements noient d'éventuels bruits. Les rares bâtiments voisins étaient de petits ateliers et usines. Troy sortit de la Mustang et remonta jusqu'à la Chevy. Il ouvrit la portière arrière.

– Bouge-toi, dit-il à Moon Man, pistolet levé, bras tendu, de sorte que l'embouchure du canon se retrouva à quelques centimètres du globe oculaire de Moon Man.

Moon Man se bougea. Il se déplaça d'un bond sur le siège, tête baissée.

– Hé, mec! lâcha-t-il d'une voix criarde de pucelle.

Sur le siège avant, Mad Dog se mit à rire.

– Hé, mec, le parodia-t-il d'une voix de fausset. Ce Négro a laissé parler toute la salope qu'il avait en lui.

– Hé, mec, mais qu'est-ce qui se passe, mec?

– La ferme. Je te dirai ça dans une minute, répondit Troy en claquant la portière. Allez, roule, dit-il à Mad Dog.

Diesel tourna la tête par-dessus son siège. Ses dents brillèrent à la lumière quand ils passèrent sous le lampadaire.

Tandis que Mad Dog se dirigeait vers les bungalows sur cour, Troy joua sur la peur qu'il avait entendue dans la voix.

– Écoute un peu, mec, tu peux survivre à tout ça.

– Tu seras même pas obligé de cafter, dit Mad Dog.

– On va aller jusqu'à ta planque, là où tu gardes ta came. On va te conduire jusqu'à la porte, et toi tu vas dire au mec qui sera à l'intérieur d'ouvrir la porte. S'il ouvre, pas de problème, tout baigne. Sinon, je te fais gicler la colonne vertébrale par le bide. Tu vois ce que je veux dire, mec ?

– Hé, mec, je sais pas...

Avant même qu'il ait pu finir sa dénégation, Troy lui fouettait le nez d'un revers du canon de son pistolet. On entendit clairement le bruit du cartilage cassé, tout comme le cri soudain de douleur de Moon Man. Un nez cassé, ça fait mal.

– Oh, mec ! Nom de Dieu !

Il garda la tête baissée. Le sang coulait et dégouttait de son menton.

– Tu vas faire ce que je te dis, mec. T'as compris ?

– Ouais, mec, ouais. Hé, putain, je me colle du sang sur toutes mes fringues, mec.

– Tu pourras te racheter de nouvelles frusques demain.

Moon Man ne dit rien, mais il apprécia ce qu'il avait entendu. Cela signifiait que le chef de la troupe escomptait le savoir encore vivant demain.

– Écoute un peu, dit Troy alors qu'ils arrivaient dans le quartier de la planque. Tu pourras toujours te procurer de la coke et te faire encore plus d'argent. Mais t'auras jamais qu'une vie. Alors crois pas que tu vas pouvoir me rouler dans la farine. Je te tuerai. On te tuera tous les trois. Et vite ! T'as pigé ?

– Ouais. J'ai pigé.

– Très bien.

La Chevy s'engagea dans la rue du ghetto. Les phares éclairèrent le canapé déchiqueté abandonné au bord du trottoir et les ordures accumulées dans le ruisseau car le service de nettoiement envoyait rarement ses balayeurs dans le coin. Le vent s'était levé et avait fait rentrer chez eux ceux qui traînaient habituellement dans les rues. C'était une bonne chose.

– Sur la droite, ces bungalows.

Mad Dog ralentit et vira pour s'engager dans l'allée à voitures qui courait entre les bungalows. Elle avait jadis été goudronnée mais l'asphalte s'était usé par endroits et la voiture rebondissait dans les ornières à la lueur de ses phares à mesure de son avancée. Des enfants s'écartèrent à son passage comme une volée de moineaux avant de disparaître à côté des habitations.

Mad Dog s'arrêta devant le bungalow. Les trois hommes bondirent du véhicule, Mad Dog avec son calibre .12 à pompe, Diesel avec un MAC10 en garde basse.

Troy tendit le bras en arrière et tira Moon Man hors de la voiture. Un homme menotté prenait trop longtemps à sortir d'un véhicule si on ne l'aidait pas. Troy le guida jusqu'à la porte. Diesel et Mad Dog couvrirent ses arrières, mais ils ne virent rien à l'exception des gamins qui pointaient un œil curieux au coin d'un bâtiment.

Troy cogna à la porte.

– Dis-lui d'ouvrir, dit-il.

– Deuce Man, dit Moon Man. Ouvre la porte.

Pas de réponse.

– Dis-lui qu'on l'emmène pas au poste s'il ouvre.

– Y va jamais croire un truc pareil.

– Dis-lui quand même.

– Hé, Deuce, ces policiers disent qu'y vont pas t'embarquer.

De l'intérieur de la maison, leur parvint une voix.

– Pourquoi que tu les amènes ici, mec, bordel de merde !

– C'est pas moi qui a amené ces enfoirés. Y savaient où qu'c'était.

– Hé, Deuce ! appela Troy.

– Ouais.

– On te laisse partir si tu ne nous obliges pas à faire un grand trou dans ta porte.

Derrière lui, Diesel et Mad Dog surveillaient les portes de bungalows en train de s'ouvrir. Des visages apparurent. La foule se faisait plus nombreuse, l'hostilité croissante.

– Hé, flicard ! Laisse partir notre frère ! hurla une voix.

– Laisse-le partir ! Laisse-le partir ! reprirent d'autres voix.

– Vaudrait mieux qu'il ouvre, dit Troy en armant le chien du pistolet avant de placer le canon derrière la tête de Moon Man.

– Pour l'amour du ciel, espèce d'enfoiré ! Ouvre la porte ! hurla Moon Man d'une voix criarde.

– O.K., Moon ! Vaudrait mieux que c'est pas des conneries !

Le verrou fit un déclic, la porte s'ouvrit. Troy entra en force, tirant Moon Man derrière lui. Deuce était là, jeune Afro-Américain habillé de vêtements trop grands pour lui, le cou cerclé de chaînes en or. Il tenait les mains levées. Troy l'agrippa et le fit sortir brutalement par la porte.

– Casse-toi, mec. T'as eu de la chance.

Deuce descendit les marches en courant devant les deux adjoints en uniforme avant de disparaître dans la nuit. C'était super d'être libre. C'était presque un miracle. Son passage au milieu de la foule qui grossissait à vue d'œil sembla galvaniser les troupes. Quelqu'un ramassa un éclat de béton et le lança sur le bungalow. Il s'écrasa contre le mur avec fracas, faisant sursauter Troy.

– Faut se choper la voiture ! hurla quelqu'un. Et l'incendier, cette saleté.

– Arrête-les ! dit Troy.

– Très bien, dit Mad Dog, se retournant vers la porte, armé de son fusil.

– Ne tue personne, sauf si tu y es obligé, dit Troy, désolé d'avoir à faire cette recommandation.

Mad Dog avança sur le perron. Près de la voiture, quelques ados affublés de vêtements amples tout en plis essayaient d'arracher un chevron à une rambarde de la véranda du bungalow.

– Arrêtez ça tout de suite ! hurla Mad Dog en manœuvrant la pompe de son fusil.

Seule la recommandation de Troy l'empêchait de les arroser de plombs. À huit mètres, il en aurait fait de la chair à pâtée avec son double zéro. Le bruit reconnaissable entre tous d'un fusil que l'on arme réduisit les mômes au silence. Ils le regardèrent, les yeux exorbités, avant de se fondre dans l'obscurité.

– On va te tuer, putain de flicard ! hurla une voix dans les ténèbres.

À l'intérieur de la maison, Moon Man dit :

– Vous êtes dans la panade, mes cocos.

Diesel s'avança et lui écrasa son poing dans la figure. Un direct du droit, net et sans bavures, par un poids-lourd professionnel entraîné. Il fractura la mâchoire de Moon Man, qui tomba au sol sous l'impact, à genoux.

– Si on est dans la panade, t'es un homme mort, Négro !

– Laisse tomber, dit Troy. Vite !

Mad Dog revint sur ses pas.

– Dépêche-toi.

– Où est-ce ? demanda Troy.

– La salle de bains.

Un caillou fracassa la fenêtre. La maison se reçut un feu nourri de missiles.

– Laisse-moi en descendre queq'z'uns, dit Mad Dog.

Troy secoua la tête. Il tenait les menottes de Moon Man d'une main en gardant toujours le canon de son arme en place contre la tête de son prisonnier. Le trafiquant de drogue les conduisit à la salle de bains. Celle-ci était minuscule, et la porte de la douche en coin avait une fissure masquée à l'adhésif.

Moon Man indiqua quelques étagères intégrées.

– Soulevez tout l'ensemble.

Diesel poussa de l'avant, alla jusqu'aux étagères et souleva. Pots et flacons s'écrasèrent au sol tandis que tout l'ensemble de rayonnages était dégagé de son emplacement, exposant une niche de la grandeur d'une valise. S'y empilaient haut des sachets de polyuréthane remplis de poudre blanche. On aurait dit des sacs de farine blanche d'un kilo.

Diesel mit la main à sa poche et sortit un sac à provisions plié. Il commença à le remplir des sachets de poudre. Le sac eut vite fait d'être rempli. Restaient encore des sachets.

Tenant toujours Moon Man dans l'embrasure de la porte tandis qu'il surveillait Mad Dog à l'entrée avec un œil sur Diesel derrière lui, Troy dit :

– Attrape un oreiller dans la chambre.

– Tout de suite.

Diesel courut dans la chambre et revint au pas de course avec l'oreiller dont il était occupé à enlever la taie.

– Où est l'argent ? demanda Troy.

– Y a pas... d'argent, dit Moon Man.

Difficile de parler avec une mâchoire fracturée.

– Y a qu'à tuer cette ordure de menteur, dit Diesel en finissant d'empiler les sachets de cocaïne.

Il y en avait trente kilos. Le Greco leur avait promis vingt bâtons du kilo pour tout ce qu'ils récupéreraient. C'était trop pour qu'il pût avoir une idée de la somme au vu des circonstances et de la confusion ambiante, mais ça faisait beaucoup d'argent, de toutes les manières. Il se faufila vers la sortie, chargé de ses sacs.

– Va bien falloir que vous le tuiez, le Négro, pasqu'y a pas un putain de dollar ici, mec !

Était-ce la vérité ? La plupart des fourgueurs gardaient leur argent séparé de leur planque à came. Ils venaient de braquer pour trois cents bâtons de cocaïne. Pourquoi se montrer gourmands ?

Tandis qu'il réfléchissait, à quinze centimètres de son visage, un morceau de plâtre explosa, faisant gicler des éclats sur sa joue.

Il sursauta et tourna la tête. Il vit le trou. Une balle avait traversé le mur extérieur et le mur de la cuisine, ratant sa tête de peu. Son cœur eut un sursaut, cessant un instant de battre, puis Troy reprit toute sa maîtrise.

Moon Man avait baissé la tête.

– Enfoiré ! fut tout ce qu'il put dire.

Mad Dog passa la tête dans la cuisine.

– Y a un trouduc qui a une arme là-dehors.

– Sans dec' ? dit Troy, avant d'éclater de rire.

Et Mad Dog se mit à rire lui aussi.

Une autre balle traversa la pièce en façade. Le mur extérieur du bungalow ne l'avait même pas ralentie.

– Éteins la lumière, hurla Troy à Diesel, accroupi derrière un fauteuil capitonné.

Même un dur éprouvait du respect devant des balles qui volaient en tous sens. Il tendit le bras et arracha le cordon de la prise murale. La pièce en façade du bungalow se retrouva plongée dans l'obscurité.

Une nouvelle balle transperça le bungalow. Troy se dit qu'il devait s'agir d'une carabine à chargement par levier. Sinon, celui qui tiraillait aurait simplement lâché une volée de balles. Même un six coups tirait plus vite que le mec dehors.

Il était temps de quitter les lieux. Il relâcha Moon Man et se dirigea vers la porte d'entrée.

– Allons-y, dit-il en touchant Diesel à l'épaule avant de ramasser la taie d'oreiller.

Il alla vers la porte d'entrée qu'il ouvrit grand, restant en retrait dans l'ombre.

Lorsqu'il vit l'éclair de flammes suivant au sortir du canon de l'arme, il écrasa la détente à intervalles de deux secondes en visant l'origine de l'éclair. Simultanément, il se mit à avancer et franchit le seuil. Diesel venait en second, chargé de l'autre sac, et tiraillait de son MAC10 sur les bungalows, canon bien relevé de manière à ne toucher personne. Mad Dog y allait de sa danse sur leurs talons, pivotant dans un sens puis dans l'autre avec son fusil. Il tuerait la première chose qui viendrait à bouger mais il ne vit personne. Leur puissance de feu avait obligé leurs assaillants à se réfugier à couvert.

Troy ouvrit la portière côté conducteur et se glissa au volant. La clé de contact attendait. Il la tourna tandis que les deux autres s'entassaient à l'arrière. Le moteur rugit. Troy ramena brutalement le levier en marche arrière et écrasa l'accélérateur. Les pneus crachèrent leurs gravillons lorsque la voiture bondit en arrière, zigzaguant sur la trajectoire direction la rue : elle écrasa une poubelle au passage et abattit un poteau de clôture étroit avant que Troy pût contre-braquer et s'engager sur la chaussée.

Il passait en première et enfonçait l'accélérateur lorsque apparurent près d'un bungalow des silhouettes qui commencèrent à jeter des pierres. Quelques projectiles rebondirent sur le métal sans faire de dégâts ; l'un d'eux fissura une vitre latérale.

Les pneus brûlèrent leur gomme en crachant du gravier tandis que la voiture avançait en zigzaguant. Elle prit de la vitesse, tourna à un coin de rue, et disparut.

Ils parcoururent la longueur d'un bloc et Mad Dog annonça qu'ils n'avaient personne aux trousses. Tous trois éclatèrent d'un grand rire de soulagement.

Un peu plus tard, cependant, une fois qu'ils eurent changé de véhicule et qu'ils remontaient la voie rapide de Harbor en direction des hautes tours qui se pressaient au centre ville de L.A., l'adrénaline cessa de faire effet et Troy se sentit balayé par une grande vague de mélancolie. Il venait de réussir le plus gros coup de sa vie. Il allait pouvoir s'offrir tout ce que l'argent pouvait offrir : la liberté et des possibilités. Être aujourd'hui quelqu'un ou quelque chose en ce lieu nécessitait de l'argent, sauf si l'on se sentait des inclinations pour la vie monastique. Troy ne disposait pas d'autre moyen de se procurer de l'argent, aussi faisait-il ce qu'il avait à faire. Ce qui le laissait néanmoins plein d'un sentiment de vide. Il se mit à sourire pourtant lorsque ses partenaires éclatèrent de rire en lui donnant de grandes tapes dans le dos. D'ici quelques jours, ils allaient se partager quelque chose comme 360 000 dollars. Ce qui faisait beaucoup d'argent, même avec l'inflation.

10

Même à quatre heures du matin le Bicycle Club, casino à poker géant en bordure de la voie rapide de Long Beach, était envahi d'une telle foule que les joueurs devaient attendre pour trouver une place assise. On y jouait au stud poker à sept cartes et au lowball, mais le jeu le plus populaire était Texas Hold' Em, une variante de poker, échevelée et un peu nébuleuse, qui favorisait ceux qui bluffaient, s'engageaient sans logique et se reposaient sur la chance. Les nombreux joueurs offraient un mélange ethnique bigarré, fortement marqué d'Asiatiques, car la conscience du hasard dans l'existence était chez ces derniers profondément ancrée dans leur culture. Elle les incitait à se risquer aux jeux d'argent, à l'opposé de la tendance puritaine sévère qui avait toujours cours dans l'Amérique protestante. Le Bicycle Club avait la taille d'un terrain de football rempli de tables. Chaque table offrait sept places assises, et chaque siège de chaque table était occupé, tandis que sur les lignes de touche un tableau noir détaillait chaque partie et portait inscrites les initiales de ceux qui attendaient une place pour jouer. Le bourdonnement des éclats de voix s'ajoutait en contrepoint au cliquètement des jetons, interrompu de temps à autre par un juron ou une exclamation de joie.

Dans le box de la cafétéria s'étaient installés Troy et sa bande : ils buvaient du café et attendaient Alex Aris, en retard comme à l'accoutumée.

La serveuse vint les resservir en café.

– Tu ne crois pas qu'il lui est arrivé quelque chose, quand même ? demanda Diesel.

– Non, non, dit Troy. Je t'ai dit le genre de mec que c'était. Toujours en retard.

– Il irait pas se casser avec notre pognon, dis ? demanda Mad Dog.

L'expression de stupéfaction dédaigneuse de Troy rassura Mad Dog. Il repensa à l'argent une fois encore. Qu'en faire ? Il enverrait quelques bâtons à sa sœur. Elle avait le sida et vivait dans un mobile home délabré aux abords de Tacoma. Il pourrait aussi s'offrir une planante, quand tout ça serait terminé et qu'il pourrait se séparer de ses partenaires. Il avait ouvert un des sachets d'où il avait sorti une cuillère à soupe de cocaïne. Il s'offrirait un peu d'héroïne et se paierait une vraie défonce avec un panaché coke-héro – pour échapper un moment aux tourments de l'existence. Qui sait, il pourrait peut-être même devenir accro, avec plus de cent bâtons en poche.

Troy avait envie d'allumer un cigare, mais il avait vu un panneau sur les murs : les cigares étaient interdits dans l'enceinte du casino. Pas de cigares dans une salle de jeu ? Qu'est-ce que c'était que ces conneries ? Vegas aussi avait probablement changé. Seigneur, qu'est-ce qu'il aimait Vegas ! Il était capable de plonger dans la mer de néon et d'oublier le jour, l'heure, et tout le reste à l'exception des dés en train de danser sur la table de feutre vert. Il s'offrirait bien quelques jours à Vegas après leur numéro dans les bungalows. Ils s'en étaient tirés sans dommage, et il n'avait pas éprouvé la moindre peur pendant le déroulement du braquage, mais chaque fois qu'il repensait à ce qui s'était passé, comme en cet instant, un sentiment d'effroi nerveux lui remuait les tripes. Il jeta un œil à Diesel, dont les yeux voilés trahissaient les réflexions lointaines.

– Hé, le Mastard, dit Troy. Comment va ?

– Je vais super, mon frère. Tu sais ce que je vais faire de ma part, mec ? Je vais rembourser l'hypothèque sur ma baraque. Hé, est-ce que t'aurais un jour pensé que je deviendrais propriétaire de ma propre putain de maison ?

Le visage barré d'un grand sourire, Troy secoua la tête. C'était aussi peu probable que ça pouvait l'être.

– Tu changes en vieillissant. Encore un gros coup et tu auras repris ta place dans la société.

– Hé, c'est-y pas vrai. Je pourrais peut-être même voter Républicain.

Il s'interrompit un instant.

– Tu sais que j'aime pas l'avortement. C'est comme de tuer les bébés pour moi.

Troy acquiesça, se remémorant sa surprise devant la véhémence de Diesel sur le sujet dans la cour de San Quentin, lorsqu'il avait vu le Mastard prêt à la bagarre quand un détenu avait lancé une vanne sur l'avortement. C'était en contradiction avec tout le reste du personnage.

– Est-ce que tu votes ? demanda Troy.

– Oh, ouais. Je me suis inscrit sur les listes quand le môme est né. Les mecs à l'antenne de la Figure s'assurent que tout le monde est inscrit sur les listes électorales.

D'une certaine manière, Troy en fut surpris; c'était, à sa connaissance, le premier ex-taulard qui votait. D'un autre côté, il était facile de comprendre pourquoi l'antenne des Camionneurs s'assurait des inscriptions de ses membres sur les listes électorales. Il regarda en direction de Mad Dog dont les yeux étaient vides et l'esprit bien loin.

– Et toi, Dog ? Tu votes ?

Mad Dog poussa un grognement de dérision.

– Bon Dieu que non ! Rien à branler du vote ! C'est de la merde bonne pour les connards.

Les joues de Diesel s'empourprèrent brutalement. À l'instant précis où Troy voyait entrer Alex Aris.

– Le voilà, dit Troy en se levant pour se signaler du geste.

Greco les vit et s'approcha. Comme à son habitude, il était habillé avec une grande élégance, et arborait ce soir une veste en cachemire bleu foncé sur pantalon de flanelle grise avec revers et pinces à la dernière mode. Il souriait en se rapprochant de leur table. Troy se glissa sur la banquette de son box pour lui faire de la place.

– Comment ça va, les mecs ? demanda-t-il.

– À toi de nous dire, répondit Troy. C'est toi le porteur de nouvelles.

– Tu veux parler des trente kilos ?

– Bon Dieu, oui, tu le sais bien, mec. Nom de Dieu !

– Le mieux que j'aie pu trouver, c'est douze cinquante le kilo. Je croyais obtenir un peu plus, mais le putain de marché est inondé. Y me donnent trois cents bâtons et j'aurai le reste le week-end prochain.

– T'as trois cents bâtons dans la voiture ? demanda Mad Dog.

– Non, non. Y a bien trop de risques que je me fasse arrêter. J'ai ça à l'appart'. J'emmène Troy avec moi, j'irai les chercher quand on partira.

Oubliée, la colère de la minute précédente ; Diesel et Mad Dog souriaient de toutes leurs dents. Greco les regarda et décida que le moment était venu de parler des autres parts à distribuer – sans rien dire du fait qu'il avait effectivement obtenu treize mille cinq cents le kilo, et donc qu'il s'était déjà mis trente bâtons dans la poche.

– Et l'avocat ?

– L'avocat ? dit Mad Dog.

– Ouais... le baveux qui nous a désigné le coup au départ.

– Oh, ouais ? À ton avis ?

– Il devrait toucher vingt-cinq bâtons, et moi je devrais recevoir cinq plaques de chacun de vous, les mecs.

– Sans compter ce que t'as déjà eu ?

– Non, non, à déduire de ce que je toucherai au week-end.

Les trois hommes hochèrent la tête en signe d'assentiment.

– Ça roule, dit Troy.

– Je vous filerai la monnaie la semaine prochaine.

La serveuse apparut pour savoir si Alex voulait quelque chose. Alex secoua la tête.

– Je pars dans une minute.

Une fois la serveuse partie, Alex regarda Troy.

– Tu connais Chepe Hernandez ?

– Je l'ai rencontré une fois. Je connais mieux son frère.

– Lui te connaît. Il veut te voir.

– Pas de problème. Qu'est-ce qu'il veut ?

– Tu sais qu'il est à La Mesa.

– La taule de Tijuana ? demanda Mad Dog.

– Ouais. Il en a pris pour dix ans. Il pourrait sortir dès qu'il le voudrait, mais l'Oncle Sam lui a collé une inculpation sur les reins et ils font pression sur Mexico pour le récupérer. Tu sais comment ils te chopent les connards là-bas. Ils les enlèvent et les ramènent au pays. Rien à foutre d'un mandat d'extradition. Mais ils ne peuvent pas aller le choper et le faire sortir de La Mesa.

Troy opina. Il était à même d'apprécier le dilemme de Chepe. Une fois que les fédés l'auraient collé à Leavenworth ou Marion, il ne serait plus que de l'histoire ancienne. Les détenus placés en haute sécurité ne s'échappaient jamais d'un pénitencier américain. D'après les nouvelles directives sur les peines d'incarcération, un trafiquant de drogue international resterait en prison jusqu'à la fin de ses jours – affaire close. Troy se rappela que Chepe avait cinquante ans une décennie auparavant. C'était un mec facile à vivre, qui avait le sens de l'humour. Il avait commencé en vendant des joints dans Hazard Park sur Soto.

– T'as une idée de ce qu'il veut ? demanda à nouveau Troy.

– Qui sait ? Je ne pense pas qu'il veuille que tu tues quelqu'un. Ça, il peut l'avoir vite fait, et bien meilleur marché.

– Je ne tue pas sur contrat, dit Troy.

– Ça, je sais. Je lui ai dit. Il s'agit d'autre chose. Quelqu'un est en dette avec lui, je crois. En tout cas, il veut que je t'amène jusqu'à lui. J'y vais la semaine prochaine. Faut que je lui apporte une cuvette de toilette.

– Ils n'ont pas de plombiers là-bas ? demanda Mad Dog.

– Ce n'est pas pour Chepe. Merde, il a une suite comme au Hilton. T'es prêt à y aller ? Tu peux visiter et rester la nuit.

– Vous y allez, les mecs, dit Diesel. Moi, je vais rendre visite à bobonne et aller voir où ça en est avec Jimmy la Figure. Je vous retrouverai à la fin de la semaine.

Troy regarda Mad Dog.

– Toi et moi ?

Mad Dog acquiesça et ainsi en fut-il décidé.

– J'emmène Troy chercher le blé, dit Alex. Vous attendez à l'hôtel, les mecs.

* * *

En plus de sa Jaguar frime, Alex Aris conduisait également une Seville vieille de six ans. Elle était suffisamment élégante pour ne pas éveiller l'attention dans Beverly Hills, et en même temps assez vieille pour se fondre sans détonner dans South Central. Il était sans cesse en déplacement à travers toute la Californie du Sud. Personne ne travaillait avec plus d'acharnement à être criminel.

Une fois en route, Troy se demanda pourquoi il se sentait à plat. L'énorme coup qu'ils avaient réussi ne serait jamais signalé. Moon Man roulait sur l'or, il avait ses Négros prêts à tuer pour lui – mais leur univers marginal était marqué par la même ségrégation qui séparait la plupart des Noirs et des Blancs en Amérique. Moon Man ne saurait jamais qui lui avait fait ça. Il croyait probablement qu'il s'agissait de flics pourris. La moitié de la brigade des stups des Services du Shérif était inculpée pour chantage et extorsion sur les trafiquants de drogue, et vol d'argent et de drogue lors des arrestations. À une époque, un coup comme celui-ci l'aurait violemment excité. Qu'est-ce qui avait changé ? Pourquoi se sentait-il fatigué et déprimé ? Même s'il le savait, que pouvait-il y faire ? Il était trop tard pour changer. Il lui fallait continuer la partie ou se suicider ; mais il n'était pas déprimé *à ce point-là*.

– Comment tu t'entends avec Mad Dog ? demanda Alex.

– Il m'adore.

– Surveille ses miches de parano. Il est connu pour avoir livré des amis dans le passé. Tu te souviens quand il a poignardé Mahoney ?

– Je crois bien. Je devais être à trois mètres. Je me suis arrosé de café brûlant en essayant de me tirer de là.

– Lui et Mahoney étaient bons amis.

– Je sais.

– O.K. J'espère que j'aurai pas à le tuer pasqu'y t'auras descendu.

– Oh, non, ça n'arrivera pas.

Troy regarda les rues. Ils traversaient le quart sud-ouest de la ville sans fin. Une de ses petites amies avait habité ce quartier par le passé. Le secteur s'était complètement métamorphosé au cours de la décennie écoulée. Il s'était bâti après la Seconde Guerre mondiale et ses habitations s'étaient vendues sous l'égide de l'Administration fédérale au Logement et de la loi pour les G.I. Tout s'était détérioré, passant de maisonnettes rutilantes style ranch, quatre ou cinq pièces, que Norman Rockwell aurait pu utiliser pour ses illustrations de couvertures, à un monde bien plus proche des *colonias* telles qu'il les avait vues à Tijuana. Les pelouses manucurées étaient infestées de carrés marron de mauvaises herbes. Des canapés déchiquetés, détrempés par la pluie, gisaient abandonnés en bordure de chaussée. Les ordures s'accumulaient dans les ruisseaux et s'entassaient contre les clôtures, soufflées par le vent. Les murs étaient défigurés par les graffitis de peinture noire à la bombe. Une troupe de chiens errants avaient renversé une poubelle et fouillaient l'amas d'ordures. Ceci n'était plus la Californie du Sud, celle des chansons et des légendes. Ce qui lui rappela Chepe à Tijuana.

– C'est quoi cette histoire avec Chepe ?

– Je n'en sais pas plus que ce que je t'ai dit.

– Pourquoi est-ce moi qu'il veut ? Il a des *pistoleros* en veux-tu en voilà. Merde, il était copain comme cochon avec Big Joe et ces gugusses appartenant à l'Eme [1].

– Je crois qu'il a besoin de quelqu'un avec plus de jugeote.

– Bon, on verra bien ce qu'il veut.

– T'es jamais allé à La Mesa ?

– Non, non.

– Alors, attends-toi à une sacrée expérience.

Alex s'engagea dans un parc de mobile homes : rues étroites, mobile homes collés les uns aux autres, panneaux ROULEZ LENTEMENT, ATTENTION ENFANTS. Il se gara sur l'accotement.

– J'en ai pour une seconde, dit-il en sortant avant de tourner le coin.

L'attente fut plus proche d'une minute, mais ce fut rapide : Alex revint avec une grosse valise. Il la posa sur le plancher de la voiture à l'arrière.

– Trois cents bâtons, dit-il.

1. La lettre M en espagnol. C'est le nom que se donne la mafia mexicaine. (*N.d.T.*)

* * *

De retour au Bonaventure, Troy traversa le hall d'entrée chargé de sa valise et emprunta l'ascenseur. Diesel et Mad Dog l'attendaient dans la chambre. On ouvrit la valise pour vider sur le lit les liasses de billets. Des billets usagés, ramassés par toute la ville au creux de paumes suantes et rassemblés par coupures de même valeur en paquets noués d'élastiques. Le montant de chaque paquet était noté au crayon sur des morceaux de papier aux bords déchiquetés arrachés à un bloc-notes.

– Compte-les, dit Mad Dog à Troy.

– Prends ta part, dit Troy.

Les paquets n'avaient pas tous le même montant. Certains étaient notés 1 000 dollars en billets de cinq, d'autres 2 500 en billets de dix, mais la plupart étaient des liasses de 5 000 dollars en billets de vingt. En moins d'une minute, ils eurent chacun leurs 100 000 dollars. Diesel commença à entasser sa part dans un petit sac de voyage.

– Pendant que vous descendrez là-bas, les mecs, je rentre à la maison pour quelques jours.

– Ne laisse pas cette nana te prendre tout ton fric, dit Mad Dog.

Diesel interrompit la tâche qui l'occupait et fronça les sourcils.

– Et ça veut dire quoi ?

– Ça veut dire... tout ce que tu crois que ça peut vouloir dire.

– Messieurs, messieurs, dit Troy en s'interposant entre les deux hommes. Doucement, du calme. Arrêtez de vous chamailler sur rien.

– C'était comme qui dirait une petite vanne vaseuse, comme si j'étais un miché à sa pute ou queq'chose.

– Mec, t'es parano, dit Mad Dog avec un geste méprisant de la main en s'éloignant.

– Moi, je suis parano ! C'est pas la meilleure, ça, bordel ?

– Hé, hé, intervint Troy. Laissez tomber. Qu'est-ce qui va pas chez vous, les gars ? Vous êtes partenaires.

– Ah, mec, dit Mad Dog, juste pasque ce connard pèse une tonne et qu'il a été une sorte de champion de boxe à la petite semaine, y se prend pour un vrai méchant.

– Non, je ne suis pas méchant – mais je suis capable de me débarrasser des enfoirés qui me collent.

– Du calme, ordonna Troy.

– Pas la peine de me le dire. Dis-lui ça à lui. C'est lui qui a commencé.

– Je vous le dis à tous les deux... arrêtez là les conneries. Y a pas de quoi s'exciter.

Diesel tourna le regard vers Troy. Il avait le visage rouge, mais au bout d'un moment, il se détourna en marmonnant.

– C't'enfoiré de timbré qui me vanne un camion comme si j'étais une sorte de miché à pute.

– Laisse filer, Diesel.

– Hé, je te faisais juste marcher un peu, dit Mad Dog d'une voix grinçante et haut perchée. Va te faire foutre si t'es pas capable d'encaisser quand tu te fais un peu charrier.

– Hé ! lâcha sèchement Troy, le regard furieux porté sur Mad Dog.

Mad Dog avait le visage empourpré, les yeux vitreux, lorsqu'il grommela un demi-ricanement en haussant les épaules.

– Je suis désolé, Troy. Je veux pas te mettre en rogne.

– Désolé, mon frère, ajouta-t-il à l'adresse de Diesel.

– Oublie ça.

Troy acquiesça, mais il savait que rien n'était oublié. Il connaissait ces hommes. La plus petite blessure à l'ego s'envenimait dans leur esprit. Mad Dog allait ressasser l'épisode et devenir paranoïaque. Diesel sentirait la paranoïa et se piquerait une trouille parce qu'il savait combien Mad Dog pouvait être dangereux. La seule manière d'empêcher le premier d'assassiner le second, au bout du compte, était de tenir les deux hommes à l'écart l'un de l'autre. Le fait que Diesel remontait en Californie du Nord était une bonne chose. Troy garderait Mad Dog à l'œil. Il éprouvait un sentiment mitigé à l'égard du fou furieux. Il le connaissait si bien, Mad Dog, il connaissait la torture qu'avait été son enfance comme les tourments de sa jeunesse. Qui que pût être Mad Dog, quels que fussent sa folie et le danger qu'il représentait, il avait été fait de cette manière, et la société avait aidé aux crimes commis contre l'enfant qu'il avait été. Sa mère le brûlait à la cigarette avant d'être expédiée chez les cinglés. À sa sortie de l'asile, le tribunal pour mineurs avait renvoyé Mad Dog sous sa garde – et elle ne l'en avait torturé que plus encore, parce qu'il l'avait dénoncée. Il avait dix ans et s'était enfui ; il avait été pris en train de pénétrer par effraction dans un magasin du quartier. Ce qui l'avait mené dans le système judiciaire pour mineurs, où il s'était souvent fait battre à coups de poing et de pied pour être simplement plus petit et différent – jusqu'à ce qu'il reçoive un jour un coup de trop : il avait poignardé son tortionnaire dans l'œil d'un coup de fourchette. À l'issue de quoi sa réputation d'individu dangereux aux réactions imprévisibles lui avait valu de tenir les autres à large distance. Une fois qu'il eut compris la situation, il l'avait exploitée en se comportant avec une folie violente, pour recevoir en retour encore plus de liberté d'action de ses pairs. Même les gamins les plus durs deviennent nerveux à proximité des givrés.

Lorsque Mad Dog, Diesel et d'autres membres de la maison de redressement s'étaient gagné leurs galons de criminels adultes pour atterrir à San Quentin, Troy était déjà une légende. Il était employé en chef au Service d'Éducation physique et avait la responsabilité des listes pour l'occupation du gymnase le soir et le week-end. L'entraîneur Keller, qui détestait se fatiguer avec ces détails, signait tout ce que Troy lui présentait. C'est Troy qui donnait son aval à l'équipe des employés du gymnase, l'un des meilleurs boulots de tout San Quentin. Il offrait de petits avantages, un lieu où se réfugier lorsqu'il pleuvait sur la Grande Cour, la possibilité de se doucher tous les jours, l'accès à la télé lors des retransmissions sportives. Troy avait trouvé à Diesel un boulot et lui avait servi de mentor au cours des trois années qui avaient suivi. Diesel était sûr que le fait d'écouter Troy l'avait tenu à l'écart des ennuis, de sorte qu'il avait pu obtenir une conditionnelle. Et aujourd'hui Troy lui avait offert de réussir un de ces coups dont rêvent tous les voleurs. Qu'est-ce que Gloria aurait à dire lorsqu'il arroserait de cent bâtons son joli cul blond ? Ça lui fermerait son caquet et arrêterait ses conneries de jérémiades. Peut-être devrait-il se rhabiller de pied en cap et s'offrir un nouveau costume, un Brioni ou un Hickey-Freeman, qu'il aurait sur le dos en arrivant à la maison. Diesel se sourit à lui-même en se faisant son cinéma : sa femme, les yeux écarquillés, toute bredouillante, tandis qu'il balançait paquet après paquet d'argent complètement anonyme sur la table de cuisine. Qu'est-ce que ce serait agréable.

– Je crois que je vais partir ce soir, dit-il. Déposez-moi à l'aéroport et prenez la Mustang si vous voulez. La voiture du Dog risquerait de ne pas tenir le coup sur les routes mexicaines.

– Non, prends la Mustang. Je vais acheter une voiture demain. On prendra celle-là.

Il se tourna vers Mad Dog.

– Je ne vais pas en acheter une neuve, alors j'ai besoin que tu viennes l'examiner. Je connais que dalle aux bagnoles.

– Pour ça, je suis ton homme, dit Mad Dog.

Il aimait ça, que Troy ait un service à lui demander. Cela réduisait à néant le sentiment que Troy s'était mis en retrait dans leur amitié. D'habitude, Mad Dog percevait intuitivement les sentiments qu'il inspirait aux gens ; il possédait une sorte de radar dans lequel il avait une confiance totale. Il savait que les *mecs régules* le trouvaient paranoïaque, et peut-être l'était-il effectivement – mais un peu de paranoïa était un outil de prix lorsqu'on vivait sur une terre peuplée de serpents.

* * *

En fin d'après-midi le lendemain, Troy acheta une Jaguar vieille de cinq ans équipée d'un V8 de Chevy 350 sous le capot, ce qui gonflait sa puissance au niveau d'une Corvette de circuit. Cet aspect-là du véhicule était caché. L'extérieur était identique au tout dernier modèle, semblable à celui qu'il conduisait douze ans auparavant, et c'était en partie pour cela qu'il l'avait acheté. Mad Dog avait inspecté la Jaguar en détail et déclaré qu'elle était en bon état. Le compteur indiquait un faible kilométrage, ce qui se trouva confirmé par la faible usure des pédales. Les sièges avaient encore l'odeur riche du cuir neuf. Aucune production en série ne pouvait se comparer avec les finitions Jaguar.

– On raconte toujours qu'on n'a que des ennuis avec elles, mais ce sont de super-voitures, et celle-ci est de première.

C'est alors que Troy avait dit aux vendeurs : « Je la prends » et payé comptant. Ils étaient rentrés au Bonaventure avec leurs deux voitures et Troy avait réglé la note. À l'exception de quelques centaines de dollars, ils cachèrent leur butin dans l'emplacement de la roue de secours de la voiture de Mad Dog, qu'ils allèrent garer au parking longue durée de LAX. Personne ne viendrait y toucher pendant les quelques jours qu'ils resteraient absents.

Ils étaient sur la route dans la Jag et Troy appela Greco par téléphone cellulaire. Celui-ci devait les retrouver dans un Holiday Inn à l'extérieur de San Diego le soir même. Demain, ils passeraient la frontière. Ils n'ajoutèrent rien d'autre. Parler dans un téléphone cellulaire équivalait à parler à qui voulait l'entendre ; c'était ce qu'avait déclaré la Cour Suprême en statuant que les lois contre les écoutes téléphoniques étaient inapplicables.

La Jag se dirigea vers l'est sur l'autoroute de Santa Monica, puis au sud par la route inter-États qui conduisait droit à la frontière par un itinéraire traversant de nombreuses villes de Californie du Sud.

East L.A., vue de l'autoroute, ressemblait beaucoup à ce que Troy avait connu pendant toute son existence. Il avait quitté Beverly Hills et était venu là quand il avait quinze ou seize ans, traîner ses guêtres en compagnie de Mexicains rencontrés à la prison pour mineurs. Il se souvenait d'avoir parlé anglais avec un accent mexicain et sourit. Jusqu'à son passage en maison de redressement et sa rencontre avec de petits durs originaires des cités de bouseux de l'Oklahoma comme Bakersfield, Fresno et Stockton, qui savaient se battre et y étaient toujours prêts, il éprouvait un certain mépris pour la plupart des jeunes Blancs qu'il jugeait faibles et couards. Les valeurs d'une éthique macho convenaient mieux à sa nature. Les maisons à ossature de bois étaient plus anciennes par ici, et la plupart dataient d'avant la Seconde Guerre mondiale, construites de manière plus substantielle, sinon grandiose. Toutes les couleurs avaient pris des teintes pastel sous le soleil permanent du désert. Cette région n'aurait d'ailleurs rien été d'autre sans l'eau amenée par conduites depuis le nord. Bien avant que les Noirs de South Central n'aient leurs Crips et leurs Blood, East L.A. avait ses gangs chicanos – Maravilla, White Fence, Flats, Hazard, Clanton, Temple, Diamond, Dogtown, Eastside-Clover, Los Avenues, La Colonia de Watts, et d'autres encore. À l'époque où les pères des Crips ramassaient encore le coton en Alabama.

Les petites villes du grand L.A., un jour décrites comme trente faubourgs en quête d'une cité, se fondaient aujourd'hui en un tissu urbain tentaculaire et sans démarcation. À une époque, c'était les usines de Firestone, Goodyear, Todd et Bethlehem Steel qui fournissaient les emplois. Aujourd'hui les usines avaient émigré vers le sud, dans les faits comme dans les intentions. Il n'avait pas la moindre idée des endroits où les ouvriers des petites villes trouvaient aujourd'hui du boulot.

Los Angeles céda la place au comté d'Orange – et la seule manière de voir la différence était une petite pancarte en bordure de route. Apparurent les premiers panneaux publicitaires pour Disneyland.

– T'as déjà été à Disneyland ? demanda Troy à Mad Dog.

– Non. J'ai jamais été à L.A. avant.

– On va aller y faire un tour.

– Tu me fais marcher.

– Non, sérieux, on y va.

– Pourquoi pas ?

Ce qu'ils firent, avec l'impression d'être les seuls adultes sans une ribambelle de gamins excités à leurs basques. Ils ne s'offrirent aucune attraction, les files d'attente étant trop longues, mais ils passèrent une heure agréable à simplement se promener. Mad Dog alla jusqu'à s'offrir une barbe à papa.

– Tu sais quoi, dit-il, je trouvais ça meilleur quand j'étais môme.

Les ombres s'allongeaient sur le sol lorsqu'ils reprirent l'autoroute. Même dans les souvenirs de Troy, le paysage avait été essentiellement rural, orangeraies et luzerne, entre les petites villes. Aujourd'hui ce n'était qu'un tapis urbain qui s'étalait sur cent soixante kilomètres. Newport, Laguna et les autres villes côtières avec plages n'étaient plus séparées par des kilomètres de grèves désertes et de collines basses. Des maisons luxueuses couvraient rivage et collines vallonnées, leurs immenses fenêtres surplombant la mer au coucher du soleil. C'était la terre du lait et du miel, des corps hâlés pour lesquels la bonne vie était un droit.

Lorsque tomba l'obscurité, ils quittèrent la grand-route pour pisser un bock, contempler l'océan argenté sous la pleine lune et se fumer un joint. Cherchant un lieu désert, ils empruntèrent un passage souterrain et tombèrent sur un chemin de terre cahoteux. Il avait l'air désert. Puis, sans qu'ils s'y attendent, leurs phares vinrent illuminer un campement d'Hispaniques sans domicile, probablement tous mexicains, même si la chose était difficile à juger. Tout près s'étendaient des vergers d'avocats et des carrés de melons. Les Mexicains récoltaient les fruits mais ne pouvaient s'offrir de logement avec le peu d'argent gagné. Dès que les phares firent intrusion dans le camp, la plupart d'entre eux s'enfoncèrent dans les ténèbres au pas de course. Ce pouvait être la *migra*, qui sait, et ils ne pouvaient donc pas courir ce risque.

Troy et Mad Dog rebroussèrent chemin. À quelques centaines de mètres se dressait la clôture d'un lotissement où le premier prix des maisons était de 800 000 dollars. À leur retour sur l'autoroute, Troy n'était pas certain de savoir ce qu'il pensait vraiment de ces ouvriers agricoles sans domicile.

Ils fumèrent un joint dans la voiture. Troy avait toujours envie de pisser. Il faisait sombre en bordure de route.

– Arrête-toi, dit Troy.

Mad Dog s'exécuta et Troy sortit. Il avait mal tant le besoin d'uriner était pressant. En prison, il se trouvait toujours un urinoir proche, et il ne s'était donc pas conditionné à se retenir. Le bas-côté de la route était dans l'obscurité et descendait à l'oblique. Il s'engagea dans la pente, avant de déraper et de glisser sur un mètre cinquante, en partie sur la hanche, avant que ses pieds touchent la terre ferme. Il se releva d'une poussée et défit sa braguette. Tandis qu'il pissait dans les ténèbres, il releva les yeux et vit Mad Dog debout en haut du talus, balayé par les phares qui défilaient.

– Nom de Dieu, dit Troy en réalisant combien il s'était montré stupide.

Mad Dog s'en rendit compte lui aussi. Les rafales de vent nées du flot de voitures et de camions le frappaient au passage et il était aveuglé par les phares. Si une voiture de la Patrouille des autoroutes venait à passer, la police s'arrêterait sur le bas-côté pour voir ce qui n'allait pas.

À chaque tentative, Troy réussissait à remonter à mi-pente puis ses pieds dérapaient et il glissait à nouveau au bas du talus.

– Hé, mec, essaie d'attraper ça.

Mad Dog ôta sa ceinture et s'accroupit jusqu'à pouvoir se saisir d'une racine d'une main et balancer sa ceinture dans la pente. Troy agrippa le lien de fortune, remonta d'un pas, et parvint à se saisir de la main de Mad Dog. À l'instant où leurs deux mains se touchaient, Troy se rappela que cet homme avait assassiné une enfant de sept ans, et il eut envie de se dégager tant sa répulsion était grande. Mais Mad Dog le tira jusqu'à la route et ils remontèrent en voiture. Ils reprirent la route et Troy songea à sa réaction sur le talus. Elle le surprenait lui-même : il en connaissait pourtant, des criminels, des hommes qui avaient massacré des flics, des propriétaires de boutiques ou encore d'autres criminels, des hommes qui sortaient du bloc des cellules le matin sans se soucier de savoir si le ciel était couvert et qu'il tombait de la merde, ou s'ils allaient tuer quelqu'un ou mourir eux-mêmes avant le bouclage du soir. Il n'éprouvait aucun sentiment devant les actes qu'ils avaient commis, quels qu'ils puissent être – hormis les Zebra Killers, des Négros givrés (le terme leur allait bien) qui se baladaient dans San Francisco en camionnette : chaque fois qu'ils voyaient une personne de race blanche seule et vulnérable, ou bien ils l'assassinaient sur place, ou alors ils l'embarquaient pour la violer avant de l'assassiner. L'un d'eux occupait une cellule à trois portes de celle de Troy. Des centaines de fois, ils s'étaient frôlés sur la passerelle, à quelques centimètres l'un de l'autre, sans que leurs regards se croisent ou sans échanger une parole. Ce que Troy avait ressenti, c'était cette chaleur dégagée par une haine obsessionnelle, et après quelque temps, la circonspection stupéfiée qui avait été sa réaction initiale s'était changée en indignation, lorsqu'il s'aperçut que ce Négro était prêt à tuer jusqu'au dernier Blanc sur terre, homme, femme et enfant, s'il lui en était donné l'occasion. L'hostilité de Troy se mit à couver comme un feu sous la cendre en réponse à la haine dirigée contre lui. Il se trouvait sur Max Row [1] à San Quentin, là où on l'avait placé à son arrivée. Il avait plusieurs bons collègues sur la passerelle, de sorte qu'il ne se sentit jamais suffisamment menacé pour passer à l'attaque le premier afin de se protéger. Au bout du compte, le Négro se retrouva expédié ailleurs.

Troy n'avait jamais assassiné quiconque, mais c'était là autant une question de chance que de prudence ou de morale. Un jour, frais émoulu de la maison de redressement, il avait cambriolé un magasin de spiritueux. Le propriétaire avait sorti un pistolet de sous le comptoir. Troy avait hésité avant de hurler, mais le propriétaire était courageux et sûr de lui : ils avaient fait feu l'un et l'autre, simultanément, à

1. Passerelle réservée aux détenus en sécurité maximale. (*N.d.T.*)

croire qu'une seule arme avait tiré. La balle du propriétaire lui avait frôlé l'œil comme une abeille bourdonnante ; il en avait senti le souffle. La balle de Troy avait touché le boutiquier à la clavicule avant de lui traverser l'épaule de part en part. L'homme était ressorti de l'hôpital en moins d'une heure mais ç'aurait pu être un vol avec meurtre. Le crime était plus vieux aujourd'hui que les années qu'il comptait à l'époque, seize ans, à peu de chose près. C'était tellement étranger au milieu qui l'avait vu grandir. On n'y entendait pas parler de choses de ce genre, mais elles se révélèrent monnaie courante dans les cercles où il avait par la suite gravité.

Non, il n'avait jamais tué, mais il aurait pu. En prison, aussi, s'étaient trouvées des situations – et des affrontements – dont la mort aurait pu être le terme, la sienne ou celle de son antagoniste, mais les querelles s'étaient toujours réglées sans meurtre, bien que la violence n'en eût pas toujours été absente. De tels souvenirs de la réalité de son existence le rendaient hésitant à juger les autres. Malgré tout, l'assassinat d'une enfant dépassait tout *cela* de loin. De bien loin.

Soudainement, des lumières rouges se mirent à clignoter devant eux, sur toute la largeur des sept voies de l'autoroute. Mad Dog écrasa les freins et Troy fut projeté en avant. Ce qui obligea son esprit à abandonner sa rêverie.

Ils commencèrent à avancer au pas. Un hélicoptère passa au-dessus d'eux, à basse altitude. Les infos de KNX signalèrent des collisions multiples entre véhicules avec un gros bouchon près de la sortie de Pendleton.

– On va être en retard... en retard, dit Mad Dog.

Troy lui adressa un clin d'œil et se saisit du téléphone à cadran rabattable. On pouvait facilement s'habituer à un truc pareil, se dit Troy en composant le numéro. Une minute plus tard, il parlait au Greco engagé sur une autre autoroute de l'autre côté de la Californie.

– Te fais pas de bile, dit-il. Moi aussi je serai en retard.

– Sans déconner, dit Troy.

Il était impatient de retrouver son ami et de faire son petit voyage de l'autre côté de la frontière. Il y avait des années qu'il entendait parler de La Mesa. Et finalement, aujourd'hui, l'occasion lui était enfin donnée de voir ce qu'il en était vraiment.

11

Ce soir-là, les trois hommes dînèrent de steak et langouste dans le restaurant de l'hôtel, avant de se rendre dans un bar topless à deux blocs de là. Ils avaient à faire le lendemain de bonne heure, aussi rentrèrent-ils tôt à l'hôtel. Alex et Mad Dog utilisèrent les lits jumeaux. Troy était aussi satisfait de se contenter du plancher dur : l'épaisse moquette et un couvre-lit plié faisaient un matelas suffisant pour qu'il se repose confortablement.

Au matin, ils laissèrent la Jaguar dans le parking de l'hôtel et prirent la Cadillac Seville entre deux âges d'Alex pour passer la frontière. Tijuana, Mexique, n'avait plus rien d'une ville-frontière sordide et débectante, mi-vieil-Ouest, mi-bordel, mais ressemblait plutôt à une métropole rutilante peuplée d'un million d'habitants, sinon plus. Des logos de compagnies industrielles et commerciales s'affichaient partout. Et pourtant, c'était là qu'un candidat à la présidence s'était fait assassiner, là qu'un chef de la police avait été pris en embuscade avant d'être abattu. Les *Federales* avaient livré une bataille rangée avec la police locale. Se mêlaient inextricablement à tout cela les fortunes gagnées grâce à la drogue.

Alex dit qu'habituellement, il traversait à pied. Cela facilitait le retour et allait beaucoup plus vite. Repasser aux États-Unis en voiture prenait une heure au mieux. Et il y avait toujours le risque que la Patrouille des Frontières vous oblige à quitter la file pour une fouille qui prenait plusieurs heures et vous laissait la voiture en pièces détachées. Ils ne trouvaient jamais rien, mais leurs foutus clébards aboyaient toujours en reniflant des résidus de quelque chose. Aujourd'hui, cependant, il avait avec lui la cuvette de toilette et ses deux compagnons, aussi entra-t-il au Mexique en voiture. Personne ne leur accorda un coup d'œil.

– Nom de Dieu, mec, dit Mad Dog, y veulent même pas voir un papier... un permis de conduire...

– Bon Dieu, non ! Tout ce qu'ils veulent, c'est des dollars yankees, expliqua Alex.

– Ils t'arrêtent pour le visa quand tu t'es engagé à l'intérieur du pays de quatre-vingts kilomètres, expliqua Troy. La frontière, c'est un terrain de jeux ouvert à tous. C'est ce que j'ai lu.

– Ouais, c'est ça, dit Alex. Tu peux rester jusqu'à la fin de tes jours à Tijuana et personne te dira rien. Merde, Chepe est originaire d'East L.A. Il était ici depuis quinze ans quand ils l'ont coffré – et encore uniquement parce que le ministère des Affaires étrangères mettait la pression sur Mexico.

– S'il possède deux cents millions de dollars et s'il est aussi puissant que ça, comment ça se fait qu'il est en taule ? dit Mad Dog.

– Je n'en suis pas certain à cent pour cent, mais voilà ce que je pense. Je crois qu'il a du répondant auprès des autorités de l'État, c'est-à-dire les mecs du coin, mais s'ils le laissent sortir, Mexico va l'enlever pour l'expulser et le déposer entre les bras des adjoints du marshall des États-Unis. Mais l'Administration américaine change, le président du Mexique change, le temps passe, les procureurs des États-Unis vont et viennent. En plus, tu verras, il vit plutôt pas mal, tout bien considéré.

– J'ai entendu dire que c'était vachement chouette, dit Mad Dog. J'ai entendu dire qu'ici les fêlés de came se piquent en taule.

– Je n'irais pas jusque-là, dit Greco. Mais quand t'arrives pas à trouver ta dose ailleurs à Tijuana, tu peux toujours te la procurer au pénitencier.

Troy écoutait à moitié tandis qu'il contemplait le spectacle de Tijuana. Au début, ce fut comme dans ses souvenirs : les couleurs fluo aveuglantes des taxis, l'artère principale, Calle Revolución, et ses kilomètres de commerces destinés aux Américains pour leur visite d'une journée. Les sièges de voitures étaient bon marché, les médicaments se vendaient à peine au-dessus de leur prix coûtant de l'autre côté de la frontière, les boutiques offraient Joy de Patou, Opium et autres parfums de luxe pour la moitié du prix demandé à L.A. Dans les rues, les mendiantes avec leurs bébés, les cantinas, les rades à strip et les putes ne manquaient pas.

Soudain le panorama changea. Ce qui avait été jadis cahutes et terrains vagues lorsqu'il se rendait à Tijuana en quête de sexe et de drogue s'était vu remplacé par des usines collées les unes aux autres, en un condensé d'entreprises multinationales : Ford, Minolta, Panasonic, Smith-Corona, Olivetti et autres. Puis venaient les grands hôtels étincelants : Hyatt, Ramada, Holiday Inn. Les hommes d'affaires en visite avaient besoin de se loger.

– Ç'a changé, non ? commenta Greco.

– Sans déconner, répliqua Troy.

– T'as déjà été à La Mesa ?

– Non, non. Mais on m'a raconté des choses, naturellement.

– Écoute un peu ça, dit Alex. Elle a été construite pour trois cents personnes. Et il y a trois mille détenus.

– Trois mille pour trois cents ? dit Mad Dog. Parle-moi de prisons surpeuplées...

– C'est un genre de punition cruelle et inhabituelle, non ?

– Ils ne jouent pas à ce genre de conneries au Mexique. Mais je vais te dire la vérité, cependant. Je préférerais faire mon temps ici que n'importe où ailleurs aux États-Unis.

– Tu veux dire, si tu avais de l'argent, dit Troy.

– Oh ouais. Mais c'est pas vraiment la peine d'en avoir tout un paquet. Cent dollars par mois.

Troy connaissait un peu les prisons mexicaines parce que les détenus parlaient souvent des autres lieux d'incarcération. Les prisons mexicaines fonctionnaient sur la base d'une philosophie différente de celle des États-Unis. L'incarcération suffisait au Mexique ; ensuite on laissait les conditions carcérales se rapprocher de la vie en société autant que les circonstances pouvaient l'autoriser. Les épouses avaient droit de visite plusieurs jours d'affilée, les détenus dirigeaient de petits commerces derrière les murs. C'était une étape préparatoire à la vie en société bien meilleure qu'en pénitencier américain. Troy songea à Pelican Bay, le tout dernier cauchemar californien, un univers sorti tout droit d'Orwell et de Kafka, qui avait vu le jour à la fin du vingtième siècle. Plus de matraques mais des *tasers* libérant une décharge électrique de cinquante mille volts, plus de passages à tabac mais de la Prolixine, dont l'injection vous transformait un homme en zombie traînant les pieds une semaine durant. Qu'est-ce que la société s'attendait à retrouver à la sortie ? S'attendait-elle à récolter du froment en ayant semé des chardons ? À la pensée d'une stupidité aussi grossière et affichée, il sentait toujours la colère monter en lui.

La Mesa était jadis située aux abords de Tijuana, mais l'agglomération s'était étendue au point que la prison était une enclave au milieu des quartiers pauvres. Les rues étaient en terre ou couvertes d'asphalte éventré. Le parking était laissé brut. Les quelques véhicules qui s'y trouvaient tiraient plutôt vers les camionnettes à plateau ou les vieilles Ford et Chevy. Une douzaine de garçons étaient engagés dans une partie de football européen. Le ballon rebondit vers Troy. Il portait imprimé : Service des Loisirs – Comté de Los Angeles. Il était sur le point de le relancer lorsque Alex dit :

– Donne ici.

Lorsque Troy lui eut remis le ballon, Alex fit signe au plus grand des garçons d'approcher; celui-ci s'avança d'un pas prudent jusqu'à ce qu'il s'aperçoive qu'Alex tenait en main un billet vert. Il se montra alors très intéressé.

– Surveille la voiture, dit Alex en anglais en s'aidant de gestes.

Le message était clair. Alex déchira alors le billet de vingt dollars en deux et en remit une moitié au garçon, qui le gratifia d'un large sourire et un hochement de tête avant de s'en retourner expliquer la chose à ses amis.

Pendant qu'Alex déverrouillait le coffre pour en sortir la cuvette de toilette, Troy se tourna pour contempler la prison. Ils se trouvaient près d'un coin du bâtiment. Un long mur de parpaings s'étirait sur plusieurs centaines de mètres. Pour un mur de prison, il n'était pas très élevé – mais tous les cinquante mètres se dressait en surplomb un mirador armé. Plus près d'eux se trouvait une grande entrée. La double grille était faite de grillage à mailles serrées surmonté de barbelés déroulés, le tout sous la surveillance d'un mirador. La construction paraissait improvisée au petit bonheur, comparée à la perfection des prisons américaines. Elle remplissait son office, mais avait néanmoins un aspect fragile, comme si elle avait été montée pour un temps très limité et non pour les générations à venir. Les façades de certaines prisons américaines donnaient l'impression de vouloir durer autant que le Parthénon.

Une file de visiteurs, trois douzaines peut-être au total, attendait devant l'entrée. La plupart étaient des femmes et les enfants étaient nombreux. Beaucoup portaient de grands sacs de provisions. Troy crut qu'ils allaient prendre la queue, mais Alex poursuivit son chemin, sa cuvette sur l'épaule.

Dans le mur au-delà de l'entrée se trouvait une porte d'acier massif munie d'un judas et d'une sonnette. Une sonnette qui tinta bruyamment.

Un œil apparut au judas.

– *Los camaradas del Chepe.*

L'œil disparut.

– Il va vérifier, dit Alex. Si t'as des billets de un dollar, c'est le moment de les préparer.

– Pour quoi faire ?

– Des pots-de-vin. T'en fais pas, j'en ai.

Une lourde clé tourna dans la porte d'acier qui s'ouvrit. Ils se retrouvèrent dans un couloir étroit où dansait une ampoule électrique nue. Un garde leur faisait signe d'avancer vers la porte ouverte d'un bureau. Alex et sa cuvette de toilette leur ouvrirent la voie et ils entrèrent.

Un lieutenant était assis derrière un bureau, les coudes en appui. La cuvette toujours sur l'épaule, Alex, d'un geste des plus naturels, tendit deux billets de vingt dollars.

– Trouvez quelqu'un pour emporter ceci, *por favor, jefe* ?

– Naturellement... Naturellement.

Il claqua des doigts à l'adresse du garde à la porte.

– *Venga aquí.*

Le garde s'approcha, Greco lui donna la cuvette, et le garde se chargea d'aller la remettre à son destinataire à l'intérieur.

– Merci, *pues*, dit Alex. Nous sommes un peu pressés.

Il prononça ces paroles, deux autres billets de vingt dollars dans la main.

Le lieutenant fit le tour du bureau, prit l'argent et poursuivit son chemin. Il franchit la porte et leur fit signe de le suivre. La pièce suivante abritait un trio de gardes chargés du contrôle : on nota leurs identités dans le registre et on les passa à la fouille. Alex sortit quatre billets de un dollar tenus en ciseaux entre majeur et index. Une main s'en saisit vivement, quelqu'un nota A, B, et C dans le registre pour tenir les livres en bon ordre, et le lieutenant se mit à cogner à une autre porte d'acier jusqu'à ce qu'elle s'ouvre.

C'était la dernière pièce, où on leur tamponna le dos des mains d'une encre invisible à l'œil nu. Il ne s'agissait pas d'un timbre magique qui leur permettrait de sortir, mais c'était quelque chose que les surveillants regarderaient. Alex donna au garde une poignée de quarts de dollar. Celui-ci hocha la tête en signe de gratitude et se dépêcha de déverrouiller la dernière porte.

Lorsque celle-ci s'ouvrit, elle offrit au regard surpris de Troy une masse grouillante de détenus mexicains dans la cour au-dehors. Ils se trouvaient derrière une ligne rouge à trois mètres de l'embrasure de la porte, et la plupart contemplaient le sas d'entrée et ce qui se déroulait au-dehors. Il était possible de s'avancer jusqu'au sas d'entrée extérieur et de hurler en direction du sas d'entrée intérieur séparé de sept mètres.

Tandis qu'ils s'engageaient au cœur du maelström humain, Mad Dog se pencha à se coller presque à l'oreille de Troy.

– Je n'arrive pas à comprendre cette taule, dit-il. Deux dollars et tu pourrais y faire entrer une mitraillette.

À quelques mètres devant eux, en bordure de la foule, Alex s'adressait à un jeune Mexicain arborant une grosse moustache à la Zapata. Il avait le nez aplati et des cicatrices autour des yeux, signes distinctifs du boxeur. Derrière lui se tenait un autre détenu mexicain portant la cuvette de toilette en équilibre sur une épaule. Ces deux-là au moins faisaient partie de l'équipe envoyée pour les accueillir. Alex jeta un coup d'œil par-dessus l'épaule et leur fit signe de suivre tandis qu'il s'enfonçait dans la mêlée des corps. L'homme à la cuvette ouvrait la marche. Troy, collé à Alex et à Pete la Moustache, prit conscience qu'un troisième homme, jeune celui-là, avançait de conserve à ses côtés.

La masse des détenus céda le passage en s'écartant devant la file. Même alors, des mains continuèrent à se tendre, des voix à appeler :

– *Cambio... Cambio...*

De l'argent, de l'argent. C'était tout particulièrement émouvant parce que Troy n'avait jamais vu de Mexicains quémander à son adresse dans les rues de Los Angeles. Aujourd'hui, il ignora les mains tendues et continua à avancer.

Ils sortirent de la foule pour arriver sur une cour qui rappela à Troy un immense terrain de parade – un vaste rectangle, deux cents mètres sur trois cents – entouré d'immeubles à un étage collés les uns aux autres comme des maisons mitoyennes. Des extrémités des immeubles partaient des rues menant à d'autres parties de la prison. Un peu plus loin sur un côté, il vit ce qui lui parut être des stands à hot-dogs et à tacos avec tables de pique-nique pour les clients. Il regarda derrière lui. La zone qui entourait le sas d'accès ressemblait à Times Square un soir de Saint-Sylvestre.

Alex leur fit signe d'avancer et procéda aux présentations. La Moustache s'appelait Oscar, le *secundo* de Chepe. Il présenta Wevo, qui portait la cuvette. Les deux autres étaient des grouillots dont les noms s'oublièrent immédiatement.

– Écoutez, dit Oscar. La mère de Chepe rend visite à son fils. Elle part dans dix ou quinze minutes. Il veut que vous attendiez qu'elle s'en aille.

– Bien sûr. Nous ne sommes pas pressés, pas vrai ?

Mad Dog haussa les épaules et secoua la tête.

– Un tour du propriétaire, ça vous dirait ? demanda Oscar.

– Bien sûr, dit Troy.

– Vous savez pas ce que j'aimerais, dit Mad Dog. J'aimerais m'offrir une dose.

– Tu veux quoi ?

– Un panaché ?

Oscar se tourna vers l'un des grouillots auquel il s'adressa en espagnol ; puis il dit à Mad Dog :

– Va avec lui.

Mad Dog et le grouillot s'éloignèrent, traversant la cour en diagonale.

Oscar conduisit Troy par un passage entre les immeubles. Derrière le vaste rectangle se trouvait un bloc de cellules à deux niveaux, aux portes en acier massif avec platines d'acier pour cadenas géants – mais les portes étaient ouvertes. Une femme accrochait une carpette sur une rambarde ; un homme était debout dans l'embrasure de la porte, un loupiot dans les bras. La famille occupait la cellule, un mètre cinquante sur deux.

– Sept cents pour ça, dit Oscar. La cellule la moins chère de toute la taule.

– Qu'est-ce qui se passe si je n'ai pas les moyens d'acheter une cellule ?

– Je vais te montrer.

Oscar tourna au coin. Sur une centaine de mètres s'étirait une grille de barreaux rouillés dans laquelle s'ouvraient des portes tous les vingt mètres. Les barreaux étaient la façade d'un bâtiment en parpaings, immense espace couvert de lits-couchettes répartis sur cinq niveaux. En lieu et place de ressorts, les lits offraient des plaques d'acier. Quelques-uns avaient des matelas, la plupart n'en avaient pas. Il était impossible de voir le mur arrière. C'était une grotte sombre. Troy s'approcha des barreaux pour regarder. Il fut obligé de se détourner ; la puanteur de sueur aigre et de pisse sèche lui soulevait l'estomac.

– Ohhh, merde ! dit-il.

Oscar et Alex éclatèrent de rire en se moquant de lui ; avant d'expliquer que ceux qui ne disposaient pas de cellule étaient obligés de venir ici en fin d'après-midi. Comme toutes les prisons, La Mesa avait son décompte. Une fois le décompte effectué, on ouvrait les grilles d'accès au Corral. Environ un tiers de ceux qui étaient décomptés là disposaient d'une couchette ; les autres étaient obligés de faire de leur mieux. Un ami pouvait leur offrir le gîte pour la nuit, ou bien ils pouvaient se coller dans une embrasure de porte, ou dans n'importe quel endroit disponible.

– Ça ressemble au centre-ville de L.A. le soir par ici, fit remarquer Alex.

À partir du Corral, Oscar leur fit emprunter une autre route. S'y pressait un agglomérat de corps comme dans une ruelle de Hong Kong. De toute évidence, Oscar y avait du pouvoir. Les prisonniers s'écartaient pour laisser passer les visiteurs. À plusieurs occasions, Oscar échangea signes de tête et paroles de respect. Cette humanité grouillante était essentiellement composée de Mexicains de sexe masculin, mais s'y mêlaient quelques Américains et quelques femmes.

Par les portes ouvertes, Troy vit des ateliers où les prisonniers travaillaient le cuir et le bois. La majeure partie des souvenirs bon marché de Tijuana vendus en ville se fabriquaient ici. Oscar expliqua que la prison avait, à une époque, possédé un atelier de carrosserie automobile dont la fonction essentielle consistait à changer les numéros et l'aspect des voitures volées aux États-Unis. On les livrait ensuite dans tous les pays d'Amérique latine.

Troy renifla l'air. Il sentit une odeur d'oignons frits. Quelques instants plus tard, Oscar les faisait tourner à un coin de bâtisse. Ils étaient arrivés au stand à tacos par l'arrière. Il y avait également un café avec des tables sous un auvent.

– Qu'est-ce que t'en dis ? demanda Alex.

– Sûr que c'est pas San Quentin, nom de Dieu !

Un des membres de l'équipe de Chepe vint les retrouver. Chepe était prêt. Ils retournèrent sur leurs pas et traversèrent la cour. Sous une échelle était installée une table à pique-nique autour de laquelle se déroulait une partie de poker. Troy était sûr que quelques-uns au moins parmi les joueurs de poker étaient de garde à l'échelle.

Oscar passa le premier, escaladant les quatre mètres qui le séparaient du toit. Troy le suivit. Lorsqu'il arriva au sommet, il fut surpris. Il se trouvait sur une terrasse au mobilier en fer forgé, avec plantes en pot, y compris deux petits arbres, et une jeune femme athlétique en Levi's collant comme une seconde peau. Elle arrosait les plantes à l'aide d'un arrosoir. Un jeune homme musclé tendit une main. Ce faisant, sa chemise déboutonnée s'ouvrit et exposa la crosse d'un .45 enfoncé dans sa ceinture. C'était sûr, les prisons mexicaines étaient bien différentes du calvinisme froid qu'on trouvait aux États-Unis.

Un auvent en toile aux brillantes couleurs rouges et vertes était déployé pour abriter les portes de verre de la lumière directe du soleil. Chepe les attendait dans l'entrée devant la porte ouverte. Homme trapu au visage presque chérubin, ses cheveux étaient devenus gris depuis la dernière fois que Troy l'avait vu. Il portait des pantoufles de prix aux pieds, un jean recoupé et un T-shirt portant l'inscription *Harvard* sur la poitrine. Il tendit la main.

– Hé, mec, entre donc. Il fait chaud dehors.

Ils entrèrent au salon d'une petite suite. Un écran de télévision géant dominait un des murs. Une petite cuisine ouverte en retrait occupait un côté.

– Je croyais qu'il y avait un autre *vato*, dit Chepe à Alex.

– Il est ici. Il est parti en virée.

– Rien à voir avec Quentin, pas vrai ? dit Chepe.

Troy regarda la pièce.

– Rien du tout. Comment fais-tu pour avoir tout ça ? Je sais que ça coûte de l'argent, mais comment ça marche ?

– J'ai acheté l'appart. Celui-ci coûte quatre-vingts bâtons. Il y en a quatre ou cinq du même genre. Y a un *vato* qui est arrivé et il a payé cent dix.

– Tu ne paies pas de loyer ?

– Non, non, je suis propriétaire. Et en plus, je peux le revendre – tant que le *Commandante* touche son pourcentage. Ils en ont d'autres à tous les prix à partir de dix bâtons. On en possède quelques-uns, pas vrai, Oscar ?

– Ouais, putain de merde, on est de vrais investisseurs immobiliers en plein pénitencier.

– Venez par ici, dit Chepe, en les précédant dans un petit couloir.

Une chambre à coucher avait été transformée en une combinaison bibliothèque-bureau. Une série de rayonnages intégrés couvrait un mur entier sol-plafond. Les titres révélaient des goûts éclectiques – Dos Passos et Dostoïevski, Conrad et Kafka, Steinbeck et Styron, plus une dose d'histoire et de biographies. Troy n'avait jamais vu à San Quentin que Chepe possédait une tendance à la bibliomanie. Il est vrai aussi que c'était là une caractéristique bien peu valorisée parmi les voleurs, les tueurs et les trafiquants de drogue.

Mad Dog vint les rejoindre et Chepe appela alors :

– Stella !

La jolie fille en jean collant passa la tête à la porte et Chepe lui dit de faire du café.

– Tu ne l'avais pas la dernière fois que je suis passé, dit Alex.

– Je l'ai sauvée du Corral.

– Oh, mec, elle n'allait quand même pas se retrouver dans le Corral ?

– Bon Dieu, non, dit Oscar. Si le patron ne l'avait pas sauvée de là, y a d'autres gus qui ont du fric par ici. Une jolie petite gueule a pas à se faire de bile... mais une vieille salope toute laide, l'est pas sortie de l'auberge. Ha, ha, ha, ha...

Et tous les hommes de ricaner d'un air entendu.

Tandis qu'ils attendaient le café, Chepe demanda des nouvelles d'amis communs dans les prisons californiennes et ailleurs dans la pègre de Californie. Tout le monde voulut savoir d'abord comment allait Big Joe, puis Harry Buckley, Bulldog, Paul Allen, Joe Cocko, Huero Flores, Shotgun, Charlie Jackass, et Preacher.

– Tu pourrais sortir d'ici si tu voulais, non ? demanda Mad Dog.

– Oh, ouais, répondit Chepe. Le directeur me tiendrait l'échelle pour passer le mur. Je le paie dix bâtons par mois pour nourrir ses gamins. Ça doit faire à peu près quinze fois son salaire.

La fille leur apporta des bols de café sur un plateau. Lorsqu'elle fut repartie, ils passèrent aux choses sérieuses.

– Tu connais Mike Brennan ? demanda Chepe.

– Je sais qui c'est, dit Troy. Je ne l'ai jamais rencontré.

– Qui est-ce ? demanda Mad Dog.

– C'est un gros trafiquant, répondit Alex. Son père était irlandais et sa mama mexicaine.

– Il me doit beaucoup d'argent, dit Chepe, et il croit qu'il n'est pas obligé de payer parce que je suis ici.

– On va le tuer, dit Mad Dog rendu stupide par sa drogue. Tu veux le faire tuer ?

– Non, il ne veut pas le faire tuer, dit Troy. S'il voulait le faire, il a plein de *pistoleros* pour ça.

– Brillant, *ese*, brillant, dit Chepe en hochant la tête en signe d'appréciation. S'il est mort, il ne peut pas me payer. Et à part ça, c'est un gus plutôt sympa. Je veux juste mon argent.

– Je peux te demander combien il te doit ? dit Troy.

Chepe leva quatre doigts.

– Millions, dit-il.

– Quatre millions, c'est plus ce que c'était, dit Troy, mais ça fait quand même beaucoup d'argent. Est-ce qu'il les a ?

– Oh ouais, il pourrait payer s'il voulait. Il croit que je ne peux plus l'atteindre. Je veux lui donner une leçon.

– Qu'est-ce que tu as en tête ?

– Il a un gamin âgé d'un an à L.A. Je veux que vous l'enleviez.

– Un kidnapping ?

Chepe acquiesça. Troy sentit son estomac sombrer. Il détestait l'idée – et il se rappela avoir lu qu'aucun kidnapping important en échange de rançon n'était resté non résolu aux États-Unis depuis les années 30. Naturellement, cet enlèvement-ci serait un peu différent. Personne n'irait le signaler à la police.

– Tu dis que le gamin est à L.A. ?

– Avec sa mère, acquiesça Chepe. Ils ne sont pas mariés.

Troy réfléchit à la chose, regarda Mad Dog, lequel haussa les épaules et laissa la décision à Troy.

– Je vous garantis un demi-million, plus la moitié de tout ce qu'il paiera. S'il accepte de payer quelque chose...

– Deux millions de dollars, dit Mad Dog ; avant de siffloter doucement d'un air appréciateur. C'est pas de la gnognote. À toi de voir, dit-il à Troy.

Le front plissé et les yeux rétrécis de Troy reflétaient le débat qui l'agitait. Kidnapper un enfant, même sans lui faire de mal, était une chose abominable. Mais cela lui procurerait l'argent nécessaire pour partir, et il savait que s'il ne partait pas, il serait perdu. S'il restait, ce n'était qu'une question de temps avant qu'il se fasse capturer. Il était déjà en fuite pour avoir violé sa conditionnelle. Ce qui l'empêcherait d'être libéré contre caution, outre le fait qu'il était doublement récidiviste aux termes de la nouvelle loi (même si l'une de ses condamnations relevait de la justice pour mineurs) et qu'une seule nouvelle inculpation suffirait pour le condamner à perpète. Pourquoi ne pas lancer les dés, sept et il aurait tout ce qu'il avait toujours désiré dans l'existence, un craps et c'en serait fini de sa vie.

– On ne va pas faire de mal au gamin, d'accord ?

– Bon Dieu, non ! Je ne voudrais même pas que tu fasses ça si le môme avait cinq ou six ans, mais vu la situation, il ne s'en rendra même pas compte.

– Il est trop jeune pour pouvoir te balancer, dit Alex.

– C'est une chose à prendre en ligne de compte.

– Écoute, dit Chepe. Je te garantis un million, *plus* la moitié de ce qu'il paiera.

– Oblige-le à payer les intérêts, dit Mad Dog. Disons un million de plus.

– Hé, mec, dit Alex. Tu balances un million par-ci et un million par-là et si ça continue, on va vraiment finir par parler de pognon. De vrai pognon.

Tout le monde se mit à glousser, Troy compris. Mais une partie de lui-même était en dehors, à contempler la scène de l'extérieur. C'était bizarre. La probabilité était bonne que Mike Brennan accepte de payer ce qu'il devait. Comment pourrait-il abandonner son enfant et continuer à se regarder dans la glace ? La faille de tous les kidnappings était toujours la rançon ; c'était ainsi que les autorités épinglaient les responsables. Cette fois-ci, cependant, la police n'aurait pas la moindre idée qu'un crime avait été commis. La proposition offrait le même avantage que celui de voler Moon Man : personne ne pouvait aller courir chez les flics. Mike Brennan ne pourrait même pas franchir la frontière pour se rendre aux États-Unis. Lui aussi était sous le coup d'une inculpation fédérale.

– Ça colle, Chepe. Marché conclu, dit Troy. Faut que j'en discute avec mon autre partenaire, mais il me suivra sur le coup – probablement.

– Bien, mec, dit Chepe. Je suis vraiment content que ce soit toi. J'ai des tas d'imbéciles sous la main pour exécuter tout ce que je leur dis de faire. Cette fois-ci, j'ai besoin de quelqu'un qui a de la cervelle, t'vois c'que je veux dire, *ese* ?

– Je comprends. Tu ne veux pas d'anicroches.

– Je veux mon argent... mais surtout, je ne veux pas que ce mec croie qu'il peut me manquer de respect. Attends une seconde.

Chepe alla vers le tableau au mur où s'épinglaient quantité de morceaux de papier. Il trouva celui qu'il cherchait et le rapporta.

– Tiens.

C'était une adresse sur Virginia, à San Marino, Californie. Troy la mémorisa ; avant de la mettre dans sa poche de chemise – juste au cas où sa mémoire lui ferait défaut.

– Écoute un peu, dit Chepe, si t'as le moindre message à me transmettre, dis-le au Greco. D'accord ?

Il regarda Alex et Alex acquiesça.

– Hé, Chepe, dit Alex, tu connais l'autre partenaire de Troy, le gros Diesel de Frisco.

– Oh, ouais, dit Chepe avec un grand sourire, un môme balèze et duraille. J'avais parié sur lui quand il s'est battu avec ce *miate*, c'était quoi son nom déjà, il avait le crâne, on aurait dit une miche de pain.

Ils éclatèrent tous de rire ; ils savaient de qui il parlait.

– Dolomite Lawson, dit Mad Dog.

– Diesel aurait dû le battre.

– Il a piqué une rogne et il avait plus de souffle.

La jeune femme passa la tête à la porte.

– *La cuenta*, dit-elle.

Chepe consulta sa montre

– Les mecs, feriez bien de les mettre si vous voulez pas rester ici pour la nuit.

– La nuit ! dit Mad Dog.

– Ouais, dit Alex. Tu peux rester toute la nuit. Merde, tu peux même rester une semaine si tu veux.

– Arrête tes conneries, insista Mad Dog.

– C'est vrai, dit Troy qui était au courant depuis des années. On ferait bien de partir d'ici.

Chepe les accompagna sur la terrasse. Il descendait rarement dans la cour et lorsque la chose arrivait, il s'entourait de plusieurs gardes du corps. Un trafiquant de drogue international faisait naître des inimitiés dans les coins les plus inattendus.

12

Diesel était chez lui depuis deux nuits et trois jours et à la fin de la première nuit, il suppliait déjà Dieu que Troy l'appelle. Dès qu'il eut vu son gamin et tiré son coup, les râleries de Gloria commencèrent à lui courir sur le haricot. Il fut bien obligé de sourire en y repensant. Il était sur le dos, le corps tout en sueur, à retrouver son souffle, lorsqu'elle s'était mise à le gonfler à propos de l'argent : D'où venait-il ? Quelqu'un allait-il retrouver sa trace ? Qu'est-ce qu'il avait fait ? Il avait bien essayé de lui dire : « Gloria, nom de Dieu, t'as pas vraiment envie de savoir... et je peux pas te le dire... alors lâche-moi un peu, tu veux... »

Dix minutes plus tard, elle recommençait : « Tu vas aller en prison. T'as un fils. Espère pas que je vais t'attendre. » Il avait remarqué que ses récriminations manquaient d'inclure toute proposition de rendre l'argent. Le deuxième soir, il en avait eu marre, il était parti, avait pris la voiture et roulé dans la nuit, jusqu'à un rade où il avait payé quatre dollars cinquante la dose de gnôle baptisée, assis devant une estrade surélevée lui arrivant au niveau des yeux, une estrade où de jeunes femmes dansaient nues en talons hauts, en s'appuyant à un poteau métallique. Il connaissait l'une des filles; elle avait un frère qui avait séjourné en taule avec lui – et qui y était retourné, pour le braquage de la banque du Fairmont Hotel. Il avait du cran à revendre, et elle était belle – mais pour l'instant, le spectacle était tout ce qui l'intéressait. Il était engagé dans une affaire sérieuse et suivre sa queue pourrait le conduire à merder le boulot. Jadis, il avait fait des trucs comme ça, mais trois années passées à l'extérieur des barreaux l'avaient rendu beaucoup plus prudent. Il continuait néanmoins à suivre des yeux ce corps jeune et à s'imaginer les jambes qui s'ouvraient pour lui. Il rangea la fille en mémoire; il s'arrangerait pour mieux la connaître une fois la série de crimes prévue terminée. Il serait alors presque riche à millions ou mort. Hors de question qu'il retourne en prison, pas avec perpète assurée pour sa troisième condamnation. De ça au moins, il était sûr, sa décision était prise.

À son retour à la maison le second soir, il était ivre et il avait envie de baiser. Lorsque Gloria avait débarqué pour lui casser les pieds parce qu'elle s'était fait du souci pour lui, il avait souri, les yeux brillants. Il pensait à la danseuse.

– Oh, non, dit-elle.

Mais il l'avait poussée contre le mur, avant de glisser une main en coupe entre ses jambes en lui soufflant son haleine entre deux mordillements sur le cou et l'oreille. Elle essaya de se débattre sans bruit qui aurait risqué de réveiller l'enfant. Ce fut sa perte. En moins d'une minute, l'emprise de ses sens fut trop forte et elle se plaça debout, ouvrant les jambes pour se coller à Diesel, ventre pressé tout contre lui; elle voulait que sa main la touche plus intimement.

Il la transporta dans la chambre, ses jambes toujours nouées à lui. Il la baisa longtemps, après quoi, elle s'endormit sans terminer ses récriminations.

Au matin, il fut réveillé par la sonnerie du téléphone, conscient dans le même temps que Gloria se levait pour répondre. Il l'entendit qui revenait et garda les yeux fermés pour l'éviter. Au lieu de remonter dans le lit, elle le secoua :

– C'est Jimmy.

– ... la Figure ?

– Oui. Il a déjà appelé hier soir.

Elle lui tendit le téléphone sans fil.

Diesel eut le sentiment qu'il était la dupe d'un marché qu'ils avaient passé tous les deux.

– Salut, patron, quoi de neuf ?

– Pourquoi tu passerais pas aujourd'hui ?

– J'attends un coup de fil.

– Dis à Gloria de leur demander de t'appeler ici.

Diesel était pris au piège. Gloria ne le quittait pas des yeux. Il ne pouvait pas dire à La Figure qu'il n'avait pas totalement confiance en elle : il n'était pas sûr qu'elle transmettrait le message.

– Ouais, O.K., dit-il.

Il faudrait qu'il explique que Gloria était parfois une belle salope. Le vieux mafioso était un péquenot complet concernant les femmes, les épouses et les conneries du genre. Question affaires, c'était un serpent, mais côté valeurs de la famille, c'était un cave. Diesel préférait l'attitude de Troy : « Si tu es criminel, sois criminel vingt-quatre heures sur vingt-quatre. »

– Je serai là jusqu'à sept heures, dit Jimmy.

– J'arriverai avant ça.

Lorsqu'il eut raccroché, Gloria apparut dans l'embrasure de la porte.

– Qu'est-ce qu'il a dit ?

– Il veut me voir.

– Tu y vas ?

– Bon Dieu non ! Qu'il aille se faire foutre, ce vieil enculé de Rital !

– Charles !

Il éclata de rire.

– Salope, tu sais très bien que tu lui as causé. Bou-hou, à chialer et me casser du sucre sur le dos.

– Non, c'est pas vrai.

– Arrête de mentir.

– Je ne mens pas.

– O.K., laisse pisser. Mais laisse-moi te dire un truc, quand Troy appellera, tu te montres bien gentille. Tu prends son numéro. Dis-lui où je suis et donne-lui ce numéro. Si tu fais la moindre entourloupe, je vais piquer ma crise, tu vois ce que je veux dire ? Je te frapperai pas – sauf si tu me frappes la première – mais si tu déconnes avec moi sur ce coup-ci, tu peux remettre ton cœur à Dieu, parce que ton cul, c'est pour ma pomme.

Gloria fut sur le point de lui cracher sa répartie à la figure, mais elle sentit l'électricité dans l'air et hocha la tête en signe d'assentiment.

– S'il appelle, je lui dirai.

– Prends son numéro.

– Je lui demanderai.

– Mais ne me fais pas d'enfant dans le dos, c'est tout.

– Ce n'est pas la peine de me menacer, Charles.

– Si ce n'est pas la peine, alors je suis désolé.

Il décida de prendre tout ce dont il avait besoin pour retourner à L.A. Il pouvait s'y rendre directement depuis Sacramento. Gloria était capable de s'occuper des cent bâtons. Elle prenait bien soin du pognon. Il devait lui reconnaître ça.

Dix minutes plus tard, il était sur la route.

* * *

Le soleil couchant dardait ses rayons au travers de l'ancienne haie coupe-vent constituée d'eucalyptus. Diesel songea au soleil à travers des barreaux de prison. Il se trouvait sur une route secondaire à deux voies, construite par la WPA [1] dans le cadre du programme de la NRA [2]. Il vit la clôture surmontée de barbelés qu'il cherchait. Derrière cette clôture se trouvait une autre clôture, tout comme une prison. Et derrière encore s'étendaient les salles d'entreposage couvrant un hectare. Pratiquement tous les entrepôts étaient loués, et Jimmy envisageait d'en construire de nouveaux.

Il vit le panneau : ENTREPÔTS ET TRANSPORTS ARROYO.

Il ralentit avant l'entrée et obliqua. L'asphalte de l'allée à voitures était complètement usé, de sorte que la poussière s'élevait en gros rouleaux vite balayés par la brise rapide qui s'était levée. La seule voiture garée à l'extérieur du bureau était la nouvelle El Dorado de Jimmy. Diesel se rangea tout à côté d'elle. Il descendait de voiture lorsque Jimmy sortit de son bureau. Comme d'habitude, il tenait un gros cigare entre les dents. Il avait l'air pressé, et fut un peu surpris à la vue de Diesel. Il refit bonne figure avec un grand sourire.

– Salut, grand mec, comment ça gaze ?

– Je vais bien. Qu'est-ce qui se passe ?

– Je veux te voir... Tu peux attendre dix minutes ?

1. Works Progress Administration. (*N.d.T.*)

2. National Recovery Administration, instaurée pendant les cent premiers jours du New Deal de Roosevelt. (*N.d.T.*)

Faut que j'aille récupérer un truc avant que la poste ferme.

– Ouais... bien sûr.

Que pouvait-il dire d'autre à Jimmy la Figure, le *capo* qui veillait sur ses intérêts ?

– Super.

Et il s'en fut.

Diesel entra dans le bureau vide. Un comptoir, deux tables vides, un bureau derrière des cloisons vitrées sur l'arrière. Il se souvenait de la première fois qu'il avait vu Jimmy Fasenella, arpentant la cour de San Quentin. Il avait entendu parler de Jimmy la Figure, tout comme de Lucky Luciano et de Bugsy Siegel. Diesel avait été surpris par le petit gabarit du mafioso. Le bonhomme était censé être le régulateur de la mafia pour la Côte Ouest, il était censé avoir été « affranchi » pour avoir dessoudé Bugsy Siegel – neuf balles par une fenêtre de Beverly Hills. Le téléphone arabe de la pègre disait aussi qu'il avait assassiné un homme qui croyait que la Figure était son ami. Diesel ne commettrait jamais la même erreur. Il rigolerait et taillerait le bout de gras avec Jimmy la Figure, mais jamais il n'irait réellement faire confiance au petit cobra – et s'il arrivait un jour qu'ils se fâchent pour une raison d'importance, il ne faisait aucun doute qu'il frapperait le premier, sans aller jusqu'à coller une balle dans la tête de quelqu'un qui le prenait pour un ami. C'était ça, le côté foireux des mafiosos ritals, même si les plus fêlés de leurs tueurs étaient habituellement irlandais sans même avoir été « affranchis ». C'est Jimmy qui lui avait dit ça, et Jimmy savait de quoi il parlait.

Diesel alla vers le bureau du fond. Celui-ci n'était pas verrouillé. Il s'assit derrière le bureau de Jimmy et caressa l'idée de passer un coup de téléphone.

Non. La probabilité était trop forte que les fédés aient placé une écoute. C'était de la routine.

Il posa les pieds sur le bureau et s'appuya contre le dossier du fauteuil. Ouais, voilà ce qu'il pourrait faire s'il y avait de l'argent à la clé – rester assis dans un fauteuil, les pieds sur le bureau. Il repéra un journal plié jeté à la poubelle. Il le sortit. Le *Bee* de Sacramento. LES SERBES BOMBARDENT SARAJEVO.

C'était quoi, ça ? Il n'avait pas la moindre idée des nouvelles du monde depuis une semaine ou à peu près, d'ailleurs il ne leur prêtait jamais beaucoup d'attention. Il lui arrivait de temps à autre de feuilleter un journal ou de regarder les infos du soir à la télé, mais il ne se tenait habituellement au courant que des sports, la boxe en particulier. Le mot *guerre* attira son attention et il lut le fragment d'article s'y rapportant en première page. Il ricana en signe de dérision. Il était convaincu que l'Amérique avait perdu ses tripes. Elle se ramollissait – comme l'Égypte, Rome, la Chine, l'Espagne, et l'Angleterre avant elle. Jamais ces pays n'avaient cru que leurs empires partiraient tous un jour à vau-l'eau. Troy lui avait un jour donné un article à lire : « La fin de l'Homme Blanc », qui établissait des parallèles entre les tout premiers empires très puissants et les États-Unis d'aujourd'hui. Le Congrès achetait toutes les armes du monde, même celles qui étaient inutiles, et refusait de combattre quiconque. Oh, mon Dieu, il pourrait y avoir un blessé. Putain de merde, et les soldats, c'est pour quoi faire ? Blablabla !

Il tourna les pages, lut le compte rendu d'une descente dans une ferme à marijuana située à Grass Valley. Deux hommes, deux femmes et un mineur. Les noms des adultes étaient cités. Personne qu'il reconnût.

Il tourna une autre page – et sur un quart du format, apparut la photo de Jinx la Poisse, la fille qui se trouvait avec Mad Dog à Sacramento. S'y trouvait également la photo d'une seconde fille. Une amie de Jinx. Elles avaient toutes deux disparu. Sous les deux clichés était imprimée la question : « Les avez-vous vues ? » Avec récompense de vingt mille dollars.

Ouais, c'était bien Jinx, aucun doute là-dessus. Elles avaient disparu depuis une semaine. La voiture de la seconde fille avait été retrouvée à l'aéroport du comté. Il ne faisait pas de doute que Mad Dog les avait tuées toutes les deux et enterré les corps dans quelque coin sauvage.

Une sensation de faiblesse envahit l'estomac de Diesel. Il avait la conviction que Mad Dog avait tué Jinx parce que Troy l'avait réprimandé pour avoir donné leurs noms à la fille. Oh mon Dieu... Pardonnez-moi, mon père, parce que j'ai péché... Il était maintenant au courant et c'était un fardeau abominable qu'il lui fallait partager avec Troy.

Il arracha la page et la plia. Il entendit alors un bruit de moteur et le crissement des pneus sur le gravier. Il sortit. Jimmy la Figure était pressé.

– Amène-toi, j'ai du blé qui t'attend.

De retour à l'intérieur, Jimmy ouvrit un classeur à dossiers et en sortit une enveloppe dodue qu'il déposa dans la main de Diesel.

– Un petit merci. J'ai eu le contrat.

Un contrat ? Oh, ouais, les camions qu'il avait incendiés avaient éliminé le seul enchérisseur compétitif.

– Cinq plaques, dit Jimmy.

– Merci, patron.

Cinq bâtons étaient une jolie somme pour allumer un feu.

Jimmy consulta sa montre.

– Faut que j'y aille... mais je voulais te toucher un mot du fou furieux avec qui tu traînes.

Diesel fronça les sourcils. Comment Jimmy pouvait-il être au courant pour Mad Dog ?

– ... mec intelligent, disait Jimmy, mais y a des tas de gens intelligents et givrés, tu vois ce que je veux dire ?

– Ouais.

Diesel comprit que Jimmy parlait de Troy, et non de Mad Dog. Il en fut scandalisé, mais étouffa son indignation en acquiesçant d'un hochement de tête.

– Reste à l'écart de ce mec, dit Jimmy Fasenella. Tu n'as pas besoin de lui. On a une affaire qui marche. Viens, raccompagne-moi jusqu'à la voiture.

En chemin, une fois dehors, Jimmy poursuivit :

– ... l'a aucun sens des convenances. Il n'a pas de barrières. Il prend des risques. Le crime est un jeu où on prend pas de risques qu'on n'est pas obligé de prendre. Un faux mouvement, tu vois – bang, et tu te retrouves à servir tes dix ans dans la poubelle à ordures. Ils ont pas idée du genre de fou furieux qu'on peut créer en dix ans. Ce mec a la tête complètement disjonctée. Tu n'as pas besoin de lui. Tu as des amis. Tu as une femme et un môme. Ce mec-là... il a rien à perdre.

– Merci, Jimmy. Ç'a un sens, ce que tu dis.

– Super.

Il fit un clin d'œil et donna à Diesel une tape sur le bras du plat de la paume.

– Vas-y mollo. Et garde le contact.

– O.K., monsieur J.

Diesel suivit des yeux l'El Dorado qui sortait en marche arrière en crachant ses gravillons, direction la grille ouverte. Lorsqu'elle s'engagea sur la chaussée, il dit à haute voix :

– Gloria... t'es qu'une garce qui part du bec. Impossible de te faire confiance. Je vais pas rentrer à la maison, je suis assez furieux pour t'en coller une parce que tu t'es mêlée de mes oignons.

Lorsqu'il monta dans sa voiture, sa colère enfla comme une houle. Il claqua la main sur le tableau de bord. La boîte à gants s'ouvrit sous le choc. Il la reclaqua violemment pour la refermer, et elle s'ouvrit à nouveau, comme par ressort. Ce qui le fit se moquer de lui-même.

Il tourna la clé de contact. Le moteur démarra ; la radio se mit en marche également. Il se dirigea vers la I-5. La route inter-États était très peu chargée. Un panneau signalait qu'elle était patrouillée par avion. Ils auraient du fil à retordre s'ils voulaient lui coller un P.-V. Il appuya sur l'accélérateur et observa l'aiguille du compteur qui dépassa vite les cent cinquante.

Lorsqu'il s'arrêta prendre de l'essence à Bakersfield, il alla dans une cabine publique téléphoner à la maison. Il appela en PCV.

– Oui, j'accepte le PCV, dit Gloria. Charles, mais qu'est-ce que tu fabriques à Bakersfield ?

Au ton de sa voix, il comprit qu'elle lui cherchait querelle. Elle ne fit qu'attiser sa colère.

– Je t'appellerai quand j'arriverai à L.A. Vois d'ici là si tu peux apprendre à dire bonjour.

Il claqua le combiné sur son crochet et alla régler l'employé de la station-service. De retour sur la grand-route, il entama la montée jusqu'au-dessus de la Ridge Route et se souvint qu'il avait le numéro de téléphone d'Alex. Greco allait le mettre en contact avec Troy et Mad Dog, et donc il n'avait aucun besoin d'appeler Gloria. Ce qui fit naître un grand sourire sur son visage. Qu'elle aille se faire foutre.

– La salope peut mijoter dans son jus, pour ce que j'en ai à foutre.

Les infos KFWB (« Donnez-nous vingt-deux minutes et nous vous donnerons le monde ») annonçaient qu'il pleuvait sur L.A. Qu'est-ce que Troy dirait lorsqu'il apprendrait la vérité sur les filles disparues ? Disparues, merde, *assassinées*, oui... Ce qui portait à quatre le nombre de meurtres à sa connaissance. Combien d'autres Mad Dog en avait-il tués ? C'était toutes des femmes ou des enfants, mais cela ne voulait pas dire que Mad Dog n'avait pas tué d'hommes. Les gens mouraient tous lorsqu'une balle leur touchait le cerveau ou qu'un couteau leur transperçait le cœur. Ça fichait la trouille de se retrouver aux côtés d'un fou homicide. Parfois une vie de criminel exigeait qu'on refroidît quelqu'un, mais nom de Dieu, pas tout le monde, pas n'importe qui, sans bonne raison. Mad Dog était un chien enragé. Seigneur Jésus.

* * *

Troy écoutait le même bulletin d'informations, mais il savait déjà qu'il pleuvait sur L.A. Les essuie-glaces balayaient sans difficulté la douce bruine. Il était prudent. Sous une autre pluie légère, jadis, il y avait bien longtemps, il avait glissé et percuté l'arrière d'une voiture à l'arrêt au feu rouge. Le camion qu'il conduisait puait des relents s'échappant de bouteilles brisées. S'il se trouvait encore sur les lieux à l'arrivée de la police, il irait en prison – il avait donc dit à l'autre conducteur qu'il lui fallait pisser un coup et s'était avancé dans une allée – pour ne plus s'arrêter. Il s'était enfui sans problème, hormis la pneumonie qu'il avait attrapée. Aujourd'hui il était très prudent au volant, sauf quand les sirènes et les gyrophares clignotants de la police lui collaient au cul. À ces moments-là, il conduisait comme sur le circuit du Mans. Une voiture lui coupa la route et il dut piler sur les freins. Il sourit, mais Mad Dog réagit :

– Ce trou-du-cul sait pas avec qui il déconne. Remonte-le et colle-toi à côté de lui.

Mad Dog commença à sortir son pistolet.

– Hé, hé, dit Troy. Qu'est-ce que tu veux donc faire... abattre cet imbécile parce qu'il nous a coupé la route ? Je te vois bien en train de raconter ça aux gus de la cour, en taule : « Cet enfoiré, y m'a coupé la route, alors, je l'ai abattu... »

– Les gus me laisseraient jamais oublier un truc pareil.

– Tu peux être sûr.

– Mais cet enfoiré de fiotte...

– Tu ne peux pas tuer tous les connards sur cette terre.

Devant lui, le panneau de voie rapide annonçait : SOTO STREET, PROCHAINE SORTIE.

Troy se laissa filer sur la droite et sortit. Il se trouvait à City Terrace et Hazard, à l'ombre du General Hospital. Troy connaissait le quartier. Il avait des potes chicanos qui venaient du coin, Sonny Ballesteros, Gordo, et Crow, entre autres.

Il resta sur Soto en suivant la route qui courait au pied de quelques collines basses. Au sommet de l'une d'elles se dressait une tour-émettrice radio en haut de laquelle clignotaient des balises rouges. C'est à peine si l'on apercevait leur lumière sous la pluie. En passant au pied de la tour, Troy dit :

– J'ai grimpé ça, un jour. Faut dire que j'étais saoul.

Mad Dog leva la tête. Il était un peu impressionné.

C'était un acte à défier le diable comme il n'en connaissait pas. Il n'y avait pas d'échelle, rien que la structure métallique.

Soto devint Huntington Drive, boulevard à six voies à large bande médiane, qui avait jadis supporté les gros tramways rouges qui s'enfonçaient à l'est à travers les territoires du comté jusqu'à Azusa, Claremont et Cucamonga. Troy songea à la manière dont les géants de l'automobile et de l'industrie du pneumatique avaient détruit le plus grand système de transport public au monde – qui avait affiché des bénéfices constants chaque année de son existence. L'argent volé au grand public n'avait pas été retourné à ses propriétaires ; cela faisait partie d'un empire.

– Après tout, ces putains d'imbéciles le méritent, marmonna-t-il.

Ils collent vingt ans à un camé débile qui se précipite dans une banque en brandissant un mot de menace, pour se ramasser huit cents dollars auprès du caissier – et un haut cadre financier peut jouer et perdre un milliard de dollars de l'argent des contribuables, que le Congrès emprunte, et lorsque le public en a fini de payer les intérêts, la somme se monte à quatre milliards. Le cadre financier signe une reconnaissance de responsabilité sur accord à l'amiable et s'achète une maison de cinq millions de dollars en Floride avant de se faire mettre en banqueroute.

– Alors pourquoi n'irais-je pas nettoyer jusqu'à l'os un enfoiré comme ça ? dit-il en regardant Mad Dog d'un air enjoué en prononçant ces paroles.

– Qu'est-ce que tu dis ?

– C'est rien.

De minuscules maisons bâties de bric et de broc

cédèrent la place à des boutiques, puis de nouveau à des maisons d'habitation, plus jolies néanmoins, tandis qu'ils pénétraient dans Alhambra, et plus jolies encore à South Pasadena. La zone médiane était recouverte de gazon et garnie de massifs entretenus. Le panneau affichait San Marino, les maisons étaient toujours plus jolies. Troy avait vérifié l'emplacement de Virginia Road dans le *Thomas Street Guide*. Ils approchaient. Il vit la rue.

– Tourne à gauche.

Soudain, les maisons se firent plus imposantes et plus belles, posées sur de larges pelouses. Leur équipement intérieur était de l'américain moderne, plomberie dernier cri, circuit électrique dernier cri, centrale de climatisation dernier cri. Elles étaient construites en plâtre sur bacula, mais leur aspect extérieur était la copie de différents styles, Tudor anglais, provincial anglais, colonial Monterey, brique Williamsburg, et ranch moderne à bâtiments multiples. Les pelouses étaient manucurées, et des fleurs s'épanouissaient encore malgré décembre. Quelques-unes arboraient déjà des arbres de Noël décorés derrière de grandes baies vitrées encadrées de lumière.

Mad Dog siffla.

– C'est vraiment le quartier chic, pas à dire.

La Jaguar poursuivit son chemin, la route se rétrécit mais les maisons se firent plus grandes, placées en retrait derrière de hautes clôtures en fer forgé, cachées par une épaisse verdure. Les adresses lui apprirent qu'ils approchaient.

C'était une bâtisse de style méditerranéen à un étage, derrière un mur de briques surmonté d'épieux en fer forgé. La pelouse avait la taille d'un terrain de football.

– Tu es sûr que c'est bien l'endroit ? demanda Mad Dog.

– On va poursuivre notre chemin. Fais voir.

Il alluma le lecteur de cartes et consulta le morceau de papier. À moins que Chepe ne se soit trompé, c'était bien l'endroit.

– C'est celle-là. On va faire le tour... pour jeter un autre coup d'œil.

Ils repassèrent à deux reprises devant la façade de la maison. Le pilier d'angle de la clôture n'avait pas de piques métalliques. Il suffirait de dix secondes pour passer là, et ils pourraient se cacher à l'abri des buissons. Vu la manière dont se présentait la route, ils verraient de relativement loin la première voiture qui s'approcherait. La seule maison à disposer d'une vue sur le pilier d'angle était juste de l'autre côté de la rue, et on l'apercevait derrière un bouquet d'arbres.

– On reviendra en plein jour, dit Troy. Allons-y.

Ils étaient sur Monterey Road à South Pasadena lorsque sonna le téléphone cellulaire. C'était Greco.

– Ton copain le balèze est sur la voie rapide d'Hollywood. Je lui ai dit de sortir à Highland et de prendre une chambre à l'Holiday Inn. On vous attendra là-bas.

– Merci.

– Chepe ne va pas tarder à m'appeler.

– Super. Y a un ou deux petits trucs qu'il faut que je voie avec toi.

La Jaguar était maintenant à South Pasadena. Soudain apparut une rangée tout entière de maisons décorées de guirlandes de Noël illuminées dans les jardins en façade et les fenêtres. L'une d'elles avait dressé une crèche sur la pelouse. C'était la saison à laquelle tellement de gens étaient sensibles, y compris Mad Dog McCain.

– Tu sais quoi, Troy, dit-il. T'es le seul véritable ami que j'aie sur toute cette putain de terre.

– Allez, mon frère, ne te laisse pas déprimer, dit-il avec un grand sourire.

– Non, mec. Je suis sérieux, mec. Vraiment sérieux.

– T'es mon part'naire, dit Troy.

Il détesta son mensonge. En vérité, il se sentait nerveux à proximité de Mad Dog. Trop instable ; trop imprévisible. Il éprouvait néanmoins un sentiment de puissance enivrante, le fait de savoir qu'il pouvait dire : « Tue untel », et que ce serait chose faite. Comment pouvait-il savoir que le meurtre allait devenir une habitude chez Mad Dog ? Il imagina le Vieillard des Montagnes, Hasan ibn-al-Sabbah, du nom duquel dérivait le mot *assassin*. Il louait ses assassins de par le monde – leur donnait un peu de hasch à fumer et ils coupaient les gorges, les gorges qu'on les avait chargés de couper. Seigneur, le monde aurait bien l'usage de quelques hommes de cette trempe par les temps qui couraient, au lieu d'idiots faisant la loi sans discernement avec leurs automatiques.

Ils avaient parcouru un nouveau demi-bloc lorsque Mad Dog reprit la parole.

– Faut que je te dise, mon frère. J'aime pas bien ce foutu Diesel.

Troy mentit une nouvelle fois.

– Je pensais que vous étiez au-dessus de ça, les mecs. Lui t'aime bien. Il dit que t'es un peu difficile à tenir parfois, mais il m'a confié : « C'est un mec réglo. »

– Diesel a dit ça ?

– Ouais. Sans déconner.

– Peut-être bien que je me trompe, mais y a des moments, y se comporte comme si c'était une sorte de dur de dur, pasqu'y pèse cent vingt kilos et qu'il a été boxeur dans le temps. Les enfoirés de boxeurs, ça saigne aussi.

– Ce n'est pas ce qu'il pense. Il sait que tous les durs de durs sont à quatre pieds sous terre.

C'était un axiome convenu chez les taulards que tous les durs finissaient au cimetière.

– Mais s'il déconne vraiment avec toi, tu me le fais savoir et on s'en occupera.

– C'est clair comme ça. Merci. T'es le meilleur...

Il laissa mourir sa voix.

Troy se sentit mal à l'aise devant sa tromperie délibérée. Enfant, il avait entendu afficher un mépris tout particulier pour les trompeurs, ce qui n'était pas sans expliquer son choix de crime, à savoir le vol à main armée. Qu'y avait-il de plus direct et de moins trompeur que ça ?

Monterey Road sortait des collines de South Pasadena et traversait le pont surplombant la voie rapide de Pasadena et Arroyo Seco. Ils se retrouvaient maintenant dans les limites de la ville de Los Angeles proprement dite. Le quartier avait été ouvrier, italien et irlandais, avec quelques secteurs peuplés de Chicanos de la seconde génération, il y avait dix ans de cela, mais aujourd'hui, tout était mexicain. Toutes les enseignes de magasins étaient en espagnol. Il savait qu'il existait une rampe d'accès vers le cœur de Pasadena. C'était la vieille voie rapide, et faute d'une voie de circulation venant se fondre dans le flot de voitures, il lui fallut s'engager en force, pratiquement à l'arrêt. Il écrasa la pédale d'accélérateur et la Jag bondit comme une fusée. Ce bon vieux V8 Chevrolet.

– J'ai faim, dit Mad Dog.

– Moi aussi. On passe chercher Diesel et Alex à l'hôtel. C'est tout près d'un de mes restaurants favoris.

– Oh, ouais. Et c'est lequel ?

– Musso Franks sur Hollywood Boulevard. Dans le temps, il s'appelait l'Algonquin West.

– J'en ai jamais entendu parler. De l'un comme de l'autre.

– Je te raconterai en détail, un de ces quatre.

À l'Holiday Inn, un message les attendait à la réception : leurs amis étaient au bar. Alex sirotait un *screwdriver* et Diesel buvait de la bière.

– On va manger, dit Troy. On peut y aller à pied. C'est juste à deux blocs.

Tout en marchant, Diesel et Mad Dog suivirent l'exemple de nombreux touristes et contemplèrent les noms célèbres de personnalités de la scène, du cinéma, de la télé, de la musique et de la radio dont le blason orné d'étoiles s'imprimait sur le trottoir.

Dans le box du restaurant, Troy mit Diesel au courant du kidnapping. La première réaction du grand mastard fut une expression douloureuse et un signe de dénégation.

– Oh, mec, je sais pas. J'aime pas ça, kidnapper un bébé. Je veux dire... bon Dieu... c'est un crime complètement foireux.

– Eh, on ne va pas lui faire de mal, au petit. Il ne saura même pas qu'il a été enlevé.

– Et la loi sur le petit Lindbergh ? C'est perpète.

– Trois crimes, et c'est perpète pour *n'importe quoi*, dit Alex. Voler à l'étalage ou escroquer un proprio de restaurant.

– Peut-être même le miraudage, par les temps qui courent, dit Troy.

– Le miraudage. Putain, c'est quoi, le miraudage ?

Troy et Alex répondirent en chœur :

– T'exhiber devant une personne aveugle.

– Quoi ? Oh mec, arrête de déconner.

– Écoute, dit Troy. On va se partager un paquet de blé. Peut-être deux millions. Et il y a quatre-vingt-dix-neuf chances sur cent pour que ce soit même pas signalé à la police.

– Tu penses que c'est O.K., hein ?

Troy acquiesça, lentement.

– O.K., je suis partant.

Le serveur arriva avec leurs plats. Tout en mangeant, Diesel commença à réfléchir à ce qu'il ferait de sa part. Il investirait dans la pierre, quelque chose de vraiment sûr, peut-être des propriétés locatives. Ce qui assurerait la sécurité de Charles Jr. Il poserait la question à Jimmy la Figure. Jimmy possédait quelques hôtels, des trucs miteux, de vraies cages à lapins avec chambres pour une personne, à Sacramento et Stockton. Quant au kidnapping, et alors ? Le père du bébé était un roi du trafic de drogue qui voudrait les tuer ? Il n'aurait aucune idée de qui ils étaient. Aussi loin qu'il pouvait se souvenir, Diesel avait toujours connu quelqu'un qui voulait lui faire la peau. Son propre partenaire en crime, Mad Dog McCain, lui fichait bien plus les jetons que tous les trafiquants de came réunis. Cette pensée lui remit en mémoire la coupure de journal concernant les filles disparues : il la montrerait à Troy dès qu'ils seraient seuls.

13

Mike Brennan, sans autre déguisement que des lunettes sans monture et une coupe de cheveux différente, se fondait parfaitement dans le torrent de citoyens américains qui traversent la frontière internationale entre Tijuana et San Isidro tous les dimanches après-midi. Les visiteurs d'un jour se déversent à flots à mesure que le soleil descend. Les tourniquets tourbillonnent aussi vite qu'ils le peuvent, le temps qu'un membre de la Patrouille des Frontières jette un œil au visage de passage ou aille peut-être demander où la personne est née et où elle habite. Répondre San Diego ou L.A. éveille moins de soupçons que quelque ville lointaine. Mike avait un portefeuille plein de pièces d'identité sous pseudonyme. Dans la mesure où il n'avait jamais été arrêté, ni fait son service militaire, ses empreintes n'étaient pas fichées. En conséquence, il n'avait aucune crainte de se voir arrêté parce qu'un mandat avait été émis à son nom par le Tribunal de district américain dépendant du District central de Californie. Il ne disait jamais par avance à quiconque qu'il arrivait, de sorte que personne ne pouvait le balancer aux autorités. Il n'avait pas la moindre intention d'aller en prison ; seuls les imbéciles allaient en prison. Il était bien plus risqué pour lui de rouler sur une voie rapide. Même s'il y avait un risque, il était prêt à le courir. Noël approchait et il allait voir son premier-né, un fils. Le bébé vivait avec sa mère. Aussi longtemps qu'il lui fallait téter le sein en chiant dans ses couches, un bébé avait besoin de sa mère – mais lorsque le garçon serait plus âgé, disons entre huit et dix ans, Mike allait le reprendre. La mère touchait quatre cents bâtons par an pour coopérer. Elle savait aussi qu'il lui arriverait des choses méchantes si elle cessait de coopérer.

Au volant de sa voiture de location Hertz, à mi-chemin des trois cent vingt kilomètres de mégalopole qui s'étalaient en masse compacte depuis la frontière jusqu'à Santa Barbara, et depuis la mer jusque dans les profondeurs du désert (la ville s'étirait jusqu'aux limites qu'atteignaient les systèmes d'adduction d'eau par aqueduc), Mike Brennan prit la décision de ne pas annoncer son arrivée. La femme avait été prévenue de ne pas faire entrer d'hommes dans la maison. Si Mike en trouvait un, la merde allait gicler. Mike Brennan considérait le monde avec une arrogance qui n'était pas sans rappeler celle des conquistadors espagnols cinq siècles auparavant, ce qui signifiait qu'il n'était gouverné par aucune loi hormis celle de son propre caprice. Tuer quelqu'un était de bien piètre importance devant le tribunal des affaires de conséquence. Lorsqu'il pensait à la mère de son fils, c'était toujours en termes de « salope » ou de « nana ». Oublié, l'interlude d'affection et d'intimité dont l'enfant était le produit. Il vivait sur ses impulsions de l'instant ; il possédait les émotions d'un enfant et la puissance d'un seigneur des gangs. C'est vrai, il était en dette avec Chepe, mais il n'avait aucune intention de rembourser le vieil homme qui était aujourd'hui impuissant et bouclé derrière ses barreaux. Si le vieux commençait à lui chercher des ennuis, Mike Brennan était fin prêt. Pour cela aussi. Mais Chepe était au plus loin dans l'ordre de ses préoccupations tandis qu'il franchissait l'échangeur du centre-ville pour se diriger vers l'est sur la I-10. Il pensait à son fils, qu'il n'avait pas revu depuis peu de temps après sa naissance. Noël était proche. Junior, songea-t-il, était trop jeune pour être à même d'apprécier les cadeaux, mais bientôt... Visible depuis l'autoroute, se dressait un haut immeuble enguirlandé de lumières comme un sapin de Noël géant. Fallait-il passer à l'hôtel de Pasadena avant ou après sa visite à la maison ?

Il décida de passer à l'hôtel en premier. Alors qu'il quittait la voie rapide pour s'arrêter à un feu rouge, de grosses marques sombres apparurent sur le béton. La pluie commençait à tomber sur L.A.

* * *

La tempête s'était poursuivie avec des accalmies pendant toute la nuit jusqu'au lendemain. Troy se rendit à la maison de Highland Park qu'il avait louée pour y garder le bébé et la gouvernante. Mad Dog n'était pas d'accord pour la gouvernante.

– Mec, elle pourrait nous identifier.

– Personne n'ira appeler la police.

– Je n'aime pas ça.

– Alors tu sais comment changer des couches, c'est ça ?

– Non – mais Diesel, y sait, lui.

– Il a pas envie de faire ça.

– Putain de merde. Fais ce que tu veux.

D'un air enjoué, Troy agrippa le petit homme mince par la nuque et le secoua en toute amitié – mais à l'instant où il touchait Mad Dog, lui revint à l'esprit la coupure de journal portant les photos des adolescentes disparues et il faillit enlever sa main au plus vite. Mad Dog avait assassiné quatre personnes, probablement plus encore. Il y avait peut-être un temps pour tuer, mais ce n'était pas tout le temps.

Troy alla dans la cave à vin. La maison était très ancienne comparée à ce qui se trouvait à L.A. : elle avait été construite dans les années 20 pendant la Prohibition et la cave à vin servait tout autant à planquer la gnôle de contrebande qu'à stocker le vin. Elle avait été creusée à flanc de colline et on ne pouvait y accéder que par une trappe qui se soulevait dans un couloir. Un matelas et une couverture étaient posés au sol, et Diesel avait acheté un paquet de Pampers. Troy s'assura qu'il n'y avait pas eu d'infiltration d'eau dans la cave à cause de la tempête et il remonta. Il avait l'estomac noué. L'heure de passer à l'action approchait.

Au-dehors, la pluie tombait toujours. Il prit le téléphone cellulaire et composa le numéro du Roosevelt Hotel, où attendaient Diesel et Mad Dog. Ils changeaient d'hôtel tous les deux ou trois jours.

– Je serai là dans vingt minutes.

– D'accord. On passe à l'action ?

– Sert à rien d'attendre, pas vrai ?

– Mouais.

– À plus tard.

* * *

La Jaguar était silencieuse, hormis le bruit rythmé des essuie-glaces ; on les entendait lorsque la voiture s'arrêtait à un croisement. Chacun des trois hommes était perdu dans ses pensées et sa bataille contre la peur. Mad Dog était le plus excité. Lorsque était arrivé le coup de fil de Troy et que Diesel avait dit qu'ils y allaient, Mad Dog s'était faufilé dans la salle de bains pour une petite dose de cocaïne afin de se donner du courage. Parce que ce serait sa dernière ligne avant d'avoir terminé leur affaire, il s'en était servi plus qu'à l'accoutumée, et il sentait son cerveau en pleine houle. Une sensation de puissance, d'omnipotence. Avec le fusil à pompe calibre 12 à ses pieds, il avait l'impression d'être le maître du monde. Il pouvait tuer et pour Mad Dog, c'était cela, la puissance divine offerte à l'homme.

Sur la banquette arrière, Diesel n'était que par trop conscient de la présence de l'homme assis devant lui. Il avait vu des traces de poudre blanche sur le nez de Mad Dog. Même sans cela, son attitude, cette surcharge d'énergie soudaine, le trahissait immanquablement. Il songea à la réaction de Troy devant la photographie du journal, son grommellement de dégoût, un instant de réflexion, puis :

– Nous déciderons de ce qu'il faut faire une fois le coup exécuté. Mets un bémol jusque-là, O.K. ?

Diesel avait acquiescé et maintenu une façade de camaraderie vis-à-vis de Mad Dog. Il lui était difficile de tenir et d'encaisser en l'absence de Troy. À son mépris hostile se mêlait une petite sensation de crainte. Un fusil calibre 12 fichait la trouille quand il se trouvait entre les mains d'un fou furieux. Diesel garderait un œil sur le bonhomme.

Ils passèrent au ralenti devant la maison. Une lumière brillait sur l'arrière.

– Y a quelqu'un qui est debout.

– Y a personne d'autre que la nounou et le môme, dit Troy. La nana est de sortie pour la soirée. Elle sort tous les dimanches. Regarde, sa voiture n'est pas là.

Il disait ces mots lorsque la lumière s'éteignit, prouvant la véracité de ses dires.

* * *

À l'intérieur de la maison, Mike Brennan avait éteint la lumière après avoir pris une bière dans la cuisine pour s'en retourner vers le grand salon familial, où ESPN diffusait un match mineur du Bowl. Il attendait que la salope rentre à la maison avec son petit ami. C'était un délice que d'imaginer sa réaction. Elle en chierait dans le jean. Il sourit en se représentant la scène. Le petit ami ferait bien de ne pas ouvrir son clapet. Mike sortit le 9 mm de sa ceinture et le posa sur la table basse devant lui. Signifiant par là que c'était lui qui mènerait le jeu.

Entre-temps, à l'extérieur de la maison, Diesel avait entrelacé les doigts des deux mains pour soulever Mad Dog au sommet du pilier de brique à l'angle. Mad Dog sauta à terre et se cacha dans les massifs. Troy suivit. Une fois en haut du pilier, il tendit le bras et aida Diesel à monter. Le mastard grogna en tendant ses muscles, mais il parvint à monter une jambe et se hissa jusqu'au sommet. Troy avait déjà sauté, enfonçant ses chaussures dans la pelouse mouillée. Quelques instants plus tard, Diesel était à ses côtés.

– Allons-y, dit Troy, ouvrant le chemin.

Ils étaient tous trois trempés jusqu'aux os. La pluie a au moins l'avantage d'étouffer les bruits, se dit Troy. Une fois le trio arrivé au coin de la maison, Troy indiqua à Mad Dog un renfoncement derrière les buissons sous un auvent. Il y serait au sec. Il était chargé de monter la garde avec un talkie-walkie. Troy disposait d'un récepteur qui ressemblait à une prothèse auditive.

Troy et Diesel avancèrent le long du flanc de la maison, passant devant la porte-fenêtre du grand salon familial. La télévision était allumée, projetant ses éclats irréguliers de lumière grise. Les deux hommes jetèrent un coup d'œil dans la pièce au passage. Parce qu'ils ne s'y attendaient pas, et parce que la nature humaine ne voit souvent que ce qu'elle s'attend à voir, ni l'un ni l'autre ne remarquèrent qu'il y avait quelqu'un dans le gros fauteuil capitonné faisant face à l'écran de la télévision.

Mike Brennan, en revanche, vit deux ombres passer devant les fenêtres. Il crut qu'il s'agissait de la salope et de son petit ami qui s'en revenaient de là où ils étaient allés. Il n'y avait personne dans la maison hormis la nounou lorsqu'il était arrivé. Il leur accorderait quelques minutes et les surprendrait en *flagrante delicto*, quel que soit le sens qu'on donnait à la chose. Il avait entendu l'expression dans un film et elle paraissait signifier ce qu'il croyait qu'elle signifiait. Il espérait les surprendre en train de baiser... Il y aurait du cassage de gueule dans l'air, aucun doute là-dessus. La salope était la mère de son fils ; il lui donnait *beaucoup* [1] d'argent. Valait mieux qu'elle garde les jambes bien serrées.

Au-dehors, la pluie redoubla. Diesel et Troy étaient trempés. La terre délavée d'un talus sur l'arrière de la maison coulait sur les marches et leurs chaussures. Ils portaient des gants de caoutchouc, le chapeau enfoncé sur la tête. Ils n'en arriveraient jamais à une séance d'identification devant un tribunal, mais c'était là des précautions de routine.

1. En français dans le texte.

Arrivé à la porte de derrière, Diesel sortit la courte pince-monseigneur. Elle ouvrirait la porte d'une seule traction. Ce qui ne se révéla pas nécessaire. Le bouton de porte tourna lorsque Troy essaya de le manœuvrer. Il essayait toujours les portes d'abord.

– Bingo, dit Troy, ouvrant doucement la porte tout en faisant signe à Diesel de le suivre à l'intérieur.

Ne s'attendant pas au moindre problème, l'un comme l'autre n'avaient pas dégainé leur arme. C'était tellement facile que Troy n'éprouva rien de la peur familière du tout début d'un coup. C'était facile, un nid posé par terre, suffisait de se baisser pour le ramasser.

La porte entre le perron arrière et la cuisine était entrouverte, de même que les portes pliantes donnant sur la salle à manger. Au-delà se trouvait le salon familial où la télé marchait toujours.

Troy ouvrit une autre porte d'une poussée. Elle donnait sur un couloir à côté de l'escalier. Devant lui se trouvaient le vestibule d'entrée et la porte de façade. La nounou et le bébé étaient au premier. Il fit signe à Diesel de suivre, contourna la rampe et se mit à gravir les marches moquettées d'un pas léger. Je n'aime pas faire ce que je fais, se dit-il pour lui-même, très clairement – avant de s'interdire instantanément de penser plus avant, l'esprit verrouillé sur *celui qui hésite est perdu*.

La lueur assourdie d'une veilleuse sortait par la porte partiellement ouverte. La nounou, une femme replète d'une quarantaine d'années, parlait en espagnol. Diesel devait se saisir d'elle pendant que Troy emportait l'enfant.

Troy ouvrit la porte d'une poussée en cédant le passage à Diesel. La nounou enlevait une couche au bébé sur sa table à langer. Elle pivota pour jeter la couche sale dans une poubelle, vit les intrus dans le miroir, et se figea, le souffle coupé.

Diesel bondit comme un chat. Il tenait un poing serré, prêt à frapper la femme dans les côtes, mais il se contenta de lui empoigner le bras.

– La ferme, dit-il.

– Attention au petit, dit Troy.

Il craignait que Diesel n'écarte la nounou et ne fasse tomber l'enfant de sa table.

– T'inquiète, dit Diesel, tenant la nounou d'une main, l'autre main posée sur le ventre nu du bébé.

Surpris par cette intrusion soudaine et la tension dans l'air, le bébé se mit à pleurer.

– Tu parles anglais ? demanda Troy.

Elle essaya de parler ; avant de hocher la tête.

– Occupe-toi de lui. Habille-le.

Ces quelques paroles à peine lâchées, il vit un homme que personne n'attendait dans l'embrasure de la porte. Il ressemblait à un Indien Yaqui, et Troy présuma qu'il était apparenté à la nounou.

Brennan fronça les sourcils de surprise : le spectacle qu'il avait devant les yeux était totalement inattendu. Lequel de ces deux plaisantins était le petit ami et où était passée la salope ?

Diesel dégagea sa veste pour sortir son pistolet – mais Mike Brennan était prêt à tout affrontement : il tenait son Browning 9 mm collé contre sa jambe. Il le leva et s'avança avant que Diesel ait pu se saisir de son arme.

– Putain, mais qui vous...

Il ne termina pas sa phrase. Au lieu de quoi il arma le chien du pouce. Le canon avec son orifice de mort était à un mètre des yeux de Diesel. Il dégagea la main, paume visible.

– Doucement.

Les adultes se figèrent en statues l'espace de quelques battements de cœur ; entre-temps le bébé se mit à hurler sa complainte.

– Gentil ! Gentil ! *Usted's loco...*

– Ouais, gentil ! C'est moi qui ai le gamin.

En prononçant ces paroles, Diesel pivota, le bébé devant lui, en baissant la tête. Sauf si Mike avait anticipé le geste, tout s'était passé trop vite. La main n'est pas plus vive que l'œil, mais elle est plus vive que l'esprit dans une telle situation.

Mad Dog, depuis son renfoncement à l'extérieur, avait vu des phares de voiture à travers les buissons fouettés par le vent. Allaient-ils entrer par la grille ? Le vent faisait trop de bruit pour qu'on pût entendre une voiture. Il avait traversé la route et regardé en direction de la grille. Rien. Il avait fait demi-tour et aperçu, par la fenêtre du grand salon, une silhouette qui se levait d'un fauteuil avant de disparaître de son champ de vision. Qui était-ce ?

Il retourna vite à la porte arrière et traversa la cuisine pour se retrouver dans le vestibule de l'entrée. Ses chaussures mouillées couinaient ; il s'appuya contre le mur, les ôta et les posa par terre. Il ne fit aucun bruit en gravissant l'escalier deux marches à la fois et, une fois sur le palier du premier, il vit l'inconnu qui lui tournait le dos dans l'embrasure de la porte. Mad Dog leva son fusil et appuya sur le bouton de sûreté, le rouge maintenant en évidence. Il était à trois mètres, les cartouches chargées au double zéro. Troy se trouvait au-delà du bonhomme, en plein dans la ligne de tir. Mad Dog avança et obliqua à droite, en chaussettes. Il était de biais par rapport à sa cible.

– Pas la peine qu'il y ait des blessés, disait Troy.

La cible était à deux mètres quarante lorsque Mad Dog écrasa la détente. Le fusil résonna comme un obusier de campagne et la majeure partie de la tête de Mike Brennan fut arrachée de ses épaules et vola en morceaux. Elle gicla en une traînée d'un mètre cinquante sur le mur. Le reste de la carcasse inerte tomba au sol.

La nounou se mit à hurler jusqu'à ce que Diesel lui cogne la tête contre un mur ; elle poussa un gémissement avant de s'effondrer.

Le bébé geignait.

– Éteins cette lumière, dit Troy.

La nounou avait-elle suffisamment bien vu leurs visages pour être à même de les identifier ? Très peu probable. Elle était trop égarée pour voir clairement quoi que ce fût.

Mad Dog manœuvra l'interrupteur. La pièce fut plongée dans la pénombre. Troy ramassa le bébé et le porta à la nounou.

– Tiens. Fais-le taire.

La nounou secoua la tête.

– Je ne peux pas, dit-elle.

Une bouffée de colère envahit Troy ; il n'avait pas de temps à perdre avec ce genre de conneries. Il tendit le bras, noua les doigts dans la chevelure de la femme et fit pivoter celle-ci d'une brusque secousse.

– Prends le petit enfoiré, dit-il.

Elle le prit. Des années de conditionnement lui firent faire ce qu'il fallait pour apaiser le bébé.

Mad Dog regardait par la fenêtre. Il se mit à rire, d'un rire quelque peu hystérique.

Diesel contemplait ses propres vêtements. Est-ce que le sang l'avait éclaboussé ? Il ne vit rien excepté sur ses chaussures. Il était debout, les pieds dans une épaisse flaque d'hémoglobine. Dont l'odeur lourde envahissait la pièce.

– Qui c'était, ce mec ? demanda Troy à la nounou.

Elle haussa les épaules et secoua la tête.

– Un flic ? demanda Diesel.

– Prends son portefeuille, dit Mad Dog.

– *Toi*, prends-le ! rétorqua Diesel.

Troy se tourna vers lui.

– Qu'est-ce qui ne va pas chez toi ?

– Ça ne me plaît pas que ce connard me dise ce que je dois faire.

Troy leva les yeux au plafond, un air d'exaspération sur le visage.

– Mec, prends-moi ce putain de portefeuille. Faut trouver qui est ce gars.

Diesel s'exécuta. La nounou berçait entre-temps le bébé en essayant de le calmer.

– Sors-le d'ici, dit Troy, avant d'ajouter, à l'adresse de Mad Dog : Surveille-la.

Diesel ouvrit le portefeuille et en sortit une poignée de cartes.

– Joe Vasquez, dit-il en tendant le permis de conduire à Troy.

Celui-ci alla dans l'autre pièce et interrogea la nounou. Elle n'avait aucune idée de l'identité du bonhomme. Troy resta dubitatif. Devait-il faire pression sur elle ? Non. Elle devait s'occuper du bébé. Qui était Joe Vasquez ? Pas un instant Troy n'envisagea qu'il pût s'agir de Mike Brennan, même si, effectivement, il s'interrogea pour savoir si le mort travaillait pour Mike.

Y avait-il quelqu'un d'autre ? Un moment de peur ; puis il décida que c'était peu probable. De combien de temps disposait-il ? Et le sang par terre et sur le mur ? Les trous de chevrotine ? Il réfléchirait à ça plus tard.

Mad Dog lui fit signe de se pencher plus près.

– Faut qu'on tue cette nana, dit-il. Elle peut nous identifier.

– Laisse-moi réfléchir à ça, dit Troy.

La déclaration de Mad Dog était logique mais trop répugnante. Le moment était mal choisi pour le dire à Mad Dog, mais Troy savait qu'il ne pourrait jamais assassiner un être aussi dépourvu de défense. La mère serait de retour d'ici quinze minutes à deux heures. Il devait prendre des décisions. Ils allaient déplacer le corps. Il leur faudrait des couvertures, ou quelque chose, pour s'assurer que le cadavre ne saigne pas partout dans la voiture.

– On va avoir besoin de quelque chose pour l'envelopper, dit-il à Diesel.

– Le bébé ?

– Non. Le cadavre.

– Qu'est-ce que tu penses de sacs-poubelle ?

– Super.

Diesel se rendit dans la cuisine et revint avec un paquet de sacs pour la tonte de pelouses. Parfait. Ils contournèrent les restes de la tête ; puis ils étendirent des couvertures et un couvre-lit sur le sol avant d'y faire rouler la carcasse de Brennan ; puis, repliant les couvertures, ils emportèrent les restes sur le perron avant. Troy descendit au pas de course la longue allée jusqu'à la grille, ouvrit celle-ci au passage et ramena la Jaguar. Ils fourrèrent le cadavre dans le coffre qu'ils reclaquèrent. Ce point-là était couvert.

Le plan avait été d'emmener la nounou et le bébé, mais c'était maintenant impossible. La mère perdrait complètement la tête si elle trouvait du sang et des restes sanguinolents en lieu et place de son bébé. Troy continuait à sentir des décharges d'adrénaline par tout le corps, remuant au passage crainte et fureur, les deux émotions de la survie, mais il sentait au plus profond de lui l'angoisse geignarde du désespoir. Il était obligé de jouer les cartes qu'il avait tirées du sabot, mais dans ses tripes, il éprouvait une peur désespérée. Les choses avaient tourné de travers, l'homme qu'ils n'attendaient pas, le meurtre, les décisions à prendre concernant l'enfant, la nounou et la mère.

– Va chercher le bébé et la nounou, dit-il à Diesel.

– Mad Dog aussi ?

– Ouais... naturellement. Emmène-les à la planque. J'attendrai ici la nana.

– Tu n'auras pas de voiture. Tu vas te retrouver coincé.

– Vas-y, mec.

Diesel haussa les épaules et entra dans la maison. La nounou en sortit bientôt avec, dans les bras, le bébé maintenant apaisé, suivie par Mad Dog et Diesel. Diesel s'avança, ouvrit la portière arrière et fit signe à la nounou de s'installer. Elle hésita.

– Pas de siège bébé, dit-elle.

– Aucune importance. Entre là-dedans, dit-il.

Elle s'exécuta. Mad Dog s'approcha de Troy.

– Tu vas vraiment rester ici, mec ? demanda Mad Dog. On peut passer un coup de fil et dire où on en est.

– Non, non. Elle appellerait les flics. Tiens...

Troy lui tendit le téléphone cellulaire.

– Appelle ici dès que tu seras arrivé à la planque. Demande à la nounou de rester à côté de toi.

– Et qu'est-ce qu'on fait pour le... coffre ?

– On larguera ça plus tard.

Mad Dog acquiesça. Il se tourna vers Diesel, posté près de la voiture.

– Qui est-ce qui conduit ?

– Vas-y. Tu connais le chemin ?

– Ben... Comme qui dirait. Je veux dire, c'est Troy qui devait conduire.

Ils se tournèrent vers Troy qui leur dit :

– Descendez cette route jusqu'à Monterey, tournez à gauche et continuez tout droit. Vous allez traverser un pont au-dessus de l'autoroute. Continuez. À gauche sur Figueroa. Vous connaissez la rue, non ?

Mad Dog acquiesça.

– Tournez à droite, tout droit. Vous verrez le musée en haut de la colline. Gardez l'œil ouvert pour repérer la maison.

– Pigé.

– Faites-lui baisser la tête, à la femme, qu'elle ne puisse pas voir où vous allez... et planquez aussi le bébé, qu'on ne le remarque pas. N'allez pas vous faire arrêter par les flics parce qu'il n'est pas installé dans un siège de sécurité.

– D'accord.

– Allez, en route.

La Jaguar descendit l'allée, les feux de stop s'illuminant un instant lorsque la voiture s'immobilisa avant de s'engager dans la rue. Troy retourna à l'intérieur de la maison et contempla la scène du crime. Quel foutoir le fusil de chasse avait fait ! Le sang avait coulé en rigoles, avant d'être absorbé. De minuscules débris de chair, d'os et de cheveux collaient au plâtre. Devait-il incendier la maison ? *Pourrait*-il incendier la maison ? Il n'avait rien d'inflammable sous la main, comme de l'essence ou du kérosène.

L'éclair des phares sur les fenêtres annonça le retour de la femme. La voiture se rangea sous un auvent à côté de la maison. Troy observa, masqué par un double rideau de la salle à manger, la femme qui sortait, tendant le bras pour prendre son sac à main avant de reclaquer la portière. C'était elle qui avait conduit et elle était seule. Que Dieu soit remercié pour ses petits cadeaux.

Elle entra par la porte latérale donnant accès directement sous l'auvent. Elle traversait la maison et se dirigeait vers l'escalier.

– Carmen ! s'écria-t-elle. Je suis rentrée.

Troy sortit de l'ombre.

– Bouge pas, poupée.

Elle sursauta, gorge serrée. La frayeur lui avait coupé la respiration de sorte qu'elle s'étrangla au lieu de hurler.

Troy bondit sur elle, lui agrippa le bras. Elle avait les yeux écarquillés par la terreur dans la demi-lumière.

– Tiens-toi tranquille. Ton bébé va bien.

– Mon bébé ! Où...

– Il est en pleine forme.

– Ohhh... ohhh... ohhh...

– Hé !

Il serra et se mit à la secouer. Il avait le cœur au bord des lèvres ; il n'avait aucune joie à faire ce qu'il faisait ; c'était horrible.

– Calme-toi, poupée.

Il la sentait qui tremblait. Oh, Dieu, pourquoi avait-il fait ça ?

Pour l'argent, connard, répondit le monsieur Hyde de son esprit.

– Où est-il ?

Elle prononça ces mots et il la sentit qui tirait vers l'escalier.

– Il n'est pas au premier, poupée. C'est nous qui l'avons.

– S'il vous plaît... ne lui faites pas de mal. Je ferai tout ce que vous voudrez. C'est qu'un tout petit garçon.

– Je sais... je sais. Chut. Écoute.

– Emmenez-moi.

– La ferme ! Écoute, nom de Dieu !

Elle cessa de parler et hocha la tête, toujours tremblante néanmoins.

– Il n'arrivera rien à ton bébé... mais la meilleure manière pour toi de le récupérer est de coopérer. Tu veux coopérer ?

– Oui.

– Comment s'appelle-t-il ?

– Michael.

– Comme son père ?

– Oui.

– Tout ceci concerne Mike le père. Sais-tu où je peux l'appeler ?

– J'ai... j'ai un numéro à Ensenada. Parfois je réussis à le joindre, d'autres fois je laisse un message. Il rappelle ou il fait rappeler par quelqu'un.

– Bien. Son môme a de l'importance pour lui ?

– Il pourrait bien me tuer pour ce qui est arrivé.

– Non, il ne te tuera pas.

– Vous ne le connaissez pas. C'est un vicieux et un méchant.

Troy se surprit à penser qu'elle n'était pas simplement séduisante, elle affichait une personnalité nette et bien tranchée. Sa place était au milieu d'une sororité ou quelque chose du genre, pas avec un roi de la drogue. Il voulait lui demander comment elle avait fait pour se retrouver mêlée à la vie de Mike Brennan, mais n'en fit rien. Il devait rester concentré sur l'affaire sérieuse qui l'occupait.

– Est-ce qu'il te fait surveiller ?

– Hein ?

– Est-ce qu'il a engagé quelqu'un pour te surveiller ?

– Je ne sais pas. Peut-être. Pourquoi ?

Devait-il lui parler du carnage au premier ? Il faudrait bien qu'il le lui dise à un moment ou à un autre.

Le téléphone se mit à sonner.

– Réponds, commanda Troy.

Elle décrocha.

– Allô ?

Elle écouta un instant, avant de tendre le combiné à Troy.

– Ouais.

– Tout baigne, dit la voix de Diesel. Ils sont à la cave. Il nous faudrait de la nourriture pour bébé.

– Va en chercher... Non, envoie le Dog.

– O.K. Comment ça va ? Je vois que la nana est rentrée.

– Ouais. Je suis en train de lui expliquer le topo.

– Tu veux qu'un de nous vienne te rechercher ?

– Non. Ça va bien.

– Comment tu vas faire pour te sortir de là ?

– T'en fais pas.

Il évita de dire qu'il envisageait de prendre la voiture de la mère. Il la garerait à huit cents mètres de la planque et ferait le reste du chemin à pied.

– Ne bouge pas avant que je t'aie contacté.

– Bien. Peut-être que ça va s'arranger.

– Peut-être. À plus tard.

Il raccrocha et regarda la fille.

– Eh bien, Mike Brennan avait un de ses *pistoleros*...

– Ses quoi ?

– *Pistolero*... torpedo... gâchette... Toujours est-il qu'il te surveillait. Le mec s'est fait tuer.

– Vous... vous l'avez tué ?

– Au premier.

– Oh mon Dieu. Et il est toujours là ?

– Non... mais ça fait un peu désordre à l'étage.

– Oh, merde !

Peut-être n'avait-elle pas le cœur aussi tendre qu'il l'avait d'abord cru.

– Oublie ça. Tu pourras faire le ménage plus tard. Pour l'instant, je veux que tu appelles ce numéro. Si tu as Mike au bout du fil, tu me passes le téléphone. Si tu dois laisser un message, demande qu'il te rappelle. Quand tu lui parleras, dis-lui que son fils sert de garantie pour une certaine somme d'argent qu'il doit à un vieil homme en prison. Quand il aura remboursé sa dette, il récupérera le gamin. Tu as compris ?

– Et s'il ne paie pas ?

– Il paiera.

– Mais s'il refuse ?

– S'il refuse, je te rendrai le bébé. Mais si tu lui dis ça, je te fais sauter ta putain de cervelle sur place.

Il durcit le ton sur ses derniers mots pour bien marquer le coup. Au fond de lui, la scène lui déplaisait de plus en plus. Mais les temps durs font les gens durs, et Troy se sentait dans un désespoir extrême. Lui aussi se battait pour survivre ; c'est ainsi qu'il voyait les choses.

– Tiens, dit-il en tendant le téléphone à la femme.

Elle passa le coup de fil. Mike Brennan, naturellement, n'était pas disponible. On l'attendait le lendemain matin.

– Faites en sorte qu'il rappelle sans faute. C'est urgent.

Elle regardait Troy tout en parlant. Lorsqu'elle eut raccroché, Troy lui dit :

– J'ai besoin de ta voiture.

– O.K. Juste... mon bébé, c'est tout.

Elle avait les yeux baignés de larmes, et lui aussi. Putain, mais qu'est-ce qu'il était en train de faire ?

En même temps, bordel de merde, comment pouvait-il modifier le cours des choses à un stade aussi avancé de la partie ?

– Il ne lui arrivera rien. Carmen est avec lui. Tu as confiance en elle, non ?

– Oui.

– Les clés de la voiture ?

Elle les sortit de son sac à main.

– Si tu appelles la police...

– Je n'appellerai pas. Je ne suis pas aussi bête.

– Je l'espère pour toi.

Il l'obligea à l'accompagner jusqu'à la voiture. Il s'installait au volant lorsqu'elle demanda :

– Vous voulez bien autoriser Carmen à m'appeler et me dire que le bébé va bien ?

– C'est d'accord. Mais je sais reconnaître une ligne placée sur écoutes.

– Ne vous en faites pas. Je vous jure que je n'appellerai pas la police.

Troy la contempla dans le rétroviseur, fine silhouette debout sous la pluie, jusqu'à ce qu'il franchisse la grille. Il avait mal, d'une douleur violente, pour ce qu'il avait fait, mais il ne pouvait plus en effacer une demi-ligne.

Il passait devant des maisons géantes brillamment illuminées pour Noël. Ce qui ne fit qu'ajouter à ses angoisses.

14

Les douze premières heures furent aussi décontractées qu'une telle situation pouvait le permettre. La nounou s'efforçait de tenir le bébé tranquille. Troy communiqua avec Alex par téléphone, puis commença l'attente. Le soir qui suivit, le bébé pleura, donnant l'impression de vouloir sa mère, et les conversations téléphoniques furent tendues. Troy alla jusqu'à se demander si quelqu'un ne jouait pas au plus fin. Peut-être devrait-il appeler la fille et voir si elle savait quelque chose. Il décida de n'en rien faire.

Le troisième soir, Alex appela :

– Ce mec qui vous est tombé dessus...

– Oui, et alors ?

– Tu l'as toujours ?

– Il commence à sentir très mûr.

– Tu sais pas, mon frère, ça pourrait bien être Mike Brennan.

– Tu racontes des craques.

– J'aimerais bien.

– Ce mec avait l'air indien à cent pour cent. Il ne ressemblait même pas à un Mexicain, alors moitié irlandais, tu penses !

– C'est exactement à ça qu'il ressemble, Mike Brennan.

– Oh, mec, ne me dis pas une chose pareille.

– Personne ne l'a vu là-bas. Le vieux a quelqu'un dans la bande de Brennan, et personne n'a plus eu de nouvelles de Mike depuis dimanche dernier.

– Oh, mec, je n'arrive pas à y croire.

Mais il en était pourtant convaincu. Effectivement, dès l'instant où Alex avait commencé à décrire Brennan, Troy comprit que leur cadavre était celui du seigneur de la drogue.

– J'ai jamais vu Chepe faire une telle gueule. Il est fou furieux.

– Contre moi ?

– Contre Mad Dog. Il a dit de l'éliminer sinon il te lance un contrat aux miches.

Une bouffée de colère fut la première réaction de Troy.

– Qu'il aille se faire enculer... ce vieil enfoiré.

– Du calme. Laisse pisser. Réfléchis un peu.

– Je ne permets à personne de me dire ce que je dois faire. C'est pour ça que j'ai eu des ennuis toute mon existence.

– Ouais, bon, je peux comprendre ça... mais à bien y réfléchir, ce mec mérite de se faire descendre une bonne fois pour toutes, nom de Dieu. Ça rendrait service à tout le monde.

– Ah, ouais ?

– Tu le sais bien, mon frère. C'est une menace pour tout le monde.

– Peut-être que je vais aller me coller une balle dans la tête, dit Troy en éclatant de rire. Ça au moins, ça résoudrait *mes* problèmes à moi.

– Et le môme avec sa nounou ?

– Et alors. Je ne vais pas les éliminer.

– Au moins tu ne fais pas la une des infos de dix-huit heures.

– Ouais, ça ne viendra pas s'ajouter aux statistiques criminelles. Nom de Dieu, mon pote, ça va pas être facile. Ce mec, c'est tout juste si je ne suis pas son idole.

– Il se retournerait contre toi à la seconde. Il se retournerait contre n'importe qui. Il est complètement fêlé.

– On dirait bien que Chepe ne va pas nous payer, hein ?

Greco éclata de rire au téléphone.

– Non, je ne crois pas. Si tu laisses passer le coup, tu le regretteras ensuite.

– Je vais y réfléchir.

– Laisse-moi te dire un truc, mon frère, le vieux a l'air facile à vivre, mais il a des Mexicains plein le cul prêts à tuer le premier qu'il leur désignera pour dix cents ou moins encore. J'ai fait porter tout le chapeau au cinglé. Mais si tu ne t'en occupes pas...

– J'ai compris le tableau.

Il était un fait que Chepe disposait de millions, peut-être même d'un milliard, et qu'il avait accès à d'innombrables tueurs des deux côtés de la frontière. Certains étaient des mecs stupides prêts à assassiner pour deux mille dollars, et si quelques-uns étaient par trop débiles pour commettre le crime, il en était d'autres, rusés, froids, mortels. Troy n'avait peur de rien à la surface de cette terre, Chepe y compris – mais il préférait se garder l'amitié du vieil homme s'il le pouvait.

* * *

Dès que Troy et Diesel eurent ouvert la porte latérale du garage, la puanteur de la chair en train de pourrir les assaillit et leur donna la nausée.

– Seigneur Dieu, qu'est-ce que ça sent mauvais, dit Diesel en se couvrant la bouche et le nez d'une main.

Troy se détourna et sortit un mouchoir. Il avait failli vomir. Il appuya sur la commande d'ouverture et la porte se releva. La nuit était fraîche et agréable. Le smog avait été lavé par les pluies récentes. La tempête avait soufflé vers l'est à travers les déserts du sud-ouest. Le ciel étincelait d'étoiles. Il respira profondément et se dit :

– Pourquoi la vie ne peut-elle pas être plus facile que ça ?

Diesel transporta le sac de chaux vive jusqu'à la voiture et le glissa à l'arrière sur le plancher.

– O.K., dit-il.

– Va leur dire qu'on part.

Diesel repassa par la porte latérale. Mad Dog attendait, tenant la nounou par la manche. Elle avait une taie d'oreiller sur la tête et tenait le bébé endormi dans ses bras. Diesel fit signe d'approcher et Mad Dog dit à la femme :

– On y va. Fais attention où tu mets les pieds. Il y a trois marches à descendre.

Il la guida d'une main sur le coude. Diesel attendait au-devant d'elle, reculant, mains en avant, au cas où elle aurait trébuché.

Troy baissa les vitres de la voiture, essayant de chasser par un courant d'air la puanteur qui venait du coffre. Une fois la nounou et le bébé dans la voiture, Diesel claqua la portière et monta à l'avant. Mad Dog traversa la rue en courant vers sa propre voiture. Lorsqu'il eut allumé ses phares, Troy sortit en marche arrière et prit la route.

– Ne le perds pas, dit Diesel.

– Ça risque pas.

Troy emprunta les petites rues qui traversaient Highland Park, traversa un pont au-dessus de l'autoroute de Pasadena et entra dans El Sereno. Les vitres baissées, la voiture en mouvement perdit son odeur nauséabonde, mais la nuit était froide et le bébé se mit à pleurer. La nounou le câlina et l'apaisa en lui parlant en espagnol. La circulation était fluide, sans piétons. Bien.

Il sortit des collines basses et s'engagea sur Huntington Drive en restant sur la droite, sachant ce qu'il cherchait, un banc d'arrêt de bus, isolé, sans voitures de passage, sans personne susceptible d'assister à la sortie de la femme de la Jaguar.

Il y avait des bancs à intervalles de quelques blocs mais pour les tout premiers, se trouvaient gens ou voitures à proximité, aussi poursuivit-il sa route. À Freemont, il tomba sur une série de commerces : boutique à beignets, station-service, café. Il dut s'arrêter au feu et attendre qu'il passe au rouge.

Une voiture-pie de la police traversa le carrefour de la gauche vers la droite. Aucun des deux policiers ne tourna la tête au passage.

L'arrêt de bus suivant était vide. Troy ralentit et balaya le terrain du regard. Il n'y avait que Mad Dog derrière lui. Les voitures arrivant en sens inverse étaient distantes de près de deux kilomètres. Il se rangea contre le trottoir.

Diesel se dépêcha de sortir et ouvrit la portière arrière.

– Allez, dit-il en se penchant vers l'avant afin de saisir le bras de la nounou pour la guider et la soutenir. Doucement.

Ils lui avaient bandé les yeux d'un pansement couleur chair et elle portait des lunettes noires. Il était impossible de s'apercevoir qu'elle n'y voyait rien à moins d'être tout près. Il avait posé une main sur le haut du biceps, l'autre sur l'avant-bras qui tenait le bébé. Elle était ainsi pleinement assurée de ne pas tomber.

Il la guida jusqu'au banc.

– Assieds-toi. *Sienta se.*

Elle tâtonna d'une main et s'assit.

Lorsque sa croupe eut touché le siège, Diesel remonta dans la voiture d'un bond au moment où Mad Dog les doublait. Diesel claqua la portière et Troy écrasa l'accélérateur. Il garda les yeux sur la nounou et le bébé dans le rétroviseur jusqu'à ce que la nuit les efface.

Troy prit le récepteur téléphonique et appuya sur la touche « Appel ». La première sonnerie eut à peine le temps d'aller à son terme qu'une femme répondait.

– Allô.

– C'est moi. Ton bébé et la nounou vont bien. Ils sont à un arrêt de bus sur Huntington Drive près de l'autoroute de Pasadena.

– Oh, merci, mon Dieu, merci.

– Est-ce que tu es allée à la police ?

– Non, non... Je vous jure que non.

– Mike n'a jamais rappelé, n'est-ce pas ?

– Non. J'attends toujours ici.

– Laisse tomber. Entre toi et moi... il n'est plus que du passé.

– Quoi ?

– Il est mort. Alors pense à ce que tu vas faire maintenant.

Troy raccrocha sans attendre de réponse, espérant qu'il lui avait rendu service en lui apprenant la nouvelle ; peut-être parviendrait-elle à se faire un peu de blé en sachant la vérité très vite.

Il continua sa route vers Huntington Drive. L'avenue était divisée par une large zone médiane et les trois voies de chaque côté n'étaient guère chargées en véhicules. Il pouvait se diriger vers l'est, la direction qu'il voulait prendre, sans avoir à se concentrer comme s'il se trouvait sur l'autoroute. Le kidnapping était maintenant derrière eux, ne restait plus qu'à nettoyer le foutoir. C'était à ça qu'il devait s'obliger à penser.

– Comment tu vas ? demanda-t-il à Diesel après quelques minutes de silence.

– Je vais bien, sachant que je vais pas être riche comme je le pensais.

– Peut-être qu'on aura un meilleur coup la prochaine fois.

– Ouais... peut-être.

Après un temps de silence, il ajouta :

– Quand on se sera débarrassés du corps dans le coffre, je crois que je vais me rentrer à la maison pendant un moment.

– Ouais. Et on a encore une chose à faire.

– Et c'est quoi ?

– Tuer Mad Dog.

– C'est la meilleure idée que t'aies eue depuis longtemps.

– Depuis si longtemps que ça ?

– Non, ce n'est pas ce que je voulais dire. Mais c'est bien. Tu veux que je le fasse ?

– Non... c'est mon chien à moi. À moi de le faire dormir pour toujours.

– Comme tu voudras.

Ils continuèrent leur route pendant un moment. À l'approche de Rosemead Boulevard, il mit son clignotant et vit Mad Dog faire de même. Une rampe d'accès à l'autoroute de San Bernardino, l'inter-États 10, était à moins de deux kilomètres.

– Quand est-ce que tu lui fais avaler son bulletin de naissance ?

– Pourquoi ne pas les mettre tous les deux dans le même trou ?

– *Après* qu'y nous aura aidés à creuser, si tu vois ce que je veux dire.

– T'es un gros vieil enfoiré de paresseux, je me trompe ?

– Merde, mec, j'aime pas creuser de tranchées. On nous obligeait à faire ça à Preston, tu te souviens ?

– Sûr que je me souviens.

C'était vrai, en maison de redressement, on les faisait travailler comme des esclaves en guise de punition. Il se rappelait les ampoules qu'il avait aux mains d'avoir manié la pioche pour démolir le revêtement d'asphalte d'un terrain de sport. S'était plantée en lui simultanément une haine du travail physique forcé.

– T'as des pelles ?

– Y en a une à l'arrière... par terre.

Diesel se pencha vers l'arrière et regarda.

– Rien qu'une ?

– On fera ça à tour de rôle.

– Il nous en faudrait une autre... et une pioche et un pic.

– Il n'y a rien d'ouvert. On pourrait peut-être en voler une.

– D'accord. Et on se fera probablement prendre en faisant ça et ils découvriront monsieur Sent-Pas-Bon dans le coffre.

– Qu'est-ce qu'on va faire, alors ?
– Laisse-moi réfléchir. J'ai pas envie d'attendre jusqu'à demain soir.
– J'ai bien compris. Merde, mec, si on attend, t'arriveras jamais à te débarrasser de l'odeur.
– Ouais... comme la pisse de chat.
Devant eux, l'autoroute surélevée était visible, à la lueur des éclairs des camions et des voitures qui l'empruntaient. Troy se déporta sur la voie de dégagement pour emprunter la rampe. Mad Dog suivit.

* * *

L'œil de la tempête qui avait noyé L.A. un peu plus tôt s'était maintenant stabilisé quelque part au-dessus de l'Arizona, mais ses traînées résiduelles continuèrent à déclencher des averses occasionnelles entre Riverside et la frontière de l'État.

Les deux voitures étaient comme deux débris flottants portés par le courant de l'inter-États 10. Voitures, camions, bus, tous avançaient, droit devant, sur le ruban de route à voies multiples. Quiconque se cantonnait à la vitesse limite de quatre-vingt-dix kilomètres-heure se verrait balayer latéralement par le vent au passage des gros poids lourds diesel Kenilworth. Lors de la traversée des villes à l'est du comté de L.A., Cucamonga, Corvina et Pomona, la circulation fut chargée. Les gros camions faisaient caravane, comme une ligne d'éléphants de la trompe à la queue, tandis que les voitures doublaient comme des lévriers à la course. Troy conduisait prudemment, faisant en sorte de ne pas attirer l'attention de la Patrouille des autoroutes. S'il se faisait arrêter, l'odeur du foutoir dans le coffre les trahirait immanquablement. La puanteur de la chair en décomposition constituerait à ne pas s'y tromper un « motif de suspicion légitime ». Il gardait les vitres suffisamment baissées pour chasser l'odeur sans qu'ils gèlent à l'intérieur du véhicule. La nuit du désert était froide.

La conversation s'entrecoupait de longs silences.

– Une fois qu'on l'aura éliminé... dit Diesel, tu sais qu'il a ses cent bâtons.

Troy grommela et fit la moue avant de répondre, au bout d'une minute :

– On ne peut pas laisser traîner cent bâtons... mais pour une raison ou pour une autre, je me sens comme qui dirait bizarre à l'idée de les récupérer.

– Ouais... comme si on le tuait pour le voler.

– Mouais... On sait que ce n'est pas comme ça.

– Non, je le liquiderais bien gratis. Ha, ha, ha, ha...

Le rire à gorge déployée fit sourire Troy. Seigneur, quel sujet de plaisanterie ! Et quel foutoir ! Combien de personnes Mad Dog avait-il tuées hormis les trois jeunes femmes et la fillette ? En prison, les hommes faisaient des récits de braquages au hasard de la route, de cassages de coffres et de vols, mais ils parlaient rarement de meurtres commis. Ils voulaient oublier ceux dont ils avaient été reconnus coupables, et cacher tous les autres.

– Mad Dog me rappelle Nash, dit Diesel. Tu te souviens de lui ?

– Oh ouais, qui est-ce qui pourrait oublier ce monstre édenté ? Ça m'a fait plaisir quand ils lui ont passé le cul à la chambre à gaz. Il dormait toute la journée et passait ses nuits à hurler. Je l'aurais tué, ce sale con, il m'a tenu éveillé une année durant.

– Tu te souviens quand il a dit qu'il avait étripé ce petit garçon sous la jetée de Venice parce qu'il ne voulait pas le voir grandir et connaître la vie que lui n'avait jamais eue ? Mad Dog est quelqu'un dans le même genre.

– Sûr qu'il l'est.

Troy se demanda si Mad Dog était hanté par la conscience, comme Raskolnikov dans *Crime et Châtiment.* Peu probable. Le fait de tuer paraissait apaiser les démons de Mad Dog, quels qu'ils puissent être. Troy était convaincu que cela lui donnait un sentiment de puissance. Troy allait tuer Mad Dog, mais ce ne serait pas chose facile. Mad Dog l'idolâtrait. Il est difficile de tuer quelqu'un qui vous idolâtre, même s'il s'agit d'un fou homicide. Ç'avait été une mauvaise idée, songea-t-il en repensant à toute l'affaire du kidnapping. Trop de choses pouvaient tourner mal. Des choses inattendues, en particulier du genre tuer la poule aux œufs d'or. Seigneur Jésus, qui aurait pu prévoir qu'un seigneur de la drogue avec une inculpation fédérale sur le dos et un mandat aux fesses comme fugitif irait courir le risque de traverser la frontière ce soir-là tout particulièrement ? Une chose était sûre : finis, les kidnappings. Il le savait déjà clairement dès le départ, quand on lui avait fait la proposition – mais, nom de Dieu, la somme était tellement importante, peut-être deux millions de dollars.

– J'ai faim, dit Diesel. En fait, je crève la dalle, bordel.

Presque simultanément, ils repérèrent une enseigne rouge lumineuse : CAFE. Elle était fixée à un poteau, assez haut pour être visible depuis l'autoroute.

– Fumeurs ou non-fumeurs ? demanda la serveuse qui vint au-devant d'eux à leur entrée.

Diesel indiqua un box avec une fenêtre couverte de buée donnant sur le parking. Ils voulaient garder un œil sur les voitures.

Diesel fut le seul à prendre un repas complet, œufs au jambon avec gruau de maïs au lieu de frites. Mad

Dog, plein de méthamphétamines, n'avait pas d'appétit et but du café. Troy essaya lait et tarte. Le lait descendit et apaisa son estomac qui le brûlait ; la tarte était desséchée et il se contenta de la grignoter.

– T'es sûr que le coin où on va présente pas de risques ? demanda Mad Dog. Y a longtemps que tu y as pas été.

– Qu'est-ce qui peut bien changer, bordel, au milieu du désert ? C'est une rivière à sec dans la Réserve Cabazon. Personne n'y va, à part les Indiens. On quitte la route et il n'y a personne à des kilomètres à la ronde.

– On ferait bien de reprendre la route. Le soleil ne va pas tarder à se lever.

Troy laissa le pourboire et paya à la caisse. Ses deux acolytes étaient à l'extérieur. Lorsqu'il franchit la porte, Mad Dog lui tournait le dos. Troy regarda la chair derrière son oreille. C'est là qu'il placerait sa balle. Il chassa cette pensée. Ce n'était pas le genre de chose sur laquelle s'appesantir. Il s'en viderait la tête jusqu'au moment venu. La décision avait été prise et l'indécision n'avait plus sa place. Pas de réexamen, pas d'appel.

Diesel s'arrêta et l'attendit.

– Vaudrait mieux prendre de l'essence, dit-il, puis, baissant la voix : Il me surveille de vachement près.

– Je t'ai dit que c'est moi qui le faisais. Je crois que je vais monter avec lui. Prends ma voiture.

Ce fut à Mad Dog d'ouvrir la voie maintenant, Troy assis à côté de lui, et la Jaguar derrière eux qui suivait. Minuit était passé depuis longtemps et les voitures étaient rares. Seuls les camions de transports commerciaux roulaient dans les ténèbres. Mad Dog faisait un appel de phares chaque fois qu'il en doublait un. Sur le côté de la route, nombre de bâtiments s'ornaient de guirlandes lumineuses. L'autoradio diffusait des chants de Noël.

– Alors, c'est quoi, la suite ? demanda Mad Dog. Est-ce que ce Greco va nous offrir un nouveau braquage ?

– Ahhh, ouais, mais pas avant que la nouvelle année soit passée. Diesel veut rentrer chez lui pour Noël. Il a un môme, tu sais.

– Il pourrait y rester, chez lui, en ce qui me concerne.

– Sois pas aussi méchant, Dog. Le mastard est réglo.

– Il est réglo avec toi... mais ce gus, je l'encaisse pas vraiment. Je le supporte à cause de toi. Cet enfoiré croit qu'il est mauvais. Y a pus personne de mauvais. Tous les enfoirés de mauvais sont sous terre.

– C'est ce qui se dit.

Troy allongea le bras et offrit à l'épaule de Mad Dog une bourrade de Judas.

– Vas-y mollo. Tout va bien se passer, mon frère.

Il méprisait sa propre fourberie, mais il savait ce qu'il avait à faire.

De l'autre côté du désert se trouvaient des communautés où aucun d'eux n'était jamais allé. Troy se rappelait certains détails, mais d'autres ne lui étaient pas familiers. Où était la jonction avec la route ? Un panneau disait PALM SPRINGS PROCHAINE SORTIE. Soudain apparut un autre panneau dans l'éclat des phares : RÉSERVE INDIENNE CABAZON.

– Tourne ici, dit-il.

Mad Dog écrasa le frein et prit le virage dans un crissement de pneus. Les phares derrière lui lui facilitèrent la tâche. En bout de rampe se trouvait une route étroite. Était-ce un chemin de terre dans le passé ? Troy n'en était pas sûr. La route coupait à travers un paysage difficile, arroyos et basses collines avec d'énormes massifs de cactus tandis que se dressaient sur l'horizon les saguaros comme autant de sentinelles. Si sa mémoire était exacte – si c'était bien l'endroit – la réserve se trouvait à huit kilomètres au-devant d'eux, même si le but de leur voyage n'était pas aussi éloigné. Troy se faisait du souci jusqu'à ce que passe une camionnette dans l'autre sens. Des Indiens en route pour la ville. Allaient-ils faire demi-tour pour venir inspecter les deux voitures ? Il suivit des yeux les feux rouges arrière qui disparurent. Bien.

Les phares illuminèrent la jonction de la route, la double rainure des roues des véhicules qui s'enfonçait dans le noir.

– Remonte par là.

La voiture se mit à bondir et tanguer tandis que l'éclat des phares dansait sur le paysage aride. La voiture était pleine de la lumière que leur envoyait Diesel sur leurs talons. Au-delà des faisceaux étroits de leurs phares, le monde était un noir total, sans lune ni étoiles ; c'était une nuit sans lumière. Troy savait qu'il n'y avait rien à des kilomètres à la ronde.

Ils continuèrent pendant près de deux kilomètres lorsque soudain, les traces de pneus se trouvèrent coupées par un arroyo transformé en torrent rapide par la tempête récente. Ils n'iraient pas plus loin. À première vue, l'endroit en valait bien un autre. Le cœur de Troy battait la chamade. Il s'obligea à respirer lentement et régulièrement par la bouche. Vas-y doucement, ne laisse pas ton imagination se mettre à battre la campagne comme une folle. Ce n'est pas bien difficile, tu serres juste la main et tu tires le doigt vers toi avec une pression de quelques kilos.

Diesel s'était rangé derrière eux et avait coupé le moteur de la Jaguar. Le bruit de l'eau qui courait étouffa ses pas jusqu'à ce qu'il se retrouve à côté d'eux.

– C'est ici ?

– À moins que tu veuilles nager.

– Est-ce que ça fait une différence ?

– Non, non. Allons-y. T'as la pelle ?

– Ouais. Je suis fin prêt à creuser un beau trou.

– Pourquoi est-ce qu'on laisserait pas cet enfoiré sur place ? dit Mad Dog. Les coyotes et les busards vont pas le dévorer ?

– Bien sûr que si... mais quelqu'un pourrait voir les busards et venir vérifier qu'il ne s'agit pas de l'une de ses vaches.

– Pas des vaches, corrigea Mad Dog. Par ici, c'est des bœufs.

– Même chose.

Guidés par la torche et portant la pelle, ils passèrent un monticule où ils seraient invisibles si quelqu'un venait à passer. Peut-être quelque Indien avec sa petite amie cherchant un coin tranquille, ou quelqu'un voulant vérifier le niveau de l'eau dans l'arroyo. Ils verraient les voitures, bien sûr, mais il valait mieux qu'ils ne voient pas aussi un groupe de mecs en train de creuser un trou.

Diesel commença à creuser. En fait, il essaya de commencer ; le mieux que put faire sa pelle fut d'envoyer voler des éclats aussi durs que des échardes de béton. Il essaya à un autre endroit. Même résultat.

– Rien à branler de cette merde, dit Diesel en jetant sa pelle au sol. On va passer trois ou quatre jours à creuser un trou. Ce qu'y faudrait, c'est un peu de dynamite ici.

– Écoute, dit Mad Dog, on n'a qu'à trouver un petit surplomb, une corniche qui dépasse. On le colle en dessous tout contre et on fait dégringoler la terre sur lui. Un glissement de terrain, comme qui dirait, voyez ce que je veux dire ?

– C'est une idée qui en vaut bien une autre, dit Diesel. Qu'est-ce que t'en penses ? demanda-t-il à Troy.

Les pensées de Troy étaient distraites, à moitié concentrées sur le trou. Troy bataillait en son for intérieur sur ce que *lui* était obligé de faire.

– Ouais, dit-il, ça me paraît aussi bien.

Ils s'engagèrent péniblement dans un arroyo. À une centaine de mètres du ruisseau, ils tombèrent sur une rive qui ressortait à l'oblique. Ils ne trouveraient pas mieux. Ils retournèrent à la voiture et ouvrirent le coffre. Ils détournèrent tous trois le visage devant la puanteur. Diesel eut un haut-le-cœur et faillit vomir.

– Nom de Dieu, il sent mauvais.

– Tu sentirais pareil au bout de trois jours, dit Mad Dog.

– Je puerais peut-être, mais je ne le sentirais pas, répliqua Diesel.

– Retenez votre respiration jusqu'à ce qu'on le sorte, dit Troy.

Il maintenait un mouchoir sur son nez et sa bouche tout en tendant l'autre bras à l'intérieur du coffre. À travers la couverture, il agrippa une cheville. Elle avait beaucoup gonflé, et ses doigts s'enfoncèrent sous sa prise. Putain que c'est dégoûtant, songea-t-il, en tirant le corps vers le haut pour le sortir. Le cadavre rebondit sur le pare-chocs arrière et tomba au sol avec un bruit sourd.

– Donne-moi un coup de main, dit-il à Mad Dog. C'est toi qui l'as tué. Tu pourrais au moins m'aider à le transporter.

– Ne sois pas aussi mesquin, Big T, dit-il avec humour – et Troy se sentit envahi de chagrin, Troy qui savait que dans quelques minutes, il allait assassiner le pauvre homme tourmenté. Dans la vision que Troy avait du monde, Mad Dog McCain était moins responsable de sa malfaisance que les hommes de la Croix-Rouge et des banques de sang qui avaient laissé passer du sang porteur du virus HIV sans le soumettre à examen parce que la chose aurait coûté cent millions de dollars : du fait de cette décision parfaitement raisonnée, sept mille hémophiles se mouraient. C'était cela, le mal véritable. Mad Dog allait mourir parce qu'il était un danger et une menace, mais quoi qu'il pût être, c'était les tragédies torturées de son existence qui avaient fait de lui celui qu'il était.

– Donne, laisse-moi faire, dit Diesel. Ouvre la marche avec la torche.

Le corps était roulé sur lui-même en position fœtale et encore légèrement raidi maintenant que la rigor mortis se changeait en pourriture. Mad Dog et Diesel transportèrent le corps. Pas plus l'un que l'autre ne voulait toucher la chair du cadavre. Diesel souleva le corps par la cheville à travers le tissu, mais Mad Dog se contenta de tenir la couverture. La balade fut plus pénible et plus longue qu'ils ne l'avaient escompté. Troy passa en tête, se servant de la torche pour retrouver la pelle. Derrière lui, Mad Dog trébucha et laissa tomber sa charge. Diesel continua à tracter la carcasse sur la terre dure, le torse décapité glissant et rebondissant à mesure de son avancée.

– Y sent rien.

Troy se servit de la torche pour repérer ce qui lui parut le meilleur endroit pour faire effondrer la corniche.

– Mets-le là, dit-il en indiquant l'emplacement avec sa torche.

Le cadavre une fois posé contre le talus, il creusa en surplomb à l'aide de la pelle.

Il s'arrêta.

– On a oublié cette sapolerie de chaux, dit-il.

– On s'en fout, dit Mad Dog.

– Non, non. D'ici quelques mois, elle effacera notre connard de la surface de la terre. Je vais la chercher.

– Non, j'y vais, dit Diesel. Je suis plus costaud que toi. Donne-moi la torche.

Troy la lui tendit ; puis il observa la lumière qui s'éloignait, clignotant à mesure que Diesel l'allumait par à-coups afin de s'orienter. La lumière disparut et il n'y eut que noir et silence. Puis, faiblement, il entendit un bruissement... ou était-ce un battement d'ailes ? Les créatures du désert se déplaçaient dans la nuit lorsque le soleil brûlant du jour avait disparu, chauves-souris, coyotes, chouettes – et toutes les proies dont ils se nourrissaient. Troy entendait la respiration de Mad Dog non loin de lui. Plus loin, quelque chose vint déranger des galets ; peut-être un animal attiré par l'odeur de chair pourrissante. Les réflexions de Troy tournaient toutes autour de l'idée de tuer Mad Dog. Le moment approchait et l'angoisse le rendait faible. Quoi qu'ait pu faire le fou, il allait mourir de la main de quelqu'un qu'il aimait.

– Nom de Dieu, j'ai froid, dit Mad Dog. Pas toi ?

– Je suis plus habillé que toi.

– Où est-ce qu'il est passé, ce gus ?
– Il ne va pas tarder.
Effectivement, quelques instants plus tard, la torche apparut. À mesure que Diesel approchait, ils l'entendaient cracher ses jurons.
– Mes putains de boots Ferragamo... sept cents putains de dollars... complètement râpées de partout, putain ! Je vais avoir l'air d'un enfoiré de clodo.
– Tu pourras t'acheter de nouvelles boots, dit Mad Dog.
– Ouais... ouais... ouais.
Il arriva jusqu'à eux.
– Où vous voulez que je mette ça ?
– Colle-le sur le cadavre.
Diesel se servit de la torche pour repérer le corps. Il laissa tomber le sac de chaux sur la dépouille et Mad Dog ouvrit le sac d'un coup de pelle. La chaux vive se répandit sur la carcasse.
– Je vais monter sur la corniche, dit Diesel en tendant la torche à Troy. Les mecs, vous creusez à partir du dessous et moi je sauterai sur le dessus. Ça devrait aider, d'accord ?
– Vas-y, dit Troy.
Dès l'instant où Diesel était parti chercher la chaux, Troy avait commencé à serrer la crosse rugueuse et guillochée du pistolet dans la poche de son pantalon, attendant l'instant de sortir l'arme et de faire feu. Il voulait la coller à bout portant à la base du crâne de Mad Dog. Mais sa paume était maintenant mouillée de sueur. Regardant dans la direction que Diesel avait prise, à savoir l'est, il commençait à distinguer faiblement des formes. C'était la fausse aurore qui précède l'aube. Le nœud de faiblesse dans son gosier commençait à s'étendre. S'il avait été seul avec Mad Dog, il aurait laissé tom-

ber et menti à Diesel. Il aurait dû confier la tâche au mastard. Il regrettait de ne pas être fou de rage ; un sang chaud rend les choses beaucoup plus faciles qu'un sang froid...

– O.K., commence à creuser par-dessous, dit Diesel du sommet de la corniche.

– J'arrive, dit Mad Dog.

Chargé de sa pelle, il passa tout près de Troy et se mit à l'ouvrage sur la face inférieure du surplomb. Il grommelait en enfonçant la pelle vers le haut. La silhouette de Diesel sautait sur place. Troy se rapprocha de Mad Dog, à l'oblique par rapport à son épaule droite. Il avait sorti lentement le pistolet de sa poche et le tenait masqué, collé contre sa jambe.

Mad Dog s'interrompit et se retourna pour regarder derrière lui.

– Encore deux minutes et ça dégringole. Vaudrait mieux que tu prennes le relais. Je crois que je me suis attrapé des putains d'ampoules. Donne-moi la torche.

Troy la lui tendit. Mad Dog l'alluma et baissa les yeux pour examiner la paume de sa main. Troy savait que s'il hésitait plus longtemps, l'occasion serait perdue ; il serait en train de creuser. Il avança d'un pas, comme s'il s'intéressait aux ampoules de Mad Dog. Il était posté derrière l'épaule de sa victime. Il leva l'arme jusqu'à quelques centimètres de la tête de sa cible. Il serra la crosse du pistolet et la détente d'une pression égale. Le pistolet tressauta, suivi par une explosion de bruit, et une langue de feu jaillit, venant lécher Mad Dog juste derrière l'oreille droite. La balle pénétra le crâne et creusa son sillon dans la matière grise. L'orifice de sortie, à côté de l'œil gauche, avait la taille d'un demi-dollar. Mad Dog s'effondra, instantanément inerte, sur le corps de Mike Brennan. La torche tomba au sol et roula sur quelques dizaines de centimètres, son faisceau dansant sur la terre. Le sac de chaux ouvert était pris en sandwich entre les cadavres. Dans quelques mois, les deux corps ne feraient plus qu'un.

Troy plaça le pistolet à la base du crâne et fit feu une nouvelle fois. Le corps eut un sursaut. Les coups de feu résonnèrent en écho dans le désert et un *burro* sauvage se mit à braire quelque part dans les buissons.

Tandis que Troy ramassait la torche pour la braquer sur son ouvrage, Diesel descendit le talus d'une glissade.

– J'ai franchi le Rubicon, marmonna Troy.

– C'est quoi, ça ?

Lui aussi contemplait les corps sans vie.

– J'ai dit qu'on ferait bien de finir de les recouvrir.

Au fond de lui, il se demandait : comment ma vie en est-elle arrivée là ? Dieu ne lui donna pas de réponse.

– Ç'a fait le boucan d'un putain d'obusier, dit Diesel.

– Personne ne l'aura entendu, sauf quelques crapauds à cornes. Remonte là-dessus.

– Tu ferais bien de lui faire les poches. Prends-lui ses pièces d'identité et ses clés de voiture. Ses cent bâtons sont dans le coffre.

– Nom de Dieu, mon pote, tu commences à penser aux choses importantes. Je m'en serais souvenu une fois revenu à la voiture.

– C'est pour ça que t'as besoin de moi à tes côtés. Seigneur, je suis content que cet enfoiré soit mort. Il me fichait la *trouille*.

– Y fichera plus jamais la trouille à personne.

Ils s'en claquèrent cinq pour célébrer la chose, la tête en vertige. La tension soudainement libérée les conduisait presque au bord de la folie.

Il fallut vingt minutes pour déclencher la mini-avalanche qui recouvrit les corps. Le soleil commençait alors à poindre à la limite de l'horizon est, proclamant l'annonce d'une belle journée ensoleillée sans nuages. La tempête s'était déplacée vers l'est.

Troy fixait des yeux la fausse tombe. La corniche qui s'inclinait depuis son sommet avait maintenant inversé sa pente. Une tonne de terre au moins les recouvrait. Ils pourraient restés cachés à jamais à la face du monde – et après quelques mois, cela n'aurait plus d'importance. La chaux vive ferait son ouvrage, de sorte que toute identification serait impossible. Peut-être pourrait-on faire correspondre leur dentition à des dossiers dentaires, mais cela exigerait que l'on soupçonne leurs identités. Avec deux cadavres retrouvés ensemble, les autorités rechercheraient deux personnes ayant disparu ensemble. Tout ça n'était que pure conjecture, de toute manière. Voilà deux meurtres qui resteraient certainement non résolus, deux meurtres dont on ne soupçonnerait très vraisemblablement même jamais qu'ils avaient eu lieu.

Ils rapportèrent la pelle jusqu'aux voitures et déverrouillèrent le coffre du véhicule de Mad Dog. Aucun doute : les cent mille dollars se trouvaient dans un sac de gym Nike.

– On comptera plus tard, dit Troy. On va le mettre dans la Jag.

– On va pas laisser c'te bagnole ici, quand même ?

– Non. On l'abandonnera ailleurs.

– Où ça ?

– N'importe où. Peut-être dans le parking de la salle de jeu devant laquelle on est passés. Personne ne la remarquera avant quelques jours.

– Elle est enregistrée sous un faux nom.

– Encore une autre voiture abandonnée dont il va falloir qu'ils se débarrassent. Tiens.

Il tendit les clés à Diesel et transporta le sac de sport Nike jusqu'au coffre de la Jag. Le coffre contenait maintenant deux cent mille dollars ; dont les trois quarts étaient sa propriété. Alex Aris lui devait encore de l'argent, qui plus est. C'était aussi précieux que de l'or.

Tandis qu'ils quittaient la piste de terre pour rejoindre la route étroite goudronnée, Diesel récita un acte de contrition silencieux. Même s'il méprisait ces choses à haute et intelligible voix, l'empreinte de l'orphelinat catholique ne s'était toujours pas effacée. Et tout en récitant sa prière, il était silencieusement furieux contre ce qu'on lui avait fait subir. Subir il y a pourtant bien longtemps.

Diesel suivit Troy sur la grand-route ; puis dans le parking de la salle de jeu. Se trouvaient déjà rangées là au moins une centaine de voitures. Troy s'y engagea et lui fit signe de se garer de l'autre côté.

Ils s'avancèrent séparément vers l'entrée. Personne ne daigna leur accorder un regard. Ils ressortirent ensemble et montèrent dans la Jaguar.

Une fois engagés sur la grand-route, il était huit heures du matin.

– On sera à L.A. avant midi, dit Troy.

– Appelle le Greco et pose-lui la question de notre argent. J'aimerais rentrer chez moi ce soir, quand j'aurai dormi un peu.

– Tu peux dormir ?

– Je peux vraiment dormir après un truc pareil.

15

Los Angeles étincelait. L'air, les trottoirs, les feuilles vertes étaient propres, lavés par la pluie, et pour une fois, les montagnes San Gabriel encapuchonnées de neige étaient visibles. Cette merveilleuse après-midi d'hiver rappela à Troy son enfance, à l'époque où L.A., parmi toutes les villes d'Amérique, était ce qui se rapprochait le plus du paradis. En dépit de la beauté de cette journée, un sentiment de déprime grisâtre grignotait Troy à petits coups, comme une douleur de l'âme. S'agissait-il d'une réaction au meurtre ou cela avait-il tout bonnement remué des sédiments toujours enfouis profondément en lui ? Il jeta un coup d'œil à Diesel. La même chose devait lui trotter dans la tête, si elle ne l'occupait pas à part entière. Et pourtant, il avait l'air suffisamment placide. Qu'en était-il sous la surface ? Quel effet le catholicisme avait-il sur lui ? Ils avaient dû lui imprimer à force la conviction de la damnation. Troy n'avait pas ce fardeau à porter. Ce n'était pas le jugement de Dieu qui le préoccupait, pas même celui de l'humanité, car le premier était non existant, et le second n'aurait jamais lieu d'être. Ce qui le préoccupait, c'était que sa vie en avait été réduite à cette extrémité, à savoir coller une balle dans la tête d'un fou furieux. Ne serait-il pas merveilleux de pouvoir s'éveiller au matin avec une vie complètement différente ?

Son apitoiement sur lui-même ne dura que quelques secondes avant qu'il ne ricane de dérision devant son attitude. Vœu pieux, sac de nœuds, qu'ils aillent tous se faire foutre, songea-t-il. Distribue les cartes et joue-les, telles quelles, à mesure qu'elles t'arrivent.

Ils se trouvaient à l'est du centre-ville. Au-devant d'eux se dressaient l'horizon de L.A. et ses bouquets de flèches de gratte-ciel. Le tout premier commençait juste à s'élever lorsqu'il était parti en prison. Aucune ville n'était un meilleur miroir du vingtième siècle que la cité de L.A. La Californie du Sud avait vu sa population passer de quatre-vingt-dix mille habitants au début du siècle à neuf millions aujourd'hui. L.A. était la première grande ville au monde à avoir été conçue et bâtie pour l'automobile, mais elle n'était pas faite pour des millions de véhicules à quatre roues. Il était à peine exagéré de s'imaginer courir cent kilomètres durant, d'un toit de voiture à l'autre. Cette ville lui avait tant manqué mais aujourd'hui, il serait heureux d'en partir. Où irait-il ? Non, il fallait qu'il se refasse après son coup foiré avant d'envisager son exode loin de L.A. Il disposait d'environ cent soixante-dix mille dollars, somme suffisante pour faire la bringue, quelques mois durant, mais simple petit pourcentage de ce dont il avait besoin pour émigrer.

Pour l'instant, il n'allait nulle part. Devant lui, les feux de stop des voitures se mirent à briller et la circulation ralentit. Lorsque les autoroutes étaient dégagées, c'était une merveille ; lorsqu'elles étaient engorgées, c'était un cauchemar. Ce qui était de plus en plus souvent le cas. Ils se trouvaient à l'arrêt, et commencèrent à avancer au ralenti. La file de gauche avançait plus vite que les autres. Troy prit le téléphone cellulaire et composa le numéro d'Alex.

– Ouais, fut la réponse de Greco.

– C'est moi, espèce de foutu fasciste grec.

– Ha, ha, ha, ha. Où es-tu, imbécile ?

– J'approche du centre-ville. Quoi de neuf ? T'as vu le mec ?

– Oh, ouais. Je l'ai.

– Où t'es ?

– Je roule, moi aussi. Que dirais-tu du P.D.C. ?

– Un quart d'heure, vingt minutes ?

– Ça marche. Commande-moi le Delmonico.

– À point.

Troy raccrocha. Alex avait les trente et quelques mille restants et les retrouverait au Pacific Dining Car – si Troy parvenait à traverser le centre-ville.

– On quitte l'autoroute, dit Troy.

Diesel baissa sa vitre et fit signe de la main en regardant les conducteurs droit dans les yeux. Ceux-ci cédèrent le passage et la Jaguar remonta la rampe donnant sur State Street, à l'ombre du gigantesque General Hospital. Se dirigeant vers l'est, il franchit la L.A. River et traversa le centre-ville sur la 5e Rue, qu'on appelait parfois « The Nickel ». Lorsqu'il était jeune, tout au long s'alignaient de petits hôtels, avec chambres à la semaine pour une seule personne et des bars, portes grandes ouvertes. À l'époque, la population se composait de camés et de poivrots, blancs et noirs. Aujourd'hui, il n'y avait plus que des Noirs et tout n'était que crack, auprès de quoi l'héroïne ressemblait presque à un médicament pour Annie la petite orpheline. Les camés à l'héro voulaient se laisser couler, relax, chargés de leur drogue favorite. Un camé était prêt à des actes désespérés, mais un accroc au crack vous faisait des choses trop dégueulasses même pour un coq texan, les plus coqs d'entre tous, capables de bouffer leur merde, baiser leur mère et combattre leur frère. Les yeux qui les suivaient au passage étaient pleins d'une folie sauvage.

Ils s'arrêtèrent à un feu rouge. Un Noir, les vêtements luisant de crasse, apparut, un vaporisateur et un chiffon à la main. Il commença à nettoyer le pare-brise de la voiture voisine de la leur. La femme qui se trouvait au volant verrouilla sa portière et frappa à la vitre en secouant la tête. Il lui offrit un doigt d'honneur. Diesel éclata de rire, et il souriait toujours lorsque le frotteur de pare-brise s'avança vers eux. Avant même qu'il ait pu commencer, Diesel mit la main sur le siège passager et sortit un gros pistolet. Toujours souriant, l'arme à la main, il fit signe au mendiant de s'éloigner. Le Noir leva les mains en parodie de reddition, la bouche édentée ouverte sur un rictus.

– T'es bien, grand mec, dit-il. T'es t'op méchant pou' moi.

Le feu passa au vert et ils avancèrent.

– C'est pas très malin, dit Troy.

– Je sais... mais – Diesel haussa les épaules – ça arrive à tout le monde de faire l'imbécile de temps en temps.

Au niveau de la voie surélevée de Harbor, la 5e Rue se fondait avec la 6e Rue, en sens unique vers l'ouest. Huit cents mètres plus loin, le Pacific Dining Car se trouvait à gauche au coin de Witmer. Troy s'engagea dans le parking. La voiture d'Alex était devant eux, un employé était en train de la garer.

Alex se dirigeait vers la porte d'entrée. Il portait un attaché-case plat.

Troy s'arrêta et joua de l'avertisseur. Greco se retourna; puis revint sur ses pas pour les accompagner. Alors qu'ils approchaient de la porte d'entrée, Greco dit :

– Je vois que l'autre mec est absent.

– C'est de l'histoire ancienne.

– Que voilà une bonne chose ! C'est Chepe qui se sentira mieux. Où est-ce que vous l'avez mis ?

– Là où Dieu pourrait bien ne pas le trouver, dit Diesel. Sous terre, au beau milieu du désert. Je ne crois pas que je pourrais retrouver l'endroit.

– Est-ce que c'est là ? demanda Troy en indiquant l'attaché-case.

– Ouais. Prends-le. Autant que ce soit toi qui le portes.

À l'intérieur du restaurant, le maître d'hôtel reconnut Alex et, les menus dans les bras, les conduisit jusqu'à l'une des salles du Pacific Dining Car. Elle contenait trois boxes et deux tables, tous inoccupés. Ils auraient le loisir de bavarder en toute intimité et Alex pourrait fumer, malgré la nouvelle ordonnance d'interdiction prise par la municipalité.

Lorsque le serveur leur eut apporté le café et pris leurs commandes, Alex passa aux choses sérieuses :

– J'ai dit à Chepe que tout était de la faute de ce mec. Il était fou furieux, bordel de merde. Jamais je ne l'avais vu aussi près d'exploser. D'habitude, il est gentil tout plein.

– Ouais, je sais, dit Troy. C'est le mec plutôt facile.

– J'ai rejeté toute la putain de responsabilité sur Mad Dog. Le vieux sera heureux quand je lui annoncerai que cet enfoiré de timbré n'est plus là. Y a une chose qui le préoccupe, il ne veut pas que cette affaire s'ébruite. N'allez pas parler à tort et à travers.

– Ahhh, mec, dit Diesel, visiblement vexé au ton de sa voix, quel genre de mec tu crois que je suis ? Je suis pas aussi bête.

– Ouais, bien sûr que je le sais – mais la nature humaine est la nature humaine. On aime toujours à se confier...

Diesel secouait la tête avec insistance, aussi Alex arrêta-t-il là son discours.

– Et maintenant ? Vous êtes prêts pour un nouveau coup, les mecs ?

Troy regarda Diesel. Le grand gaillard avait le visage indécis.

– Faut que je me rentre pour Noël. J'ai un môme.

– C'est ce que j'ai entendu dire, dit Alex. Un petit garçon, c'est ça ?

– Ouais. Je l'aime à mourir. Et de toutes manières, je veux passer les vacances avec lui. Après le premier...

– Ça t'intéresse, alors ?

– Bien sûr. Putain de merde, je ne me suis jamais fait du bon pognon comme ça. Et maintenant que cet imbécile n'est plus là...

– Et toi, alors ? demanda Alex à Troy.

– Je crois que je vais remonter à Frisco avec mon second ici présent. Pendant qu'il sera dans sa famille, je me prendrai un peu de vacances à Tahoe. Ski dans la journée et salle de jeu le soir.

– Ça me paraît parfait.

– Tu viendrais pas, mec ?

– Peut-être... après Noël. Moi aussi j'ai une famille.

– Ouais, c'est vrai. Quel âge a ta fille aujourd'hui ?

– Seize ans.

– Seigneur Dieu, comme le temps passe.

– Je lui offre une voiture pour Noël. Je vais la faire déposer au bord du trottoir avec un gros ruban autour.

– Elle aimera ça.

Avec un sourire d'anticipation, Alex acquiesça d'un hochement de tête et changea de sujet de conversation.

– O.K., vous avez le reste du blé dans ce sac. Qu'est-ce qu'il y a d'autre ? Vous avez mon numéro. Et toi, mon frère ? Comment je peux te contacter ?

– Tu peux m'appeler, dit Diesel. T'as mon numéro ?

– Non, donne-le-moi.

Alex sortit un agenda électronique et y enregistra le numéro donné par Diesel.

Après dîner, Troy et Diesel dirent au revoir à Alex dans le parking. Lorsque l'employé eut amené la Jaguar, Troy plaça l'attaché-case dans le coffre. Il contenait déjà ses cent mille dollars et les cent mille dollars de Mad Dog.

– On partagera quand on sera à l'hôtel, dit-il.

– Comme tu voudras, Big T. C'est toi le chef de la troupe.

L'hôtel était le Holiday Inn sur Highland Avenue ; il donnait sur Hollywood Boulevard d'un côté et les collines d'Hollywood de l'autre. Diesel avait réservé la chambre pour trois jours, et prolongea leur séjour de deux jours supplémentaires. La Mustang était dans le garage de l'hôtel. S'y était déposée une couche supplémentaire de poussière de smog, mais personne n'y avait touché. Ils montèrent dans leur chambre et divisèrent l'argent de Mad Dog ainsi que la somme apportée par Alex.

Tandis qu'il mettait dans son sac soixante-six mille dollars supplémentaires, Diesel se représentait sa femme lorsqu'il viderait le tout sur le lit. À ajouter aux premiers cent mille dollars qu'elle avait déjà, la salope ne dirait plus jamais rien sur rien. Dieu sait que je la traite bien. Il se surprit à se sentir impatient de rentrer à la maison et de voir Gloria, et tout spécialement Charles Jr.

– C'est super d'avoir un môme, tu sais, dit-il.

Troy opina. Père, il ne le serait jamais; il en avait abandonné l'idée après avoir purgé la moitié de sa peine à San Quentin.

– Qu'est-ce que tu vas lui dire? demanda-t-il à Diesel.

– Qu'est-ce que tu veux dire?

– Tu sais, à propos de tout et de rien. Ce que tu veux pour lui... ce que tu veux qu'il pense de ce qu'a été ta vie.

– Je ne sais pas ce que je vais lui dire. Je vais lui botter le cul s'il fait seulement semblant de vouloir s'attirer des ennuis. Ce sera un putain de *citoyen*. Et un homme, ce sera un homme, ça, c'est sûr, nom de Dieu.

– Je l'espère, mon frère. Je ne souhaiterais à personne de vivre la vie que tu as vécue.

– Sans déconner, mec.

Diesel tira la fermeture à glissière du sac plein d'argent et attrapa le sac de voyage contenant ses vêtements.

– Comment on va faire ça? Tu vas me suivre? Tu veux que je te suive?

– Pourquoi tu ne prendrais pas la route vers le nord? Je vais rester à L.A. encore une nuit. Je n'ai pas vraiment eu l'occasion de me balader en ville et de regarder ce qui avait changé. Peut-être que je me lèverai une poulette... ou je m'en paierai une. Je te verrai demain soir chez toi.

– T'es sûr?

– Ouais. Peut-être que j'irai me faire une partie de poker.

– O.K., je te verrai là-bas. Peut-être qu'on s'offrira un barbecue si tu n'arrives pas trop tard. Je suis un champion du barbecue.

Ils descendirent par l'ascenseur et se dirent au revoir dans le hall. Diesel remonta Highland Avenue pour rejoindre la U.S. 101, la route côtière. À Thousand Oaks, il s'arrêta dans un Denny's pour un café et deux sachets de Dexamyl. L'amphétamine qu'ils contenaient lui tint les yeux ouverts et l'esprit à plein régime tandis qu'il remontait vers le nord dans la nuit, avec à sa gauche, les reflets phosphorescents de la mer, et sur sa droite, les vallonnements noirs des collines Ventura, Santa Barbara, Santa Maria, Pismo Beach, San Luis Obispo, et ainsi de suite jusqu'au sud de San Francisco. Il arriva chez lui avant le lever du jour. Un nouveau minivan Ford était garé dans l'allée. Il pensait bien offrir une nouvelle voiture à Gloria, mais de voir qu'elle s'en était acheté une sans rien lui demander le rendit furieux. Il traversa le couloir en boulet de canon jusqu'à la chambre et alluma la lumière.

– Nom de Dieu ! D'où est-ce qu'y vient, ce putain de minivan tout neuf ?

– Charles... Charles... attends une seconde ! Je peux le ramener, je te le jure. C'est prévu dans le contrat. Je vais te montrer !

Elle sortit du lit d'un bond, vêtue d'une culotte, sans soutien-gorge, de sorte que ses seins rebondirent lorsqu'elle se dirigea vers la commode. Il savait qu'elle disait la vérité ; il n'avait nul besoin de voir le papier. D'autres pensées lui étaient venues en tête. Il la suivit, l'enlaça de ses bras et lui prit les seins dans la coupe de ses mains. Elle se mit à trembler et ses tétons durcirent tandis qu'il lui mordillait l'oreille. Il la portait vers le lit lorsque Charles Jr commença à pleurer de cette manière unique si caractéristique d'un enfant. Diesel leva les yeux au ciel d'un air exaspéré et retomba sur le dos dans le lit. Il lui fallait attendre qu'elle berce le petit pour qu'il se rendorme. Il espéra ne plus éprouver cette même vieille sensation de l'après, lorsqu'il se sentait sale et détestait ce qu'ils venaient de faire. C'était dégueulasse de se sentir ainsi après l'amour ; il le savait mais n'y pouvait rien. Elle voulait être câlinée et lui voulait fuir. Il fit le vœu de masquer ses sentiments cette fois-ci.

* * *

Après le départ de Diesel, Troy emballa soigneusement ses cent soixante-dix mille dollars dans le coffre de la Jaguar. L'odeur de mort avait disparu – ou tout au moins, elle était masquée par les boules antimites qu'il avait réparties partout. Les tapis avaient le même aspect qu'à leur sortie d'usine. Tout était impeccable. Personne n'irait même soupçonner un instant qu'un cadavre presque décapité avait pourri là plusieurs jours durant. Troy regretta de ne pouvoir vider son esprit de cette dépouille aussi facilement que celle-ci avait quitté le coffre. Il ne cessait de revoir la langue de feu qui avait jailli du canon du pistolet pour aller lécher le crâne de Mad Dog. Qui était simplement tombé au sol, pareil à la mèche d'une chandelle mouchée entre deux doigts.

Avant de refermer le coffre, il ouvrit l'attaché-case et en sortit une liasse de billets de vingt dollars. Il pesa un instant le pour et le contre avant de prendre également le Smith & Wesson calibre .38 à canon court et de l'agrafer dans son étui à l'intérieur de sa ceinture. L'arme n'était pas destinée à le protéger de la police ni à commettre un crime; elle était là pour assurer sa propre protection dans sa propre ville.

En sortant du garage souterrain, Troy appela Alex :

– T'as faim, mon frère ?

– Je croyais que t'étais parti dans le nord pour les vacances.

– Demain. Dîner, ça t'irait ?

– Je suis pris par mes affaires, mec. Nom de Dieu !

– Appelle-moi si tu en as terminé. Sinon, je te reverrai à mon retour.

Alex dit quelque chose comme au revoir, mais ses paroles furent brouillées parce que la transmission commençait à couper. En appuyant sur le bouton « off », Troy se sentit un peu abandonné. Il avait compté sur la compagnie d'Alex pour la soirée.

Tout en mangeant au comptoir du Musso-Frank, Troy remâchait ses projets possibles pour la soirée. Peut-être aurait-il dû accompagner Diesel. Un film, peut-être ? Non. Ce qu'il désirait vraiment, c'était une femme, pas une quelconque arpenteuse de bitume ni une pipe dans un salon de massage. Il voulait une conversation de femme, un rire de femme. Il n'avait rien contre le fait de payer un bâton pour la nuit, s'il en avait pour son argent. Hélas, il n'avait aucune idée de l'endroit à appeler pour obtenir une call-girl. Puis il se souvint d'un bar en bordure du Strip. Les racoleuses classe venaient s'y retrouver pour boire un verre.

Il comprit immédiatement, à l'entrée, qu'il avait commis une erreur. Au lieu de bois sombre et de cuir rouge avec Frank Sinatra sur le juke-box, tout n'était aujourd'hui que miroirs, clientèle exclusivement masculine, et c'était Judy Garland qui chantait. Il se dépêcha de battre en retraite, le rouge aux joues;

avant de se mettre à rire devant l'absurdité de se sentir aussi gêné.

Il se retrouva sur Sunset, direction est, à s'éloigner des lumières étincelantes du Strip et de la prospérité de Beverly Hills, pour se rapprocher des coins crasse du centre-ville et de East L.A. au-delà. L'endroit où démarrait Sunset Boulevard était également l'endroit où la Cité de Los Angeles était née. Lorsqu'il fut à proximité de Union Station, il se rappela un bar sur Huntington Drive à El Sereno. À dix minutes de là, c'était toujours un lieu où traînaient d'ex-détenus chicanos. À peine deux mois auparavant, Pretty Henry Soto – Henry le Joli – était retourné à San Quentin et, parmi d'autres récits de la vie au-dehors, il avait mentionné que c'était Vidal Aguilar qui était maintenant propriétaire du Club Clover, même si, naturellement, le nom porté sur la licence de vente d'alcool était celui d'un autre. Il y avait plusieurs années que Troy n'avait pas vu Vidal, mais avant cela, trois années durant, Vidal avait occupé la cellule voisine de la sienne, et ils avaient partagé petit déjeuner et dîner à de nombreuses reprises. Ils étaient amis et Vidal avait été libéré sans jamais retourner en prison, bien que des tas de récits soient revenus aux oreilles de Troy. Vidal avait toujours été un flambeur de première dans la pègre de L.A. Lui et Greco se connaissaient. Le problème avec les Mexicains qui voulaient vraiment arriver aux premières loges, c'est qu'ils étaient toujours trop nombreux à vouloir être grands chefs. Trop de machisme, pas assez de coopération.

Au-delà du pont qui franchissait la L.A. River, les graffitis marquaient le territoire comme étant celui des « 1st Flats ». Les surnoms étaient la réplique de ceux qui avaient marqué la jeunesse de Troy.

Combien en avait-il connus portant les noms de « Japo », « Grumpy », « Alfie », « Crow », « Wedo » ou « Veto » ?

Il longea les immeubles bas des lotissements tentaculaires. Entre les bâtiments il apercevait les groupes de silhouettes des gamins qui traînaient dehors. Certaines des fenêtres s'éclairaient de guirlandes de Noël. En fait, de nombreux petits bungalows en stuc avaient leurs contours décorés de lumières brillamment colorées. Il s'en sentit triste et solitaire. Il éprouvait rarement de sentiment d'envie, mais à l'idée de Diesel passant le matin de Noël avec un fils, il éprouva une envie douloureuse. Il regrettait que la vie ne lui ait pas permis d'avoir un fils.

Il tourna sur Soto qu'il suivit jusqu'au-delà de Hazard Park et des collines vallonnées d'El Sereno, nues pour la plupart, où se dressaient plusieurs tours de relais radio surmontées de lumières clignotantes. Un jour de sa jeunesse, ivre, il en avait escaladé une jusqu'au sommet. Il aurait bien abandonné à mi-chemin, n'eût été un macho de Mexicain du nom de Gato, qui escaladait la tour voisine et avait refusé d'arrêter avant le sommet. Ce qu'il avait accepté de faire à vingt-deux ans, jamais plus il ne le ferait aujourd'hui. Il se souvint alors d'avoir raconté l'histoire à Mad Dog moins de deux semaines auparavant. Son esprit effaça bien vite ce souvenir.

Soto se changea en Huntington Drive, qui commençait là. L'enseigne verte, CLOVER CLUB, ressortait, bien visible, même si le « L » n'était que l'ombre nue de sa lumière d'origine. Troy se gara à un demi-bloc de distance dans une rue adjacente et revint sur ses pas. La soirée était douce en dépit de cette fin décembre. Il entendait les voix excitées des enfants qui jouaient dans les arrière-cours proches.

La porte de façade du Clover Club était ouverte, déversant sa musique mariachi lorsque Troy y entra. Les tables, les boxes, le bar affichaient complet. Un groupe de quatre musiciens occupait une estrade basse à l'extrémité opposée. Quelques couples occupaient la minuscule piste de danse ; ils dansaient collés serrés et ondulaient au rythme rapide de la *banda*. Nom de Dieu, se dit Troy, ce putain de Vidal a touché le gagnant.

Troy se fraya un chemin jusqu'au comptoir. Quelques visages se tournèrent pour le jauger du regard – un *gringo* à Aztlan – mais personne ne dit rien, pas le moindre rayonnement hostile. Au comptoir, le seul espace libre était le poste encadré de rails de laiton où venait s'approvisionner la serveuse de salle. Elle partait justement avec un plateau chargé de boissons. Troy remarqua qu'elle avait un gros cul rond, de ceux qui ont la préférence des Mexicains, même si la faune de Beverly Hills le jugerait trop lourd. Troy se pressa vers le comptoir. Le barman, grand et costaud pour un Mexicain, arborait le nez écrasé et les sourcils épais d'un ancien boxeur.

– Ouais.

– Je suis un ami de Vidal. Il est dans le coin ?

Le barman le passa à l'inspection. À cet instant précis, la serveuse s'en revint et Troy dut s'écarter pendant qu'elle déposait ses verres et passait commande de « Deux *screwdrivers*, deux Buds... »

Dans le mélange d'anglais et d'espagnol qui est la langue véhiculaire d'East L.A., le barman demanda à la serveuse, qui s'appelait Delia, de dire à Vidal que quelqu'un voulait le voir. Le barman se tourna vers Troy.

– Comment tu t'appelles, *ese* ?

– Troy.

Qui se surprit à plonger dans les yeux sombres de Delia, avant de la suivre du regard qui traversait la salle en direction du couloir portant la pancarte TOILETTES. Son attention fut distraite lorsque le barman lui demanda s'il désirait boire quelque chose. Troy fit signe que non de la tête.

Une minute plus tard, Delia apparaissait dans l'embrasure en voûte en compagnie d'un homme. Ce n'était pas Vidal. Elle désigna Troy à l'homme. Celui-ci fit signe à Troy d'approcher.

Traversant la salle, Troy dut se frayer un chemin au milieu d'un épais nuage de fumée de cigarettes. Les fêlés antitabac d'occasion la trouveraient très mauvaise ici ; leurs yeux se mettraient à pleurer et s'ils venaient à s'en plaindre, ils se gagneraient un coup de poing sur le nez. L'homme qui l'attendait l'accueillit avec un grand sourire. Troy reconnaissait le visage, mais il était incapable de mettre un nom sur le bonhomme. Delia passa à côté de lui, et lui sourit. Y avait-il quelque chose dans ce sourire ? Il tourna la tête pour jeter un œil aux hanches chaloupantes. L'homme sous la porte voûtée lui souriait lorsque son regard revint se poser sur lui.

– Ça te plaît bien, hein ?

– Ça pourrait se dire comme ça. Combien a-t-elle de mômes ?

Le Chicano leva deux doigts.

– Elles ont toutes deux gamins.

– Où est son homme ?

– Soledad Central. Tu ne peux pas le connaître. C'est un jeunot.

Ils se serrèrent la main et le Chicano ouvrit le chemin, le conduisant dans un couloir équipé d'une caméra de télé en circuit fermé à l'extrémité la plus éloignée. Les toilettes étaient d'un côté. De l'autre se trouvait une porte couverte d'une plaque de métal. Son escorte frappa. Un vibreur résonna, libérant un verrou. Le Chicano ouvrit la porte d'une poussée. La pièce était un mélange d'entrepôt et de bureau, et le long des murs s'alignaient caisses de bière et d'alcool.

Vidal était assis derrière un bureau étroit au plateau balafré. Il disposait d'une corbeille à papier en treillis métallique, d'un téléphone et d'un petit moniteur télé qui montrait le couloir à l'extérieur du bureau. Vidal sourit, ses dents blanches bien plantées tranchant sur sa peau sombre et ses pommettes hautes. Son sang indien était évident. Ses cheveux avaient beau grisonner un peu plus, il n'avait pas vieilli au cours des six années depuis sa conditionnelle. Il se leva et tendit la main.

– C'est bon de te voir, Big T, dit-il tandis qu'ils se serraient la main. Quand est-ce que t'es sorti ?

– Le mois dernier.

– Putain, t'étais passé où ? T'as besoin de blé ?

– Non. Ça va. Comment tu vas, mon frère ?

– Poulet aujourd'hui, plumes demain. Ça va, ça vient. Assieds-toi, mec. Tu veux boire quelque chose ? Qu'est-ce que tu veux ?

– Du bourbon... Jack Daniel's ou Wild Turkey, avec une giclée de Seven-Up.

– Pourquoi tu ne nous ferais pas ça, Tootie ? dit Vidal.

– Je reviens tout de suite.

Troy se rappelait maintenant. Tootie Obregon de Mateo. Il travaillait aux cuisines et c'était un champion au jeu de paume.

Tootie quitta la pièce.

– Comment tu t'es retrouvé à la tête de ce rade ? demanda Troy.

Vidal avait grandi dans les lotissements de Ramona Gardens. Sa carrière criminelle avait débuté au lycée lorsqu'il avait commencé à vendre des joints à l'unité. Il était resté dans le commerce de la marijuana parce que les gens auxquels il avait affaire étaient bien moins violents et la marijuana occupait le bas de page dans la liste des priorités de la police. Les joints en vrac avaient grandi pour se changer en onces, puis en kilos et enfin en camions entiers. Sa seule condamnation était une saisie de mille kilos dans une camionnette, même si les agents des stups n'en avaient délivré que huit cents pour se garder les deux cents restants, revendus mille dollars le kilo. La peine de Vidal avait été annulée lorsque les agents en question avaient été inculpés pour avoir écrémé argent et drogue lors de leurs saisies. Il est un fait que la moitié de la Brigade des Stups des Services du Shérif s'était retrouvée inculpée. Vidal avait changé de parti à sa sortie de prison. On avait entendu dire qu'il s'était reconverti en fourgue, à acheter et revendre des marchandises volées. C'était là un crime dont la priorité était encore plus faible que celle de la marijuana.

– Ce rade était à vendre et y a quelques *vatos* de Tucson qui ont braqué un semi-remorque plein de gnôle, six cents caisses de Johnny Walker, Jack Daniel's, en veux-tu en voilà. Ils avaient planqué le tout dans trois garages d'East L.A. Je leur ai offert vingt-huit dollars de la caisse et j'ai acheté ce rade pour le prix de la licence. Personne n'en voulait. Je ne me fais pas autant que ce que je ramassais en vendant de l'herbe – mais je m'en tire plutôt bien. Tootie et moi, on dirige en plus des paris sur le foot. T'es sûr que t'as pas besoin d'un peu de blé ? Je peux te prêter cinq ou dix bâtons, mec.

– Non, non, je ne suis pas à sec, Vidal. Merci quand même.

– Ouais, tu t'en es toujours bien sorti. Tu serais surpris du nombre de gus qui débarquent ici pour mendier du pognon. Y en a certains qui sont morts de trouille à cause de la loi sur les trois récidives.

– Ça suffit amplement pour fiche la trouille à n'importe qui. Ils te collent perpète pour rien du tout.

– Je sais. Tu te souviens d'Alfie des White Fence ?

– Le petit mec dans *l'eme* ?

– Ouais. Ils essaient de lui coller perpète pour avoir volé un pneu à l'arrière d'un camion. Il se bat comme si c'était une inculpation de meurtre. Il dit qu'ils l'auront peut-être, mais que ça va leur coûter un million avant qu'y z'y arrivent. Ça disait dans le *Times* qu'ils vont construire vingt nouvelles prisons supplémentaires au cours des dix années à venir. Putain, autant qu'y collent une clôture surmontée de barbelés autour de cet enfoiré d'État.

– Oh, ouais, tu connais Sluggo ? poursuivit Vidal.

– J'en connais trois de Sluggo, deux Mexicains et un Blandin givré de Louisiane.

– Le bouseux – Sam je sais plus quoi. Il est passé ici l'autre jour. Il est accro à la came et il braque des magasins. Il avait un de ces MAC quelque chose, ces petits semi-automatiques trapus, pas très précis, mais ils te crachent leur plomb aussi vite que tu peux appuyer sur la détente.

– Je sais de quoi il s'agit.

– Il a dit que s'ils veulent lui coller perpète pour vol à l'étalage, autant qu'ils se le ramassent pour avoir volé des banques et tué des flics. Ils l'ont changé, mais pas de la bonne manière. Ils ont pris un voleur à l'étalage et l'ont transformé en fou furieux. J'adore ça, dit Vidal. J'adore ce putain de chaos.

– Et toi alors ? T'en es à combien de condamnations ?

Vidal secoua la tête et leva pouce et index en cercle pour signifier zéro.

– Tu crèches où ?

Troy secoua la tête.

– T'es pas sans domicile quand même ?

– J'ai pas de crèche, mais je ne suis pas sans domicile. Je remonte vers le nord, je vais voir Big Diesel Carson.

– Le boxeur ?

– Ouais.

– Mec, je me souviens de ce combat dans la cour inférieure le jour de la Grande Rencontre... lui et ce Négro. C'était quoi son nom déjà ? Spotlight Johnson ?

Troy acquiesça. Vidal se balança d'avant en arrière, plié de rire. Puis retentit un léger coup à la porte. Delia entra et posa le plateau sur le bureau.

– Qui prend quoi ? demanda-t-elle.

– Le bourbon pour moi, dit Troy.

Elle fut obligée de se pencher en avant pour placer le verre devant lui. Vidal contemplait son cul.

– Oh, mon Dieu, qu'il est beau. Je vais avoir une attaque !

Il s'agrippa la poitrine en parodie de douleur. Tootie éclata de rire et Troy sourit. Il la regardait droit dans les yeux. Lui disait-elle quelque chose sans même parler ?

– Delia... Delia... oh, ma belle, dit Vidal.

Elle se retourna, sourit et secoua la tête.

– Vidal, arrête. Tu sais que Chita est mon amie.

Il lança les bras en l'air.

– Qu'est-ce que je vais faire ? Qu'est-ce que tu ferais ? demanda-t-il à Troy.

– Je sais pas. Mais je peux sympathiser.

– Je m'en vais, dit-elle – mais en ouvrant la porte, qui bloquait la vue à Tootie et Vidal, elle adressa à

Troy un clin d'œil qui était une invite, ou alors il était fou. Puis elle referma la porte et s'en fut.

– Hé, Troy... elle m'a posé des questions sur toi, dit Tootie. Elle est intéressée.

– C'est une belle brune sacrément bien faite, aucun doute là-dessus, dit Troy.

– Elle en a *tres*, dit Vidal, trois doigts levés, signifiant qu'elle avait trois enfants.

– Bon Dieu, j'en espérais que deux, dit Troy.

– Je me suis juste dit qu'il fallait que tu saches.

Troy sourit et fit un clin d'œil. Le geste signifiait ce que Vidal voulait bien y lire.

– Et Jimmy Baca ? demanda Troy. Est-ce que tu l'as vu depuis qu'il s'est débarrassé de cette inculpation pour meurtre ?

– Ouais. Il a un cancer... du foie.

La nouvelle fit rater un battement au cœur de Troy. Jimmy Baca ! C'était l'homme le plus dur que Troy eût jamais rencontré – et Troy en avait connu parmi les plus durs des durs d'Amérique. Il n'en existait pas de plus durs que Jimmy. Tous les hommes étaient mortels, mais il était difficile de croire que le corps de Jimmy allait le trahir. Son esprit ne lui avait jamais failli.

– Il n'est pas si vieux que ça, fut tout ce qu'il trouva à dire.

– Je sais, dit Vidal. Une vraie saloperie. Sonny Ballesteros...

– C'est mon pote, dit Troy.

– Ouais, je sais. Lui aussi, il l'a, mais on raconte qu'il va s'en tirer.

La mort et le cancer chez les amis n'étaient pas ce à quoi Troy voulait penser en ce moment, même si les nouvelles lui avaient fait oublier Mad Dog un instant. Lorsque Mad Dog reviendrait à sa mémoire, l'horreur en serait un peu diminuée.

Ils restèrent silencieux en sirotant leurs verres. À travers les murs vibraient les sons de la *banda*.

– Quoi de neuf en taule ? demanda Tootie. Donne-nous des nouvelles.

– Ils ont fini par tuer Sheik Thompson.

– Ils lui ont troué les miches, hein ? Oh mec, quel putain d'animal c'était, ce mec ! dit Tootie.

– Sheik Thompson ? demanda Vidal. Je devrais savoir qui c'est ?

– Tu devrais. Mais je crois qu'il devait être à Folsom ou à Vacaville quand tu étais là-bas. C'était une sorte d'arriéré.

– Un Négro ?

– Ouais... on a fabriqué le mot Négro pour des enculés comme lui.

– Comment ont-ils fait pour l'avoir ? demanda Tootie.

– Il sortait du bureau de l'entraîneur. Slim et Motormouth Buford, ils lui ont cassé la jambe avec une batte de base-ball et quand ils l'ont eu à leur merci, ils lui ont tranché la gorge.

« Imaginez un peu, poursuivit Troy. Ils se sont fait choper tout de suite et on les a emmenés au bureau du capitaine pour interrogatoire. Un peu plus tard, à l'heure du bouclage, quand tous les détenus de la taule sont en ligne, ils font sortir Slim et Motormouth du bureau du capitaine pour les emmener au mitard. Tous les détenus dans la cour se sont mis à acclamer et à applaudir pasqu'y z'avaient tué Sheik.

– Je connais Motormouth, dit Vidal. Un petit *vato* noir, il faisait le porte-clés dans le Bloc sud.

– C'est lui, dit Troy.

– Comment ça se fait que tout le monde haïssait tellement Sheik ?

– Pasque ce connard n'était pas humain, dit Tootie.

– Laissez-moi vous parler un peu de lui, dit Troy. Il travaillait à la carrière de pierres, au bout de la route qu'on peut voir depuis la cour inférieure. Elle fait un bon trois kilomètres et elle monte légèrement. Il se rendait au boulot au pas de course avec une petite fiotte sur les épaules. Le Jour de la Grande Rencontre [1], à l'époque où il y en avait une, il courait le quatre cent quarante yards, le huit cent quatre vingts, et le mille... dans la matinée. L'après-midi, il combattait pour le titre des poids moyens, des lourds-légers et des poids-lourds. Parfois il se ramassait une belle leçon de boxe mais *personne* ne l'a jamais mis K.O. Y avait pas pire comme gars.

– Ouais, intervint Tootie. Il crachait à la figure des mecs.

– C'est un truc dangereux en prison. Et il s'est fait suriner tellement de fois. Mapa l'a frappé à la tête avec une barre de haltère, il l'a frappé tellement fort qu'un de ses yeux a jailli de son orbite – il est resté accroché par un tendon ou quelque chose. Ils le lui ont remis en place et trois semaines plus tard, il participait à une compétition de boxe. Death Row Jefferson – Jefferson Couloir de la Mort – et deux autres gars lui sont tombés dessus avec des surins. Il leur a collé à tous les trois une foutue branlée – avant d'aller témoigner contre eux. Jefferson s'est retrouvé dans le couloir de la mort à cause de ça. C'est là qu'il s'est récupéré son surnom.

« Ensuite il y a eu le combat qui l'a opposé à Johnson à Folsom. Ça s'est passé derrière le bâtiment numéro un, et trois gardes ont ouvert le feu sur eux depuis leur mirador. Ils se ramassaient des balles de

1. Le jour de la fête du travail, le premier lundi de septembre, étaient jadis organisées à San Quentin des rencontres sportives, athlétisme le matin et boxe l'après-midi. (*N.d.T.*)

30.30 et des 30.06... et quand ils tombaient au sol parce qu'ils étaient touchés, ils sautaient sur l'adversaire comme un animal sur sa proie. Johnson a arraché les oreilles de Sheik à coups de dents – et il les a avalées. Quand on les a finalement séparés pour les conduire à l'hôpital, les haut-parleurs ont diffusé une demande pour un don de sang. Y a pas eu un seul gus de tout Folsom pour donner son sang à Sheik. Ils sont arrivés en disant qu'ils donneraient leur sang pour Johnson, mais que Sheik Thompson aille se faire foutre. Sauf un mec qui était séropositif. Il a essayé de faire don de son sang, mais après analyse, on l'a refusé.

– C'est drôle que je n'aie jamais entendu parler de lui, dit Vidal.

– Il était probablement à Folsom quand toi, tu te trouvais à Quentin.

– Ouais, c'est probablement ça.

Vidal consulta sa montre.

– Moi et Tootie, faut qu'on aille régler quelques affaires dans pas longtemps. Tu peux rester ici et faire la fête, ou tu peux venir avec nous...

– Non, non, ça va bien, dit Troy. Faut que moi aussi je prenne la route.

– Où est-ce que tu vas passer Noël ? demanda Tootie.

– Dans le nord, à Frisco.

– Tu vas redescendre quand même, non ? C'est ta ville ici, je me trompe ?

– Non, non. Je serai de retour le mois prochain. Je ne sais pas quand.

– Mec, je suis heureux de te voir, dit Vidal. Laisse-moi te donner ma carte.

Du tiroir de son bureau, il sortit une carte de visite professionnelle d'un paquet noué d'un élastique ; il la passa à Troy. Qui la mit dans sa pochette de chemise, avant de faire ses adieux et de s'en aller. En sortant du couloir pour entrer dans la salle principale, il s'immobilisa et regarda aux alentours. Delia était occupée à un box, elle prenait une commande. Troy s'avança jusqu'à elle et s'arrêta. Elle tourna la tête pour voir de qui il s'agissait.

– Quand est-ce que tu finis ? demanda-t-il.

– Aux environs de deux heures et demie, dit-elle.

– Ça te dirait, un petit déjeuner ?

– Je te verrai à ce moment-là.

– Très bien.

Il sortit. De penser à elle l'excita. Quelle heure était-il ? Il devait être vingt-deux heures trente mais il n'avait pas de montre. De retour dans la voiture, les infos de News 98 lui apprirent qu'il était vingt et une heures douze. Plus de cinq heures à tuer. Il mangerait un morceau et irait au cinéma. Il avait remarqué *Pulp Fiction* sur une marquise du centre-ville. C'était le seul film qu'il avait un réel désir de voir.

* * *

À deux heures quinze du matin, Troy s'engageait sur Huntington Drive en venant d'Eastern Avenue. Il repéra immédiatement les gyrophares bleus tournoyant sur le toit des voitures de police – nombreuses, plus une ambulance, devant la boîte de Vidal.

Un agent en uniforme était posté sur la rue avec une torche. Des fusées de signalisation d'urgence finissaient de se consumer. Une partie de la chaussée était délimitée et deux agents cherchaient des douilles de balles sur l'asphalte.

– Autant pour la chatte ce soir, marmonna Troy qui se déplaça vers la file la plus éloignée en suivant la voiture qui le précédait.

Le policier leur fit signe de poursuivre leur chemin. À son passage, Troy vit une ampoule de flash s'illuminer. Un corps gisait sur la chaussée près du ruisseau. Une fusillade par voiture de passage ? Quoi que ce pût être, il ne verrait pas Delia ce soir.

– Salut, poupée, dit-il en réfléchissant à la manière la plus rapide de rejoindre une autoroute. N'importe laquelle le conduirait à l'inter-États 5.

16

Au milieu de l'après-midi du lendemain, Troy s'engageait dans la rue de petits pavillons. Le lotissement était vieux de trois ans et la plupart des maisons avaient un terrain aménagé même si les arbres étaient encore petits. Certaines parmi les pelouses avaient pris leur teinte jaunâtre d'hiver ; d'autres étaient encore vertes de l'ivraie qui y poussait. Plusieurs des pavillons n'avaient pas trouvé acquéreur et leurs jardins en façade n'étaient que de la terre nue.

Au milieu de la rue, une demi-douzaine de garçons jouaient au football sans se plaquer. Ils s'écartèrent pour laisser passer la voiture. Troy aperçut la Mustang de Diesel dans l'allée. Il se rangea derrière elle. Diesel avait semé une pelouse sans guère se soucier de son entretien. Elle était d'un brun jaunâtre hormis près d'un robinet qui dégouttait, où elle était verte avec des pissenlits de bonne taille. La porte du garage était ouverte, Troy aperçut l'arrière de la nouvelle voiture de Gloria, celle dont Diesel lui avait parlé au téléphone. Avant de quitter son véhicule, Troy ôta son pistolet et son étui à agrafe qu'il plaça sous le siège.

Depuis la maison, Diesel avait vu la Jaguar se ranger. Il sortit à la rencontre de son ami.

– Je vois que t'as trouvé, mon frère, dit-il en tendant la main. Heureux de te savoir ici. Tu vas passer Noël avec nous.

– Qu'est-ce que dit bobonne de tout ça ?

– Qu'elle aille se faire foutre. C'est moi qui dirige cette crèche, si tu vois ce que je veux dire. Quand la salope sera capable de me coller une branlée, alors c'est elle qui portera le pantalon.

– Allons, allons, mon frère. Je veux pas être la cause d'une dispute familiale. Je passerai Noël en ville.

– Comme tu veux. C'est demain, ça. Ce soir je vais te griller un bon aloyau au barbecue. Et je ne veux pas t'entendre déconner là-dessus.

– O.K., ça m'ira très bien.

– Faut qu'on aille faire les courses. Attends ici que je prévienne bobonne.

Diesel entra dans la maison. Troy resta à l'extérieur et regarda la partie de football. Une minute plus tard, Diesel ressortait. Ils prirent la voiture de Troy parce qu'elle était la plus facile à sortir. Comme il démarrait, les gamins joueurs de football commencèrent à chahuter. Celui qui avait le ballon zigzagua et revint sur ses pas, essayant finalement de garder la voiture entre lui et ses poursuivants. Diesel baissa sa vitre pour dire quelque chose lorsque les deux poursuivants passèrent de chaque côté de la voiture, obligeant le pourchassé à s'enfuir en traversant la rue.

* * *

Wilson Walter Williams, directeur de nuit du magasin Safeway, se trouvait dans son bureau situé au premier au-dessus du rayon viandes. En contrebas, le magasin était plein de clients. Son œil fut attiré par les deux hommes comme par un aimant. Le grand costaud qui poussait le chariot arborait une chemisette qui laissait apparaître d'innombrables tatouages bleus faits main. Aux yeux du directeur, le grand gaillard paraissait nerveux et louche. Le magasin avait récemment souffert d'une masse de pertes peu ordinaires par vols à l'étalage, en particulier en viandes et en cigarettes. Le deuxième homme correspondait au signalement de quelqu'un que les employés à l'empaquetage du matin avaient poursuivi mais qui s'était échappé, quelques jours auparavant.

Wilson Walter Williams tendit la main vers le téléphone. Le numéro du poste de police se trouvait sous verre sur son bureau.

Au rez-de-chaussée, Diesel sélectionna une belle pièce d'aloyau et la déposa dans son chariot. Il avait une liste que lui avait donnée Gloria.

– Faut aussi que je prenne toutes ces conneries.

– Fais ton devoir, mon frère. Je vais aller m'installer dans la voiture.

– Je ne serai pas long.

Sur le chemin de la sortie, Troy prit un paquet de mini-beignets. Il prit également du Pepto-Bismol contre les brûlures d'estomac. En attendant dans sa file à la caisse express, il se choisit un numéro de la revue *People* qu'il feuilletterait en attendant dans la voiture. Il paya la caissière et marcha jusqu'à la Jaguar.

Derrière le supermarché, une voiture de police avec deux agents, une femme blanche et un Noir, vint se ranger contre le quai de déchargement des marchandises. Le directeur les attendait.

– Le grand costaud est toujours à l'intérieur. L'autre est sorti, il est dans la voiture, une Jaguar bourgogne. Je n'ai pas relevé le numéro d'immatriculation.

– L'avez-vous vu prendre quelque chose ? demanda l'agent Lincoln.

– Non... mais celui qui est dans la voiture est venu ici la semaine dernière. Il s'est enfui avec une demi-caisse de cigarettes.

L'agent de race noire était passager.

– Je vais aller contrôler le grand qui se trouve dans le magasin.

L'agent Melanie Strunk attendit que les deux hommes aient disparu par la porte du quai de livraison. Puis elle descendit l'allée à vitesse réduite et tourna, direction le parking.

À l'intérieur du supermarché, Diesel poussait son chariot où s'empilaient haut les courses de la liste de Gloria et tout ce qui lui attirait l'œil. Son pistolet remontait doucement hors de sa ceinture sous son chandail. Il regarda le magasin. Il y avait tellement de monde occupé à faire ses courses en cette veille de Noël. Mais il ne pouvait malgré tout pas se permettre de laisser son arme tomber au sol. Il poussa son chariot dans la dernière allée et regarda autour de lui. Personne ne pouvait le voir là où il était, aussi souleva-t-il son chandail pour bien remettre en place le Python .357.

À l'étage au-dessus, l'agent Lincoln et Mr. Wilson Williams virent le mouvement suspect de Diesel. L'agent Lincoln aperçut également les tatouages à l'encre bleue sur les mains du grand gaillard. À l'Académie de formation, on lui avait enseigné que ces tatouages bleus se pratiquaient en maison de redressement ou en prison. Il dégrafa son talkie-walkie et le mit en marche.

– Dis, collègue, on pourrait bien avoir un duo de piqueurs de marchandises.

– Veux-tu que j'appelle des renforts ?

– Non, pas pour des voleurs à l'étalage. Trouve la Jaguar bourgogne et demande une vérification des plaques.

Dans le parking, Troy mangeait un beignet et feuilletait sa revue en se demandant bien pourquoi il l'avait prise. Elle n'offrait rien comme nourriture intellectuelle et il n'avait qu'un intérêt minimaliste pour les petits cancans gentillets sur les vedettes de cinéma, même s'il s'était incontestablement bien masturbé devant l'image de certaines au cours de ses années de prison.

Sa vision périphérique et l'état d'éveil permanent du prédateur lui firent prendre conscience d'une présence derrière la voiture. Il regarda dans le rétroviseur intérieur et vit la voiture pie garée de travers à l'arrière de la Jaguar. Son cœur fit un bond. Il commença à se tourner et vit l'uniforme devant la vitre conducteur.

– Excusez-moi, dit l'agent Melanie Strunk, voudriez-vous sortir de la voiture, monsieur ?

Troy cacha sa peur.

– Bien sûr. Qu'est-ce qu'il y a ?

Il mit la main à la portière mais la femme-policier l'ouvrit à sa place et se recula. Il regrettait de ne pouvoir voir ses yeux. Elle les tenait masqués par des lunettes sombres d'aviateur.

Il sortit.

– Qu'est-ce qui ne va pas, madame ?

Il se demanda ce qui avait attiré l'attention de la femme-flic. Y avait-il suspicion légitime ? L'argent et le fusil de chasse se trouvaient dans le coffre. Son pistolet était sous le siège.

– Pourquoi votre plaque minéralogique est-elle recouverte ?

– Quoi ?

Il avança à l'arrière du véhicule (la femme se recula) et regarda la plaque minéralogique. On l'avait masquée d'une feuille de journal pliée en deux. Les gamins qui chahutaient devant la maison de Diesel. C'était la seule explication possible. Il ôta le journal.

– Des gamins ont dû vouloir faire une plaisanterie.

– Est-ce qu'il s'agit de votre voiture, monsieur ?

Les soupçons de la femme-flic étaient moins marqués qu'ils auraient pu l'être parce que Troy était blanc, qu'il avait trente-cinq ans et était bien habillé. Un jeune Noir en vêtements trop grands aurait fait tinter la sonnette d'alarme.

– Oui. Je viens de l'avoir.

– Puis-je voir votre permis de conduire ?

– Bien sûr.

Il dégagea son portefeuille de sa poche et en sortit le permis au nom d'Al Leon Klein.

– Restez ici, dit-elle en emportant son permis pour vérification.

Elle était de l'autre côté de la voiture et le regardait par-dessus le toit.

La voiture de police l'empêchait de sortir en marche arrière et devant la Jaguar se dressait un muret de béton arrivant aux genoux. Est-ce qu'il devait se mettre à courir ? Non. Le permis de conduire et les plaques minéralogiques passeraient l'examen. Il regarda autour de lui. Quelques personnes se trouvaient à l'extérieur du supermarché et observaient la scène. Pas de Diesel.

Melanie Strunk revint lui remettre son permis.

– Très bien, monsieur Klein. Il y a eu beaucoup de vols à l'étalage ici. Cela vous dérangerait-il que j'inspecte votre voiture ?

Oh merde ! La loi disait qu'il pouvait refuser ; la jeune femme n'avait aucun motif de suspicion légitime. Mais si Troy disait non, jamais elle ne lâcherait prise. Lui donner la permission qu'elle demandait reviendrait à renoncer à ses droits.

– Suis-je en état d'arrestation ? demanda-t-il.

– Non. Pas encore.

Par-dessus son épaule, Troy vit Diesel qui sortait par la porte en verre. Le grand gaillard tenait un sac plein de provisions dans chaque bras. Troy pensa au pistolet sous le siège. Pourrait-il le sortir et pivoter assez rapidement ?

– Cela vous dérangerait-il que je regarde ? demanda-t-elle à nouveau.

– Qu'est-ce que vous cherchez ?

– Avez-vous de la marchandise volée ?

– Non, bien sûr que non.

– Avez-vous des stupéfiants ou une arme ?

– Non.

– Alors qu'est-ce que vous avez à cacher ?

– Rien du tout.

– En ce cas... ?

– D'accord... naturellement. Laissez-moi prendre un chandail.

Ledit chandail était du côté opposé, sur le siège avant, au-dessus du pistolet. Il ouvrit la portière. Du coin de l'œil, il la vit qui dégrafait son étui. Jamais il n'atteindrait son pistolet à temps. Il pivota pour faire face à la femme-flic, survolté par le désespoir.

– Ne bougez plus ! dit-il. On vous surveille par-derrière.

Tout en parlant, il avança et ils se retrouvèrent poitrine contre poitrine. Il la dominait de toute sa présence menaçante.

Un instant la femme se figea sur place ; puis elle recula d'un pas et tenta de dégainer son revolver.

Troy lui lança un direct du droit.

Melanie pivota juste assez pour que son casque encaisse l'impact du poing, brisant une des jointures de la main. Un éclair de douleur remonta le bras de Troy.

Melanie tomba contre la voiture voisine, la tête résonnant du coup reçu tandis qu'elle dégainait son revolver réglementaire. Avant qu'elle ait pu le lever, Troy l'avait agrippé de son autre main et essayait de s'en emparer en lui tordant le bras. La femme le saisit des deux mains et enroula ses deux jambes autour d'une des jambes de Troy.

Ils tombèrent au sol entre les voitures, luttant pour s'emparer de l'arme. Troy s'en serait aisément emparé par la force si sa main droite avait été valide.

Diesel vit la lutte soudaine. Que devait-il faire ?

Avant qu'il ait pu décider, l'agent Lincoln et Mr. Williams passèrent en courant à le frôler, pour aider la femme-policier qui luttait.

Troy tordait l'arme d'avant en arrière. Melanie s'accrochait. Elle avait le pouce contre le chien pour que l'arme ne parte pas toute seule.

Troy entendit un crissement de pas. Puis une douleur terrible et un éclair de lumière lui traversèrent le cerveau. Une pierre ?

À nouveau cet éclair, cette douleur. Une matraque rebondit sur son crâne. Le sang se mit à couler dans ses yeux. Un avant-bras passa sous sa gorge en prise d'étranglement et se mit à le traîner.

Ils le collèrent au sol, à califourchon sur son dos, lui enfonçant la figure dans l'asphalte. Des mains lui tordirent les bras dans le dos. Les bracelets d'acier crissèrent au passage des crans et se verrouillèrent. Quelqu'un lui appuya un genou dans le dos. Son corps se relâcha. Où était Diesel ? Pourquoi n'était-il pas venu l'aider ? Troy regrettait de ne pas être mort. Puis il entendit le directeur dire :

– Il y a l'autre qui est là-bas dans la foule.

Diesel n'entendit pas les paroles, mais il vit les têtes se tourner vers lui. Jusqu'à cet instant, il avait pensé qu'ils ne le soupçonnaient en rien. Ils l'avaient frôlé lorsqu'ils étaient passés près de lui. Il était resté planté à observer la mêlée furieuse et en avait profité pour dégager son pistolet qu'il tenait sous ses sacs de provisions. Il avait essayé de raidir toutes ses énergies pour se porter au secours de Troy. Mais tout était arrivé trop vite ; son esprit n'était pas suffisamment verrouillé sur sa volonté d'agir. Il ne parvenait pas non plus à se résoudre à disparaître et abandonner son ami.

Maintenant, plus rien de tout cela n'était d'actualité. Les deux agents de police se dirigeaient vers lui en se séparant pour se couvrir l'un l'autre. Tout ce qu'il avait à se reprocher, c'était le pistolet, un délit mineur, et encore un an auparavant, il se serait rendu et aurait accompli sa peine, de six mois à cinq ans de prison. Aujourd'hui, cependant, il risquait une condamnation à perpétuité parce que ce serait, aux yeux de la loi, son troisième crime – aussi mineur qu'il puisse être. Il savait ce qu'il avait à faire. Mieux valait tuer ou mourir que de faire reddition du restant de son existence. La femme-flic se dirigeait droit sur lui. Le flic noir arrivait comme en arc de cercle. La foule se séparait pour laisser le passage à la femme. Qui arriva à un mètre cinquante de lui.

– Vous, dit-elle en le désignant du geste.

Diesel regarda autour de lui, feignant de croire qu'elle montrait quelqu'un d'autre. D'autres personnes dans la foule regardèrent elles aussi aux alentours. Melanie Strunk s'approcha d'un pas.

Diesel se retourna. Il vit ce visage de femme semé de taches de rousseur, encadré par le casque de police. Le gilet pare-balles qu'elle portait déformait le chemisier de son uniforme, tout en désordre et sale après la roulade au sol avec Troy. La femme n'avait pas vu le pistolet sous le sac de provisions. Elle disposa d'une fraction de seconde, ce qui n'était pas suffisant, lorsque le canon apparut avant d'exploser. La balle la frappa dans le bas de l'abdomen, sous le gilet. L'impact de la balle de gros calibre chassa ses hanches vers l'arrière, la faisant pivoter à demi sur elle-même lorsqu'elle tomba au sol, un bref cri de douleur aux lèvres.

La foule se mit à hurler, explosant de toutes parts à l'écart de Diesel.

L'agent Lincoln plongea à couvert d'une voiture et agrippa son pistolet.

Troy, la joue pressée dans l'asphalte par le genou du directeur du magasin, eut un sursaut en entendant le coup de feu. Il se lova sur lui-même et essaya de se relever. Le directeur et un jeune employé lui sautèrent sur le dos.

Diesel lâcha une balle au jugé dans la direction de l'agent noir et partit au pas de course vers l'extrémité du bâtiment. Oh Seigneur, oh Seigneur, oh Seigneur, psalmodiait son esprit. La soirée venait soudainement de se transformer en apocalypse.

Melanie Strunk roula sur le béton, les mains crispées sur sa blessure, les dents serrées pour s'empêcher de hurler. Le sang commençait à sourdre entre ses doigts.

L'agent Lincoln attendit que le grand gaillard eût tourné au coin pour se remettre debout d'un bond et se lancer à sa poursuite.

Dans une rue derrière le bâtiment, un adjoint du shérif à la retraite avait entendu le coup de feu et il vit la silhouette contourner le coin du bâtiment et se diriger vers une clôture délimitant une route. Le retraité écrasa les freins, sortit de sa voiture et hurla :

– Arrête-toi, mon gars !

Diesel bondit sur la clôture et la passa d'un bond pour atterrir tant bien que mal au sol, face à elle, trébuchant vers l'arrière avant de tomber sur les fesses.

L'adjoint retraité se trouvait juste derrière le grand gaillard. Il écarta les bras comme un défenseur de football prêt à plaquer son adversaire. Diesel s'était remis debout. Il essaya de forcer le passage mais lorsqu'il sentit une résistance, il tira une balle dans la jambe du bonhomme. Le héros tomba au sol et Diesel bondit dans la voiture de l'adjoint.

Derrière lui, l'agent Lincoln s'était placé en position de tir et prenait sa visée. Sa cible était à trente mètres. Il pressa la détente à l'instant où Diesel se penchait en avant pour passer la première.

La balle traversa la vitre côté conducteur, rata Diesel de quelques centimètres, ressortit par la fenêtre côté passager, traversa la rue et fit un trou dans la vitrine d'un barbier. Carl Ellroy était dans son fauteuil, ignorant tout de ce qui se passait : il attendait de se faire raser – lorsque la balle de gros calibre s'écrasa dans son avant-bras, brisant l'os et la montre-bracelet qu'on lui avait offerte pour Noël.

Diesel enfonça la pédale au plancher. La voiture partit en zigzaguant avant de se stabiliser. Elle continua sur sa trajectoire à tirer ses bords sous une volée de balles – mais elle ne s'arrêta pas. Diesel sentit les impacts sans avoir conscience que le réservoir d'essence était transpercé de part en part de deux gros trous. L'essence se mit à couler en rigole sur la chaussée tandis qu'il se dépêchait de fuir. Il regarda la jauge du réservoir : moitié plein.

Près du supermarché, des voix hystériques réclamaient une ambulance. Des motards de la police et des voitures pie hurlaient à pleines sirènes dans l'éclat de leurs gyrophares. Des policiers prirent le relais du directeur. Troy vit des jambes en uniforme bleu. Un flic lui marcha sur la figure en lui écrasant la tête dans le sol et il vit les murs de granit de la prison de Folsom. Des mains brutales le remirent debout d'une secousse des menottes qui lui entravaient les poignets dans le dos, avant de le traîner jusqu'à un break au compartiment arrière séparé de la banquette avant par un treillis métallique. Son crâne cogna contre le montant de la portière. Quelqu'un lui fit baisser la tête et on le balança à l'arrière du véhicule. Il voyait les lumières bleues tournoyer au-dehors. Le break se mit en route et Troy entendit le cliquetis des pales d'un hélicoptère. Cours, Diesel, cours, songea-t-il au milieu de son propre désespoir.

* * *

La voiture volée couvrit près de deux kilomètres avant de tomber en panne sèche. Le quartier était bâti de maisons anciennes à ossature bois. La rue était couverte d'une épaisse canopée d'érables qui la plongeaient dans l'obscurité avant que le soleil soit complètement couché. En sortant de la voiture, Diesel se mit à frissonner sous la bouffée de vent froid soufflée sur son corps en sueur. Il fallait qu'il trouve un autre véhicule. Il fallait qu'il fuie. Il en piquerait une. Il courut le long du bloc, s'engagea dans une allée conduisant à la rue voisine. Il monta une volée de marches jusqu'à un perron et sonna à la porte.

Pas de réponse.

Il traversa la pelouse au pas de course. La lumière brillait par la fenêtre en façade de la maison voisine. Il sonna et attendit, tremblant de la tête aux pieds, à regarder sans cesse par-dessus l'épaule. Il entendit un bruit de pas qui s'approchaient et, lorsque la porte s'ouvrit, le son d'une télé. Un homme d'une soixantaine d'années lui faisait face.

– Oui, dit l'homme.

Derrière lui aboyait bruyamment un Sheltie.

– La ferme, dit l'homme en repoussant le chien.

La porte-moustiquaire était fermée mais non verrouillée. Diesel l'ouvrit et enfonça le pistolet dans le ventre de l'homme.

– J'ai besoin de ta voiture. Où sont les clés ?

L'homme en resta coi. Tout ce qui sortit de sa bouche se limita à :

– Euh... euh... euh.

Diesel l'agrippa par le plastron de sa chemise et lui fourra brutalement le pistolet au creux de l'estomac.

– Où sont tes putains de clés ?

– Dans la... voiture.

Le petit chien jappait à l'adresse de la jambe de Diesel. De l'intérieur de la maison, arriva une voix de femme.

– Qui est-ce, Charlie ?

– Ce n'est rien, chérie, cria le vieil homme en retour. Je m'en occupe.

Diesel feignit une attaque contre le chien, faisant fuir ce dernier, ce qui était le but recherché.

Le vieil homme avait servi dans le corps des Marines, et après la première décharge d'effroi, il avait repris son sang-froid.

– Doucement, monsieur. Je ne vous ferai pas d'ennuis.

– Très bien. Bouge-toi.

Le vieil homme sortit et ferma la porte. Diesel le serrait de près, le pistolet contre la jambe côté opposé au vieux – ainsi que les policiers apprennent à le faire. Il allait emmener le vieux avec lui. Deux passagers dans une voiture étaient peut-être moins susceptibles d'éveiller les soupçons. Il imaginait aisément le nid de policiers enragés lâchés dans les rues.

Les deux hommes descendirent le perron, puis ils empruntèrent l'allée latérale pour se rendre au garage qui n'était pas verrouillé à clé. Le vieil homme souleva la porte, exposant une Cadillac Seville vieille de dix ans, le modèle au coffre en bosse.

Ils s'installaient à l'intérieur lorsqu'ils furent pris dans le faisceau d'un projecteur depuis la rue. Une voix amplifiée gueula :

– *Police ! Ne bougez plus !*

Diesel regarda par-dessus son épaule. Le projecteur l'aveuglait presque totalement. C'est à peine s'il distinguait les contours de la rôdeuse.

– Du calme, vieil homme, marmonna-t-il. Leur dis rien du tout !

La première décharge de désespoir et de terreur avait maintenant laissé place chez lui à une sorte d'indifférence. Si c'était là la fin de la partie, qu'il en soit ainsi. Il était allé trop loin pour abandonner maintenant.

– Quel est le problème, monsieur l'agent ? demanda-t-il, essayant de percer la lumière aveuglante pour voir s'il y avait un ou deux flics.

– Restez où vous êtes, dit une voix différente.

Ils étaient deux. Il entendit le bruit de leurs pas sur l'allée à voitures. Il distinguait les silhouettes tranchées sur fond de lumière.

La lampe du perron arrière s'alluma, et la porte de derrière s'ouvrit. L'épouse du vieil homme passa la tête au-dehors.

– Qu'est-ce qui se passe ici, Charlie ? demanda-t-elle.

Les flics étaient illuminés par l'éclairage du perron. L'un d'eux se tourna vers la femme, écartant de son axe de tir le fusil qu'il pointait à l'épaule. Il fallut deux secondes à Diesel pour verrouiller son courage en place et lever son pistolet.

– *Il est armé !* hurla le second flic.

Le fusil revint en place.

Diesel fut le premier à tirer. Sa balle rata sa cible. Le policier appuya sur la détente du fusil. *Clic*. Le chien retomba. Il avait oublié de l'armer. Son partenaire fit feu de son pistolet. Diesel sentit le coup dans l'abdomen ; puis un tisonnier brûlant dans les tripes, sensation des plus étranges. Le Python tressauta une nouvelle fois dans sa main. La balle toucha le premier agent à la hanche en brisant l'os. L'homme tomba par terre.

Le Marine retraité se colla nez au sol dans le garage tandis que sa femme poussait un hurlement avant de retomber sur le plancher à l'intérieur de la maison.

Après avoir tiré, le deuxième agent de police se réfugia plié en deux derrière le mur du garage. Le faisceau du projecteur depuis la rue illuminait l'intérieur du garage comme en plein jour. Diesel était à moitié aveuglé par cette lumière crue, accroupi qu'il était près de l'aile avant de la voiture. Le flic le tenait pris au piège. Il se ferait descendre les doigts dans le nez s'il essayait de sortir en courant. Et il ne pouvait pas, dans le même temps, rester où il était. Où était le vieux ? Il allait s'en servir comme otage.

Comme si la réflexion de Diesel lui avait servi de déclencheur, le Marine à la retraite se remit debout d'un bond de l'autre côté de la voiture et sortit en courant :

– Ne tirez pas ! Ne tirez pas ! hurla-t-il, les bras en l'air.

L'agent de police retint son tir. Il voyait son partenaire se tortiller au sol, assombri par le sang qui avait coulé. Il savait que le suspect se trouvait du côté opposé de la voiture.

– Rendez-vous ! hurla-t-il. Vous ne pourrez pas vous enfuir ! Les renforts arrivent !

Dès qu'il eut hurlé son message, il se déplaça à l'extérieur du garage en se servant de sa torche pour se diriger. Si Diesel s'était enfui au cours de ces quelques petites secondes, il aurait trouvé un chemin dégagé jusqu'à la rue. L'agent fit le tour par l'arrière et remonta de l'autre côté du garage. Il se trouvait collé au mur à l'opposé de l'endroit où Diesel le croyait toujours.

Le corps de Diesel tremblait, secoué de spasmes. Les renforts allaient arriver d'un moment à l'autre. Il fallait qu'il se bouge. Il observa le coin derrière lequel il croyait savoir le flic, retint sa respiration et se mit à remonter la voiture en rampant. Il se lova sur lui-même et sortit sur sa droite, au pas de course, chargeant au coin de la bâtisse, avant de lâcher deux balles. Pas de flic.

– Bouge plus ! hurla le policier dans son dos.

Diesel tourbillonna sur place. La tête et le bras armé du flic étaient visibles – l'homme était debout dans la lumière crue du projecteur. Diesel courut sur lui, en écrasant la détente – mais le Python .357 était une arme à six coups, et les six coups avaient été tirés. Le chien ne percuta que des chambres vides. Nom de Dieu, songea-t-il.

Ce fut sa dernière pensée. L'agent lui plaça soigneusement deux balles dans la poitrine et une dans la tête. Diesel en sentit l'impact, trébuchant sous la douleur de l'instant dans la lumière aveuglante qui s'embrasa avant de s'éteindre, emportant son âme avec elle. Il n'était plus qu'un tas de viande lorsqu'il toucha le sol, lâchant le pistolet brûlant qui tomba de sa main.

17

Au poste de police, on traîna Troy hors du break. Des agents l'attendaient, gants de cuir bien tirés sur les doigts et matraque à la main. Ils le frappèrent, des poings, des pieds, ils le tirèrent sur la chaussée avant de le traîner jusqu'en haut de la courte volée de marches. De lourds brodequins le cognèrent en plein crâne. Une fois à l'intérieur du poste, quelqu'un lui releva la tête en lui saisissant les cheveux et lui écrasa un poing en pleine figure. Son nez craquait à chaque coup un peu plus. Sa mâchoire se fractura.

Une fois incarcéré, son état physique certifié bon, on le menotta aux barres d'une grille près du couloir principal et quiconque en éprouvait le désir pouvait ainsi à loisir le cogner à coups de poing, à coups de pied, jusqu'à épuisement. Il est un fait que l'homme qui avait abattu deux agents de police en semant parmi eux tous un vent d'effroi était mort, mais c'était son acolyte qui se trouvait là. Lorsque arriva la nouvelle que Melanie risquait de rester partiellement paralysée, la frénésie augmenta d'intensité pendant quelques minutes. Troy hurla sa haine et son défi du mieux qu'il put.

Arrivé le changement d'équipe, il avait le poignet brisé, gonflé au point que les chairs bleu-noir cachaient la menotte. Il crachait le sang et les débris de ses dents, il avait la mâchoire fracturée, les côtes cassées. Son nez écrasé et ses yeux avaient tellement enflé qu'il avait bien du mal à distinguer des mouvements flous. Un adjoint ivre arrivé en retard monta sur les barreaux et se laissa retomber sur la main menottée. Le craquement de l'os s'entendit clairement. L'éclair de douleur fut tellement intense que Troy s'évanouit.

Avant le lever du jour, une heure avant le changement d'équipe, le commandant de poste descendit de son bureau prendre un café et vit Troy toujours suspendu à ses barreaux.

– Sortez-moi cette ordure d'ici, dit-il en enfonçant le bout du pied dans le corps inerte. Emmenez-le à l'hôpital du comté avant qu'un de ces salopards de Juifs de l'ACLU [1] ne le voie et ne commence à hurler aux brutalités policières. Si quelqu'un pose la question, répondez-lui qu'il s'est fait mal dans le parking et que des Négros lui sont tombés sur le râble en cellule.

– Compris, cap'taine, dit le sergent. Ces enculés se fichent pas mal d'un flic paralysé... mais y se préoccupent juste d'un tas de merde comme ça. Je le ferais bien sortir d'ici pour le descendre si ça ne tenait qu'à moi.

– Ils ont eu l'idée qu'il fallait au Brésil. Une incarcération dans les formes, là-bas, c'est une balle derrière l'oreille.

– Va bien falloir qu'on fasse ça nous aussi, et ça ne va plus tarder, nom de Dieu. Sortez-le-moi d'ici. Je veux plus le voir.

1. American Civil Liberties Union. (*N.d.T.*)

Ce fut ainsi que Troy se retrouva à l'arrière d'une voiture de police en compagnie de deux agents.

– Rafistolez-le et ramenez-le ici. Les inspecteurs veulent lui parler avant qu'il parte pour le tribunal.

Chahuté qu'il était en tous sens sur la banquette arrière, Troy souhaita qu'ils s'arrêtent et le tuent. Ils pourraient raconter qu'il essayait de s'échapper. En eût-il été capable, il les aurait obligés à passer à l'acte. Il enviait Diesel.

Le personnel de la salle d'urgence soignait tout ce que la police lui ramenait. Blessures par balle, au couteau, drogués complètement disjonctés, ce qu'ils avaient devant les yeux ne faisait pas de différence pour les médecins et les infirmières. Ils traitaient des traumatismes physiques sans porter de jugement moral ni faire d'enquête. Pour cet exemple précis, ils savaient qui était Troy. L'histoire avait occupé les ondes des radios locales toute la nuit durant, outre le fait qu'ils avaient déjà soigné deux agents de police blessés et le bon citoyen de la boutique du barbier : ils savaient donc que Troy avait été passé à tabac, mais ils n'en savaient pas plus. Le docteur insista pour qu'il reste à l'hôpital. Sa main, son bras et plusieurs côtes étaient cassés, l'os de la pommette était enfoncé, et il souffrait d'un violent traumatisme crânien. Lorsque les agents de l'escorte apprirent la nouvelle, ils appelèrent le commandant de poste. Celui-ci n'apprécia guère de devoir laisser le suspect hors de la prison, d'autant plus que la police n'était pas sûre de sa véritable identité, mais le manuel de procédure était clair : c'est aux autorités médicales que revenait le dernier mot.

– Faites signer une décharge au médecin, dit le commandant, avant de désigner un agent à demeure à l'hôpital.

Le suspect aurait les pieds entravés, attachés à la carcasse du lit. L'hôpital ne disposait pas d'un quartier cellulaire, mais les fenêtres de la chambre étaient barrées de fer plat. Le commandant de poste avait couvert ses miches. C'était tout ce qui le concernait.

Lorsque Troy se réveilla de son anesthésie après l'opération chirurgicale, le poignet dans le plâtre, la mâchoire maintenue par des fils d'acier, il n'avait plus envie de mourir. La morphine avait fait son œuvre de magicienne. Elle rendait tolérables la douleur physique comme les tourments psychologiques. Il allait supporter tout ce qui pourrait lui arriver sans gémir. Il parvint même à dormir par bribes, de sommeil comme de rêves, dont l'un lui montrait le fils de Diesel, aujourd'hui adulte, qui pointait sur lui un doigt accusateur, avec pour effet de le faire se sentir horriblement mal tandis qu'il niait sa responsabilité avec véhémence. Un autre de ses rêves le réveilla la peur au ventre sous des draps détrempés. Il essaya en vain de se rappeler le rêve en question avant de se mettre à rire, ce qui lui fit mal aux côtes. Qu'avait-il donc à craindre, nom de Dieu ? Le monde tout entier lui était déjà dégringolé sur la tête. Il songeait à Diesel avec des émotions contradictoires – de la sympathie pour l'épouse et le fils de Diesel, et une colère lourde de questions et de doutes au souvenir de Diesel lorsqu'il l'avait vu dans la foule. Putain, mais pourquoi n'était-il pas venu à son secours en voyant le flic ? Et s'il avait décidé de ne pas l'aider, pourquoi, putain, ne s'était-il pas enfui lorsqu'il en avait eu l'occasion ? Troy se repassa la scène en esprit, plan par plan, et se rendit compte qu'il s'agissait là d'une question à laquelle Diesel ne répondrait jamais.

Un bruit de clés qui s'entrechoquaient lui fit tourner son regard vers la porte. Qui s'ouvrit et une infirmière fit entrer trois hommes. Deux étaient des inspecteurs, mâchoire carrée, visage de granit ; le troisième, un jeunot aux joues roses avec attaché-case, qui se présenta comme adjoint au procureur. Les inspecteurs fusillaient Troy d'un regard hostile ; il était l'acolyte du tireur et, à ce titre, également responsable de la paralysie de Melanie Strunk. Troy les ignora et étudia le substitut au visage poupin. Il avait des yeux d'un bleu terne, sans expression. Troy sentit intuitivement que c'était lui, l'ennemi dangereux.

Lui furent présentés portefeuille et insigne.

– Sergent Cox, dit l'homme les tenant à la main. Voici l'inspecteur Fowler et Mr. Harper. Mr. Harper est du bureau du procureur. Il veut vous poser quelques questions.

Mr. Harper s'éclaircit la gorge.

– Comment vous sentez-vous ?

La mâchoire de Troy, verrouillée de fils d'acier, gênait son élocution mais il parvint à lâcher d'une voix pâteuse :

– Je vais bien. Quand est-ce que je rentre à la maison ?

– À la maison ! Vous pensez vraiment rentrer à la maison ?

Troy haussa une épaule.

– J'ai rien fait, moi.

Le sergent Cox ricana.

– Et l'argent dans le coffre de la voiture, alors ? D'où il vient, celui-là ?

Troy haussa les épaules.

– Nous savons que vous ne vous appelez pas Al Leon Klein. Qui êtes-vous ?

Troy parvint à un semblant de sourire malgré les fils dans sa mâchoire.

– Nous le saurons dans quelques heures, dit le sergent Cox. Je parierais mes miches que vous avez un casier.

– Nous vous incarcérons. Vous êtes soupçonné de meurtre.

– Meurtre ? Le meurtre de qui ?

– Carl Johnson.

Troy ricana, mais il se sentit pris de nausée. Il avait pensé à la règle relative aux meurtres : les complices d'un crime étaient légalement responsables si quiconque venait à trouver la mort pendant l'exécution d'un crime. Si la police arrive pendant un vol, se trompe, prend le propriétaire de la boutique pour un criminel et le tue, le voleur est coupable de meurtre. Et si la police ou le propriétaire de la boutique tuent un voleur accompagné d'un complice, le complice est coupable de meurtre. Mais à quel délit commis faisaient-ils référence ? Sans compter qu'il était déjà arrêté, immobilisé au sol, menotté, avant que le moindre crime fût commis. Existait-il un autre crime qu'il ignorait excepté celui de la fusillade ?

– Nous avons également l'intention de vous inculper de complicité dans l'intention de commettre un vol.

– Inculpez-moi, dit Troy. Et ensuite prouvez-le.

Les inspecteurs roulèrent les yeux au ciel. Mr. Harper sortit une fiche d'avertissement Miranda et la lut.

– Signez cette renonciation à vos droits, dit-il, et nous pourrons en parler. Si vous n'avez rien fait, dites-nous ce qui est arrivé de sorte que nous puissions vous innocenter.

Troy essaya de leur demander, par un simple jeu d'expression :

– Vous êtes fous ou quoi ?

Puis il commença à secouer la tête et à rire, n'en croyant pas ses oreilles. S'il signait cette renonciation, rien au monde ne pourrait plus les empêcher de se présenter à la barre des témoins afin d'y réciter des aveux détaillés, l'un corroborant la déposition de l'autre. Peut-être n'iraient-ils pas jusque-là, mais il n'avait aucun moyen d'en être sûr. Un de ses amis était un jour passé en jugement, au cours duquel un sergent-inspecteur du LAPD avait juré sous serment que le défendeur avait avoué avoir forcé un coffre-fort. Si le défendeur se présentait à la barre des témoins afin de nier lesdits aveux, le ministère public sortirait son casier judiciaire afin de rendre son témoignage nul et non avenu. Troy refusa de courir le risque en acceptant de signer une renonciation à ses droits Miranda. Règle numéro un lorsqu'on a affaire à la police : ne jamais répondre à la moindre question hors de la présence d'un avocat.

– Vous savez quoi, dit-il entre ses dents verrouillées d'acier. Je crois que je ferais bien de parler à un avocat, *maintenant* !

Les inspecteurs et le substitut du procureur échangèrent un regard et haussèrent les épaules. Ils se levèrent pour partir. L'infirmière ouvrit la porte. Le procureur et un flic se dirigeaient vers la sortie, ils avaient tourné la tête lorsque le sergent Cox se pencha en avant, à croire qu'il voulait ajouter quelque chose *sotto voce*. Au lieu de quoi il jeta un œil par-dessus l'épaule, s'assurant que personne ne regardait, et gifla violemment Troy au visage d'un revers de la main.

Le claquement fit tourner la tête aux deux autres, mais personne ne savait ce qui s'était produit. Cox passa un bras autour de leurs épaules et dit :

– Allons manger.

* * *

Tard dans la matinée, la porte s'ouvrit. Un adjoint accompagnait le médecin et une infirmière avec la fiche-patient. Le médecin consulta la fiche, puis il examina Troy : il projeta un minuscule faisceau de lumière dans ses yeux, palpa le plâtre qu'il portait au bras, enfonça le doigt dans les meurtrissures d'un bleu jaunâtre qu'il avait sur le corps.

– Tu vivras, prononça-t-il tout en écrivant sur la fiche.

Il se tourna vers l'infirmière.

– Nous le gardons encore une journée.

Ils sortirent. L'adjoint verrouilla la porte.

Dix minutes plus tard, l'adjoint déverrouillait la porte pour laisser entrer l'équipe de ménage, un trio de Noirs avec balai, serpillière et chiffons. L'adjoint dut s'écarter du passage tandis qu'on poussait dans la chambre le seau monté sur roulettes. Le Noir qui essuyait la table de nuit regarda derrière lui pour s'assurer que l'adjoint ne pouvait entendre.

– Chuckie Rich est mon cousin, mec. Y me dit de te dire salut et qu'est-ce qu'y peut faire ?

Chuckie Rich ! Troy connaissait Chuckie depuis la prison pour mineurs, et en dépit de l'hostilité entre races toujours omniprésente en prison, ils avaient été amis. Chuckie avait été arrière de la sélection All-City au lycée Roosevelt et il avait obtenu une bourse pour l'U.S.C. jusqu'à ce qu'il se fasse choper avec un gramme d'héroïne. C'est à cette époque qu'il avait rencontré Troy. Depuis lors, il montait de petites arnaques, piquait de-ci, de-là – et se retrouvait régulièrement en prison pour délits mineurs.

– Où est-il ? demanda Troy. Il est dehors ?

– Oh, ouais. Y dit qu'est-ce qu'y peut faire pour toi ?

– J'ai besoin d'une grosse clé à tuyau – à peu près de cette longueur.

Il écarta les mains de cinquante centimètres.

– Je lui dirai, mec. T'en fais pas.

L'adjoint était réapparu dans l'embrasure de la porte. Le cousin de Chuckie finit d'essuyer le cadre du lit et sortit. L'adjoint verrouilla la porte.

Troy lutta contre son sentiment d'excitation. Il ne sortirait rien de tout cela. Même si Chuckie voulait l'aider, jusqu'où son cousin oserait-il aller sachant qu'il risquait la prison ? Une clé à tuyau lui permettrait de plier les fers plats de la fenêtre jusqu'à la rupture, mais comment s'en procurerait-il une ? L'adjoint veillait lorsqu'on ouvrait la porte pour les repas, le ménage et les soins. Même si quelqu'un lui apportait effectivement la clé, ce serait demain, au plus tôt. Demain, Troy aurait son bon de sortie de l'hôpital, direction la prison du comté. Non, il savait la manière de se gagner au moins une journée en retardant les choses.

Il avait vu une lame de rasoir Gillette rouillée, à double tranchant, dans le tiroir de la table de nuit. Il tira le tiroir et la sortit. Lorsque la porte s'ouvrit devant le technicien du labo d'analyses, Troy avait suffisamment relevé les jambes pour masquer le fait qu'il incisait son pouce de la pointe de la lame – juste assez pour qu'une légère pression pût libérer une minuscule goutte de sang.

Le technicien du labo lui fit une prise de sang tout en lui prenant sa température ; puis il lui prit sa tension et finalement, lui tendit un flacon-test pour analyse d'urine. Lorsqu'il pissa dans le flacon, il laissa la pisse toucher une minuscule tache de sang sur son pouce. Du sang dans les urines pouvait signifier bien des choses, depuis des calculs rénaux jusqu'au cancer en passant par des blessures internes. Il leur faudrait procéder à des tests supplémentaires, peut-être même à une radio. Ce qui signifierait très certainement une journée supplémentaire à l'hôpital. Il n'avait guère d'espoir dans le cousin de Chuckie, mais il n'avait rien à perdre en jouant jusqu'au bout sa dernière carte, la faible éventualité que quelque chose allait se produire. L'évasion était sa seule et unique chance de jamais recouvrer la liberté. Et s'évader de l'hôpital était plus probable que de s'évader de la prison. Quant à une évasion du pénitencier de Folsom, elle tenait du miracle.

Lorsque s'ouvrit la porte pour le repas du soir, la nourriture sur son plateau, dinde, purée de pommes de terre et confiture de canneberge, lui rappela que c'était Noël. Il avait complètement oublié – et se trouva dans l'instant envahi par une tristesse indicible, champ fertile pour l'apitoiement sur soi-même, un luxe auquel il se complaisait rarement. Comment pouvaient-ils l'inculper de meurtre ? Quels crimes avait-il commis ? Tout ce qu'il avait fait, c'était de voler un fourgueur de drogue négro et un trafiquant de came et de tuer un fou homicide. Le kidnapping, eh bien, oui, ça, c'était méchant, mais c'était pour forcer un connard à honorer une dette ; il n'était pas question de rançon. Et même si c'était méchant, ce n'était pas *aussi* méchant que cela ; ce n'était pas justice qu'il passe le restant de sa vie en prison. Ça, c'était de la connerie.

La justice, voilà ce qu'il voulait. Puis il prit conscience des réflexions qui l'agitaient et il se mit à rire. Il ne voulait pas la justice ; il ne savait même pas ce qu'était la justice. Il voulait ce qu'il voulait, comme tout un chacun, ni plus ni moins, et le reste n'était que de la connerie et du baratin.

Pour échapper à l'angoisse, son corps exigeait du sommeil. Il se sentit sombrer. Peut-être se réveillerait-il dans un autre monde.

Avant le lever du jour, la porte s'ouvrit. Troy entendit un raclement de chaînes. Deux adjoints firent leur entrée, l'un poussant un fauteuil roulant, l'autre chargé de ses vêtements puants et déchirés.

– Tu veux les mettre ? demanda l'adjoint.

Troy secoua la tête. Il se sentit mal. Il crut qu'on le transférait à la prison du comté. Ils poussèrent le fauteuil roulant vers la porte arrière donnant sur le parking avant de lui dire de se lever et de marcher. Un des adjoints dit à son collègue qu'ils avaient tout le temps, le juge ne faisait jamais son entrée avant dix heures trente. Troy sentit l'espoir s'embraser en lui. Il allait au tribunal, pas à la prison. Il avait peut-être droit à une nouvelle nuit à l'hôpital. Et peut-être que Chuckie Rich et son cousin parviendraient à venir jusqu'à lui.

Le Tribunal municipal se trouvait à l'opposé de la Cour de justice principale. Alors qu'ils se trouvaient encore à quelques blocs de distance, arriva un appel radio disant que les caméras de la télévision et les journalistes les attendaient devant l'entrée principale. Ils se garèrent donc dans une allée et firent entrer Troy par une porte arrière. Le couloir du tribunal commençait déjà à se remplir d'avocats et de plaignants, de flics, de libérés sous caution et de prêteurs. Un huissier déverrouilla la porte donnant sur la salle encore vide. On lui fit descendre l'allée avant de le faire passer devant l'estrade des magistrats. Même un avorton devient un géant lorsqu'il a revêtu sa robe noire et s'assied dans son siège sur l'estrade du tribunal. La salle de justice était lambrissée de bois sombre qui la faisait ressembler à un manoir. L'huissier ouvrit une porte donnant sur les cellules de détention jouxtant la salle du tribunal : le bloc de cellules ressemblait à des cabinets en plein air, aux murs de béton défigurés par les graffitis, dans la puanteur d'une cuvette de toilettes bouchée. Au moins il était seul. Il s'était déjà retrouvé en cellule dans des cours de justice en compagnie de cinquante autres prisonniers, entassés dans une pièce de vingt-cinq mètres carrés.

Alors qu'ils déverrouillaient les entraves de jambes et les menottes, les yeux de l'huissier et des adjoints faisaient montre d'une hostilité particulière. Troy essaya d'irradier en retour d'une indifférence hautaine.

À travers la porte, il entendait les gens s'assembler dans la salle de tribunal. À dix heures trente, la session était ouverte, et une minute plus tard, la porte s'ouvrait et l'huissier lui fit signe de sortir. La salle était pleine de spectateurs, mais s'y trouvait en complément tout un assortiment de représentants du ministère public, employés, huissiers armés, et un juge qui paraissait toujours petit en dépit de sa robe et de son piédestal. Chacun prit sa place et le greffier de la cour appela l'affaire au rôle :

– Le peuple de Californie contre monsieur X numéro un, matricule criminel six, six, sept, quatre, huit tiret quatre-vingt-quatorze.

Troy baissa la tête et se sourit à lui-même. Ils ne connaissaient toujours pas son identité. Ils étaient obligés de l'inculper sous quarante-huit heures, sinon ils devaient le relâcher.

– Je notifie à l'accusé la plainte déposée à son endroit, dit le greffier, tendant plusieurs pages agrafées de papier légal à l'huissier, lequel les tendit à Troy.

– Qu'il soit noté que l'accusé a été notifié, dit le juge, regardant derrière ses verres bifocaux des copies de la plainte.

Puis il regarda Troy.

– Quel est votre nom ?

– Monsieur X, je crois.

Le juge, qui était chauve, devint rouge à l'énoncé de la réponse.

– Avez-vous votre propre avocat ? demanda-t-il.

– Pas pour l'instant, Votre Honneur. Je n'ai pas été autorisé à passer de coup de téléphone.

– Est-ce exact, monsieur d'Arcy ?

Le juge regarda le substitut du procureur.

– Je n'en ai aucune idée, Votre Honneur. Je sais qu'il est dans l'ordre de la procédure habituelle d'autoriser quiconque à passer un coup de fil.

– Pas moi, Votre Honneur.

– La raison pouvait-elle en être que vous refusez de donner votre nom ?

– Je ne sais pas. Je sais seulement qu'on ne m'en a pas donné l'occasion.

L'adjoint qui l'escortait se leva.

– Votre Honneur...

– Oui.

– Je suis chargé du convoyage de monsieur... euh... X. S'il n'a pas eu droit à son coup de téléphone, je vous garantis qu'il en aura la possibilité dès notre sortie du tribunal.

– Vous êtes l'adjoint...

– Bartlett, monsieur. Adjoint Bartlett.

– Très bien. Je vous laisse la charge de régler ce point. À Troy :

– Allez-vous avoir votre propre avocat ?

– Oui. Je l'espère.

– Vous avez des fonds pour en engager un ?

– Oui, je disposais effectivement de quelque argent dans la voiture.

– Votre Honneur, intervint le procureur, je pense que l'accusé parle d'une somme de quelque cent cinquante mille dollars trouvée dans son coffre. Nous pensons qu'il s'agit du butin d'un crime...

– Quel crime ? dit Troy.

Le juge leva une main.

– Un peu de réserve, monsieur... euh... X.

– Nous sommes en train d'enquêter sur l'origine de cet argent, poursuivit le procureur. Il est placé sous séquestre comme pièce à conviction.

– Eh bien... nous ne traiterons pas de ce point lors de la session qui nous occupe. Je ferai nommer un défenseur d'office jusqu'à ce que vous puissiez engager votre propre avocat. Concernant la caution ? Quelle est la position du ministère public ?

– Nous pensons que la somme d'un million de dollars serait logique. L'accusé n'a pas révélé son identité. Les chefs d'inculpation sont extrêmement graves et il existe de fortes probabilités qu'il essaie de fuir pour se soustraire à la justice.

– Monsieur... X. Qu'avez-vous à dire ?

– Je pense que vous me surestimez.

– Non, je ne le pense pas. Un homme qui refuse de donner son nom. Je vais fixer la caution à un million de dollars. Il nous faut une date pour l'audience préliminaire.

Le greffier transporta un gros livre jusqu'au bureau et le posa devant le juge en indiquant du doigt :

– Nous fixerons l'audience préliminaire au vendredi 5 janvier à dix heures.

La session de mise en accusation était terminée. Le juge ordonna une suspension de séance de dix minutes. L'huissier et les adjoints conduisirent Troy à la porte et remirent les entraves de jambes plus une menotte attachée à une large sangle de cuir autour de sa taille ; son autre poignet était dans le plâtre. La mise en accusation avait pris quatre minutes après six heures d'attente.

De retour dans la cellule du tribunal, il attendit cinq heures supplémentaires avant de repartir pour l'hôpital. La nuit était tombée. Il regarda par les mailles grillagées des fenêtres du break les devantures éclairées des magasins. Dans l'une d'elles, un employé démontait un sapin de Noël. L'image déclencha en lui les affres d'une espérance confuse. Il avait abandonné tout espoir de voir Chuckie Rich lui envoyer une clé à tuyau par l'intermédiaire du cousin. Le gars avait terminé son service ; il y a longtemps qu'il était parti de l'hôpital. Même s'il s'y trouvait encore, même s'il avait la clé, il n'existait aucun moyen de la passer par la porte. Elle était trop grosse pour qu'il pût la cacher dans son plateau-repas. Pourrait-il fracasser le petit judas d'observation dans la porte et la passer par là ? Pas la peine de rêver.

Il contemplait d'un regard fixe plein de désir et de manque la fenêtre grillagée donnant sur le monde, le monde de la liberté, tandis qu'en arrière-plan de sa conscience lui parvenait la conversation des adjoints discutant de taux d'hypothèques et de mariage.

La camionnette du shérif vint se ranger à l'entrée de la salle des urgences. L'un des adjoints entra et revint en compagnie d'un employé noir poussant une chaise roulante. On lui entrava les chevilles au fauteuil avant de lui couvrir les jambes d'une couverture et de le pousser le long d'un couloir rutilant sous la lumière fluorescente réfléchie par une peinture-émail de couleur pâle. Une fois dans sa chambre, on lui fit ôter ses vêtements pour le tribunal et il enfila un pyjama d'hôpital.

Tout occupé qu'il était à suivre les dents d'acier cliqueter dans la rainure, il n'avait pas manqué de remarquer la bosse qui ressortait de sous le matelas. Il commença à soulever le bord du matelas afin d'y glisser la main pour en dégager ce qui s'y trouvait, mais son instinct lui fit décider d'attendre la sortie de l'adjoint et de l'homme de salle.

Dès que la porte fut fermée, il passa la main sous lui et sortit un grand sac à provisions en plastique. Son cœur tressauta et se mit à battre la chamade lorsqu'il sentit le poids du sac. Il le tira sur ses cuisses et palpa à travers le plastique le manche de la clé. Lequel cogna contre un autre objet. Il ouvrit le sac et y glissa la main; ses doigts sentirent le chien et le barillet d'un revolver. Relevant les genoux de manière à masquer le champ de vision depuis le judas de la porte, il sortit un vieux Smith & Wesson calibre .38, à long canon, de ceux qu'on appelait jadis « spécial police » avant que les flics ne s'équipent de .357 Magnum et d'automatiques 9 mm à tir rapide. Le bleui de l'acier était passé, la crosse était ébréchée, mais l'arme était huilée et chargée. Il pressa légèrement la détente, le chien commença à se relever et le barillet à tourner. Le revolver avait sacrément l'air utilisable.

Ensuite, la clé à tuyau. Elle avait l'air solide. Okie Bob lui avait raconté comment il avait cassé des barreaux du même genre à Soledad à l'aide d'une clé à tuyau. Tu mets la clé sur les barres et tu les travailles d'avant en arrière jusqu'à ce que le métal fatigue et que la barre casse. Troy allait attendre que tout soit au plus calme pour la nuit, probablement après le comptage de minuit – et alors il passerait à l'action, ou verrait si la chose était possible.

L'adjoint et le garçon de salle revinrent avec un repas froid sur plateau. Troy tenait l'arme et la clé sous ses jambes, à l'abri des couvertures. Il était trop excité pour manger. À mesure que les heures s'écoulaient avec une lenteur horriblement douloureuse, il comprit ce que le cousin de Chuckie avait fait. La porte de la chambre était restée ouverte parce qu'il n'y avait personne à l'intérieur, ou alors, on l'avait ouverte momentanément pour le ménage, sans la surveiller pendant cet interlude parce que la chambre était vide. Les choses n'avaient pas pu se passer autrement. Il n'y avait pas d'autre moyen. Putain, qui est-ce qui avait dit qu'un Noir et un Blanc ne pourraient jamais être amis ? Chuckie Rich était un bien meilleur ami que nombre des copains blancs de Troy. Pas de bol que le sac ne comporte ni adresse ni numéro de téléphone.

L'extinction des feux se fit à dix heures. Une heure durant encore, lui arrivèrent les voix d'un poste de télé dans un quartier voisin ; puis cela aussi disparut. Il entendit des bruits de pas dans le couloir. Un faisceau de torche passa par le judas d'observation. Troy feignit le sommeil et fit en sorte que son corps fût facilement visible. Il n'avait pas besoin de les voir débarquer pour procéder à une inspection de près.

Le comptage suivant terminé, l'heure était venue de se mettre au travail. La première étape était de sortir du lit. La clé ne fit qu'une bouchée du tube vertical au pied du lit. Le tube était fait de métal en feuille et claqua après quelques torsions. L'entrave de jambe fut libérée. C'est vrai, elle restait attachée à sa cheville et la chaîne pendouillait, mais il était libre de ses mouvements.

Il sortit du lit et alla jusqu'à la porte, regardant des deux côtés du couloir. Rien ne bougeait. L'adjoint de service préférait de toute évidence s'installer dans la salle de repos des infirmières où il pouvait regarder des films toute la nuit.

Troy alla à la fenêtre et ôta la moustiquaire. Il lui fallut casser quelques petits carrés de verre pour avoir prise sur le fer plat. Alors qu'il verrouillait sa clé en place et commençait à pousser, il sentit toutes ses énergies sombrer. La barre semblait indestructible. Il tira avec force ; puis poussa de toute sa puissance. La barre bougea d'une minuscule fraction de millimètre. C'était suffisant. Si elle bougeait un tant soit peu, il parviendrait à terme à la casser. Il tira aussi fort qu'il put ; avant de pousser à nouveau.

Cliquetis de clés, bruits de pas. Il plongea dans le lit, agrippant le revolver. Si quelqu'un venait à ouvrir la porte, il ne sortirait pas par la fenêtre, il s'en irait au pas par l'entrée en façade. Il ne voulait pas qu'il en fût ainsi. Car il ne disposerait d'aucune avance. Il tourna la tête de côté et ferma les yeux. Il vit l'éclat de lumière derrière ses paupières. L'obscurité revint, les pas s'éloignèrent. Un autre contrôle de routine des lits. Mon Dieu, comment ce mec avait-il pu manquer la moustiquaire absente de la fenêtre ?

Une fois encore, Troy se laissa glisser au sol et inspecta les deux côtés du couloir. Vide. Retour au boulot.

La barre céda un peu plus – et un peu plus encore. Soudain, elle cassa. Avec un bruit sonore. Comme la détonation d'un petit pistolet.

Oh merde ! Seigneur ! Quelqu'un avait dû entendre. Impossible autrement. Il replaça la moustiquaire et se dépêcha vers la porte. S'il arrivait quelqu'un, il bondirait dans son lit et retiendrait son souffle.

Pas de réaction. Personne. Troy commença à éprouver un sentiment d'excitation. Il allait s'évader. C'est vrai, un imbécile en pyjama, les pieds nus, traînant un morceau de chaîne et un bras dans le plâtre, ce n'était pas gagné – mais ce qui s'était déroulé jusque-là tenait presque du miracle : qu'un des rares Noirs de ses amis eût un cousin travaillant dans un hôpital et que le bonhomme eût assez de tripes pour lui faire passer en douce une clé à tuyau et un revolver. Dieu merci, Chuckie Rich n'était pas un de ces haïsseurs de Blancs comme un si grand nombre de ses frères dans les prisons californiennes.

L'heure était maintenant venue de passer à l'action. Il déchira un drap en bandelettes dont il enveloppa la longueur de chaîne pour la maintenir attachée à la jambe. Il avait des chaussettes et des pantoufles en toile. Au moins il ne serait pas pieds nus, même s'il allait sacrément se faire mal en atterrissant dans l'allée.

Le bras dans le plâtre, il lui était impossible de tenir le revolver d'une main tandis qu'il escaladerait la fenêtre. Il utilisa de nouvelles bandelettes de drap qu'il passa dans le pontet, en noua les extrémités et se fabriqua un collier-revolver qui pendait autour de son cou sous sa veste de pyjama.

Il se servit de la clé à tuyau pour replier les barres vers l'extérieur et libérer un espace suffisant pour qu'il pût s'y faufiler. Il allait devoir forcer le passage, mais il s'engagea néanmoins tête la première et se tortilla pour dégager le torse avant d'extraire le reste de son corps du passage resserré. L'extrémité en dents de scie d'un morceau de barre lui arracha un ruban de chair de la poitrine. Rien à branler de ça. Ses pieds se trouvaient sur un minuscule rebord tout juste suffisant pour y accrocher l'orteil. Il se trouvait à deux mètres quarante, deux mètres quatre-vingts de l'allée en contrebas, trop haut pour qu'il pût se risquer à sauter sans chaussures.

Il se laissa descendre le long de la fenêtre jusqu'à pouvoir agripper le minuscule rebord du bout des doigts. Il s'y suspendit. Il avait l'intention de se stabiliser avant de sauter, mais la force de gravité ainsi exercée était trop grande. Son corps s'étira et sous le poids, les doigts lâchèrent prise et il tomba. Il atterrit sur le cul, les jambes en l'air, mais il n'y eut rien de cassé. Par réflexe, il lança les bras en arrière pour se retenir. La douleur que lui arracha son poignet cassé fut un éclair de tonnerre qui lui mouilla instantanément tout le corps de sueur. De grands geysers de souffrance lui bondirent au cerveau.

Il fallait qu'il fasse vite, qu'il n'arrête pas avant d'être sorti de la petite ville. Lorsque le soleil se lèverait, tous les citoyens de la ville, tous les flics dans un rayon de cent cinquante kilomètres seraient à sa recherche. Quiconque verrait un homme en fuite, vêtu d'un pyjama d'hôpital, donnerait l'alarme. Il fallait qu'il aille vite et qu'il soit loin avant le matin.

Il avança au bout de l'allée. Dans quelle direction s'engager ? C'était une scène surréaliste, ces boutiques vides, ces rues désertes dont les feux aux intersections poursuivaient leur même cycle, pour personne. Dans la rue proprement dite, il lui serait impossible de se cacher si des phares venaient à s'approcher – mais il n'avait pas le choix : il lui fallait courir le risque.

Il prit une profonde inspiration et sprinta à l'oblique pour franchir le boulevard et se diriger vers l'intersection suivante. L'obscurité de la rue perpendiculaire était une invite. Il parcourut un bloc et se retrouva en bordure d'un quartier résidentiel minable. Avec arbres, buissons et autres pour le cacher. Des phares s'approchèrent, il se plaqua contre un arbre qu'il contourna doucement à mesure que la voiture s'éloignait. Une nouvelle voiture apparut et il plongea nez en avant dans un massif de ficus, ce qui déclencha les aboiements frénétiques d'un chien dans son arrière-cour. La voiture poursuivit sa route, et Troy s'engagea en sens inverse. Des lumières s'allumèrent dans son dos et il entendit le hurlement du propriétaire du chien signifiant à l'animal : « Ta gueule ! »

Il ne connaissait presque rien de la ville, mais le panneau de rue lui indiqua qu'il se dirigeait vers l'ouest. La route inter-États était dans cette direction, à deux kilomètres – ou quatre, ou six. Elle courait nord-sud, vers San Francisco et L.A. à plus de cinq cents kilomètres de distance. Peu importait à Troy la direction à prendre, cela ne faisait aucune différence – il lui fallait se sortir de *là où il était* – bien que San Francisco fût beaucoup plus proche.

Il s'engagea dans une allée courant entre les maisons. Instantanément, un chœur de chiens se mit à hurler, aboyer, bondir sur les grilles et les clôtures. Il se dépêcha. Il avait l'impression que les chiens le doublaient, de l'arrière d'une maison à l'autre. La chaussée était en terre pierreuse. Les pantoufles de toile n'offraient aucune protection lorsqu'il marchait sur un caillou. À chaque fois il faisait la grimace et boitillait sur quelques pas. Ses pieds commençaient à le faire souffrir à travers la toile ; finis, les jours où, gamin, il courait pieds nus et passait la majeure partie de l'été sans chaussures. Peut-être devrait-il se trouver une tanière et s'y terrer. Non. La chasse serait trop intense. Ils pourraient même utiliser des chiens. La ville était trop petite. Il fallait qu'il s'éloigne, à bien plus grande distance.

À l'extrémité du bloc, les maisons s'arrêtèrent. Au-delà commençait un jardin public. Il était incapable d'en estimer la taille, mais c'était plus qu'un petit jardin car il n'en voyait pas le côté opposé. Il y pénétra. Dieu merci, l'herbe humide apaisa ses pieds. À travers les arbres, il vit un quartier de lune bas sur l'horizon. Les dernières traces de morphine ne faisaient plus leur effet ; la douleur lui battait par le corps à de multiples endroits, mais il poursuivit sa route.

Lui arriva d'abord le bruit des déplacements d'air *whoosh, whoosh, whoosh* – et trente mètres plus loin, il contourna une haie et vit la route inter-États surélevée. Tout ce qui était visible au-dessus de la clôture couverte de lierre se limitait aux parties supérieures des énormes semi-remorques diesel qui traversaient la nuit. Le désespoir le poussa vers la décision suivante : il allait braquer une voiture et s'en emparer. C'était un homme seul au sens le plus primitif du terme.

Il avança en bordure du parc, se faufilant entre les buissons, le regard fixé sur la grand-route de l'autre côté de l'étroite rue qui courait en parallèle. À l'extrémité du parc, la rue adjacente menait à une rampe d'accès à la grand-route surélevée au-dessus d'une voie qui passait en contrebas. Là aussi devait se trouver une rampe d'accès, menant celle-là vers le nord en direction de San Francisco. C'était plus près, mais c'est à L.A. qu'il pouvait trouver de l'aide. Une pancarte annonçait U.S. 101 Sud avec une flèche. À côté de l'intersection entre la rampe et la route jouxtant le parc se trouvait un panneau. Bien.

Moins bien, les quarante mètres à découvert qui séparaient l'espace vert et le panneau de stop. L'éclairage de la voie rapide transformait la pelouse en avant-champ du Dodger Stadium. Il lui faudrait tout d'abord charger à découvert en espérant que personne ne le repérerait – et ensuite espérer que les portières de la voiture qu'il braquerait seraient ouvertes.

Avançant pour se poster en position d'embuscade, bien caché, il se rappela des films de nature dans lesquels le lion attendait, accroupi dans l'herbe, la queue tressautant de temps à autre.

Des phares. Un camion à ridelles chargé d'ouvriers agricoles mexicains s'arrêta, avant d'attaquer la rampe. Nom de Dieu, ils allaient au boulot de bien bonne heure. Même les coqs n'étaient pas encore réveillés et eux étaient déjà sur la route des champs.

Une autre voiture apparut. Elle passa en silhouette, un occupant à son bord. Elle ralentit et s'arrêta.

Troy bondit vers l'avant, le revolver lui cognant la poitrine sous le sweat-shirt, maintenant détrempé de sueur. Il avait besoin de sa main valide pour ouvrir la portière de la voiture.

Il se trouvait encore à trente mètres lorsque les feux de stop à l'arrière s'éteignirent et la voiture commença à avancer. Troy regagna du terrain pendant quelques secondes ; avant d'être bien vite distancé. Il s'arrêta. Il haletait. Pour quelque raison bizarre, il se rappela que la plupart du temps, la proie échappait au lion qui chargeait.

Le conducteur l'avait-il vu ? Non, son accélération avait été trop lente et égale.

Troy revint sur ses pas, aspirant l'air frais au creux de ses poumons. Il s'assit sur l'herbe mouillée derrière les buissons. Après une minute de repos, il remit en place la chaîne de son entrave de jambe : il enroula de plusieurs tours la bandelette de drap et la maintint aussi serrée qu'il put. Il avait chaud, il était en sueur, et l'air frais d'avant le lever du jour lui donna la chair de poule. Il prit le revolver qui pendait à son cou. L'arme le ralentissait. Il la porterait à la main jusqu'à ce qu'il atteigne la voiture ; ensuite il se la collerait sous le bras la seconde nécessaire pour lui permettre de saisir la portière. Il répéta le mouvement à plusieurs reprises. S'il te plaît, mon Dieu, fais que le verrou ne soit pas mis.

Une nouvelle voiture, une vieille Cadillac Seville avec l'arrière en bosse. Elle passa devant lui. Deux silhouettes.

Troy démarra dès qu'elle fut passée, courant derrière elle, avec l'espoir que ni le conducteur ni le passager ne regarderaient par-dessus leur épaule droite.

Les feux de stop de la Cadillac s'illuminèrent. La voiture s'arrêtait devant lui. Il courut pour arriver à sa hauteur.

La voiture s'immobilisait lorsqu'il la rejoignit. Il plongea, colla le revolver au creux de son aisselle, et tendit le bras vers la portière arrière. La poignée s'abaissa, la porte s'ouvrit. Troy plongea sur la banquette arrière.

À cet instant la voiture redémarra. Le conducteur écrasa le frein. Troy se cogna tête en avant dans le dossier du siège. La douleur jaillit, de sa mâchoire ferrée jusqu'à son cerveau. Le revolver tomba au sol, sous son siège.

La femme hurla. Le conducteur tourna la tête et le mouvement lui fit relever le pied du frein. La voiture continua sa course dans un talus de soucis sauvages et s'arrêta. L'homme était noir, il avait une fine moustache et sentait l'après-rasage.

La femme hurlait toujours tandis que Troy, de roulades en torsions, se redressait ; il sentit l'arme sous son genou.

La voiture se remplit d'une lumière brillante. Rugissement sonore d'un avertisseur à dépression. Un poids lourd géant passa, faisant trembler la voiture sous la masse d'air déplacée.

Les doigts de Troy se refermèrent sur l'arme.

– Ta gueule ! hurla-t-il.

La femme se tordit sur son siège et se colla le dos contre le cadre de portière.

– Dis-lui, poursuivit Troy en s'adressant à l'homme, revolver levé.

– Chuuut, dit l'homme, en se saisissant du bras de sa femme pour le secouer brutalement. Tais-toi.

– Marche arrière... fais bouger cette bagnole, dit-il.

– O.K... O.K... simplement ne nous faites pas de mal.

– Je ne vous ferai aucun mal... aussi longtemps que vous obéirez à mes ordres. Et maintenant fais-moi reculer cette saloperie de caisse et en avant.

– On remonte vers la voie rapide ?

– Ouais, bordel. Où tu crois qu'on va...

– Vous avez dit marche arrière.

– Allez. Bouge-toi.

La Cadillac recula, se dégageant des soucis. Elle était toujours en travers des voies d'accès de la rampe.

De nouveaux phares, deux voitures, l'une jouant de l'avertisseur à son passage à toute allure.

La Cadillac prit bientôt de la vitesse sur la rampe et s'engagea sur l'autoroute. Troy avait un moyen de locomotion. Il avait une occasion de s'en sortir. Difficile de croire qu'il avait pu aller aussi loin. C'était suffisant pour allumer la flamme de l'espoir.

– Prenez notre argent et la voiture, dit la femme. Laissez-nous partir.

– Non... Je ne peux pas faire ça.

– Et pourquoi ?

Son mari répondit pour elle :

– Parce que nous appellerions immédiatement la police.

– Non, ce n'est pas vrai, nous...

– Charlene ! l'admonesta l'homme. Ne mens pas !

– Si nous donnons notre parole...

– Il ne nous croirait pas.

– Je ne peux pas me le permettre, dit Troy. Mais je ne vous ferai aucun mal si vous ne tentez rien. Si vous essayez, eh bien...

– Que voulez-vous de nous ? demanda l'homme.

– Pour l'instant, je veux que vous mettiez les informations.

– C'est compris.

Parce que le soleil approchait de l'horizon à l'est, les stations d'informations permanentes de L.A. et de San Francisco crachotaient d'électricité statique, mais ni l'une ni l'autre n'avaient quoi que ce soit sur le présumé tueur en liberté en Californie centrale. Au moins sa photo anthropométrique ne s'étalait pas sur tous les écrans de télévision. En plus il était fatigué, et en plusieurs points de son corps, la douleur battait. Sous des formes diverses, en contrepoint les unes des autres.

Soudain, Troy se réveilla en sursaut. Il avait commencé à somnoler. Il se déplaça vers le coin droit et appuya sur le bouton pour baisser la vitre. L'air frais aspiré à l'intérieur de la voiture lui frappait les joues. Cela le garderait éveillé. Il avait quelque chose sous les fesses. Il se releva et toucha.

Un porte-documents souple. Des papiers et une bible, sa reliure de cuir souple usée et effrangée. Des pages étaient détachées. C'était une bible qu'on étudiait souvent.

Troy voyait l'arrière de la tête de la femme et une partie du profil de l'homme, qui paraissait la soixantaine. Difficile d'être sûr.

– Écoutez, dit-il. Je suis désolé pour tout ceci... et je n'ai pas l'intention de vous faire de mal... mais je n'ai plus rien à perdre... et je vous tuerai si vous tentez quoi que ce soit. Pigé ?

– Nous ne tenterons rien, dit l'homme.

– Laissez-nous partir, c'est tout...

La femme tremblait visiblement.

– Charlene ! la coupa l'homme. Il ne le fera pas... alors ne te rabaisse pas.

Après un long moment de silence, Troy se pencha en avant :

– Je ne peux pas... je ne peux pas me permettre de prendre de risques, vous voyez ce que je veux dire ?

L'homme acquiesça.

– Je suis vraiment désolé.

Il avait commencé à ajouter « putain de merde » mais la bible et la rectitude de cet homme lui firent abandonner sa grossièreté.

– Comment vous appelez-vous ?

– Je m'appelle Charles Wilson... et voici mon épouse Charlene.

– Le *révérend* Charles Wilson, ajouta Charlene.

Troy sourit. Envers et contre tout, Charlene faisait en sorte que l'homme eût droit à la juste reconnaissance qui lui était due. Combien de temps se passerait-il avant qu'on remarque leur absence ? Il ne voyait pas de bagages. Ce qui signifiait qu'ils n'avaient pas prévu de passer la nuit ailleurs.

– Où vous allez ? demanda Troy.

– Nous sommes sur le chemin du retour, dit Charlene. Nous sommes allés rendre visite à la famille à

Berkeley. Nous avons vu la petite fille de notre fils pour la première fois.

– Vous êtes attendus ?

– Non... mais... s'interrompit-elle, comme si elle se souvenait de quelque chose.

– Mais quoi ?

– Aucune importance... J'ai... oublié.

– De quoi parle-t-elle ? demanda Troy au révérend.

– Nous sommes censés appeler notre fils à notre arrivée chez nous.

– Nous l'appellerons. Dites-lui que vous avez décidé de prendre un jour supplémentaire.

– Une autre chose, dit le révérend. Mon épouse est diabétique. Il faut qu'elle mange quelque chose. Sans tarder.

– Prenez la première sortie où l'on pourra manger quelque chose.

Le lever du jour changea simplement le noir du ciel en étain, et les formes indistinctes commencèrent à prendre substance. La Cadillac prit la première sortie – relais poids lourds, plusieurs stations-service, l'une avec un petit motel et un McDonald's en compétition avec un petit café. Les toilettes des stations-service étaient à l'écart dans un bâtiment séparé, et le parking était vide, hormis à proximité du café.

Troy et le ministre du culte entrèrent dans les toilettes pour hommes avec le sac d'office du révérend. Troy garda la porte entrouverte de manière à pouvoir surveiller la voiture pendant qu'il se changeait. Le pantalon était un peu large à la taille et quelques centimètres trop court. S'il le laissait retomber bas sur les hanches, il serait assez long pour ne pas lui donner une allure ridicule. La chasuble fit aussi bon office. La manche était assez vaste pour qu'il pût passer le plâtre. Il laissa la manchette déboutonnée et la remonta. Il laissa sorti le pan de chemise pour cacher le pistolet qu'il avait dans la ceinture.

Au McDonald's, il répéta le *modus operandi*. Il laissa Charlene dans la voiture, qu'il pouvait surveiller par la fenêtre, et emmena le révérend à l'intérieur. Il attendit pendant que le ministre du culte appelait son fils pour lui mentir :

– Maman se sent un peu fatiguée, aussi allons-nous nous arrêter pour la nuit à San Luis Obispo... Oui, bien sûr... Nous te rappellerons demain.

Le coup de fil terminé, ils prirent la file pour passer la commande. Dans la file voisine, deux chauffeurs de poids lourds discutaient et Troy entendit « barrage... San Luis ». Ils n'y étaient pas passés, cela devait se situer devant eux. S'il avait eu le moindre doute sur ce qu'il venait d'entendre, ses doutes furent dissipés par l'expression sur le visage du révérend. Lui aussi avait entendu la conversation.

De retour dans la vieille Cadillac, tandis que Charlene buvait du jus d'orange en mangeant un œuf McMuffin, Troy consulta une carte de l'Auto Club qu'il sortit de la boîte à gants. Les chaînes montagneuses en Californie couraient nord-sud, et les principales autoroutes étaient parallèles à cet axe. Des routes de moindre importance s'orientaient est-ouest et franchissaient les montagnes. Il allait prendre plein est pratiquement jusqu'à la frontière du Nevada et il emprunterait la direction L.A. par l'autoroute nord-sud, la plus éloignée à l'est. La probabilité était moins grande de voir cette voie-là bloquée – et si vraiment ils le voulaient à ce point, rien à foutre, ils allaient devoir y mettre le prix.

Troy fit faire demi-tour au révérend, direction nord sur trente-cinq kilomètres jusqu'à une route d'État qui traversait les montagnes. Elle était étroite, ses virages serrés, et par endroits les orages récents avaient disloqué et fait tomber des rochers des falaises. Ils avançaient lentement, mais la route était sûre. En une heure de temps, le seul véhicule qu'ils virent fut une camionnette tractant une remorque à chevaux. Elle allait dans leur direction et était même plus lente que la Cadillac. Ils furent obligés de suivre le cul du bourrin pendant presque une heure avant de pouvoir se dégager et doubler. Puis le ciel gris s'ouvrit lentement et la pluie se mit à tomber. La réception radio était mauvaise à basse altitude entre les montagnes. Mais dans l'après-midi, ils avaient franchi la première chaîne montagneuse de la longue vallée de Salinas. À ce stade, la chasse à l'homme n'était plus mentionnée sur les stations d'informations permanentes, mais on en faisait toujours état à chaque bulletin horaire, d'une durée de cinq minutes, sur pratiquement tous les autres postes. La première fois qu'elle passa sur les ondes, le révérend Wilson et son épouse échangèrent immédiatement un regard, un regard que vit Troy depuis la banquette arrière.

– Montez le son, dit-il.

– ... outre les charges relatives à la fusillade du parking, le fugitif est recherché par les Corrections pour avoir violé sa conditionnelle. Il a un passé de violence extrême et il est connu pour être armé. Les événements ayant conduit à la chasse à l'homme actuelle ont débuté mardi dernier dans le parking du Safeway...

Troy écouta avec un détachement étrange, comme si le sinistre récit qui se dévidait concernait un autre individu. Nom de Dieu, se dit-il à lui-même, une chose est sûre, ils savent surévaluer un pauvre connard. L'humour du condamné à la potence. Il savait que le pouvoir de l'État était concentré sur lui. Sa photo anthropo était tirée à destination de milliers de tableaux de bord de voitures de police – et on la diffusait probablement sur d'innombrables écrans de télévision à travers toute la Californie. Il avait connu des hommes ayant subi ce type de pression brûlante – *tout le monde* les recherchait. Aucun n'était resté en fuite bien longtemps. Dossiers, archives et ordinateurs se combinaient pour repérer tous les individus dans le monde industrialisé, et la majeure partie du tiers-monde. Finie, l'époque où un fuyard pouvait disparaître à jamais en Amérique du Sud ou en Extrême-Orient.

Par bribes et morceaux, Troy en vint à mieux connaître Charles et Charlene Wilson. Ils étaient mariés depuis trente-quatre ans et toujours amoureux l'un de l'autre. Chacun se souciait plus de l'autre que de lui-même. Et une fois leur terreur initiale un peu diminuée, ils se préoccupaient également de Troy. Lequel méprisait la majeure partie de l'Amérique pour n'être qu'un tas d'hypocrites professant un code de vertu en vivant selon un credo d'expédients. La meute suivait la meute, et ce qui pouvait être mal parce qu'accompli par un individu était acceptable, voire moral, lorsque tous l'accomplissaient. Charlie (ainsi qu'elle l'appelait) et Charlene suivaient leur propre conscience et ce qu'ils pensaient que Jésus voudrait les voir faire.

– Nous ne jugeons pas, dit-elle. C'est le domaine de Dieu. Nous faisons de notre mieux pour marcher dans les pas de Jésus.

– Et nous échouons la plupart du temps, ajouta le révérend.

C'était une critique gentille pour le péché de vanité commis par son épouse. Celle-ci acquiesça ;

elle comprenait. Leurs paroles, leur attitude l'un à l'égard de l'autre – et à l'égard de Troy une fois leur frayeur suffisamment apaisée – firent naître en Troy mépris pour leur ignorance, et culpabilité douloureuse pour leur bonté simple. Pas d'hypocrites ici. C'était des innocents tels que ceux-ci qui avaient, pour une large part, influé sur sa décision de faire ses proies des trafiquants de drogue. Le remords se mêla à la colère (que pouvait-il faire d'autre, abandonner ?) et lui brûla l'estomac.

Sans prévenir, dans un virage serré, la voiture commença à déraper. Le révérend écrasa les freins. L'arrière décrocha et pivota, la voiture se mit à glisser par le travers en aquaplaning, une colline d'un côté, un précipice de l'autre.

La voiture glissa et s'immobilisa contre le flanc de colline au lieu de plonger de la falaise.

– Je ne peux plus... conduire, dit le révérend. Je n'en peux plus, c'est tout.

Il leva les mains. Elles tremblaient.

– Je vais conduire, dit Troy. Vous deux, allez sur la banquette arrière. Vous n'allez rien tenter, n'est-ce pas ?

Ils secouèrent la tête. Troy plaça néanmoins le revolver entre ses cuisses sur le siège.

* * *

La carte routière montrait un nouveau col à travers la montagne à l'est de la vallée de Salinas. Près du sommet, la pluie se changea en neige, les ralentissant encore plus. Il leur fallut le reste de la journée pour zigzaguer à travers les montagnes. À la nuit tombée, ils se trouvaient près de Tehachapi et la pluie avait été remplacée par un épais brouillard qui remplissait les canyons entre les pics. Troy n'avait aucune idée de ce qui se cachait au-delà des faisceaux des phares qui rebondissaient sur le mur de brouillard. Il avait maintenant l'espoir de rejoindre son sanctuaire de Los Angeles.

Au-devant de lui, dans le brouillard, il vit une lumière rouge intermittente. Elle était placée en hauteur au milieu d'un croisement et lançait ses éclairs rouges dans toutes les directions. Il freina avant de se demander s'il devait continuer tout droit ou tourner. Toujours indécis en arrivant au milieu de l'intersection, il freina et scruta la nuit en quête d'un panneau indicateur.

Il décida de tourner. Il laissait le volant revenir à sa position rectiligne lorsque la voiture fut remplie d'éclairs de lumière bleue. Une voiture de police était arrivée derrière eux. Troy regardait devant lui ; pas un instant il n'avait eu conscience de cette présence sur ses arrières avant que s'allume le projecteur, et il fut envahi par la peur et le désespoir.

Devait-il écraser le champignon et fuir ?

Non. Il n'avait aucune idée de l'endroit où il se trouvait ni de la direction qu'il allait prendre.

– *Rangez-vous !* beugla un policier dans son mégaphone amplifié.

La lumière lui arrivait directement de l'arrière, tellement aveuglante qu'il ne voyait rien d'autre. Les policiers se seraient avancés immédiatement qu'ils auraient pu s'emparer de Troy sans résistance. Il était trop vidé de son énergie et il lui fallut s'obliger mentalement à la bataille, arme au poing. Ce n'était pas une attitude qu'on pouvait conserver indéfiniment.

Les secondes s'égrenèrent. Il plissa les yeux et contempla la lumière aveuglante dans le rétroviseur.

Les policiers diffusaient par radio le numéro de la plaque minéralogique.

– Restez où vous êtes, dit Troy aux otages.

Puis il empoigna le .38 posé entre ses jambes et manœuvra la poignée de portière du coude. Ils avaient attendu trop longtemps. Troy était prêt dans sa tête. Il se glissa hors de la voiture, le revolver collé contre la cuisse.

– Qu'est-ce qu'il y a, monsieur l'agent ? demanda-t-il en se redressant.

Il ne voyait que les phares et la grille de calandre. Il leva la main gauche pour se protéger de l'éclat du projecteur. Il respirait vite, par petites bouffées ; il se sentait vidé, à bout de nerfs. Dieu merci, il ne tremblait pas de manière visible.

– Ne bougez pas, m'sieur, dit la voix amplifiée.

Troy distinguait maintenant la forme à côté de la portière ouverte côté conducteur.

Troy avança d'un pas.

– On est un peu perdus, dit-il.

– Halte ! On ne bouge plus ! hurla une nouvelle voix.

Celle-ci venait de sa gauche. Il regarda et vit un second policier sur un talus de l'autre côté de la route, un fusil en position de tir, contre l'épaule, avec Troy en ligne de mire.

– Qu'est-ce qui vous arrive ? Ne me pointez pas ce...

– *C'est lui !* répondit en écho la voix amplifiée.

Par réflexe, Troy pivota pour regarder la voiture de police. Le policier qui venait de parler dégainait son pistolet.

Troy leva son .38 et fit feu dans le même mouvement. Il y avait bien une douzaine d'années qu'il n'avait pas pratiqué, mais la cible était à vingt mètres et il était même plutôt doué jadis avec les armes de poing – sans compter que le policier en question avait négligé de mettre son gilet pare-balles. La balle de plomb le toucha juste sous la clavicule et s'enfonça à l'oblique, traversant un poumon avant de ressortir dans le dos. L'homme laissa tomber son arme et s'affaissa à genoux au sol.

Troy pivota et écrasa la détente. Il n'entendit pas le coup de fusil, mais il entendit ce qui lui parut être une poignée de gravillons frappant le coffre de la voiture. La décharge lui déchira la joue et l'épaule, et sous l'impact il vacilla latéralement sans pour autant tomber au sol. Pas de la chevrotine. Sinon il aurait été déchiqueté – du plomb à moineaux.

Il se redressa et tira trois balles bien centrées. Ses coups de feu furent noyés par une seconde décharge de fusil. Cette fois elle le toucha de plein fouet, poitrine, ventre et cou. Il fut projeté au sol et tomba sur le dos. Il était déchiré par le plomb à moineaux mais aucune de ses blessures n'était bien grave. Il ne le savait même pas, mais sa troisième balle avait fracassé la mâchoire du policier avant de lui traverser la gorge et de ressortir sur le côté. L'homme était tombé de l'autre côté du talus.

Le cerveau de Troy tourbillonnait. Dans son état second, il entendit un tir de pistolet : un tir rapide et nourri. Troy ouvrit les yeux. L'officier de police à côté de la voiture était assis au sol ; il tenait son 9 mm à treize coups des deux mains. Il le déchargeait dans la banquette arrière de la Cadillac. Les balles déchiquetaient coffre et capitonnage des sièges et venaient s'enfouir dans les corps du révérend Charles Wilson et de son épouse, Charlene.

Troy tâtonna autour de lui ; il fut incapable de retrouver son revolver. Il s'éloigna en rampant de la lumière brutale, vers les ombres et le brouillard. Près du bord de la route, il perdit conscience.

* * *

Il le sentait maintenant, il se déplaçait ; il était sur une civière. Il garda les yeux fermés. S'ils découvraient qu'il était éveillé, ils pourraient le travailler au corps ou resserrer les chaînes, si celles-ci n'étaient pas déjà trop serrées.

Ils s'arrêtèrent. Il entendit des portes qui s'ouvraient ; puis il se sentit glisser à l'intérieur d'un habitacle. Des paroles qui s'échangeaient confusément, Troy entendait un mot de temps à autre et des fragments de phrases : « ... pas de pouls... dans le fossé d'irrigation et s'est noyé... » « deux dans la voiture qui ressemblent à du gruyère... » « Madigan va se sentir horriblement mal quand il s'apercevra qu'il a tué deux citoyens innocents... Il les a pris pour des complices. » « On y va. »

Les portières claquèrent ; l'ambulance commença à avancer. Puis elle s'arrêta. Troy ouvrit les yeux et regarda. Il vit l'intersection pleine de voitures de police, les lueurs intermittentes des gyrophares fantomatiques dans le brouillard.

Des pas s'approchèrent. Il aperçut une silhouette à la vitre du conducteur. Une nouvelle voix.

– Comment va cette raclure ? Est-ce qu'il va nous claquer dans les pattes ?

– Non. Il vivra pour aller à la chambre à gaz.

Rire de dérision.

– L'en a de la chance. O.K... Vous pouvez y aller.

L'ambulance commença à avancer. Elle gagna de la vitesse. Sa sirène se mit à gémir. Troy ferma les yeux et perdit à nouveau connaissance. Ses rêves cette fois furent abominables.

Rivages/noir

Joan Aiken
Mort un dimanche de pluie (n° 11)

André Allemand
Au cœur de l'île rouge (n° 329)

Robert Edmond Alter
Attractions : Meurtres (n° 72)

Claude Amoz
L'Ancien crime (n° 321)

Jean-Baptiste Baronian
Le Tueur fou (n° 202)

William Bayer
Labyrinthe de miroirs (n° 281)

Marc Behm
La Reine de la nuit (n° 135)
Trouille (n° 163)
À côté de la plaque (n° 188)
Et ne cherche pas à savoir (n° 235)
Crabe (n° 275)
Tout un roman ! (n° 327)

Tonino Benacquista
Les Morsures de l'aube (n° 143)
La Machine à broyer les petites filles (n° 169)

Bruce Benderson
Toxico (n° 306)

Stéphanie Benson
Un meurtre de corbeaux (n° 326)

Pieke Biermann
Potsdamer Platz (n° 131)
Violetta (n° 160)
Battements de cœur (n° 248)

Michael Blodgett
Captain Blood (n° 185)

Daniel Brajkovic
Chiens féroces (n° 307)

Les Bêtes du Walhalla (n° 252)
L'Odeur froide de la pierre sacrée (n° 291)
Le Second Cavalier de l'Apocalypse (n° 336)

Andrew Coburn
Toutes peines confondues (n° 129)

Michael Collins
L'Égorgeur (n° 148)
Rosa la Rouge (n° 267)

Robin Cook
Cauchemar dans la rue (n° 64)
J'étais Dora Suarez (n° 116)
Vices privés, vertus publiques (n° 166)
La Rue obscène (n° 200)
Quand se lève le brouillard rouge (n° 231)
Le Mort à vif (n° 241)
Bombe surprise (n° 260)

Peter Corris
La Plage vide (n° 46)
Des morts dans l'âme (n° 57)
Chair blanche (n° 65)
Le Garçon merveilleux (n° 80)
Héroïne Annie (n° 102)
Escorte pour une mort douce (n° 111)
Le Fils perdu (n° 128)
Le Camp des vainqueurs (n° 176)

Hélène Couturier
Fils de femme (n° 233)
Sarah (n° 341)

James Crumley
Putes (n° 92)

Mildred Davis
Dark Place (n° 10)

Jean-Paul Demure
Milac (n° 240)
Fin de chasse (n° 289)

Jean-Claude Derey
Black Cendrillon (n° 323)

Pascal Dessaint
La vie n'est pas une punition (n° 224)

Bouche d'ombre (n° 255)
À trop courber l'échine (n° 280)
Du bruit sous le silence (n° 312)

Thomas Disch / John Sladek
Black Alice (n° 154)

Wessel Ebersohn
La Nuit divisée (n° 153)
Coin perdu pour mourir (n° 193)
Le Cercle fermé (n° 249)

Stanley Ellin
La Corrida des pendus (n° 14)

James Ellroy
Lune sanglante (n° 27)
À cause de la nuit (n° 31)
La Colline aux suicidés (n° 40)
Brown's Requiem (n° 54)
Clandestin (n° 97)
Le Dahlia noir (n° 100)
Un tueur sur la route (n° 109)
Le Grand Nulle Part (n° 112)
L.A. Confidential (n° 120)
White Jazz (n° 141)
Dick Contino's Blues (n° 212)
American Tabloid (n° 282)
Ma part d'ombre (n° 319)

Howard Fast
Sylvia (n° 85)
L'Ange déchu (n° 106)

Kinky Friedman
Meurtre à Greenwich Village (n° 62)
Quand le chat n'est pas là (n° 108)
Meurtres au Lone Star Café (n° 151)
Le Vieux Coup de la sauterelle (n° 197)
Elvis, Jésus et Coca-Cola (n° 264)

Samuel Fuller
L'Inexorable Enquête (n° 190)
La Grande Mêlée (n° 230)

Barry Gifford
Port Tropique (n° 68)
Sailor et Lula (n° 107)
Perdita Durango (n° 140)
Jour de chance pour Sailor (n° 210)
Rude journée pour l'Homme Léopard (n° 253)
David Goodis
La Blonde au coin de la rue (n° 9)
Beauté bleue (n° 37)
Rue Barbare (n° 66)
Retour à la vie (n° 67)
Obsession (n° 75)
James Grady
Le Fleuve des ténèbres (n° 180)
Tonnerre (n° 254)
Russell H. Greenan
Sombres crapules (n° 138)
La Vie secrète d'Algernon Pendleton (n° 156)
C'est arrivé à Boston ? (n° 205)
La Nuit du jugement dernier (n° 237)
Un cœur en or massif (n° 262)
Joseph Hansen
Par qui la mort arrive (n° 4)
Le petit chien riait (n° 44)
Un pied dans la tombe (n° 49)
Obédience (n° 70)
Le Noyé d'Arena Blanca (n° 76)
Pente douce (n° 79)
Le Garçon enterré ce matin (n° 104)
Un pays de vieux (n° 155)
Le Livre de Bohannon (n° 214)
En haut des marches (n° 342)
John Harvey
Cœurs solitaires (n° 144)
Les Étrangers dans la maison (n° 201)
Scalpel (n° 228)
Off Minor (n° 261)
Les Années perdues (n° 299)
Lumière froide (n° 337)

Vicki Hendricks
Miami Purity (n° 304)

George V. Higgins
Les Copains d'Eddie Coyle (n° 114)
Le Contrat Mandeville (n° 191)
Le Rat en flammes (n° 243)
Paris risqués (n° 287)

Tony Hillerman
Là où dansent les morts (n° 6)
Le Vent sombre (n° 16)
La Voie du fantôme (n° 35)
Femme-qui-écoute (n° 61)
Porteurs-de-peau (n° 96)
La Voie de l'Ennemi (n° 98)
Le Voleur de Temps (n° 110)
La Mouche sur le mur (n° 113)
Dieu-qui-parle (n° 122)
Coyote attend (n° 134)
Le Grand Vol de la banque de Taos (n° 145)
Les Clowns sacrés (n° 244)
Moon (n° 292)

Chester Himes
Qu'on lui jette la première pierre (n° 88)

Dolores Hitchens
La Victime expiatoire (n° 89)

Geoffrey Homes
Pendez-moi haut et court (n° 93)
La Rue de la femme qui pleure (n° 94)

Dorothy B. Hughes
Et tournent les chevaux de bois (n° 189)
Chute libre (n° 211)

William Irish
Manhattan Love Song (n° 15)
Valse dans les ténèbres (n° 50)

Bill James
Retour après la nuit (n° 310)

William Kotzwinkle
Midnight Examiner (n° 118)

Le Jeu des Trente (n° 301)
Book of Love (n° 332)

Jonathan Latimer
Gardénia rouge (n° 3)
Noir comme un souvenir (n° 20)

Michel Lebrun
Autoroute (n° 165)
Le Géant (n° 245)

Christian Lehmann
Un monde sans crime (n° 316)

Elmore Leonard
Zig Zag Movie (n° 220)
Maximum Bob (n° 234)
Punch Créole (n° 294)

Bob Leuci
Captain Butterfly (n° 149)
Odessa Beach (n° 290)

Ted Lewis
Le Retour de Jack (n° 119)
Sévices (n° 152)
Jack Carter et la loi (n° 232)
Plender (n° 258)

Richard Lortz
Les Enfants de Dracula (n° 146)
Deuil après deuil (n° 182)
L'Amour mort ou vif (n° 206)

John D. MacDonald
Réponse mortelle (n° 21)
Un temps pour mourir (n° 29)
Un cadavre dans ses rêves (n° 45)
Le Combat pour l'île (n° 51)
L'Héritage de la haine (n° 74)

Jean-Patrick Manchette
La Princesse du sang (n° 324)

Dominique Manotti
À nos chevaux ! (n° 330)

John P. Marquand
Merci Mr Moto (n° 7)

Abigail Padgett
L'Enfant du silence (n° 207)
Le Visage de paille (n° 265)
Oiseau de Lune (n° 334)
Hugues Pagan
Les Eaux mortes (n° 17)
La Mort dans une voiture solitaire (n° 133)
L'Étage des morts (n° 179)
Boulevard des allongés (n° 216)
Last Affair (n° 270)
L'Eau du bocal (n° 295)
Vaines Recherches (n° 338)
Pierre Pelot
Natural Killer (n° 343)
Andrea G. Pinketts
Le Sens de la formule (n° 288)
Bill Pronzini
Hidden Valley (n° 48)
Bill Pronzini / Barry N. Malzberg
La nuit hurle (n° 78)
Michel Quint
Billard à l'étage (n° 162)
La Belle Ombre (n° 215)
Le Bélier noir (n° 263)
Diana Ramsay
Approche des ténèbres (n° 25)
Est-ce un meurtre ? (n° 38)
Louis Sanders
Février (n° 315)
Budd Schulberg
Sur les quais (n° 335)
Philippe Setbon
Fou-de-coudre (n° 187)
Desolata (n° 219)
Roger Simon
Le Clown blanc (n° 71)
Génération Armageddon (n° 199)
La Côte perdue (n° 305)
Pierre Siniac
Les mal lunés (n° 208)
Sous l'aile noire des rapaces (n° 223)

Démago Story (n° 242)
Le Tourbillon (n° 256)
Femmes blafardes (n° 274)
L'Orchestre d'acier (n° 303)
Luj Inferman' et La Cloduque (n° 325)

Les Standiford
Pandémonium (n° 136)
Johnny Deal (n° 259)
Johnny Deal dans la tourmente (n° 328)

Richard Stark
La Demoiselle (n° 41)
La Dame (n° 170)

Richard Stratton
L'Idole des camés (n° 257)

Vidar Svensson
Retour à L.A. (n° 181)

Paco Ignacio Taibo II
Ombre de l'ombre (n° 124)
La Vie même (n° 142)
Cosa fácil (n° 173)
Quelques nuages (n° 198)
À quatre mains (n° 227)
Pas de fin heureuse (n° 268)
Même ville sous la pluie (n° 297)
La Bicyclette de Léonard (n° 298)

Ross Thomas
Les Faisans des îles (n° 125)
La Quatrième Durango (n° 171)
Crépuscule chez Mac (n° 276)
Traîtrise ! (n° 317)
Voodoo, Ltd (n° 318)

Jim Thompson
Liberté sous condition (n° 1)
Un nid de crotales (n° 12)
Sang mêlé (n° 22)
Nuit de fureur (n° 32)
À deux pas du ciel (n° 39)
Rage noire (n° 47)

La mort viendra, petite (n° 52)
Les Alcooliques (n° 55)
Les Arnaqueurs (n° 58)
Vaurien (n° 63)
Une combine en or (n° 77)
Le Texas par la queue (n° 83)
Écrits perdus (1929-1967) (n° 158)
Le Criminel (n° 167)
Après nous, le grabuge (Écrits perdus - 1968-1977) (n° 177)
Hallali (n° 195)
L'Homme de fer (n° 196)
Ici et maintenant (n° 129)
Avant l'orage (n° 300)

Masako Togawa
Le Baiser de feu (n° 91)

Armitage Trail
Scarface (n° 126)

Marc Villard
Démons ordinaires (n° 130)
La Vie d'artiste (n° 150)
Dans les rayons de la *mort* (n° 178)
Rouge est ma couleur (n° 239)
Cœur sombre (n° 281)
Du béton dans la tête (n° 284)
Made in Taïwan (n° 333)

Donald Westlake
Drôles de frères (n° 19)
Levine (n° 26)
Un jumeau singulier (n° 168)
Ordo (n° 221)
Aztèques dansants (n° 266)
Kahawa (n° 277)
Faites-moi confiance (n° 309)
Trop humains (n° 340)

Janwillem Van de Wetering
Comme un rat mort (n° 5)
Sale Temps (n° 30)
L'Autre Fils de Dieu (n° 33)
Le Babouin blond (n° 34)
Inspecteur Saito (n° 42)
Le Massacre du Maine (n° 43)

Rivages/Mystère

Charlotte Armstrong
Le Jour des Parques (n° 13)
L'Inconnu aux yeux noirs (n° 15)
Une dose de poison (n° 21)

Francis Beeding
La Maison du Dr Edwardes (n° 9)
La mort qui rôde (n° 12)
Un dîner d'anniversaire (n° 18)

Algernon Blackwood
John Silence (n° 8)

Fortuné du Boisgobey
Le Coup d'œil de M. Piédouche (n°32)

Jypé Carraud
Tim-Tim Bois-Sec (n° 22)
Le Squelette cuit (n° 25)
Les Poulets du Cristobal (n° 31)

Collectif
La Griffe du chat (n° 28)

E. W. Crofts
Le Tonneau (n° 24)

Amanda Cross
En dernière analyse (n° 23)
Insidieusement vôtre (n° 26)
Justice poétique (n° 27)
Une mort si douce (n° 30)
Sur les pas de Smiley (n° 35)

Mildred Davis
Crime et chuchotements (n° 14)
Passé décomposé (n° 16)
Un homme est mort (n° 20)

Michael Dibdin
L'Ultime Défi de Sherlock Holmes (n° 17)

John Dickson Carr
En dépit du tonnerre (n° 5)

Jacques Futrelle
Treize enquêtes de la machine à penser (n° 29)

Edward D. Hoch
Les Chambres closes du Dr. Hawthorne (n° 34)
William Kotzwinkle
Fata Morgana (n° 2)
Alexis Lecaye
Einstein et Sherlock Holmes (n° 19)
John P. Marquand
À votre tour, Mister Moto (n° 4)
Kai Meyer
La Conjuration des visionnaires (n° 33)
Anthony Shaffer
Absolution (n° 10)
J. Storer-Clouston
La Mémorable et Tragique Aventure de Mr Irwin Molyneux (n° 11)
Rex Stout
Le Secret de la bande élastique (n° 1)
La Cassette rouge (n° 3)
Meurtre au vestiaire (n° 6)
Josephine Tey
Le plus beau des anges (n° 7)

Achevé d'imprimer en décembre 1999
par Maury-Eurolivres S.A.
45300 Manchecourt

Imprimé en France
Dépôt légal : Décembre 1999